颐神明上下四千年

非玩家角色

著

中国友谊出版公司

每个人都只是一根小柴火，

在这烈烈乱世之中，

只能被烧成焦炭，

化作飞灰。

我们这般人，
生来就是为了打仗，
然后死在沙场上。

第一章　一饭之恩

【一】

"蒸饼咯，蒸饼。"

"来看看咯，上好的肉，看看。"

吵吵嚷嚷的集市，穿着粗布麻衣的平头百姓拿着几板铜钱，采购着自己需要的东西。别说，这种年头，家里还能空出几板子钱买东西，已经是人们为数不多的奢求了。到处都在打仗，没个尽头，人活得更是连个盼头都没有。街上的人多是面黄肌瘦。人群中一阵推搡，一个格格不入的家伙挤了出来——说是格格不入，但是不仔细看倒也没什么，身上穿的也是粗布头，脚上缠了些布条，穿着双草鞋；年纪不大，看上去也就十六七岁的样子。

这是个"少年"，但是说少年又太过奇怪。奇怪在哪儿？这少年长得太俊美了些——水透的皮肤，面孔像是玉琢般精致，一米七几的身高，任谁看了都不得不夸赞一声——好一个少年郎。

此时的少年郎却是一脸晦气，脸色灰败地拍了拍自己身上的衣服，袖口上沾满了灰尘。

"还真是够挤的。"顾楠撇了撇嘴巴，整理了下领口，"该死的，所以说我到底是到了一个什么地方啊？"

顾楠就是少年的名字。此时的她站在街道上四处看着陌生的场景，又是一阵头大。

她并不是个少年，说是少年，只是脸上沾了灰又有些男子气的原因。她本身的样子，应当是个十分清秀的妙龄少女才对。几天前，她只是睡了一觉，再一次醒来的时候，就变成了这样一副模样，穿着一身布衣，昏倒在一条小路上。

她欲哭无泪地发愣了许久，四处看了看，小路上除了她没有任何人，正好是正午时分，烈日炎炎。她抬起手空握了一下，力气变大许多，没有参照，只是这么感觉。一个翻身就从地上跳了起来，她皱了皱眉头——就连身体都轻盈了不少。

"所以，"半晌，顾楠抬头看着一望无际的、蔚蓝色的天空，"我应该骂脏话吗？"

没有目的，沿着醒来时所看到的小路往下走，走了大约三天，她才遇到第一个有人的地方，就是她现在身处的城市。城市绝对不算小，从外面高耸的城墙和翻腾着的护城河就可以看出来。顾楠光是进来，就经历了外面卫兵的好几遍检查，卫兵确定她只是个平民之后才允许她走进来。要说现状给她造成了什么困扰，倒也没有，毕竟她从前也是无父无母、无牵无挂的状态。但是要说让她兴奋，也绝对是万万没有的。身边的一切都变了样，重要的是她现在对自己到底身处何处完全不知道，这根本就没法生存下去，不是吗？

顾楠站在街角，看着街上来来去去的人。街上的人偶尔会有一些交流，语言顾楠听得懂，虽然夹杂着一些方言，但是不至于严重影响她的理解。

"咕咕。"肚子传来一声怪叫，顾楠有些郁闷地低下头摸了摸自己的肚子。她已经三天没吃饭了，虽然不知道为什么身体没有出现严重的不适，似乎还能饿很久，但是她现在确实很想好好地吃上一顿。

"说是吃上一顿，"顾楠耷拉着眼皮，"现在我可是一个子儿都没有啊，老天。"

本来俊美中带着些英气的面孔此时正有些猥琐地打量着街道，一双好看的明眸认真地扫视着每个人的腰间："没办法，必须得弄点钱来了。"

一边说着，她的眼睛已经落在了一个衣着不凡的老人身上。老人看上去应该有五六十岁了，但是脚步依旧给人一种稳健的感觉，身上散发着独特的气质，走在人群之中特别显眼，很容易让人注意到他。顾楠远远地看去，老人花白的头发被打理得很整齐，面孔虽然苍老，眼中却没有半点老人的浑浊。六七尺（一米八几）的身高对于一个老人来说，可以算是非常魁梧了。他的身边没有带什么人，身上的衣着却让顾楠第一眼就注意到了他。

不管对方什么气质和长相，此时的顾楠眼里只有对方腰上那个看起来沉甸甸的钱袋。对方手里拿着不少钱，还是一个"手脚不灵便"的老人，简直就是她的完美目标。

顾楠无父无母，所以小时候的日子过得很不容易，为了活命，也做过小偷小摸的事情，本来已经多年没有干过这种事了，没想到在现在这种情况下还会用上。当然，选择这个老人，她也是有自己的理由的——除了对方是个老人，各方面的身体素质比较"差"，反应也不如年轻人敏锐这一点之外，更重要的是，对方看上去出身富贵人家，想来她偷他一点钱，也不会对他造成太大的困扰。相对地，她能弄到的钱也要多一些。

老人家，抱歉了，千万千万别放在心上。顾楠舔了舔嘴唇，悄悄地跟了上去。

很多年之后，顾楠回想起这段经历，总想拍自己一巴掌。如果上天再给她一次机会，她绝对不会去偷这个老头的钱。

【二】

人群拥挤，街道不算宽敞，走过人多的地方，免不了一阵推搡。那老人走在前面却显得悠然，总能找到人群稀落处，稳稳走过。轻轻放慢脚步，顾楠不紧不慢地跟在了老人的身后，同时渐渐调整脚步，保持步调和对方一致，目光落在老人的腰上又打量了一番——扎着钱袋的绳子绑的是一个活结，只要轻轻一拉就可以解开。这种绑法方便取钱，但同时也方便偷。要是扎个死结，顾楠二话不说就直接走开。手里没有刀子能快速割断绳子，在别人不注意的情况下解开一个死结，她还没有这种能耐。钱袋看起来很沉，随着老人的步子一摇一摆。剩下的就是等时机了。顾楠抿了抿嘴巴看向前方，前面似乎有一家生意很不错的炊饼摊，七八个人等在那里，准备买上一个尝尝。这里应该算得上集市中的闹市了，一旁的路上不少人来往着。

"喀喀。"老人瞥了一眼路边的炊饼摊子。要是以前，他说不定就买上几张，但是现在这人老了，牙口也没以前好了，还是免了吧。难得出来走走，他还是准备找个老地方喝个茶便是。

"啪啪。"突然感到右边的肩头被人拍了拍，他不自觉地扭头看了过去，却什么人都没有——呼——背后发出一阵细不可闻的风声，在人群的吵闹声中，几乎不可能听见。老人顿时明白了什么情况，眉头一挑，眼睛里闪过一丝戏谑——好啊，偷东西偷到我身上来了！

嘿嘿，得手了——顾楠的手如同一条灵蛇似的悄然蹿出，迅捷的同时没有什么声响，诡异地绕过了老人的腰间，在钱袋的绳子上无声无息地一扯。绳结之间发出细微的摩擦声，钱袋落了下来，被一只手稳稳接住，愣是没有半点动静。得嘞，功成身退。顾楠的嘴角翘了翘，正准备抽身而退，却被一只苍老的手牢牢地抓住了手腕。

一道有点沙哑的声音平静地说道："小兄弟，不问自取，可不是君子之道啊。"老人闷声闷气地说着，顾楠转过了头，一双锐利得根本不像老人的眼神扫过了顾楠的脸颊。

"咕咚。"只是半秒的对视，顾楠却觉得如坠冰窟，炎炎夏日，这股骇人的感觉生生让她的额头上滴下了一滴冷汗。老人看到顾楠的脸，眼里闪过一丝诧异，随后目光落在了她微微隆起的胸口上，了然地点了点头："哦，倒是我看错了，原来是个小姑娘。"

老天，谁说老人家反应迟钝了，出来，看她不打死他。眼神微动，顾楠的眼神已经飘到了一边一条偏僻的小街上——溜。顾楠一咬牙，被抓住的手猛地用力，想要抽回来，但是对方的手就像铁箍一样死死地扣着，没有半点松动。老人岿然不动，反观顾楠面红耳赤地拽着自己的手，却是一点用都没有。

嗯？老人皱了皱眉，手头缓缓用力，已经用上了八成力气。他自己的力道自己知道，虽然已经上了年纪，但是手头上的力气就算不用内力，至少也有六百斤，寻常两三个男子根本拽不动自己。而眼前这个看起来年纪不大的小姑娘，居然让自己用上了八成力道，那起码也是四五百斤的水平啊。这姑娘，力气倒是不小。老人暗自想，但是依旧没有放手，任由顾楠在那里拉拉扯扯。

该死的，这老头到底是什么来头？还是说这地方的人都是这样的，这么大力气？顾楠有种想哭的冲动。自己就是偷个钱果腹，怎么就遇到了这种事情？

拉扯半天，顾楠终于放弃，不做无用功，喘了口气，对着老人露出了干笑："老人家，人生在世都不容易，不然，放我一马怎么样？咱们山水有相逢，今日之恩，来日我必有厚报。"

这姑娘讲话倒是有趣。老人笑了笑，伸出手，拿下了顾楠手里的钱袋，上下看了她几眼。衣着褴褛，本来应该俊俏英气的脸庞上带着几道脏兮兮的泥迹，想来又是一个家中落难的可怜人吧。"姑娘，你是哪里人？"老人在顾楠不明所以的眼神中，淡淡地问道。

"我？"顾楠犹豫了一下。她怎么说？她根本不知道这是个什么鬼地方，根本连一个地名都叫不出来好吧，难道说自己来自地球村？咳嗽了一声，顾楠心虚得躲了躲眼神，死鸭子嘴硬地说道，"我不记得了。"

"不记得了？"老人愣了一下，"那家人呢？"

无处可躲，顾楠索性低下了头，不去看老人的眼睛，脚尖踢了踢地上的石子，嘀咕着："没有。"

她自己倒是没什么可以在意的，毕竟没有家人这种事情也不是一年两年了，早就习惯了。无父无母，连自己的家在哪里都忘记了吗？

看着眼前低着头的姑娘，老人的眼里有些无奈，铁箍似的手松了一些。也是，毕竟是这样一个乱世。

"你要是不想去官府，就跟我来。"老人松开了手，背着手转身走开。

不会吧，这老头不会还有什么特殊想法吧？

顾楠低头看了看自己的身子，虽然很不愿意承认，但是确实还是很有几分姿色的。想到这里，顾楠顿时又起了逃跑的心思。

"别想着跑，老夫要抓你，还是很简单的。"老人向后横了一眼，不温不火地说道，语气里带着自信。

顾楠黑着脸，恨恨地跟了上去。跟着就跟着，还怕你不成。

路边的一家小茶馆，说是茶馆，其实只是由竹子和干草搭起来的一个小茶摊而已。茶也不是熟知的茶，真要说，就是碗凉水。里面摆着几张矮桌案，木质的桌案被打磨得有些粗糙，边上放着一个破旧的榻子，但是勉强也算是有个地方能坐。

茶馆里的人不少，闷热的天气，在街上走久了，想要休息一下，这种路边的茶馆会是一个不错的选择。人们喝着茶闲谈，偶尔高谈阔论几句，却也将这小小的茶馆聊得热闹非常。

茶馆的角落里坐着一老一少，就这么看去，是个体面的老人带着个落魄的少年。老人要了一壶茶，就这么喝着，看着街道。而他对面的"少年"则是抓着眼前的饭碗，大口大口地吞咽着，隔着老远都能听到她狼吞虎咽的声音。

【三】

"怎么样，还够吃吗？"老头看着眼前没有半点吃相的姑娘，轻笑一下，喝了口茶（凉水）。

"嗯。"顾楠放下碗，抹了一把沾在自己嘴边的豆粒，吃到了嘴里，脸色有一些尴尬，"多谢。"本来她还以为这老头有什么不好的心思，谁承想他居然请她吃了顿饭。虽然只是一顿简单的豆米，但确实让她空瘪的肚子舒服了许多。说起来这地方的饭也奇怪，居然是用大豆煮烂了做成的豆饭，而且放的油和盐都很少，饭里还带着不少的豆腥味。要不是饿得前胸贴后背，顾楠还真有些吃不下。

"啪。"顾楠不知道怎么表达谢意，只能学着前世那些电视剧里的样子，双手抱拳，举在胸前，"此番江湖救急，必定铭记于心，来日必定涌泉相报。"

"免了。"老人摆了摆手，并没把顾楠的这种空头支票放在心上，"吃你的饭吧。"

"嘿嘿。"顾楠摸了一下鼻子，重新抓起筷子，端着碗吞咽起来。好不容易有顿饱饭，她决定把之后几天的份儿一次性都给吃了。

老人似乎是有什么烦心事，皱着眉，重新给自己添了杯茶，一边喝着，手一边放在桌面上，食指一下一下地敲打着桌面，看着来来往往面黄肌瘦的人，眼神有些无力。此番若是可破灭赵国，周已是有名无实，大秦统一天下，想来也指日可待了吧。呵呵，也不知道我这老头子，还能不能看到天下大统的太平盛世了。

顾楠咽了几口豆饭，看着老人的样子："我说老头，你在想什么？"

老人听到顾楠的声音，回头看了一眼，嘴唇抿着茶，茶杯中的水在他的呼吸下泛起点点波纹。半晌，他似乎想到了什么，勾了一下嘴角，放下茶杯："也罢，那老夫就问问你，说不得你还能说上几句。"说实话，他也就是随口一说，并不觉得这么一个在路边落难的小姑娘会对那种事情有什么想法。老人的手指敲了敲桌子，似乎在斟酌组织自己的语言，良久，他才缓缓开口："现在你是一方将领，统率兵力六十万。你现在正在围攻一座易守难攻的城池，城池内是四十五万大军的防守。对方的军队以骑兵为主，擅长进退自如的游战，而交战的位置则在山区之中，四面环谷，唯独敌军驻扎营地处是一片高山平原地形。你说说，你会怎么打？"

"我说老头，你不会还是个将军吧？"顾楠已经吃个半饱，放下了碗。她没想到老头居然会问这样的问题，随口说了一句。她也不是很懂这方面的东西，但是闲来无事，打发一下时间也不错。反正就是胡说，回想着自己玩过的那些战略游戏，她装模作样地沉吟了一会儿："三军未动，粮草先行……"

"等等！"顾楠才说了一句，就被对面的老头强行打断了说到一半的话。话说了一半是最难受的，顾楠纠结地哑巴了一下嘴巴，不满地说道："老头，你干吗……"

"把你刚才的话再说一遍。"老人皱着眉头，注视着顾楠，又问了一句。

顾楠不确定地挑了挑眉头："三军未动，粮草先行？"

"这句话，你是听谁说的？"老头子眉头深锁，看起来有些吓人。

"我……"顾楠这才意识到这个世界可能没有这句话的存在，自己似乎在不自觉的情况下，剽窃了什么东西，心虚地看向一边，"我自己随口说的。"

"随口说的？"老人不太相信地说道，"你没骗老头子？"

这句话讲的是兵家常识，虽然简洁精辟，但也没什么好太惊讶的。让他惊讶的是另外的事情。要知道在这种年代，普通人家是根本没有能力供孩子读书的，看对方那一身落魄的衣衫，加上她又无父无母，很明显不可能是什么富贵人家出身，那就说明眼前的这个小姑娘根本没有可能读过任何兵书。在这样的情况下，她居然能讲出"三军未动，粮草先行"这种话。没有过任何学习，甚至没有过任何经验，就能自己总结出来，这姑娘……老头瞥了顾楠一眼。

"我有必要骗你吗？"

"你可读过兵书？"

顾楠想都没想，摇了摇头："没。"自己就一个死宅，能读过什么兵书？就算有点兴趣，偶尔翻过，也没一本读全的。

老头想了想，看着这低头扒饭的小姑娘，她确实没有骗自己的必要，点了点头："你接着说。"

"几十万大军的交锋，粮草自然更加重要，光是将士们每日的消耗就是惊人的数字。如果是我，肯定是考虑先截断对方的粮草，就算不能截断，也首先得保证己方粮草充足。"顾楠拿起了桌面上的茶壶，给自己倒了一杯，"那附近有河水吗？"

老人给自己添了杯水，点着头说道："有河。"

"有河。"顾楠点了点，一只手支在下巴上，继续说道。

"有河，那就不惜兵力疏通渠道。粮草水运，必定要比在山路中运送快得多。这样一来，粮草无忧。"

老人听着顾楠的话，眼睛眯了一下。这小姑娘，有点意思。此战之前，他们做的第一件事就是疏通渠道，水运粮草。不知不觉，他的神色认真了起来："不错，然后呢？"

顾楠并没有发现老头的异样，只是自顾自地瞎掰扯着："然后便是诱敌深入了。首先发动进攻，随后佯败退兵，引诱敌军深入山谷。高山平原地区极其适合骑兵冲杀，由高至低，威力极大，在那里交战，我军没有任何优势。不如把战场转移，只要敌军进入山谷，骑兵便是寸步难行任人宰割。到时候，在我军数量较大的情况下，敌军就已经是俎上鱼肉了。"

这些都只是她上学的时候玩的杂七杂八的游戏里的话，她倒是还记得一些。在她的眼里，虽然这些话可能漏洞百出，但是忽悠个老头子是绝对没有问题的。

老人神色认真地慢慢拿起茶，抿了口茶水，按着往日评价朝堂上的那些将领的习惯，不自觉地在心里给了对方一个评价——她的想法还很浅白，但是已经有几分为将之风了，是个可以雕琢的璞玉，打磨几番尚可一用。随后心下一惊，他这才想起，在自己面前侃侃而谈的可不是朝堂上的将军，而是一个连书都没读过的姑娘，那可就不是尚可一用这么简单了。老人默不作声，深深地看着眼前的姑娘，想着她说的那些话。要是从朝堂上的那些将军嘴里说出来，也就是多看一眼的事情，但是如今从这样一个可能连大字都不认识几个的丫头嘴里说出来，真的不可小觑。深吸一口气，老人伸出了四根手指，眼里带着几分说不清道不明的意思，问道："四十五万大军，短兵相接，想要击破也非一朝一夕，该如何？"

"嗯，我也没有说要短兵相接。只要将敌人引入山谷，只需要两个很简单的方法就能搞定了。"

顾楠喝着水，故作高深地伸出了两根手指："山有林木则火攻，山有土石，滚石即可。"说完，老神在在地摇了摇头，似乎对自己的总结很是满意。

老人没有说话，只是慢慢地喝完了身前的茶，良久，深深地吐了一口气——将才！可惜，是个姑娘。

顾楠不在意地继续捧起碗吃了起来，却不知面前的老人心绪复杂。

老人闭着眼睛，像是在思考着什么，心中突然有了一个想法。这想法没人知道，也许连他自己都不知道。他突然的一个想法，却成了一个长达两千年的故事的开始：这姑娘小小年纪，独自流浪至秦，却是连地名都不知，遇上老夫，也是种缘分……老人睁开眼睛，目光落在了顾楠身上，嘴角一勾。

"老夫，秦国白起。

"姑娘，你可愿，做我的学生？"

【四】

"啊？"顾楠傻傻地看着老头，这家伙刚刚说了什么？白起？

"老夫问你，愿不愿意入我门下，做我弟子？"白起又耐心地说了一遍。他现在已经六十多岁了，半截身子入土的人，这身衣钵确实也该有传承。而这大秦，他死后能用的将才已经寥寥无几。家里的那个儿子白仲，太过保守陈旧，难成大器；老熟人王龁稳妥有余，攻略不足，想要独当一方，稍有缺陷；蒙骜那老匹夫再过几年怕是下不了床了；蒙武尚可，却也难成名将……偌大的朝堂，将有余，才难见。因为功高，大王已经和他有了嫌隙，白起也明白。这朝堂他已经站不了太久了，大秦之后的能用之将，一直以来都是他的一件心事，就像他推举小将王翦一样，可惜王翦不受大王重用。这姑娘，与老夫也有缘，就算成不了材，便是搭救一番也无不可，何况她在兵家一道上或有奇才，好好培养一番，若大王不因其女子身而弃之，日后的秦国说不得也许能多上一位女将。

想着，白起的心中也轻松了一些。

"不，不是……"被白起身上那股莫名的气势压着，顾楠感觉呼吸变得困难了起来，结结巴巴地说道，"你刚才说，你是白起？"

白起是谁？秦国大将，长平之战坑杀赵军四十万的战国杀神，号称"人屠"的战国四将之一。那不就是说，我现在，到了战国时期？顾楠看着眼前的老人，心想：他刚才问我的，不会就是长平之战吧？

白起愣了一下，这丫头难道耳朵不好使？随即摇了摇头。这倒没事，为将者，脑子好使就够了："对，老夫是白起。"

"那，这里是秦国？"顾楠又不确定地问了一句。

"是秦国。"白起看了看四周，声音放轻了一些。

白起觉得荒谬，苦笑了一声："丫头，你流浪也不能连到了哪儿都不知道吧？"

"呃，哈哈。"顾楠干巴巴地笑了一下，却是一脸的苦涩。

战国时期啊……都说乱世人不如太平犬，何况是战国时期，就算是穿越到北宋都比这个好啊。完蛋了，自己怎么就这么倒霉？

"怎么样，考虑得如何？做我门下弟子，老夫决计不会亏待你的。"白起看着眼前的丫头，却是越看越觉得有些顺眼。

"那啥……"顾楠认命地看了一眼桌子上还剩半碗的豆饭，咽了一口口水，"包饭不？"

"吱……"大门被打开。白起的府邸倒是和顾楠心中所想的不同。她本以为白起的府邸家仆众多，事实是，府邸虽然很大，但是很冷清，就连开门的都只是个老管家而已。

"老连辛苦了。"白起和善地打了一声招呼，进门边走边大声地说道："老婆子，我回来了。"今天他的心情不错，出门一顿饭的工夫，拐了一个徒弟回来，心头畅快，就连平时总垂着的嘴角也有些上扬。

顾楠抱着手臂，怯怯地跟在白起的后面。其实要不是白起说管饭，她绝对不会答应做白起的弟子。要知道，白起可是战国有名的杀人魔，动辄几万、几十万的那种。要是他哪天心情不好，一剑把自己砍了，自己上哪儿说理去？但是现在也没办法了，她要是没地方吃饭，早晚也要饿死街头。在饿死和吃好喝好然后可能被砍死之间，顾楠义无反顾地选择了后者，死也要做个饱死鬼不是？

白起的管家老连诧异地看了一眼白起，又看了一眼顾楠。上次见老将军这么高兴，还是少将军回来的时候。

"大白天的鬼叫什么？又抽什么风？"大堂的屋内传来了一阵叫骂声，随后一个老妇人走了出来。妇人穿着得体的长袍，长发盘在头上，没有戴多余的配饰，只是简单地插了一根发簪，显得朴素却又不失风范，虽然已经年老，但是依旧颇有一番气质，唯一让人感到汗颜的，是那股迎面而来的彪悍风范。

听到了那妇人的骂声，白起的脖子一缩，气势顿时弱了三分，到了嘴边的话也咽了回去。看到满脸怒容的老婆子从内堂里走了出来，他连忙笑道："哈哈，你看我这不是高兴嘛。来来，我给你介绍一下。"说着就将身后的顾楠拉了出来，"这位是……"

白起的话还没有说完，老妇人的脸色就已经彻底黑了下来，一只手直接伸出，扯在了白起的耳朵上："好啊，你个老不死的，出个门就给我领了个姑娘回来。是不是我人老珠黄了，你觉得好欺负了，就开始朝三暮四了，啊？！"

"哎哟，哎哟。"白起惨叫着，捂着被老妇人扯着的耳朵，"夫人，夫人，你听我解释，我怎么就领了个姑娘回来啊？不是那么回事。我都这把年纪了，怎么可能呢，唉，夫人。"

这就是白起？顾楠看着大堂里被扯着耳朵到处跑的老头，擦了一把额头上的汗。还真是与众不同，家风彪悍。

"啪。"茶杯不轻不重地放在了桌案上。内堂里，老妇人坐在坐榻上，白起坐在她的一边，顾楠站在堂内，有些拘束地低着头。

"所以，这是你找的弟子？"老妇人上下看着顾楠，连着看了几遍，眼里多了些赞许。虽然她看着像个窘迫的小子，但是身上还有那么几分英气，眼神内敛，一双剑眉颇有锐意。

白起在一旁赔笑着点着头："对，她虽然没有读过什么兵书，但是在兵法一道上已经颇有一番见解了。

"我看她流浪到此，也算是与我有缘，想想，便收了，做个衣钵传人便是。"

"看你的样子，可不是颇有一番见解这么简单吧？"老妇人翻了一个白眼，"你那要人命的法子，人家一个女娃子受得了吗？"

这是实话。先不说古时候的男尊女卑，白起既然要找个弟子，必定是要把弟子训练成一个将才的。为将者，兵法是其一，武功、统率、左右逢源之术也是缺一不可的。这种苦头，便是寻常的男子都受不了，何况顾楠这种看起来柔柔弱弱的女子。而且白起作为战国杀神，他的兵法和武学，杀气实在太重了。

说着，她看向了顾楠，语气变得缓和许多，和声问道："姑娘，你为什么想要学这些东西呢？"

"这个，"顾楠抿着嘴巴，"说是包饭，我就来了。"

白起感觉到一边的老婆子像看人贩子似的看着自己的眼神，不自然地摸了摸胡子，心思一动："那什么，老婆子啊，你看，这仲儿呢，常年在外，一年也回不得几次家，家里也冷冷清清的。这多个女娃，平日里也好和你聊聊天、解解闷。再说了，我们也老了，手脚不灵便了，还能让她帮些忙不是？"

"行了。"老妇人拿起茶杯，掩了掩盖子，喝了一口，"你这辈子啊，就想着把你那点东西交代出去，想着什么天下大统。老婆子我也懒得管你，这姑娘我看着也喜欢，便随便你了。"

"是，是，夫人您真是深明大义。"

唉，要是让后世知道这盖世杀神是个妻管严，也不知道有多少人得大跌眼镜。怪不得史书里都少有白起家室的描写，盖是家丑不可外扬。

【五】

武安君府，说来也奇怪，这座偌大的府邸只住着寥寥七八个人。除了白起和魏澜老夫人，常年在这里住着的也就只有一个管家老连、一个厨娘、一个马夫、三两个仆人。人少，也少有客人，使得这府邸长年以来都是一副冷冷清清的样子。只是最近的一段时间，清冷的府邸里却是多了几分人气。嗐，也不能说是人气，是多了几分吵闹而已。

"师、师父，我、我觉得，差不，多了吧。"一早，武安君府里又是传来一阵阵有气无力的哀号。一个明眸皓齿、琼鼻朱唇的女子站在庭院中，身上穿着一件宽大的青色男式长衫，姣好的身段若隐若现，黑色的长发简单地绑着一根布带，扎成马尾垂在腰间。女子虽然长相俊美，但是举止没有半点女儿之态，大大咧咧的，倒像个男子，只是这般看上去有种女子难得的英气，俊美之中，多了一分中性之美。此时的她正扎着马步，一只手平端着一杆长矛，另一只手又在腰间，结结巴巴地向着一旁坐在屋檐下的老人叫道。她保持这个动作已经有一个时辰了，即便她的身体素质要比原来的身体好很多，但是也已经有种快要吃不消的感觉了。身上的衣服早已经被汗水浸透，两腿打战，端着长矛的右手更是早就已经酸麻得没有了知觉。

坐在屋檐下避暑的老人喝了一口桌上的凉茶，咂了咂嘴巴，悠悠地说道："不急，还有半个时辰。"

顾楠来到白起的府邸做他的弟子已经有三个月了。这三个月的时间，顾楠算是已经彻底地融入这武安君府，成了这府里的一员。白起夫妇有一个孩子叫白仲，但是听说长年在外，一年回不了几次家，所以武安君府里就住着几个人，上上下下她早就认了个遍。说实话，顾楠初来这里的时候确实有些胆怯，毕竟这里是杀神的家，但是时间久了，白起和魏澜的态度让她有些摸不着头脑。他们分给了她一间临近的房间，平日里让她跟着白起练习，该吃饭的时候就叫她吃饭，该干活儿的时候也呼斥她干活儿，没有让她不快的生分和刻薄，也没有让她尴尬的过分亲密，就是简简单单地当她是个府里的人，这种感觉就连她自己也说不清楚。但是她还挺舒服的，至少过得自在，没有人在屋檐下束手束脚的感觉。

白起以为将者，先究己身为由，给顾楠安排了一系列的日常训练：一个时辰扎马步，一个时辰端杆，之后便是一遍又一遍地练习长矛的基本技巧——拦、拿、滑、挑、刺、扎、拨、转、埋步等，一式十练，一练百遍。这一番下来，顾楠半夜回房，都感觉身体不是她的了，腿脚酸软，轻飘飘的，无处使力。然后白起再让丫鬟来给她按摩，虽说疼是疼点，按完之后顾楠都下不得地，但是也不知道什么原理，睡上一晚，第二天身子就会轻盈些许，前一晚的酸痛全然不见，甚至还要比往时舒畅几分。

这般来去折腾了三个月，顾楠能明显感觉到脚步轻快了不少，举手投足之间都能阵阵生风，想来确实是进步了。

同时，白起选了几套最简单的兵简交给她学习，时常校考，若是不过，那当日的训练就得加倍。但是说实话，作为一个经历过应试教育的人，顾楠对于这些背背书的事情并没有放在心上，何况作为基础兵法，这些东西倒是不难理解，唯一比较难的就是她为了读懂这些兵法所学的篆书。虽然不知道为什么，学这大篆时，冥冥之中总觉得有一些隐约的记忆，学起来一点就透，但是她也足足学了半个月才算是勉强掌握，但依旧没能认全。

白起看着日头下站着的顾楠，坐在软榻上，笑着摸了摸胡子，现在的他对这个学生可以说是一万个满意。本来他只是抱着试一试的心态，谁知顾楠越练越是让他惊讶，不管武道还是兵法，他看了都有几分惊叹。就武道一途，白起自己都不敢相信，一个姑娘家哪里来的这么大力道，刚开始教的时候，力道便足足有五百斤。他比较了一下，顾楠此时估计已经有了六七百斤的力道，这份力道已经堪比他年轻的时候了。就算是现在的他，想要在力道上胜过顾楠也是不可能了。虽说武道并不仅仅讲力道，技巧、灵敏这些也是不可缺的，但是一力降十会这种话也不是说说而已。当然这不能算上内力，在内力的辅佐下，一个人瞬间挥出几千斤的力道也不是奇事。只是白起现在还不打算教顾楠内息，也没有和她提及，在他看来还没有到时候。不过，她其实已经过了学习内力的最佳时候。这内修之事只能暂且放放，白起也有自己的打算。至于这用矛呢，顾楠只学了三个月，在白起眼里依旧漏洞百出，但是在外行人看来已经有模有样，不说精通，起码算得上一句熟练。再说说兵法，触类旁通，白起本来还想着考一下她会不会在遇到难题时求问，没想到这家伙仅仅靠自学就已经将他交给她的几本基础兵法吃了个透，顾楠被校考的时候无一纸漏，全全答出。

他自认是个保守严谨之人，当初收顾楠为学生，说不得还有几分恻隐之心、可怜这离乱儿，但是现在他真正重视这个学生了。板上钉钉他不敢说，但八成是大将之才，难得啊！

白起拿起一旁桌案上的茶壶，眯着眼睛给自己加了一杯。这学生收得难得，想着，他看着屋檐外的天空，空中的云彩单薄。白起把手放在自己斑白的胡须上，发出了一声若有若无的轻叹：我也已经老了啊。

"师，师父……"远远地又传来一声哀叫。

"再半个时辰！"白起淡淡一喝。

嗯，这心性还有待打磨。

"楠儿，你没事吧？来，喝口水先。"内堂里，魏澜满脸无奈地将两腿打战的顾楠扶到了榻子上，"唉，你别怪你师父，他想来也是为了你好才这般的。"

"没关系，师母，我晓得的。"顾楠两手发抖，喝了口水，苦笑着说道。这种简单的道理她自然不会不懂，但是这真不是一般人受的。

"你也是，人家楠儿这么个娇俏的姑娘家，你怎么就这么狠心呢？这要是练坏了，看你哪里找这样的徒弟去！"说着，魏澜狠狠地瞪了一眼站在一旁的白起。

"是是，为夫错了。"白起看着顾楠，欣慰地呵呵笑着，一边应和着魏澜。当然虽然口头上这么说，但是下次的时候，他依旧不会有半点手软。

【六】

内堂。

"楠儿，"白起看着坐在那儿喝水的顾楠，想了一下，慢步走到顾楠的身边，从怀里拿出了一卷有些老旧的竹简，"这部书你先看着，仔细看，不懂的时候可以来问我。"然后他转头看向魏澜："夫人，大王今天曾叫我午后入宫一趟，说有事要与我相谈，我这就先过去了。"

"去吧，早点回来便是。"魏澜摆了摆手。

白起告别了一声，就转身出了内堂，临走的时候不放心地看了一眼顾楠。他不知道把这种书教给这孩子是不是太早了些，但是只能这样了。他的时间，真的已经不多了。

顾楠拿着手里的竹简，疑惑地看向远去的白起。刚才白起将兵书交给自己的时候，莫名地有几分郑重，看起来不像是之前那几本简单的东西。她皱着眉头打开了竹简，上面写着几个大字——"孙武兵书·始计"。

在空空的大殿之中，一个老宦官恭敬地站在一侧；大殿之上，挂着一卷竹帘，透过光影看得出里面坐着个人。那人端坐在蒲团上，身前放着一张桌案，旁边点着一个小炉，上面煮着壶茶，淡淡的青烟在其上飘开。炎炎夏日，这宫殿中却还是阵阵清凉。

"嗒嗒嗒"一阵脚步声，一个身穿轻薄铠甲的士兵弯腰走了进来，俯身在老宦官耳边讲了几句。老宦官了然地点了点头，便挥手让士兵退了下去。

"怎么了？"老迈却不失浑厚的声音在帘子后面响起，"寡人在这里避暑，不想谈政事。"

"大王，是武安君来了。"老宦官躬着身讲道，顿了顿，又补充了一句，"您之前召的他。"

"这样……"帘子后的人淡淡地说道，似是思索了一下，"那，便让他进来。"

老宦官没有再多说什么。他在秦王身边这么久，知道什么时候该说话，什么时候不该说话，也知道什么时候应该消失一会儿。就像现在，他就应该消失一会儿。秦王的态度很明显，他和武安君讲的事情不希望被任何人听见。

老宦官离开了，宫殿又安静了下来，没有半点声音。过了一会儿，铠甲摩擦的声音从门口响起，一个老将穿着一身黑色的铠甲，单手抱着头盔走了进来，身上带着一股久经沙场的气势。他走进宫殿，殿中似乎都起了阵阵风声。抬头看了看竹帘，白起屈膝跪下："王上。"

"嗯，武安君，你来了。"里屋秦王的声音没有半点起伏，伸手指了指竹帘外面的一张软榻，"坐。"

"谢王上。"白起起身，走到竹帘前，恭敬地跪坐在软榻上低着头。大殿中沉默了良久，直到小炉上的茶水煮沸，发出滚滚的声音。秦王垫着一块布将茶壶从一旁的小炉子上取了下来："你可知，寡人召你来所为何事？"

白起没有急着回话，沉吟了半晌："上党？"

赵国自周赧王九年（前306年）赵武灵王进行"胡服骑射"军事改革以来，国势渐盛，军力渐强，已经隐隐成为可以和秦国在兵力上角力的强国了。这让秦王如芒在背。想要剔除这个威胁，就要让赵国的国力衰弱下去，或者说至少抓住他们的命门，而上党就是这个命门。如果秦军占有上党，就完全控制了河东这个战略重地，北上可取赵国旧都晋阳（今山西太原西南），向西越过太行山可直接威胁赵国的都城邯郸。只要抓住这个命门，赵国的威胁就会小很多，甚至一举灭赵也说不定。

"哈哈，"秦王朗声笑了一阵，"还是武安君你懂寡人。寡人真不知道，若是没有你，我大秦还有何人可为我将兵了。"

"大王说笑了。"

"这可不是说笑。"笑声戛然而止，秦王的声音严肃了起来，"武安君，寡人得到一些消息，赵国那边很不满廉颇在上党的表现，想要把他换下来。"

两年前秦国攻打并占领了韩国野王（今河南沁阳），把韩国的上党郡与本土的联系完全截断，于是韩国的国君韩王让上党郡郡守冯亭把上党郡献给秦国，以求秦国息兵。谁知冯亭不愿降秦，同上党郡的百姓谋划之后决定利用赵国力量抗秦，把上党郡的十七座城池献给赵国，这才让本来已经到手的上党白白跑了。现在秦国攻打上党，赵国却派了廉颇那厮固守不出，生生拖着时间。换廉颇？如果廉颇被换下，赵国谁会去守城？白起心里想着，脸上却毫无表情。

"他们似想要让马服君之子出战。"说到这里，秦王的嘴角微微翘起。马服君之子就是赵括，一个虽有点小聪明，但无半点经验的小将而已。廉颇在上党率领四十五万军队长久固守不出，任凭秦军如何挑衅都恍若未闻，实在让他头疼，这样下去攻打上党就很难有个结果了。虽然秦军开通了水路运粮，在粮草上占据优势，但是这么一直打持久战，怎么也不是办法。到时候就算真的攻下了上党，长驱邯郸，覆灭赵国，秦国的国力也会大大受损。这里，可不只有秦、赵两家，其他那些虎狼都统统盯着这里呢。其实赵国本来不会换下廉颇，只不过他看出了赵国的国君急于求胜，所以派间谍在赵国散播谣言说，廉颇老矣，赵国国内也只有赵括或许能和秦国一战。想来那赵王也早已恼怒廉颇的军队数次战败，又反感廉颇坚壁不敢战，然后就这么傻傻地信了，真的准备换下廉颇。换下廉颇，一切就好办很多了。

"马服君之子，赵括？"白起看着殿内的地面。

"对，武安君。如果那赵王真的将廉颇换成赵括，寡人想让你为上将军，王龁为辅，你看如何？"

【七】

"好了，你下去吧。"竹帘内，秦王抬了一下手。

白起沉默了一下，回道："大王，若我领军，我想再带一人去。"

"王翦？"王翦是青年将领中最被白起看好的一位，早年时，白起也多次向秦王举荐过他。

"不，这次不是他。"白起摇了摇头，"是我最近收的不争气的小徒。"

"哦，这样。"秦王的话里透着些意外，随后笑了笑，"不错，看来我秦国日后又多个栋梁之材，那寡人便同意了。算你的亲兵，如何？"

"谢陛下。"

宫门外，一只麻雀停在宫墙之上，风吹得它的羽毛抖了抖，随后它扑棱着翅膀飞开了去。白起迈着略有沉重的步子走了出来，看得出来，他并不轻松。他抬起头看着碧蓝色的长空，行云无际。上党……上党一役，他其实不希望廉颇被换下来，比任何时候都不希望。廉颇老矣，必然以求稳为上，固守城池。但以赵国缺粮的状况，粮道又时常被秦军骚扰，实际上已经撑不了太久了。如果一举把赵军的粮道截断，到那时，就算是廉颇也只能无奈出击，届时长期缺粮，军心涣散，军队自然战力大减，想要击破，也轻而易举。而现在换上了那个赵括，这场仗，白起万万不想遇见的就是这种愣头青。到时候，要是赵括真的转守为攻，趁着还有粮草直接进攻开战，孤注一掷地以命换命，那就真的要两败俱伤了。

赵括啊。

"老将军。"停在宫门外的车夫看到了白起，打了声招呼。罢了罢了，白起无奈地叹了口气，走了过去。

"小绿，捏捏这里，这里可酸了。嗯，对对对，舒坦。嗯。"

顾楠正斜躺在房间的床榻上。秦朝的时候还没有椅子，床既是躺具，又是坐具，平日里休息也都是在床上。一边看着白起上午给的那本《孙武兵书·始计》，一边享受着按摩，真是没有比这再舒服的事情了。她背后一个穿着裙装的小丫头听着顾楠的叫唤声，满脸通红地把手放在她的肩上轻轻地按着："姑娘，你又捉弄我。"

"哎，这怎么是捉弄呢？你按得确实太舒服了。"顾楠奸笑了一下，伸手搭在小绿的手背上。

"姑娘，你再这样我可就生气了。"小绿按在顾楠肩上的手用了用力，嘟起了嘴巴。姑娘哪里都好，是老将军的弟子，会兵法，又会功夫，人也好，不欺负下人，就是这性格太恶劣了，总是捉弄她。

感受着肩上算不上力气的力气，顾楠眯着眼睛，看着书——唉，万恶的封建社会。说实话，对于孙子兵法，她真的提不起什么精神。整本书一共就六千来个字，她前世闲得无聊的时候其实已经看过几遍了，没看全，但是也算看过。另外，她看的还是有注解的翻译版，基本把对于整本书的理解也看了几遍，就算白起回来校考，她也没什么好担心的。

《孙武兵书·始计》啊，虽然顾楠提不起兴趣，但是不得不说，作为中国现存最早的整合兵书，也是世界上最早的军事著作，被誉为"兵学圣典"的它，在兵法一道上的意义确实非常重大。虽然不知道白起为什么能拿到这东西，但这东西在战国末期就已经成册了吗？也罢，看也没必要看，起来练练矛吧。想着，顾楠让小绿停了下来，起身拿过架子上的长矛，走到了小院里。

矛作为中国的古代兵器，历史要比枪久远很多，两者之间的区别也就在杆身的软硬上，而且枪有缨，矛一般没有。顾楠之所以选择这个兵器学习，主要也是因为在她眼里，古代战将就应该是鲜衣怒马，一杆亮银长枪，在万军丛中来去无敌。

这个时代还没有枪，所以顾楠就选了比较类似的矛。矛属于重武器，在秦朝，除步卒之外很少有人用这种兵器，而将领用得就更少。因为将领一般都是骑战，矛太重、太长，在马上根本施展不开。

可是对于顾楠来说，这些都不是问题。不知道出于什么原因，她虽是女子，手头的力气却是出奇地大，说是天生神力也不为过。关键是她现在感觉她的力量还没有被完全开发出来，要是到了巅峰之处，很可能一矛下去有千斤力道，再加上矛本身的重量和长度，试问战场上谁能挡她。

顾楠拄着长矛站在小院中。九月末的天气，夏末秋来还有些微热，但是地上已经开始有了些落叶。

一阵风吹过，三两片落叶缓缓飘下，站在原地的顾楠手腕一抖，一点寒光闪起，随后近一丈长的长矛闪电般地猛然刺出，角度刁钻，如同一条黑色的毒蛇从手中蹿起，悄无声息。矛尖划过，三片落叶齐齐裂成两半，落在地上。矛头一转，顾楠自顾自地舞了起来，拦、转、拨、挑、刺、突、抹——使出，一时间小院里寒光四溢，沉重的长矛在顾楠手里挥动挑刺，速度快如灵蛇，却愣是没有半点声音。

迅捷诡诈——这是白起对顾楠用矛的评价。虽然练的时间不长，在他的眼里依旧漏洞百出，但是已经开始有了顾楠自己风格的雏形。长矛在她手中翻转，却看不出半点沙场战将的影子，更像个剑客，或者说刺客，只见寒光不见风，无声无息。

"啪啪啪。"一轮舞完，顾楠收矛回身，一旁传来了淡淡的鼓掌声，转头看去，却是白起走进小院，应是站在一边有一会儿了，脸上带着一些笑意。白起看着他的学生，本来有些阴霾的情绪也好上了不少："楠儿，你的矛已经初有火候了，之后的路需要靠你自己摸索，每个人都有自己的武道，为师也不能强加给你什么。但是切记，你的矛术诡异有余，杀意不足，倘若实战，想来是要吃亏的。"说着，他不是太在意地摆了摆手，"但是这些等日后你随为师上了真正的战阵，自会有一番感悟，你也无须着急。现在，你拿着这些银两去街上买一匹马和一把剑来。"

他从腰间掏出了五吊环钱，抛给了顾楠。

"买马干什么？"

顾楠接住五吊大钱，眼睛闪着金光。已经穷怕了的她还是第一次见到这么一笔大钞，掂量了一下，眼里却闪过一阵失望，有些轻飘飘的。唉，没有金子的那种分量，差那么点意思。

"自然是学习马术。"白起把顾楠的动作尽收眼底，看着她那副财迷的模样，一阵头大，"难不成日后你上战场，想要步行？"

"哈哈，这样啊。成，那俺这就去。"顾楠大大咧咧地把环钱往腰间一放。

"记着，买一匹中意的。是不是千里马无所谓，最重要的是你觉得可以信任它，它可能会跟着你一辈子。"

"明白了。"

看着顾楠远去的背影，白起背着手也走了出去。如果赵括换廉颇，自己也必定要到上党去，这算算，最多也还有半年的时间了。把一个学兵法不足一年，甚至连血都没有见过的小姑娘扔进这样的百万人战场里会发生什么，白起也没有底，但是他也没有别的办法了。

战场从来都是能让人最快成长起来的地方。

【八】

咸阳城的集市总是喧闹的，作为秦国的都城，这里的民生已经比其他地方要好上不少了。起码，平民百姓还能有口饭吃，偶尔有这么几个钱剩下来，还能买上些东西。

这个时候的一匹马卖多少钱，顾楠也没底。在古代交通不便的情况下，一匹马的价格相当于一辆现代的车，其中好马和劣马的价格差别也很大。顾楠的这五吊钱能买到什么样的马，她也不是很清楚。想到这儿她有些后悔，没有将白起那儿的车夫带出来，这样她起码不会被骗。依旧是那副男儿打扮，腰带中掖着那五吊大钱，顾楠四处打量着。说起来，虽然在这地方生活了三个多月，但是还真没在这城中好好逛过。整日在武安君府练武习兵，她都快忘了这外面的光景。

街上人多，两旁都是叫卖的小贩，在战国时期算得上是难得的闹市了。从未在这咸阳城里逛过的顾楠来了兴致，走走停停，东走西看，走了半个时辰，愣是忘记了买马的事情，不知不觉已经到了下午。

"老板，来一炊饼。"顾楠站在一炊饼摊前，递过一枚环钱，抓起一张炊饼就啃了一口。早晨要晨练，她一般吃得都很少；午间刚刚练完，也吃不下什么；到了这个时候，腹中早就饿了。

炊饼刚出炉，还有些发烫，带着点炭火特有的味道，算不上什么美味，但是对于一个饿着肚子的人来说，非常填肚子。买炊饼的钱是她的月钱，呃，说白了应该是类似零花钱一类的东西。月钱不多，但是简单的吃吃喝喝还是够的。

"咔嚓咔嚓。"顾楠咬着炊饼，懒洋洋地看着不同于后世的澈蓝天空。机缘巧合下，她在这个乱世生活得还算不错，起码衣食无忧。说实话，她还是很感谢白起一家人的，不仅仅因为他们收留了她，而且从白起他们的态度里，顾楠真正地感觉到他们把她当成了一家人、自己人。因为只有一家人才不会对你另眼相看，不会对你特殊对待。虽然不会对你特别好，但是也绝对不会对你恶脸相待，就是把你当成普普通通的一员。这样的环境却是顾楠这个孤儿没有体验过的。她知道白起教导她有他的想法和所求，她也经常能看到白起对着一处发呆。那个样子，不像战国杀神，反而像个普普通通的老人为事而愁。她不知道那是什么事，也不会去问。她只知道总有一天白起会把这件事情告诉她，而她，会竭尽所能地去完成，不需要任何理由，就算是她的报答。

"咔嚓。"最后一口炊饼下肚，顾楠拍了拍手准备去买马，却突然感觉到腰间有一只手攀了上来。一瞬间她就想清楚了是什么事，苦笑了一下，还真是因果报应啊。

"啪。"练了三个月武学的她出手迅速，力道、反应都有了很大的提升，只是一个念头，就已经抓住了小偷的手。

"得，果然是天道好轮回啊……"前几个月她还在偷别人，这下轮到自己被偷了。郁闷地转头看去，顾楠却一愣。站在她背后的是个蓬头垢面的小子，只有五六岁的样子。

这小子有个令人印象深刻的地方，他的眼里没有一点怯意，那是一种很不一样的眼神，冷静、倔强。他看到顾楠已经抓住了他的手，咬了咬嘴唇："要怎么样，随你的便吧。"

怎么说呢？这个家伙的反应更像个成年人，而不像个孩子。

还真是个不可爱的小鬼。顾楠不爽地撇了撇嘴巴，看了一眼男孩，犹豫了一下，从怀里拿出了一吊钱，放在了小男孩的手里，然后松开了他的手，淡淡地说道："自己去买点吃的。"

这下，那男孩呆住了，默不作声地看着手里的钱币，反倒说不出话来。

"多的没有了啊。"顾楠自己手里的钱也不多，剩下的是买马的钱。

男孩突然问道："你叫什么？"

"嗯？"顿了顿，顾楠才说道，"顾楠。"

"我叫卫庄，这钱我以后一定会还给你。"男孩坚定地点了点头，弯腰鞠了一个躬。

"随便你了。"没有听清少年的名字，摆了一下手，顾楠离开了小摊。走在街上，顾楠默然地看着四周，知道了为什么三个月前白起会给她一口饭吃。在这个乱世中，错的从来不是这些百姓，更不应该是那些流落街头的孩子，可无家可归的是他们，食不果腹的是他们，饱受苦难的也是他们。

算了，我也改变不了什么，不是吗？

顾楠摇了摇头，甩开那些不切实际的念头。她不是什么救世主，也不是圣人，没有那么伟大的救苦救难之心。对于她来说，赚点小钱，做个地主老财，也许就是不错的人生目标。

"阁下这样放那孩子离开，就不怕他重操旧业，走上歪路吗？"

顾楠的背后突然传来一个声音。声音不重，却浑厚清晰，听得出来这人气血充足，应该是个二三十岁的男子。她回头看去，也确实如此。来人年纪在二十岁上下，身上穿着一件官家长袍，看上去是个仕途中人。应该说不愧是咸阳城吗，遇到做官的这么容易？

顾楠扫了他一眼，不轻不重地回了一句："哦，那你有什么高见吗？"

王翦本来只是在集市中闲逛，却远远地看见一个小男孩小偷小摸地站在一个"少年"背后，正想上前阻止，那小男孩却已经被"少年"抓住，本想着"少年"会带着小男孩去官府，谁料"少年"给了小男孩一串铜钱，就自顾自地离开了。他很疑惑，这才上前叫住了"少年"询问。

要知道自商鞅变法以来，秦国的法律可以说是十分严苛，"少年"这般行事，要是被人知道，说不得被判一个同罪责罚。

"少年"被他叫住，回过了头。

而对方回头的那一刻，王翦却傻傻地愣住了。

【九】

王翦说不出那是一种什么感觉，本来远远地看是没有看清的，如今才发现这"少年"竟是个女子，虽是一身男儿打扮，但是从气息和脚步上就能看得出，多了一分轻灵，少了一分厚重。那是一张玉琢似的面孔，就像被人精心雕琢的一般，找不到半点瑕疵。和那令人惊叹的俊美不同，她穿着一身宽大的青色长袍，干练的长发垂在肩上，带着一种独特的气质，剑锋般锋锐的眼神却带着一点淡然和慵懒。很少见到女子能有这样锋锐的眼神，或者应该说是世间少见。

"我说，你干吗？"顾楠挑了挑眉头。这人叫住她之后就站那儿发呆，也不知道在想什么。

"啊。"王翦惊醒了过来，手足无措地拍了拍自己的衣摆，"在下，王翦，见过这位姑……兄弟。"

既然人家穿着一身男装，想必有自己的苦衷，王翦也不想说破。

王翦？顾楠的嘴角抽了抽。她历史学得不好，但是起码记得这个名字——战国四名将之一，帮助秦始皇荡平六国的主要功臣，大将王翦。

这个人大器晚成，一直到秦始皇时期，才开始崭露头角，前面的昭襄王、孝文王、庄襄王都没有用他，想来现在应该是公元前 260 年前后。至于秦始皇，长平之战这个时候，应该刚好是他出生的前一年。顾楠心想：没想到在这种地方都能遇到这家伙，应该说我倒霉吗？顾楠很不喜欢和这些人扯上关系。她的梦想只是做个混吃混喝的平头百姓，或者做个地主，买几个侍女。嘿嘿，整日逍遥自在，那才是过日子应该有的样子。

她已经和白起扯上关系了，要是再和这个王翦扯上点关系，到时候真的打仗了，他把她拉上战场，她上哪儿哭去？死都不知道怎么死的。

"见过。"想到这里，顾楠拱了一下手算是一个回应，"如果没别的什么事的话，我就先走一步了。"

和这种人还是不要有什么交情的好。暗自打定主意后，顾楠就准备离开了。

"啊，那，那先别过了。"王翦完全没了之前的气势，含糊地说了一句。看着顾楠走远的样子，他眼里带着几分留恋。那女子，却是好生英气。

买马的地方在东市，那边有几处马厩，还会同时出售一些草料和马具。

"哎，客官，要不要看看马？上好的千里马啊。"一个马夫看到顾楠，便是眼睛一亮。他从没见过这么漂亮的"男人"。身上的衣服不算精美，但也绝不是普通的料子，应当是一富家公子，而且看她左顾右盼的样子，想来是个不懂行的人，说不定能赚上一笔。

顾楠听到有人在唤自己，看到那个马夫，便走了过去："这地方有几家卖马的？"

"这地方卖马的只有五家。"马夫搓了搓手，"可是要说这好马，只有我这一家。不是我吹，公子你看啊，这些，每一匹都是难得一见的好马啊。"说着就牵住一旁马的缰绳，把马拉到了顾楠面前。那是一匹黑马，毛色确实油光发亮，健美的肌肉分布在身上，倒是真有几番神骏不凡的样子。

"这马多少钱？"

"嘿嘿，公子好眼力，不要多的，八吊大钱，这马就是你的了。"

八吊？顾楠郁闷地看了一眼这马，她身上也就只带着五吊而已。

"我还是再去别家看看吧。"

"哎，公子，你再看看啊，可以便宜一些的。"

折腾近半个时辰，顾楠已经走到了最后一家卖马的地方。前面四家她也都看了，但是对上眼的太贵，便宜的又看不上，想来也多是无奈。也罢，还是先看这最后一家吧。要是真没有，她就先打道回府，明日再来看看，说不定还能把明日做功课的时间糊弄掉一些。

"客人，看马啊。"本来还靠在马厩边上的马夫看到顾楠走来，连忙迎了上去。他们这家马厩开在街尾，来的人不多，一天卖不出去几匹马，为这事，他现在也正愁着是不是要换个地方。

"你们这儿一匹马多少钱？"顾楠毕竟囊中羞涩，只能先开口问道。

马夫毕竟做生意这么多年了，也是个会察言观色的人，看到顾楠这样子，心里也有了些底，介绍道："这好马呢，七吊钱，稍微差一点的两三吊就可以了。"

"那能否带我先去看看？"

"当然，公子这边请。"马夫把顾楠引进了马厩，里面有十几匹马，品种、毛色皆有不同。顾楠却第一眼看到了被关在最外面的一匹黑马。这马的毛算不上好，颜色却是纯黑的。顾楠之所以第一眼就看到了它，主要是因为它的脸上有一道疤痕，从眼睛贯穿，差不多七八厘米长，让这马平添了一股凶戾之色。黑马看到顾楠注视着这边，轻轻地瞥了她一眼，就移开了视线。

马夫看到顾楠看着那黑马，不太好意思地说道："公子，您看着的这马不太好弄啊。"

"怎么？"顾楠疑惑地皱了皱眉头。

"这马我们抓的时候就是如此，一副无精打采的样子，跑得也不快，力气也不大，就是难驯，根本骑不了。你要是一骑，它就又是甩又是咬的，一副要死要活的样子。若是好马，难驯也就算了，倒也卖得出去，可惜它本身也不是好马，顶了天也就是一般的品类吧。"马夫叹了口气，似乎是在后悔把这匹马抓回来了。

跑得不快，还很难驾驭，顾楠听到这里，眉头也皱了起来。黑马听到了老板的话，就像听懂了一般，不屑地撇过了头。顾楠走到了马厩前面，看着里面正无精打采地嚼着马草的黑马。它身上有不少伤痕，有的刚刚结痂，有的还淌着血。黑马注意到了她，也看向她，刀疤下的眼睛黑白分明。一种说不出来的感觉……那种挑衅般的眼神。过了半天，顾楠撤回了视线，撇了一下嘴巴："老板，就这匹吧。"

"客人，您确定？"马夫不太放心地问道。

"嗯。"顾楠从腰带间拿出钱递给马夫："多少？"

"呃，那就收您一吊好了。"

顾楠付了钱，牵着黑马的缰绳从马厩里走了出来。

太阳快落山了，街道变得有些微黄，路上的人少了很多，摊主们也准备收摊回家了。

"嗒嗒嗒。"

一人一马走在街上，黑马扯了扯缰绳，没有扯动，也就没再挣扎过。

"喂，"顾楠看了这身边的马，要比她高出大半个头，"要不是爷钱没带够，也不会买你这样的。但是既然你跟了爷就好好干，爷以后一定让你吃香的喝辣的，你听到没有？"

也不知道那马儿听没听懂，黑白分明的瞳孔扩散了一下，然后似乎不屑地看了一眼顾楠，马蹄蹬了蹬地面。

"噗。"打了一个响鼻。

【十】

"这就是你买的马？"白起伸出手拍了拍黑马的背，并不能算壮，但是肌肉棱角分明，"一吊的话，确实还算不错了。"

他也是比较汗颜的。别看他是堂堂武安君，爵位也是最高的大良造，但是说富的话，绝对也算不上富。他是军职，没有文职那么有油水，加上家里管钱的是魏澜，他的私房钱实在没多少，拿出五吊大钱给顾楠买马已经是大出血了。其实完全是他自作孽，要是他去和魏澜说要给顾楠买马，魏澜也不可能不同意。本来想着也只是让顾楠暂时用用，先把马术学好了，等过段时间再给她换匹好的，但是顾楠用一吊钱买的这马确实也出乎了他的意料。这马不像普通的蒙古马那么矮胖，看上去非常健美不说，肌肉的分布也非常棒，算得上是一匹良驹了。无非就是长期没有吃好，有些营养不良，这些是可以调整回来的。在他看来，这匹马虽然不错，但也就是不错而已，算不得什么绝世好马，配他的弟子还是差点。

顾楠靠在一边的墙壁上："还有师父，你让我买的剑我也买回来了。我还要学剑术吗？这就免了吧，我觉得长矛就够用了。"说着摆弄了一下手里的青铜①剑，只是一把很普通的秦国剑。不得不说，秦国的铸剑水平确实要领先其他国家很多。其他国家的青铜剑长度都在 50 厘米到 60 厘米，最长也不过 70 厘米，但是秦国的铸剑术能够将青铜剑做到 80 厘米甚至 90 厘米，最长接近 95 厘米。这样，在两军交战的时候，秦国士兵的青铜剑总是能够先一步刺中对方，大大增强了军队的战斗力。

"哟。"白起敲了一下顾楠的额头："什么叫'就免了'？剑术是近距离交锋的利器，你那长矛在马上虽霸道，但是在步战中未必施展得开。"

"哟。"白起的力道不小，痛得顾楠吸了一口凉气，"我知道，我知道，一寸长一寸强，一寸短一寸险嘛。我学就是了，动什么手啊。"

"一寸长一寸强……"白起把顾楠说的话又嘀咕了一遍，眼睛一亮，笑着说道，"不错，你这两句话虽然粗浅，却是把百家兵器都概括在内，甚是精辟。"说着便看着顾楠叹了口气，"可惜啊，你这人太过慵懒，这般天赋却被你这丫头如此挥霍，真是暴殄天物。"

"是是，您批评的是。"深知白起性格的顾楠知道要是现在还犟嘴，怕是免不了一顿教育，只能口是心非地应和着，"那师父，我们什么时候开始练马术和剑术？"

"明天。"把顾楠这漫不经心的模样看在眼里，白起无可奈何地冷哼了一声，"老夫还得拉下我这张老脸去给你找两个老师。"说完，转头看向这马，"这马以后就是你的了，怎么样，要不要给它取个名字？"

顾楠和黑马的视线撞到了一起，马脸上的刀疤依旧狰狞。思索良久，顾楠眼睛一亮，似乎是想出了什么特别好的名字，认真地说道："就叫它狗蛋好了。"

"啪。"黑马一个腿软，差点坐在地上。白起也脸色一白，一副欲言又止的样子。虽然不能打击顾楠的积极性，但是这要是被人知道他白起徒弟的坐骑叫作狗蛋，他的老脸往哪里放？看着在那扬扬自得的顾楠，黑马直接一马蹄踢在地上，踢起一片泥土，打在了顾楠的身上。

"哇，你这劣马，不行，我要去退了。"

白起反倒暗暗赞赏地看了一眼黑马。"不错，这马倒是通几分人性，我倒是小看它了。"顺势说道，"楠儿啊，你看这马似乎也不喜欢这名字，不然你换一

---

① 青铜是现代的叫法，古代的青铜器是金色的，没有氧化，也叫"金"。

个吧。"反正绝对不能叫狗蛋。

第二天。

"武安君。"武安君府前堂，一个年轻人走进来拜道。

大堂内，两个老者正互相寒暄着，其中一个是白起，另一个人穿着一身白色的布袍，身边放着一把古剑，给人一种捉摸不透的感觉。

年轻人愣了一下，问道："这位是？"

"嗯，这么快就来了，我还以为你会晚一点呢。"白起看着眼前的年轻人，眼神里带着一丝欣慰的神色，指了指身旁的老人，"这位是我的一个老朋友，你叫他老鬼便是。"

如今整个大秦，能让白起这么看待的年轻人只有两个。一个是他前几个月收的弟子，一个就是眼前的这个年轻人。他曾经和秦昭襄王提过这个人很多次，可惜昭襄王一直没有重用。

王翦擦了擦额头上的汗，躬身苦笑着说道："鬼先生好。"

"嗯。"老人赞许地看了一眼王翦，微微颔首，算是见过了。此时要是顾楠在堂上的话，估计会很郁闷。她不想和王翦这种日后的大将走得太近，不然很多事很可能被他们牵扯。他们倒是没什么，她小胳膊小腿的可经不起折腾。她怕是怎么也想不到，昨天刚在街上偶遇的王翦今天居然就来了府里。

"坐吧。"白起笑眯眯地指了指身前的另一个位置。

王翦深知白起的性格，并不在意上下之间的那种俗礼，道了一声"谢"，对着另一边的老者行了个礼，就坐了下来。

"其实也不是什么大事。"看着王翦，白起抚着胡子说道，"我最近收了一个弟子，你知道吗？"

"啊，这件事情在大人们之间都已经传开了。他们都说最近的武安君总是一副春风满面的样子，想来那一定是个极其聪慧的弟子吧？"

"哈哈，还好还好。"白起笑着摆了摆手，"不是老夫自吹自擂，我那弟子要是成长起来，也会是一员大将，说不得不会比老夫差。"

王翦看着白起的样子，不苟言笑的脸上露出了一些笑容，他很久没有看到白起如此笑过了。白起是不会乱说话的，他既然这么说，就说明那个人有这个能力。毕竟还是年轻气盛，王翦心里顿时升起了想要和那人较量一番的心思。

坐在一边的白袍老人拿起面前的茶杯，浅饮了一口："你怎么说是一回事，如果她给我足够的惊喜，我便是教她些剑术也无妨。"

白起眼睛一亮。要不是这老鬼今天来咸阳城是要带走一个他看中的孩子作为弟子，能不能请他来府上都还是两说。为了让这老鬼同意教他的弟子，他已经费了半个早晨的口舌："老朋友，我们可是说好了，今天把你请来可不容易，到时候别又用那套什么纵什么横忽悠我。"

"哼，"老人轻哼了一声，"以为我是你吗？"

喝了口茶，白起继续说道："好了，谈正事。小翦，我今天让你来，其实是想让你小子帮我教一下那孩子马术，而这位老先生则负责教剑术。"

"本来老夫准备自己教的，但是毕竟年纪大了，手脚已经没有那时候那么灵便了，加上老夫的马术也不能算上佳，左右思量，就找到了你。怎么样，帮老夫个忙如何？"

已经隐约将那人当成日后对手的王翦带着几分期待，说道："将军所愿，王翦自然义不容辞。"

"好！那孩子现在应该还在院里练武。老鬼、小翦，我们一起先去看看也好，请。"

"带路吧。"

"不敢，将军请。"

【十一】

此时的顾楠正在小院里拿着一把青铜剑乱舞，而专门照顾顾楠的丫头小绿站在一边，一脸崇拜地看着场中的顾楠。顾楠没学过剑，手头上的剑术自然是不堪入目，毫无章法可言。但是她有着过人的力道和速度，手中的三尺青锋愣是被她舞得光影幢幢，甚是好看，在内行人眼里自然是不值一文的，但是忽悠忽悠小绿已经够了。

"姑娘，你这练的是什么剑法啊？真好看。"看着在院中树下舞剑的顾楠，小绿脸上红扑扑地问道。姑娘真是厉害，练什么都这么厉害。听到小绿的问题，顾楠停下，又起了几分捉弄的心思，收剑而立，站在园中，摆出了一副高深莫测的形象说道："独孤九剑。"

"独孤九剑？"

"嗯。"顾楠点了点头，沉默了一下，眼神"深邃"地看着天空，"你知道，什么是剑吗？"

正准备走进小院的白起三人远远地就听到了这样的话。王翦疑惑地听着院内传出来的女声，心想：武安君的弟子难不成是个女子？随即又回想了一下，这个声音他似乎在哪里听到过。白起的额头上暴起十字青筋：这浑丫头又乱说话，剑都没学过，在那儿瞎显摆什么？

当即就准备走进去，却被身边的白袍老者拉住了："不急，我倒是想听听她怎么说。"

小绿苦恼地抓了抓头发："姑娘，我怎么会知道呢。"

顾楠将剑横在面前，默默地摸过剑锋，指尖感受着其上的点点寒意："在我看来，剑分为五个境界。利剑、软剑、重剑、木剑和无剑。"

听到这儿，站在院外的白起愣是没急着进去，对着身边的白袍老者汗颜地说道："见谅啊，我家这姑娘总喜欢逗弄自家的下人。"

另一边老人的眼睛却眯了眯——利剑、软剑、重剑、木剑和无剑？

"姑娘，"小绿吐了吐舌头，"我还是不懂。"

顾楠看了她一眼，像是无奈地叹了口气，实则心里暗爽。她将剑缓缓刺出，以她现在的准头和腕力，剑尖平稳地刺穿了一片落叶。"利剑无意，凌厉刚猛，无坚不摧，借宝剑锋利将招式发挥到极致，出剑精准、出手快捷、料敌之机先、觑敌之缺漏而所向无敌。软剑无常，招式已经发挥到极致，但追求变化，招招抢攻、式式求变，并以变与快取胜。无招无迹，无常无端，玄乎离奇。重剑无锋，大巧不工。如此境界，不论对手如何，武功变换多少，只需一剑破之。一剑，破尽天下万法。木剑无形，剑术到了此步，不滞于物，草木竹石均可为剑，飞花摘叶皆可伤人。剑是什么，已经不再重要。最后，无剑无招。这个境界，也是我能看到的最后一个境界了，举手投足间俱是天地演化，直指源泉。天地间已经没有剑，也已经只有剑。"

顾楠握着剑，翻出一个粗劣的剑花，将寒锋缓缓收回了剑鞘中，带着一股"怆然"的气势，恍若已登峰顶，再无前路一般："这就是我看到的剑。"

"利剑、软剑、重剑、木剑、无剑，五剑五境……"院外，白袍老人呆呆地注视着前方，也不知道他在看什么，就连白起都愕然地低头看向自己腰间的青铜剑。五剑境界，却是已经将这三尺青锋讲得不能再透彻了。最后的无剑境界，以天地为剑，是何等豪迈。这丫头真没学过剑术？

白袍老者的一身剑术已经冠绝天下，若只说剑术，天下间应是再没有人是他的对手。很久以来，就连他自己都以为，自己的剑道已经走到了尽头。但最近，他却于冥冥之中感觉，前路或许还有更高的境界，奈何始终找不到方向，直至他听闻了当下的这段话——五剑之说，直指剑途大道！以他的境界来看，他应该还在重剑巅峰的阶段。他虽然用的不是重剑，但是已经到了一剑破尽天下万法的地步。本以为再无路可走的他如今却被指出了一条路，这条路之后，还有整整两个境界要走，足以穷尽他此生。

老人身上猛然乍现出一股磅礴的剑意，直冲云霄。只需要几天的参悟，他就能到达全新的境界，而且很可能是前无古人的境界。猛然出现的气势吓了顾楠一跳，她只感觉一股难以言说的锋锐从门外蹿起，似要刺破苍穹。

"哈哈哈哈哈。"院外传来一阵中气十足的大笑，随后一个白衣老人大步走了进来，"丫头，你可愿随我学剑？"

等等，你谁啊？

"我确实没学过剑。"内堂里，顾楠端坐在中间缩着头，小声地嘟囔着，"刚才说的那些，只是我瞎说而已。"

她现在只想打自己一巴掌。只是调戏一下小绿，怎么什么话都说？说就说了，居然还被人听到了，这下她是真的百口莫辩了。

"瞎说？好一个瞎说。你信不信，老夫要是把你这瞎说的五剑之说传出去，会有多少剑客争破了头来求你说个明白？"

白袍老者坐在旁座说道："看你的样子也才十几岁吧，就已经将剑道参悟得如此透彻，便是说天纵奇才也不为过了。"

"楠儿，你老实和为师说，你真没学过剑？"白起还是不放心地问道。

如果顾楠之前学过剑，他现在说什么也不会让那个老鬼教什么剑术。不同的剑术理念混杂不是大事，但是顾楠的剑道已经隐隐自成一派，如是本身还学过剑术，只要一路练下去即可，任何多余的理念都只会断送了她的根基和传承。

"你只要说你学过，师父现在就把这老鬼打出去。"

这事关乎顾楠的前途，白起实在不敢大意。

顾楠无力地点了一下头，说道："师父，我真没学过。刚才那些，是我跟小绿瞎显摆的。"说完，就被白起瞪了一眼。

"不错，本来还怕珠玉在前，老夫教不了你，现在既然你没学过，老夫便是厚颜相授又如何。"白袍老人面色红润地说道。他的门派本是有规矩的，每一代掌门只能收两个弟子。但是如今他因为顾楠的几句话，剑术有了突破的可能，可以说顾楠给了他一个天大的机缘，那他教个剑术又何妨？何况他们门派最重要的传承不是剑术，只教人剑术，不算收人为弟子。

但是随即他似乎又想起了什么，皱着眉头看向白起："倒有一个，白老头，她现在已经十几岁了吧？这个年纪才开始练武确实晚了些，日后内力修习起来怕是会很麻烦，少有大成的希望了。"

这句话听得顾楠吓了一跳：内力？这个时代有这种东西？那不是武侠世界里的吗？

她转头看向白起，却见白起无所谓地点了点头："内力的事情我有考量，你只管教你的剑就是，不需要考虑这些。"

还真的有？！顾楠的嘴巴几乎可以塞下一个大包子。如果这个世界有内力，那岂不是真的有那些裂山开石、乘风追月的功夫？

"那就正式介绍一下吧。"白起出了一口气，这一早上出了不少事情，"这位就是我前些日子收的小徒，顾楠。"

"楠儿，这两位就是我给你找来的老师，分别教你剑术和马术。这位是纵横家鬼谷子，这位是兵家王翦。"

纵横家，这个称呼顾楠倒是听过。那个"诸子百家，唯我纵横"的纵横家，如此想来剑术绝对不会差。内力啊，顾楠满怀期待地起身对着穿着白袍的鬼谷子拜道："学生顾楠，见过鬼谷子先生。"

"嗯，免礼吧。"鬼谷子笑着抬了抬手，他的心情很好。本来来咸阳城只是为了带走那个有些天赋的弟子，没想到机缘巧合，突破了几十年没有再动过的剑术境界。

顾楠转身拜向另一边："学生顾楠，见过王……翦先生？"才说到一半，她就发现了这个名字的不对，抬起头愣愣地看向那边。只见那边坐着一个年轻人，一直没说什么话，让顾楠都差点忽略了他，现在才看到，不正是昨天街上遇到的那个王翦吗……

看到顾楠看向这边，王翦的脸红了一下。昨天的那个回眸，他现在依旧记忆犹新，没想到她竟然就是白起的弟子。他双手僵硬地抱拳说道："见过姑娘。"

顾楠也回以一个僵笑："见过。"

【十二】

烈日炎炎，一柄寒光闪闪的青铜长剑横在半空，剑锋却是发着颤的，就像被一个七旬老头握着。可惜握剑的不是老头，而是个英气的姑娘。此时的她长发散乱，额头上布满汗珠，时不时还有几颗从脸颊滑落，滴落在脚下的沙土里。在她的不远处，两个老人正坐在一旁的屋檐下着棋，喝着茶，颇有一番谈笑风生的样子。八九月的天气，虽然夏天已经快要过去，但正是炎热的时候，站在日头下只感觉皮肤就像被火烧着一般难受。

顾楠咬着牙将长剑一甩而出，剑锋发出一阵嗡鸣，又是凌然刺出，直直地横在半空。这一个上午，她已经刺了上千剑，就是体力过人，也感觉已经有些吃不消了，手上就像缠了几十斤的石块一样，抬都抬不动，更别说刺剑了。

"出手力道不够，速度也差了不少，重来。"坐在一旁阴凉处的白袍老人看着棋盘，头也不抬地说道。只是听到顾楠刺出的剑的锋鸣，他就能知道顾楠刺出的剑怎么样，撇了撇嘴巴："我说顾丫头，你这可是越刺越差了啊。"

你刺几千次试试！听了老头子的话，顾楠翻了个白眼。但是转念一想，他估计还真行。于是她也就没有找不自在，咬着牙，抬着已经有些红肿的手腕一剑一剑地刺。这老家伙说是教剑，第一个星期却只是让顾楠练基本功，别的，别说剑术，连剑招都没看到过。顾楠心想：所以说，如果只是这样的话，我自己不能练吗？还给我请了个大爷来整天在这儿坐着，不管我在院子里怎么有苦难言。

屋檐下，白起和鬼谷子相对而坐，一个身穿白袍，一个身穿黑袍，各持黑白子，悠然自得地下着棋。

白起轻轻地将一枚棋子放到棋盘上，抬头看一眼正侧眼看着顾楠的鬼谷子，勾了勾嘴角，摸着胡子："鬼谷子，我这徒儿如何？"

鬼谷子这才扭过了头，挑了挑眉毛，看着白起自得的样子，无奈地摇了摇头，小声地说道："武学奇才。常人刺剑，千剑已不得再刺，否则剑锋无力，恐伤其根本。你这徒儿，已数千剑有余，剑锋依旧凌厉生风，只气力不足。难得。"说着，拿着白子落到棋盘中，"我观这几日你教她兵法，虽还稚嫩，却已有大家风范，便是千挑万选，也难有的良木。"说着，叹了口气，狐疑地看了一眼白起，"我说白起，这丫头，真是你随便上次街就拐来的？"

"嘿，"白起当即吹起了胡子，"什么叫我拐来的？她可是心甘情愿拜我为师的。老夫此乃天眷，你怎么说得如此难听？"说完又将一枚黑子落下。

"要不是你已经捷足先登，"鬼谷子又看了外面的顾楠一眼，"我说什么也要把她带回我们鬼谷，纵横治学，说不得日后可匡安天下。"

听到鬼谷子这么说，白起可不干了，连忙把鬼谷子的头扳了过来："看什么看什么，想什么呢？我徒弟！老流氓，她日后要成为我秦国大将。"

鬼谷子怨怨地回过头，瞥了一眼白起："目光狭隘。这天下大，还是这秦国大？"

"我秦国自是能安得天下，到时这秦国便是天下。"白起笑了笑，自信地说道。

鬼谷子没回话，看了一眼白起，低下头开始下棋。

两人又安静了下来，不言不语。

良久，鬼谷子才重新说道："你还是固执己见。"

白起依旧笑着。

"一人，安不得天下，一国可安。"

"你真的，认为这秦国……"

鬼谷子没有说完，白起却已经摆了摆手，打断了他的话："不是我认为这秦国如何，而是必须有一国安此乱世。"

"白起，我还是要和你说一句，女为兵事之有，为将事者，可是少之又少。"

"我，自有打算。"

鬼谷子拿起棋盘旁的一杯茶，饮了一口，不知是叹息还是感慨，幽幽地说道："希望吧。"

此时日头正高，加上顾楠已经累得快昏过去了，自然是听不到白起和鬼谷子在说什么，只是僵硬地一剑又一剑地刺着，这时小绿走了进来。

"小绿，小绿，救我，快扶我一下。"顾楠压着声音，低促地叫道。小绿看着姑娘满头大汗的样子，掩着嘴巴笑了笑："姑娘，小绿也没有办法，这是老爷的吩咐。姑娘你就乖乖听话吧，老爷也是为了你好，而且啊，我是来通报的。"

"通报？"顾楠一愣，"通报什么，这府里还能来客人？"白起的家可绝对算得上冷清，一个月都不见得来一个客人，有什么好通报的？

"是姑娘的马术先生来了。"小绿笑眯眯地说道。说完，也不管顾楠的脸色发黑，一溜烟地走了。顾楠差点一跟头摔在地上，手发着抖。

得，这一个还折腾不过来，又来了一个。

天啊，我又不想打仗，学这些有什么用啊？

"老爷，王翦先生来了。"

小绿款款地行了一个礼，站在白起的身边，恭敬地说道。

"哦，他来了。"白起摸着自己的胡子，轻笑了一声，"以后他来就不用通传了，怪麻烦的，直接进来就是。"

"是，老爷。"小绿笑着抿了抿嘴巴。本来她就说自家老爷最不在意这些东西，奈何那王翦先生非要她通传才肯进来。小绿退了下去，临走的时候还对咬牙切齿的顾楠调皮地笑了笑。

不行了不行了，这丫头到时候非得教训教训不可，不然还真不把她放眼里了。顾楠手臂打战地举着剑，奈何没有白起的指示，还真不敢放下来。别看那老货平时都笑眯眯的，严厉起来那眼神，被定定地这么看着，顾楠就根本不敢说话了。没多久，一个穿着马服的年轻男人走了进来，看着站在院子里练剑练得满头大汗的顾楠。此时的顾楠头发有些散乱，沾着汗水贴在脸上，却别有一番风采。他当下不自觉地痴痴看着。顾楠发现了看着自己发呆的王翦，脸色青了。这是在看她笑话吗，浑蛋！嘴角抽了抽，顾楠僵硬地干笑了一声："王翦先生，你来了。"

【十三】

王翦被顾楠的声音叫醒，这才反应过来，自己盯着对方看了半天，有些不知所措地抓了抓头发，手忙脚乱地说道："姑娘如此勤学，剑术已有小成，日后前途不可限量。"

喊。顾楠翻了个白眼，站着说话不腰疼啊。

白起的声音却从屋里传来："哈哈，小翦，不要再夸她了，免得她找不着北。既然来了，今天就在老兄这儿用饭，过会儿她的马术课可还需你多多费心了。"

"不敢。"王翦连忙行礼，"马术课本是我的责任，自是要用心才是。"

虽然武安君总是没有架子，也看得起他这样一个小小的军官，但是毕竟上下有别，该有的礼数是不能少的。

"你小子，"白起笑骂道，"为官为政的那一套不要在这里摆出来，免得我把你打出去。"

王翦笑了笑。官场风险，他经历了不少，所以做事总是习惯小心。白起一直待他如自己的后辈，也只有在白起面前，他放得开点。听着白起的教训，他自然认真地点头："白先生说的是。"

"好了，不说了，我们先吃饭。"

"好了楠儿，可以休息了。"说着，白起拍了拍身上看不见的灰尘，站了起来。一边说着，趁鬼谷子还没反应过来，一边就已经开始收棋了。

鬼谷子看着面前突然乱了的棋盘，苦笑了一声："你个老贼，要输了就收棋？没见过这样的。"

"嘿，什么叫要输了？就刚才的局面，再下十子我就能胜你，给你留了个面子，你懂不懂？"

反正棋盘已经收了，白起睁着眼睛也不怕说瞎话，一张老脸更是早已经刀枪不入。

"当啷。"

长剑直接被摔在地上，顾楠也一屁股坐了下来，右手的手臂几乎已经没有感觉了，浑身上下都在打战。别看只是练一刺，这一刺里面要带动浑身的肌肉，几千次下来，她都快去见阎王了，只感觉身子都不是自己的，也许这就是灵魂出窍的感觉。一边想着，顾楠一边苦笑着卷起袖子，右臂的手腕红得发紫，肿了一圈。

"给老头子看看。"顾楠抬起头，却发现鬼谷子站在她的身边摸着胡子，她咧嘴笑了笑，把手伸了过去，"没什么大事。学剑之人，手关乎根本，不可小看。"

鬼谷子把手放在了顾楠的手腕上，她只感觉一股温润的热流从手腕处流过，发现手上的红肿已经退下去不少。内力吗？顾楠感觉着从手上流经而过的气流，眼中露出惊奇的神色。

不久，鬼谷子放开了手，而顾楠的手已经完全消肿了，除了还有一些无力，其余已经没有什么大碍了。

鬼谷子摸了摸自己的胡子："丫头，你对你老师怎么看？"

"我的命是他救的。"

鬼谷子的嘴角一咧，就像听到了什么很有趣的事情："就这么简单？"

把自己的袖子放了下来，顾楠理所当然地问道："还需要别的理由吗？"

"是，确实就这么简单。"鬼谷子笑了一下，"可是这个世道总是复杂些。"说着，拍了拍没听懂的顾楠的脑袋，"好好学剑，你的剑也许真能让人期待一番。"说完，向大堂走去，只留下顾楠一个人不明所以地坐在原地。

小黑正站在马厩里打盹，纯黑色的尾巴拍打着，时不时打一个响亮的鼻鼾。哦，小黑就是顾楠买回来的黑马。那日之后，名字实在是定不下来，就改了这个，也算是凑合。至少白起认为，比狗蛋什么的，要好很多。这段时间，小黑在这地方，绝对算得上吃好喝好。因为是顾楠的马驹，白起也特意叮嘱，所以下人照顾得格外用心，就连吃的马草都要今早刚买的才喂给它。时间久了，它也有了一个名头，叫黑哥，对它的照顾几乎比对白起的马还要好。黑哥站在马厩里晃了晃脑袋，睁开眼睛，看到一个人贼溜溜地走了过来。顾楠手里拿着一捆马草，奸笑着晃到了黑哥的面前。"黑哥。"顾楠向前凑了凑，嘿嘿一笑。

"噗。"黑哥打了个响鼻，就像在问什么事一样。顾楠也不知道它听不听得懂，拿着一束马草递到了黑哥的嘴边："我跟你说实话，第一眼见到你，我就觉得你不凡。看看这体格，看看这毛色，再看看这疤，那是平常的马能有的？"

黑哥看了一眼顾楠，眼神里似乎带着一些轻蔑，但还是低下头把顾楠手里的马草咬进了嘴里。

看着黑哥吃了马草，顾楠笑着搓手说道："到时候练骑术，马场上，您还是多多担待啊。"这可是她第一次骑马。要明白，马术的危险性绝对可以说是非常高的，更何况是在秦时，这时候的防护工作十分简陋，要是惊了马或是把人从它身上甩下来，再踩上几下，不死也落个半残啊。古时那些从马上摔下来的，落个终身残疾也算轻的了。在顾楠眼里，马术除了目的性不同，和斗牛的危险程度差不多。好吧，其实只是她面对这些中大型生物比较尿而已。她以前也只是个普通人，说不紧张是不可能的。

站在不远处的王翦看着顾楠的样子，讪笑了一下。训练之前，他其实只是象征性地让顾楠和自己的马亲近亲近，谁知道顾楠居然真的和马聊上了。练习马术靠的是控马能力，像和马心思相通什么的，根本就是谣言。马即便有灵性，也远没有达到那种地步。总的来说，顾楠现在的行为……有点蠢。

擦了一下额头上若有若无的汗，王翦对着身边的白起说道："顾姑娘还真是与众不同啊。"

白起的胡子一抖，显然是呛了一口气。

【十四】

"马术之说，追根究底，不过三式。"王翦坐在自己的枣红马上，一手拉着缰绳，一边对站在一旁的顾楠讲解着。别说，平时看他总是发呆，真正说到正事的时候还是挺认真的。"其一，为静驭，固己身，不动为本，驾轻就熟；其二，控首尔，掌进退，驾左右而行；其三，为催行，急驾飞跃，皆以其为本。控其三术，马术自是可通无碍矣。首先是驭，上马试试。"

说着，王翦看向顾楠，抬了抬下巴。顾楠牵着黑哥的缰绳，侧过头看着黑哥健壮的蹄子，咽了口口水。她想：早知道当时就应该买一匹温顺些的。这匹劣马，钱是省了不少，可要是把我摔下来，我不想下半辈子都在病床上度过啊。

看出顾楠的犹豫，白起似笑非笑地说道："楠儿，上去试试，我、鬼谷子、小翦都在，这马自是伤不了你的。"

我不试成吗？顾楠露出了一个比哭还难看的微笑，拍了拍黑哥的马头，小声地说道："黑哥，就看在刚才马草的分儿上，俺求你配合些啊。"

"哈哈哈。"鬼谷子看着顾楠的样子笑着摇了摇头。这练马之前还要先贿赂马的，倒是第一次见。他拍了拍一旁白起的肩膀："白起，楠儿的胆量你得练练。"

白起吹胡子瞪眼地看了一眼鬼谷子："就你废话。"

也不知道黑哥听没听懂，它有意无意地看了顾楠一眼，对着顾楠侧了侧头，就似在说"上来"。顾楠拉住了黑哥的缰绳，咬了咬牙，一个翻身，闭着眼睛跃上了马背。别说，马背上完全不像顾楠想象的那样么难以平衡，反而很宽大，四平八稳的，不难掌控。

黑哥显得异常配合，为了让顾楠坐得安稳些，甚至故意站着没动，四只马蹄子直直地立着，保持着平衡。一旁的三人却是愣了一下。顾楠虽然有些胆怯，这上马，却是很稳当啊。

"之后便是控马了。"王翦坐在枣红马上，抖了抖缰绳，枣红马自是向前走了几步，"如此，催马试试。"

黑哥的配合让顾楠多少增加了一些胆气，她坐在黑哥的背上咳嗽一声，扯着缰绳抖了一下。黑哥没有反应，只是站在原地不动。顾楠不信邪地再甩了一下，黑哥依旧没动，站在原地打了一个响鼻。

顾楠脸色一黑，俯下身子，趴在黑哥的耳边说道："黑哥，到时候我再给你送几捆最新的青料（鲜马草），你说你怎么也是我的马，给个面子。"

黑哥翻了个白眼。用和马说话来驯马的人，顾楠是第一个，就连白起都快看不下去了，笑骂道："你这浑丫头，马能听懂你说什么？是你姿势不对。这甩马绳不是抖一下了事的，要用巧劲，不得甩痛了马，但也不能什么感觉都没有。"

顾楠被白起说得缩了缩脖子，坐直了身子，拉着缰绳又是一抖："驾。"

顾楠的姿势依旧不对，白起一脸无奈。王翦翘着嘴角，扯住缰绳，准备再演示一遍。这几日的训练他也都看在眼里，顾楠无论是兵法还是剑术，都算得上进步奇快，甚至在注解兵法的时候，总有妙语，他也需认真倾听。不知道的估计都会当顾楠从小演习兵法，根本看不出她才刚学兵法三个月。本以为她在哪一方面都应该是颇有天赋，现在看来果真是人无完人。"顾姑娘，请看，这缰绳应该如此才是。"说着，王翦准备再演示一遍，下一刻却见顾楠身下的黑马竟然真的动了起来。

"这……"王翦愣在原地，就连鬼谷子和白起都一阵呆滞。顾楠的方式明显不对，按照他们往日的经验，马是不可能动的，谁知这马真的动了。但是很快他们也看出了端倪。不是顾楠有特殊的技巧，根本就是那马在配合她，甚至只要顾楠的身子微倾，它就能感觉到要向哪个方向走。这马……难不成真能听懂人说话？

"白起，这马是你挑的？"鬼谷子问道。

白起横了他一眼："若真是我挑的，我至于如此惊讶？"

顾楠坐在马上哈哈大笑："我说什么来着？我就说这马是通灵性的，你待它好，它自然是知道的。"

马真能通人性？没人知道。在场的都是懂马的人，对于自己的马也非常看重，平日里照料，甚至连擦洗都是亲力亲为，但是没有谁跟自己的马说过话。但是有一点他们是知道的，马陪着自己久了，换一匹马的感觉就是不一样的，少了一份默契。

王翦皱着眉头，看着顾楠的黑马，又低头看了看自己的马，松开了眉头，温和地拍了拍马的脖子。马也打了一个鼻鼾，就像在回应他。

"你笑个甚，还不快给我下来。"白起黑着脸，只见他一跃而起，把在那儿骑马玩得正开心的顾楠一把拎了下来。大家都是聪明人，自然知道顾楠的话不能全听，她之所以骑得稳，还是她身下的马的问题。要是像她这么练，换一匹马就连骑都骑不得，还练个什么马术？

顾楠只觉得眼前一晃，就被白起从马上拉了下来，难以置信地看着远处的黑哥。这之间可是十几米的距离，一个呼吸的时间就能把她拽回来。刚才那个，就是轻功吧？

"莫好高骛远。"白起拍了一下顾楠的头，"把我的马牵来，用它练。"

"哦。"顾楠摸了摸脑袋，退下去牵马了。白起意味深长地看了一眼站在那儿的黑哥，笑了一下——这丫头，倒是好运气。

【十五】

十一月，秦时的雪下得有一些早。冬日的风有些干冽，吹鼓了路人的衣衫，半空中的小雪洋洋洒洒，四处飘落。路旁的屋檐上都铺了一层雪白，几片雪花落在树梢上，化作了一片霜。不同于后世人看见雪的欣喜，这时的人们扯着自己的衣衫保暖，愁绪满满地看着天空中的雪。天气冷了，冬天的粮食却还没有准备。这一年的冬天，不知道又有多少人会冻死、饿死在这雪中。

"嗒嗒嗒。"急匆匆的脚步声在宫殿的走廊上响起。一个弓着腰的消瘦中年人微喘了一口气，停在宫殿的门口："大王，军情急报。"

宫殿里正歌舞升平，中年人的声音不大，却清晰地传进了里面正坐在正中央的一位面色平淡的老人耳中，而其他人像什么都没有听见一样。坐在殿中的老人皱了皱眉头，将手中的酒杯放下，对着下方的人挥了挥手。殿中的人停了下来，乐声也戛然而止，乐师和舞姬们慌忙站起来行礼退下。

片刻，宫殿中除了老人，和站在门外的中年人，已经空无一人。

老人重新拿起酒杯，喝了一口："何事啊？"

中年人躬身走进了大殿，走到老人的面前，递上了一份竹简。老人将酒一饮而尽，拿过竹简，翻了开来，看着竹简上面的文字，原本平淡的神情慢慢变得兴奋。

良久，老人合上了竹简："赵国，换将了。"

中年人心中一惊，但是立刻识趣地把头低得更低了一些，没有回话。有时候，听到一些不该听到的东西也是罪，要杀头的罪。

"抬起头来吧。"老人不屑地冷视了一眼下面的中年人。

"把这个给武安君送去，让他来见我。"

"是。"

下雪的天气有些冷，但是对于习武之人来说，也只是有一些冷而已。顾楠抱着一把剑靠在落雪的院墙上，身上穿着一件不算厚的青色长袍，肩上还披着一件披风，透过院墙，看着银装素裹的大秦。

不知不觉，已经过去了半年。这半年她虽然都深居简出，甚至不知道外面已经如何，但是感觉过得分外真实。臂中抱着的剑鞘冰冷，提醒着她，这一切确实都是真的。

恍若隔世，这是她现在的感觉。

从前她住在南方，倒是很少能看到雪景。大秦的雪不大，但是干冷，落在那儿就化不开了，直到凝成一片霜白。

"姑娘，你待在上面干什么呀？小心别摔了。"小绿的声音在院墙下面响起。顾楠向下看去，看着雪中的小绿，几片雪花落在她发鬓上。嘴角露出了一丝淡笑，顾楠翻下了墙头。几米高的墙对于她来说已经不算什么阻碍了，她落在正嘟着嘴的小绿面前，伸出手，摘下了小绿头发上的一片雪花。

"姑娘，你，你干什么？"小绿被顾楠突然的动作弄得一阵脸红。自家的姑娘总是这样，让她总有些不好意思。若是寻常的女子，她自然也不会如此，但是不知道为什么，自家的姑娘给她的感觉就是不一样。怎么说呢？姑娘总是有几分帅气的男子气概，那几分英武的感觉总是让小绿不自觉地出神。看着近在咫尺的顾楠，小绿的眼神又是一阵发愣，自家的姑娘生得真是俊俏。想到这儿，她的脸上又是一阵发烫。

顾楠拍了拍她的头，看着她单薄的衣服，笑着解下自己的披风披在了她的身上："你可不像我们这种粗人，穿这么少也不怕着凉。"

"姑娘才不是粗人，我见过好多人，都没姑娘聪明。"

"扑哧。"顾楠笑出了声，回头看着半空中的飞雪，"大秦的雪下得真早。"

"往年还要更早一些呢，十一月初就开始下了。"小绿看顾楠看着雪天，好像是有什么心事。

"是吗？"顾楠不知为何突然笑着说道，"我们那边，一年都不见得下一次雪。每次下雪的时候，好多人都会出来看。"

"姑娘……"小绿侧过头，看着顾楠。

姑娘这是想家了吗？

"姑娘，姑娘的家在哪儿？"

顾楠仰着头。飞雪漫天，干冷的细雪散开，似轻歌曼舞，将大秦蒙上了一层薄纱。良久，她回过了头。"雪太大了，看不见了。"说着，顾楠看向小绿，笑了笑，"小绿，我想舞剑，你想看吗？"

"好啊。"小绿开心地说道。姑娘舞的剑，最是好看了，比鬼先生的还好看。如一道秋水，剑光亮起，飞雪四散，微寒的剑锋沾上雪，凝上了一层薄霜，剑柄冰凉。雪中，剑光明暗，忽而似被淹没，忽而又似昙花乍现。人影翩翩，带着几分孤独，又有几分缥缈，让人担心她就像这雪一样，一碰，便消融了。

"嗡。"长剑发出一声嗡鸣，剑尖点住了一片雪花，刹那间，却似被定格。随后，剑起，剑舞半晌。

顾楠的院中有一棵老树，不知是什么品种，长得高大。

十一月，树上的叶子已经落得几乎干净，只剩下零散的枯叶还在寒风中摇曳。最终，一片枯叶支撑不住，在风中落了下来。枯黄的叶片悠然落下，顾楠的剑也收入鞘中。

数月之后，用鬼谷子的话来说，她的剑术算是略有小成了。

【十六】

府邸的大门被打开，白起抖了抖肩上的雪，将披风解下，一旁的管家老连已经早早地站在那里，接过了披风。鬼谷子正坐在厅中喝茶。教顾楠剑术期间，他都暂且借住在白起的府中，看到白起走了进来，抬了抬眼睛。"这一大早，就召你去见秦王，所谓何事啊？"鬼谷子的声音淡淡的，随意地问道，说完，又浅饮了一口手中的温茶。干冷的日子，温茶入喉，总能生出些暖意。白起没有急着回答，他的脸色有些无奈，在鬼谷子面前的软榻上坐了下来："赵国换将了。"

鬼谷子放下茶，笑了笑："赵王急了，赵显颓势矣。你怎么看？"

"赵必败，如何败而已。"白起给自己添了一杯茶，语气里带着不容置疑的自信。确是如此。白起一生七十余战，无一败绩，他有这个实力和自信。

"那为何如此？"鬼谷子看着白起。

白起皱着眉头："我，此番想带楠儿上阵磨砺一番。"

厅中安静。

半晌，鬼谷子上下不接地突然说道："你教楠儿，有半年了吧？"

白起深深地出了一口气："是啊，已有半载。"

"那你当真知道她是一个什么样的人吗？"

白起转头看向外面的雪，微微颔首："自知。楠儿生性淡泊，好静恶为，不喜杀伐，于这乱世家破流离，失所无归，想来是恶极了这战事。我曾问她今生所求，她说，一生平淡，足矣。虽是少年，心思却已迟暮，沉沉乏矣。"白起没有继续说下去。鬼谷子点了点头，算是认同了白起的话。

"楠儿不喜战事，你当明白，如此心境的人，不适合将兵。"说着，鬼谷子微叹，"你，有能力让她拥有平静的生活。"

白起静坐不言，良久，才说道："我当日收她，便是要她入朝为将。"

他当日收她，多半便是为了他心中的那份大义。顾楠若是无甚天赋，也就罢了，白起自会安排她有个着落。但是就目前她的表现来看，白起却不可能让她去做一个平常人了。

"入朝为将。"淡淡地复述了一遍，鬼谷子点了点头，"如此，便罢了。"

厅中再无声音，也不知过了多久，鬼谷子出声说道，声音却多了几分无力："你可知，我初教楠儿剑术的时候，问过她一句什么？"

沉静不语的白起微微一顿："问了什么？"

鬼谷子叹了一口气："我问她，你如何看你师父。"

白起拿起茶，苦笑了一声。

"她和我说，你救了她的命。"鬼谷子说道。这个回答看起来似乎答非所问，但是白起握着茶杯的手停了下来，杯中的水溅出了些。"也许她早就明白，你收她有着你自己的目的。只是你救了她的命，无论你要她如何，这个理由对她来说就足够了。"

鬼谷子拿剑起身："下午，我帮楠儿考核剑术，之后我便离开。老夫，就此告辞便是。"

鬼谷子走了，留下白起一人呆坐在厅中。

"师父。"顾楠弯下腰，双手抱着长剑站在院前向白起问好，随后对着白起身边的鬼谷子也鞠了一躬："鬼先生。"

雪已经停了，院中堆积着白雪；风还有些大，微微吹起顾楠的衣角。她的样子看起来有些无奈，在院里和小绿正聊着天呢，就被老连叫了过来吹冷风。

鬼谷子看着顾楠，笑了笑。三个月来，他对这个学生，没有什么不满意的地方，虽然时常偷懒，性格也有点不着调，但是也没落下教学，算是把他的剑术教了个入门。当然，也只是入门罢了，她也就能把剑谱背下来，练了个熟练的程度而已。但即便如此，三个月能有此番成就已算是上佳了。学剑需要基础，若是基础不好的人，一套剑术便是会使也是有形无实。常人打下这个基础便是一年半载，顾楠的身体素质不知为何，比常人好上太多，只三个月基础已经牢固，日后的剑术成就，还是要看她自己的修行。

"楠儿，你随我修习剑术已是三月有余了吧？"鬼谷子拿着剑。

顾楠看着鬼谷子的样子，眉头一颤。这话说得，怎么有点背后发凉？这要我怎么说？已经全学完了？是不是有点不太给面子？

顾楠当下为难地回答道："应该，差不多。"

"呵呵，没个大小。"听着顾楠毫不客气的回答，鬼谷子笑着摇了摇头，"今日我是来和你师父辞行的。"说着，鬼谷子站到顾楠的面前，"此番便算是我最后校考你一次，之后便要回我的鬼谷了。"

回鬼谷吗？顾楠失神了一下。这三个月，鬼谷子待她不能算不好，完全就是将她当作一个晚辈在教导，除了剑术倾囊相授，甚至还会训顾楠人事道理。顾楠自己心里也清楚，若不是鬼谷子真的将她当作了晚辈和学生，即使自己品行有问题，鬼谷子也完全可以睁一只眼闭一只眼。随后，她却又讪然一笑，也对，毕竟鬼谷子也是有门有派的人。

"攻过来，让老夫看看你学的如何。"

"这个。"顾楠抓了抓自己的脸颊。鬼谷子的实力自然是很强的，就算不提那种顾楠到现在都没有知道详情的内力，便是单说剑术，也够甩顾楠几条街的。和这种人比剑，就没必要抱着比试的心态，而是要抱着对决的觉悟。不然，连出剑的机会都没有。

"那鬼老头……"顾楠说着，刚才打过招呼，已经算是礼数齐全。她又恢复了平常的样子，叫鬼谷子也只是用鬼老头来称呼，手已经放在了自己的剑柄上："您可小心了。"

"放心吧，老头子自认为还算健朗。"

手上的力量现在有多大，顾楠已经不是很清楚了。不得不说，她的身体，就连她自己都开始觉得奇怪。白起和她说过，理论上初习武，力量确实会有不错的增长，但是是有限的，除非接触之后的内力修习，不然便是十年、二十年也难有几十斤力道的增强。但是顾楠在习武的过程中，力道在不断地增大。三个月前，她就有近七百斤的力道；而如今，更是今非昔比。

力量即是速度，一瞬间，青锋出鞘。顾楠的这一剑，快若飞光过隙，只是一个眨眼，就已经刺到了鬼谷子的面前；只是一个出手，顾楠就已经用上了她的全力，和她最强的一剑。

所有剑术中，她最熟悉的、最强的也就是这一刺。

第二章 人屠之志

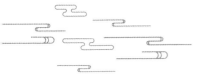

【十七】

看到顾楠的一剑，鬼谷子握住了自己的剑，露出了一个欣慰的淡笑——不错，已经有了几分味道。精气神凝成一线，一往无前的剑势。刺剑的路数就是如此，狭路相逢，不是你死就是我亡，没有半点退路，还真是半点也不给老夫面子啊。

鬼谷子的嘴角一勾，手中的长剑猛然出鞘，翩翩而动，看似很慢，却恰到好处地停在了顾楠长剑的必经之处。

"当！"震颤的嗡鸣声在空气中回响。白起站在一边，看着顾楠手持长剑的身影，眼神低垂，沉默了一会儿，闭上了眼睛。

"哈哈，不错，有几分力气！"鬼谷子爽朗一笑。虽然已经白发苍苍，但是那长剑的路数完全看不到半分老者的样子，时而大开大合，时而轻灵迅捷。一柄三尺青锋并未使什么剑招，却压得顾楠完全喘不过气来。

"当当当当。"交剑之声接连而起，连成一片。几个呼吸的时间，两人就已经交错了十几剑。

"当！"两剑相撞，随后两人各向一边退去。鬼谷子的身体就好像没有重量一样，轻飞而退；顾楠却狼狈地在雪地里打了个滚，手腕被震得发麻。倒不是说鬼谷子的力道有多大，而是鬼谷子的剑大多打在顾楠长剑的薄弱处，任顾楠再重、再快的剑路，也是一点即破。

长剑在雪地中拖出一道划痕，剑刃微寒，如同毒蛇出洞，一下子从地上蹿起。顾楠的身子也随着长剑而动，随着长剑送至半空，顾楠的手却突然松开。长剑脱手，在剑客的交锋中绝对是蠢得不能再蠢的行为，站在对面的鬼谷子却是轻笑——楠儿这是要和老夫搏一手啊。

也是，以顾楠的水准，若是这般下去，要不了十几个回合就会落败，毕竟她和鬼谷子两人本来就不是一个水平的，搏一搏还有出奇制胜的希望。

长剑脱手的一刻，顾楠的右手一扭，反手猛地推在了剑柄上。一瞬间，本来就已经向前飞射的长剑恍若一道寒光，在雪地中一闪而过，寒光幢幢，已然逼到鬼谷子的身前。看着这一剑，鬼谷子暗自点头。鬼谷子一路持纵横双剑，这纵剑的百步飞剑已经被顾楠练出了样子，只是这一剑还不能让他认真对待。

当下，手中的青锋一横，恰恰架在了飞剑的正前方。若是让鬼谷子评价顾楠的剑术，那就是凌厉有余，机变不足，每一招、每一式都是舍身搏命的架势，不像一个剑客，更像一个以求一击毙命的刺客。鬼谷子暗自评价的时候，却没有看到同一时间，顾楠的腰身翻转，右脚在地上踏出，溅起一片雪，身上青色的长袍卷动，在半空中翻身而出。

"当！"飞剑与鬼谷子的长剑相撞，两剑撞出了一片火花，照亮了鬼谷子的眼睛，飞剑却也无力再续，被弹飞了出去。

令鬼谷子万万想不到的事情发生了，飞剑被弹出，却正好被翻身而来的顾楠再一次接住。而顾楠此时的位置正好在鬼谷子的身后，长剑入手，剑势却不见丝毫的退减，反而更胜几分，森森寒意，咄咄逼人。

顾楠落地，被她卷起的雪四散而去，同时，长剑由纵变横。鬼谷子横剑，横贯八方。剑光乍起，一柄长剑拖出了一条刺眼的匹练，向着鬼谷子的腰间斩去。

"嗡！"长剑嗡鸣，飞雪四射。顾楠手中的剑居然被鬼谷子的两根手指轻巧地夹在了手中。两根手指上罡气四溢，只凭肉身停住利器，却不见半点损伤。鬼谷子已经用出了内力。交手一个还不会内力、学剑三月的小姑娘，用出了内力对于鬼谷子来说确实已经丢了大脸。虽然即使不用内力，顾楠那一剑也伤不到鬼谷子，但是他觉得这场校考已经够了，所以才直接用内力接住了顾楠的剑。

"承让了。"顾楠脸上露出了得逞的笑容，见好就收地把剑收回了自己的剑鞘。鬼谷子用出了内力，从侧面讲，也算是她赢了——我果然是百年难得一见的练武奇才。

这丫头——看着顾楠扬扬自得的样子，鬼谷子笑呵呵地摸了摸自己的胡须，心中却也暗暗吃惊。顾楠居然将纵剑的百步飞剑和横剑的横贯八方连在一起使用，倒是前无古人的想法，想想觉得也是。鬼谷子一脉从来都是纵横分立，决出胜负后的一人才可学习另一门剑法，加上纵横剑法本来就势不两立，想要连上实在艰难，弄不好就是上下不成，也就没人尝试过了。顾楠的这种用飞剑脱手然后计算飞剑被弹开的位置，重新接住飞剑来变招的方式虽然奇特，但也不是不可行——奇思妙想。鬼谷子满意地看着顾楠。不拘泥于剑招，这也是想要从剑的第一境界利剑转变为软剑要做的第一步。

"好了，不要傻笑了，算你通过便是。"鬼谷子收起剑，拍了拍顾楠的脑袋。

"哎，我说，别摸头，我还指着再长些个子呢。"顾楠不爽地甩着脑袋，躲开了鬼谷子的大手。

鬼谷子呵呵一笑："姑娘家家的，你这个子已经是高的了，再高些就要嫁不出去了。"

"呸，你才嫁人。"

"哦？老夫就算是想，恐怕也不行啊。"

和顾楠笑闹一会儿，鬼谷子收敛笑容，转过身，向着白起拱了拱手："老友，剑术老夫已经倾囊相授，也算不负你所托，就此告辞了。"

"也好。"从刚才对剑开始，白起就一直一言不发，直到现在，才算是讲了一句话，声音里却透着疲惫，看着鬼谷子，"别过。"

鬼谷子看着白起的样子，心中无奈地一叹："老友，有些事，切莫太执着了。"

"我自己晓得。"白起点了点头。

鬼谷子走了。

看着鬼谷子走出门外，顾楠回过头看向白起，今天的白起看起来很奇怪："师父，我去送送鬼先生？"

"不用，"白起摇了摇头，站起了身，向着里屋走去，"你随我来。"

顾楠疑惑地抓了抓头发，却也跟着白起走了进去。

屋里，白起背对着顾楠，第一句话就让顾楠的瞳孔猛地紧缩："楠儿，长平战事，你可有了解？"

【十八】

长平之战，在历史上，是白起的最后一战。此战，白起大胜赵将赵括于长平，坑杀赵军四十万人，可以说堪称史上最著名的歼灭战。也是因为此战，白起功高震主，受秦昭襄王猜忌，数月后被秦王赐剑自刎。相传，白起死之前握剑问天："我何错之有？"

半晌，他又自言自语："也是，坑杀四十万降俘，此罪当死矣。"

白起死后，有人说他的家人无一幸免，全被株连；也有人说，白起之子白仲未死，后来还被秦始皇分封太原。

长平之战……听到这四个字，顾楠的心跳漏了一拍，捧着长剑的手僵硬得发麻。此时她才发现自己忽略了最重要的事——历史上，白起不是正常死亡的，而是死于枉杀。了解历史的顾楠知道，在这一战之后，白起百分之百会死。这仗不能打！几个念头一闪即过，顾楠就已经下定了决心，咬了咬牙，开口说道："师父……"

谁知她还没有说完，白起就摆了摆手，打断了她。

"楠儿，你是不是想说，这仗不能打？"白起的声音温和，也很平静，却带着难以言说的倦意。握着剑的手紧了紧，顾楠低下头，郑重地说道："是。"

"呵呵。"白起背着手，轻笑了几声，转过身看着站在原处紧张不已的顾楠，叹了口气，"楠儿，你是个聪慧的孩子，有时候我也很奇怪，你一个离乱儿，没读过书，为什么如此多智。难不成真有生而知之之人，生了颗七窍玲珑心？"

"师……"顾楠想开口说话，却再一次被白起制止了。

"为师知道你想说什么，功高震主，对吧？"一边说着，白起一边走到了房间中的座位上，盘坐了下来，好笑地说道，"你不想想，你都看得明白，为师为什么会看不明白？"

说完，沉默良久，白起才缓缓问道："算算时节，已然入冬了。楠儿，你可知这一入冬，死于饥荒、寒冻的人有多少？"

白起的问题不接上文，就像是突然想问，就问了。顾楠一时反应不过来，待反应过来了，也不知道答案。

白起伸出了三根手指："光是我大秦，就绝不少于这个数，三万人。大秦才多少人？"

顾楠一时语塞，不知道白起为什么突然说起这些。战国时期，人们生活的屋子是非常简陋的，一场大雪，一个寒冬，死三万人，已经算极少极少了。

白起看了一眼顾楠，继续说道："为师再问你，你可知自打仗以来战死几何，流离失所几何，家破人亡几何？"

顾楠依旧答不上来，只得低着头沉默。

"为师告诉你，"白起淡笑着微微仰头，声音却有些发颤，"战死不下百万，家破人亡、流离失所像你这般的离乱儿更是比比皆是。为师还看到过更狠的，易子相食有之，因冻自焚的有之，以头抢地乞食致死的亦有之。"

白起的声音一直很平淡，但是每一句话都说着这个世道最赤裸裸也最可怕的事实。

顾楠怔怔地看着地面，半晌，眼中才恢复一些无力的神采，似乎已经明白白起要说什么。但是她抿了抿嘴，不死心地继续问道："师父，这和我们不打长平有什么关系？"

白起给自己添了一杯茶，摇晃着茶杯，杯中水面泛波："周，名存实亡；齐，外强中干；韩，地小势微；燕，当君无用；魏，君王忌才妒能；楚，吴起、楚怀之后国力已乏。较之秦国，可以一战的，三十年内唯有赵之一家。自赵武灵王胡服骑射，赵军大盛，游射颇强。长平一战，我大秦引军六十万，赵四十万，数十万民夫，数十万粮草，可谓举国之战。长平临太行山，太行之后，便乃赵都邯郸。东近安邑，安邑被取，过秦岭，渡黄河就能直击秦都咸阳。长平若胜，赵国可灭，便是不灭，二十年内，亦再无一战之力；五十年内，秦国说不得便能平定六国，大定天下。长平若败，秦国危亡却依旧留有余力，少不得再是百年纷争。"

淡淡地说完这些，白起放下了茶杯，没有喝一口："为师功高震主，长平之战后恐九死一生，但是便是万死又如何？为师累了，这乱世，人命很贱，贱如草芥，还差死个人吗？但若是平了这乱世，天下大治，又会是怎样的一番光景？你可想过，有一日天下再无战事，百姓安居，衣食无忧，男耕女织，田间小儿嬉闹，像为师这般的老者坐在树下喝茶下棋。那般世间，人恐怕才算是真正地活着吧。"

白起喃喃说着，声音很轻，像是自言自语，眼神之中闪烁着希冀，仿佛看到了他口中天下安定的样子。从出生开始，他这一辈子就活在战乱中，太平，甚至让他觉得奢侈。

"楠儿，"他抬起了眼睛，眼睛里却是扎人的灼灼目光，"为师问你，长平，打还是不打？"

顾楠的嘴唇颤了颤，却又死死地闭了起来，她不知道该说些什么。难道说她知道历史，知道长平之后你一定会死？恐怕她便是这么说了，对于白起来说也没有意义。他本就抱着必死的决心。对于顾楠来说，天下大义这种概念中的东西从来都只是口头上说说就好了，如果让她选，这长平定是不打。什么为了天下，什么为了太平，那种人不是虚伪，就是脑子有问题。但是她看着白起这样一个迟暮的老人，却有一种自惭形秽的感觉，说不出那种话。她能够感觉到，白起是真的期盼那种未来，期盼那种没有战乱的太平盛世。很难想象，身为一个历史留名的人屠将领，心里期盼的却是无仗可打。

"为师知道你厌恶战事，也是因为这乱世才害得你这般。"白起眼中带着愧疾，"但是你要明白，这战事只有战事才可平定。"说完，他站起了身，慢步向外面走去，老人的身影显得瘦小无力。

"此战之后若无事则已，若为师将死，我必向大王送书，求你一命，你可安心。楠儿，只希望如此，你莫怪为师。不日随我兵发长平。"

【十九】

也许是因为白天下过雪，顾楠住的小院，夜里让她也觉得有些冷。紧了紧身上的衣衫，顾楠盘坐在院中的老树下。地上的浅雪还未完全化开，老树干枯的枝丫映射在地上，有些斑驳。冬天的天黑得总是比往常要快一些，还没有宵禁，天色却已经完全黑了下来，半弯半垂的月亮挂在半空，给这夜里平添了几分清冷。顾楠的怀里抱着剑，仰头看着半空，不知道在想些什么，也许是想得出神，并没有察觉到小绿从她背后走来。

"姑娘。"一声轻唤，顾楠回过头，看到小绿站在那儿。她站在顾楠的背后，把一件披风披在了顾楠的身上："入夜了，别着凉了，白毛夜可冷了。"

白毛夜，指的就是下雪之后的夜晚。冬天最冷的时候不是下雪的时候，而是雪融化的那段时间。

"没事。"顾楠微微一笑，耸了一下肩膀，"我这种粗人，身子骨硬朗。"

"姑娘可不得乱说，姑娘才不是粗人。"小绿撇着嘴，像是抱怨着顾楠的胡话，整理了一下顾楠身上的披风，一边整着一边小声地说道，"刚才王翦先生来了，正在堂前和白起将军聊得开心，我听他们聊的似乎是姑娘你。"

"王翦那家伙啊，随他们去吧，想来也不会说什么好事。"

顾楠郁郁地挥了挥手，抱着发寒的剑鞘。

"那姑娘，我先下去了。"小绿看着顾楠的样子，抿了抿嘴巴，看得出顾楠有心事，但她身为一个下人，却也不能问。行了一个礼，小绿正准备离开，顾楠却像突然想起了什么似的问道："小绿，你是哪里人？"

小绿一愣，没想到顾楠会突然问这个："回姑娘，我是秦北安邑人。"

"安邑……"顾楠点了点头。安邑就是离咸阳不远的一座县城。

"那为什么来咸阳？"

小绿默然，像是被提起了什么，声音放轻了不少，带着些许没落："小时候家里穷，养不起孩子，所以我就被拿出来，卖与富贵人家，换些财货。"

顾楠这才发现问错了话。如果不是家中落难，又有谁愿意来为奴为婢？！她一时嘴笨，又不知道说什么，半天才憋出来一句："抱歉。"

"没事的。"小绿淡笑了一下，似乎早已经看开了，或者说，在白起家做事已经是一种幸运，"倒是姑娘，才这般年纪，便一个人流离到这儿。这世道也是，尽是些好人落难。姑娘这般的好人，合该是生在富贵人家才是。"

别看顾楠成天叫小绿，若是真比年纪，小绿还要大上顾楠几岁。

"那有什么？"顾楠不在意地摇了摇头。对于她来说，倒是也没饿多久就遇到了白起，这流浪的苦楚却是没感到半分，"我一介莽汉，少吃几顿饭，走几步路算得上什么？"

小绿被顾楠逗得扑哧一笑："姑娘你又说胡话。你生得这么俊，又是女子，怎的是个莽汉？"

"不是我说，我说的还真没错。"顾楠翻了个白眼。从心理上说，她说的也确实没错。

"顾姑娘。"一道中气十足的声音突然从院外传来，一个青年男子提着两坛酒和两个酒樽走了过来。

"王翦先生。"小绿看到王翦，连忙行礼。王翦是官家人，又是白起的座上客，她可不敢怠慢。

"绿姑娘不必多礼。"王翦笑着扶起小绿。

"哟，你这憨货怎么来了？"顾楠倒是显得兴致缺缺，对王翦这个马术老师没有半点恭敬的意思。虽然初相识的时候王翦有些腼腆，但是混熟了之后顾楠发现王翦也算是个豪爽的汉子，不会在意她的称呼。

"姑娘，那我先退下了。"小绿看到王翦似乎有事要和顾楠说，便躬身准备离开。

"也好，免得他一直色眯眯地盯着你。"这姑娘，小绿羞愤地对着顾楠吐了个舌头，小跑着快步离开了。顾楠看着小绿离开，转过头看向王翦："你来有什么事？"一边问着，眼睛就飘到了王翦手里提着的两坛酒上，"喝酒？"

顾楠好喝酒，这王翦知道，因为有一次顾楠偷溜出去喝酒，正好被王翦撞见。自那以后，他俩也算是半个酒友。但是她转念一想，王翦若是找她来喝酒的，师父也不会放他进来。那老鬼从不碰这东西，也不让她碰，不然她也不用偷着喝。用他的话说，喝酒误事。

王翦咧嘴一笑，拍了拍酒坛："别说，还真是找你喝酒的，我已经和武安君说过了，今天你敞开了喝。"

"这可是你说的。"听到"敞开了喝",顾楠的眼睛亮了起来,正好现在她心里不畅快。这叫什么?想打瞌睡有人送枕头。

"啪。"王翦在顾楠的身边盘坐了下来,也不计较什么脏不脏,把两大坛酒放在了地上,发出一声轻响,把一个酒樽塞到了顾楠手里:"我说的,有事我担着。"

"哈哈,够哥们儿,快开快开。"顾楠有些迫不及待地催促着。

王翦看着顾楠猴急的样子,笑呵呵地掀开了酒坛的封口,给顾楠和自己各添了一樽。甘洌的酒水在酒樽中晃荡不止,酒香飘散,给雪夜带上了令人微醺的味道。端着酒,顾楠送到了嘴边,一饮而尽。烈酒入喉,就像是咽下了一口火焰,喉咙带着灼烧感,随后一股温暖从腹中泛起,身上原本的寒意一瞬间被驱散得干净。

"呼。"吐了一口浊气,顾楠向后一仰,倚靠在树干上,摇晃着手里的酒樽,抱怨了一句,"不够劲。"

王翦仿佛意料之外,扯着嗓子道:"这还不够?这已经是咸阳城最烈的酒了,我可是花了高价才弄到的这两坛。姑娘,你这酒量,怕是这世间的酒都没法满足你了。"

顾楠将垂在自己脸侧晃荡的长发撩到了耳后,长剑斜靠在她的怀中,青衣长袍有些松垮,手中轻握着酒樽,颇有一副古时侠客的风范:"哈哈,若有机会,我自己酿,让你尝尝什么才是烈酒。"

战国的制酒技术还很简陋,烈酒最烈也就比啤酒强些,实在是没什么感觉。

"那敢情好,在下就先谢过姑娘了。"王翦笑着喝下了手里的酒,脸上顿时开始发红,显然这酒对他来说确实是烈了。

"不打岔了。"顾楠抱起酒坛往自己的酒樽里倒着酒,"你今天来找我,只是喝酒?"

王翦听到顾楠的问题,沉默了一下,然后出了口气,悠悠地说道:"听说,你要去长平?"

"嗯。"

"一路凶险,这酒顺便给你送个行。"王翦淡笑着说,举起酒樽。

顾楠翻了个白眼:"送行,搞得我要死了似的。"一边说着,一边举起酒樽和王翦碰了一下。一声轻响,有些空空的声音。觥筹交错,不知不觉,两人已经喝完了一坛。顾楠浅饮了一口,突然不知为何,苦笑一声,转头看向王翦:"说真的,憨货,我还没打过仗。这仗有什么好打的?"

王翦不知是已经醉了一半,还是已经完全醉了,拾起了地上的一片枯叶,握着叶柄醉醺醺地转着。顾楠看他已经没法说话了，笑了一下，回过了头。王翦的声音却从背后传来，醉醺醺地说道："我们这般人，生来就是为了打仗，然后死在沙场上。"

两人再没说话。顾楠对着月亮举起了自己的酒樽，眯着眼睛。月光下的酒樽反射着微寒的月光。

"金樽美酒琥珀光，欲饮金鸣马上催。醉卧沙场君莫笑，古来征战几人回。"[1]

"顾姑娘，好诗。"王翦早已醉了，抬起了手中的酒樽，"当尽此杯。"

"哈哈，好！"

【二十】

武安君府小院的墙外，一个落魄的书生路过。他衣着褴褛，身材干瘦，显然已是饿了很久。天太冷了，他哆嗦着从自己的怀里掏出了半个干饼，缩在墙角正准备吃，却听得墙内传来声音："我们这般人，生来就是为了打仗，然后死在沙场上。"

这一句话却让墙外的书生一愣。他扭头看向墙内，高墙堂皇富贵，但是那墙内传来的声音，却是带着无奈和苦笑，当是一将军人家。书生想着，摇了摇头，低头吃着自己的馒头。都是可怜人。说来可笑，他一身落魄，而那墙内的人明显是富贵之人，他却可怜起了他。但是又有什么不对的呢？这乱世，什么人不是可怜人呢？干饼快吃完了，书生正准备离开，却听得墙里传来了一道清悠的女子声音："金樽美酒琥珀光，欲饮金鸣马上催。醉卧沙场君莫笑，古来征战几人回。"短短的四句诗，却让书生停住了脚步。好文采，虽然格式古怪，却是篇豪文。

"顾姑娘，好诗。当尽此杯。"

"哈哈，好！"

外面听着两人交流的书生讪讪一笑，这姑娘居然让他觉得有几分豪迈。顾姑娘吗？书生眼中流露出了几分向往，暗自记下了这几句诗和这个名字，转身离去。

---

[1] 出自《凉州词》，作者：唐·王翰，原文为"葡萄美酒夜光杯，欲饮琵琶马上催。醉卧沙场君莫笑，古来征战几人回。"此处为化用。

第二天的咸阳城，周边的酒肆青楼里不知道为什么，流传起了一首诗。那诗的四句，格式不同于平常诗作，不知名字，却听说是一个姓顾的才女写的，因为被一个落魄的书生在墙外听到，才流传了出来。书生听诗，一时间却也流传成了一段佳话。但是说起来，那诗不像是一个姑娘写的，全文如此："金樽美酒琥珀光，欲饮金鸣马上催。醉卧沙场君莫笑，古来征战几人回。"诗文萧索，反倒像一个身心已疲的将军在醉酒之后写下的，这不禁让人对这个顾姑娘的身份多加猜测。听说那书生是在武安君白起府邸的墙外听到的诗。武安君何人不知？家中有几个女子？便是下人都没几个，哪来的什么能喝酒吟诗的年轻女子？便有人想了起来，传闻武安君白起前段时间确实收了一个弟子。难不成，白起将军是收了一个女弟子，便是那顾姑娘？这下子人们来了兴致，纷纷对那个女子做起了调查。有的人说，他见过那顾姑娘，生得确实俊俏非凡。不仅漂亮，还有些便是男子也没有的英气，穿着男子的衣服，手里握着一把长剑，像那江湖中的潇洒侠客，又有几分沙场将军的气质，莫说男子，女子见了都喜欢。有人说，这姑娘天赋异禀，是白起在茶楼收的，那时候他就在场。

　　众说纷纭，顾姑娘这个名字倒是传遍了咸阳城。

　　"所以啊，春秋战国时期，有什么好玩的地方吗？"顾楠仰头看了一眼头顶的日头，身上穿着一件深黑色的男装长袍，用的是麻布，穿在身上有一些不舒服，但是还算保暖。黑色的衣衫让她看起来更加俊朗，微微隆起的胸口还有一些不明显，不仔细看说不定还会被认成一个俏儿郎。这几日，白起没有给她安排什么课程，也没有对她太过管束，每日一大早就出门，也不知道干什么去了。没事的时候她就去咸阳城里逛逛，算是这半年来她放的最长的假。然而闲是闲了，她却苦恼了起来，就像是放了一次几个月的暑假，但每天只能无聊地发呆一样。战国时期的娱乐项目确实不多，她也不是什么高文化素质的人才，对于琴棋书画什么的，完全没有什么兴趣。再说了，除了画，她别的也不会不是。唯一会的画，还是因为她以前学的是设计专业，是个半吊子。所以说，游手好闲就是这样的感觉吗？顾楠木然地靠在路旁的墙壁上，看着天空中的云朵做着缓慢的横向动作。

　　两个衣着不错的公子哥从她身边走过。

　　"听说了吗？最近东簪楼来了一位新倌人，曾是大家小姐，文曲极佳，先前听闻庄兄有幸见过一面，那姿色他半天没有回过魂来，丢了大脸。"

　　"哈哈哈，如此。闲来无事，不如我们今日去见识见识？"

"别，我们可见识不上。听说要见那姑娘，必须赋诗文一首，被人家看上了，才能有幸听她弹一曲。"

"这，这东簪楼的老鸨能同意？"

"别说，老妈妈还真配合她。物以稀为贵，东簪楼凭这个，几天赚了不少钱。"

"不行，那我还非得去看看她到底是什么模样不可。"

"得，那我就舍命陪君子，陪你走一趟。先说好，我这腰包里可是没钱了啊。"

"舍命个屁！我请，走。"

顾楠站在一旁，把他们两人的话听了个清楚。听意思，他们是要去青楼吧？说起来，没有记错，战国时期确实已经有青楼了。大名鼎鼎的管仲就是它的发明人，只不过这时候的青楼还是官方承办的官妓，不然……顾楠脸上浮现出了一丝怪异之色，跟去看看？想到这儿，她的鼻子一热。她长这么大，都还没逛过青楼这种地方呢。嗯，就去过过眼瘾。顾楠神色郑重地暗自点头，悄悄跟上了两个公子哥的步伐。

【二十一】

"哎哟，您来啦，客官好久不见啊。"

"姑娘们，出来接客了。"

"哈哈，是好久没来了。"

"不知道我们今天能否有幸见到画仙姑娘？"

"那客官您来得巧了，画仙姑娘今日准备办一场诗会，这被看中的，就能和画仙姑娘一起喝酒了。"

"如此，那今日我们的运气还真是不错，哈哈。"

怎么说呢？虽然战国时期还是官妓，但是这青楼的样子和顾楠心中所想的差不多。她走进大门，便闻到一股浓郁的胭脂粉香。客人们在姑娘的伺候下喝着酒，偶尔还会有几只咸猪手路过，姑娘们也不生气，只是笑盈盈地拍开。顾楠看向四周，却是红装粉黛，虽不是琼楼玉宇，但也相差不大。青楼最早的时候指的并不是纯粹的青楼，而是泛指装修华丽的楼阁，却不知道何时开始用来形容花柳之地了。

四周不算吵闹，甚至有些安静，只听得见一些低声咬耳的交流，时不时地传来几声姑娘们的轻笑。看着那些暴露在外的姿色，顾楠的老脸也有些架不住地红了起来。老鸨看到一个陌生的客人走进来，看了过去，一眼，便眼睛一亮。她的直觉告诉她这是一个贵客——那小生穿着一身黑色衣袍，黑色在战国时期的秦国代表着身份尊贵，不是一般的平民可以穿的；身材不算健硕，使衣袍显得有些宽松；脸庞长得确实俊俏得不行，唇红齿白，剑眉之下却是一双女子都妒忌的媚目，让人忍不住再看几眼；长长的黑发盘成一个简单的发髻系在身后，给人一种说不出的感觉，她只觉得好看。进了这楼里，小郎君也没有定神，只是不停地四处打量，看到衣着松垮的女子，脸上还会泛红，一副无所适从的样子，怕是从没来过。老鸨会心一笑，摇着身子就走了上去。

"小郎君，看您在这儿站了一会儿，不知道想要些什么？"老鸨一边说着，一边轻笑着伸出手拍了一下顾楠的肩头，"我们这儿的姑娘可是最喜欢你这样的小郎君了。"

第一次来这种地方，顾楠僵着脸，结结巴巴地说道："我，我，点壶酒便是。"

"好嘞，小郎君你这边坐，我这就给郎君你去拿。"老鸨也不在意顾楠消费多少，只是觉得逗这小郎君有趣罢了，说完便一摇一摆地走开了。

顾楠摸了摸自己的鼻子，在位子上坐了下来。她有些后悔。白起给的月钱可不够在这种地方花销，而且要被那老头子知道自己来青楼，还不把自己的腿给打断。

罢了，来都来了。顾楠狠狠地咬了咬牙，环顾四周都是成双成对，就她一个人这么干坐着，什么也不干。不然，我也叫个姑娘？她暗自想着，却被一旁的一个声音打断了思绪："小兄弟，这位子有人吗？不知道我可不可以坐在这儿？"

声音倒是温和，顾楠回过头看到的是一个二十岁上下的男子，和她一样穿着一身黑色衣袍，不同的是对方的用料明显要好很多，边缘处还绣着一些淡金色的花纹。

"啊，没人，兄弟随意便是。"顾楠这才发现，除了自己这一桌，四周似乎都坐满了人，她也不介意和别人同坐一桌，这样还能缓解一些她的尴尬，当下点了点头。

"多谢。"男子笑着坐了下来，坐在顾楠的身边却能闻到一股清幽的香味，但是因为身在这花柳之地，也就没有在意，拱了拱手，"在下赵异人。"

赵异人？这名字够奇怪的。顾楠有点心不在焉地也拱了一下手："顾楠。"

酒桌上安静了下来。顾楠和这赵异人不熟悉，一时间也没有话题。

老鸨倒是很快把酒端了上来。

苦中作乐，顾楠拿着酒有一口没一口地喝着。

似乎看出了顾楠的窘迫，坐在一旁的赵异人眼带笑意地说道："顾兄弟第一次来东簪楼？"

"嗯。"顾楠尴尬地拿着自己的酒杯，扯了一下嘴角，"兄弟怎么知道？"

赵异人也点了一份酒水，给自己满上一杯，才悠悠地开口："我看顾兄弟不点姑娘，也不找熟人，只是自己点了份酒水在这儿枯坐。虽然喝着酒水，却如坐针毡，这不是第一次来是什么？"说着，调笑着看看顾楠，"兄弟可以放开点，这男人都有第一次，过了这儿，也就轻车熟路了。"

我现在这是进退两难，你懂个什么？我又不可能真点个姑娘去房里做些什么，倒是怎么个放开法？郁闷地撇开了视线，顾楠抿着酒，闷闷地回了一句："多谢指点。"

看得出顾楠兴致不高，赵异人淡笑了一下，喝着自己的酒。

"你可知今天为什么这么热闹？"

一口酒下去，赵异人似乎打开了话匣。

顾楠扭头看向这东簪楼的大厅，确实是宾客满席，人头攒动，就连个空座都没有。因为大家都保持着默契的安静，所以顾楠也没有第一时间发现人居然在不知不觉间已经变得如此之多，皱了皱眉头："我还真不知道。"

"所以说小兄弟你的运气不错。今天是画仙姑娘的诗会，花五十金，就可以送诗一首，念于满堂宾客，若是被画仙姑娘看中，便可以一见芳容。"

"花五十金，送诗一首？"顾楠的嘴角一抽，她全身上下也没有五十金。要知道她买一匹马也才二三十金，这五十金才作一首诗，开什么玩笑……

"对啊。"赵异人理所当然地点了点头，"传闻画仙姑娘诗画双绝，是万中无一的才女，却不知我能不能有幸见到。莫说五十金，便是五百金又如何？"

他却完全没有看到顾楠一脸嫉妒地张着小嘴，一下一下地咬着酒杯。

万恶的封建社会，这样的生活简直就是糜烂！

【二十二】

正所谓酒逢知己千杯少，话不投机半句多。作为三好青年，顾楠和这封建制度下的强权资产家赵异人根本就无话可说。两人坐在一桌喝着酒，有一搭没一搭地搭着话，却不知道为什么赵异人的兴致似乎很高，总是主动提起话题。正当顾楠想着是不是要找个借口先撤的时候，不远处的人群中发出了一阵阵骚动。

"画仙，画仙姑娘来了。"

"在哪儿？我看看。"

"哪儿，哪儿？"

人声嚷嚷，顾楠握着酒杯，视线不自觉地被吸引了过去，远远地看到一个女子款款走上了楼阁的高台——穿着一身绫罗衣裙，裙摆随着她的步伐摇曳，像一片莲叶在随风微动；头上的饰品不多，只是一个简单的发饰，扎着头发；柔顺的黑发垂在半露在外的雪白香肩上，带着莫名的魅意；细细去看她的脸，却因为戴着一张薄纱而看不清楚，只看到一双眼睛；那双眼睛媚眼如丝，只是轻轻地扫视了一眼楼中的众人，便让人觉得魂牵梦萦；左眼下有一颗泪痣，将她的魅意凸显得更加淋漓尽致。

"好美。"坐在顾楠身边的赵异人神色迷离地喃喃着。顾楠这才惊醒，发现堂中的人全部看着那高台上的人影，没有一个人再说一句多余的话。东簪楼内，一时间，便是她倒一杯酒，酒壶和酒杯相碰的声音都异常明显。那高台上的姑娘柔媚一笑，在全场安静的情况下，那不大的声音却异常清楚："小女子不知深浅，凭一己喜好，得办诗会。身贱名轻，只得在这花柳之地，本只望有几宾客共鉴诗文，却不料宾客满堂。不胜欣喜，在此先多谢各位。"

"画仙姑娘莫要客气。东簪楼诗会本就是咸阳一大乐事，我等来此捧场本就是所愿，何须言谢？"

"就是，何况是画仙姑娘如此美人所邀，我等岂能不到？"

"哈哈哈。"

"画仙姑娘也莫要轻贱自己。你要是身贱名轻，我们又算什么呢？"

堂下的宾客纷纷回应画仙的话，一时嘈杂，过了良久才算平静下来。

顾楠拿着酒樽，看向那个高台。她的目力极好，隔着十几米的距离就把那画仙姑娘的神情尽收眼底，只见画仙掩嘴轻笑，但是她的眼神里根本没有半点笑意。顾楠看得很清楚，那双眼睛魅意十分，却完全没有什么神采，一片死寂。她开口说话，声音依旧带着那种娇媚的语气，如果再仔细听，却还能听到一些淡凉。很难想象，两种完全相反的神色和语气会在一个人的身上同时出现。

"诸位莫要说笑。小女子本就是一个落难人家，在此为倌，又怎么不是身贱名轻？"说完，画仙似乎抿了抿嘴巴，良久才继续开口说道，"今日，除了诗会，小女子还希望找一位心仪的公子，便把身子交了……"

说完，画仙盈盈一拜，转身离开。轰！画仙已经离开了，堂中的气氛却像一滴热油滴进了烧开的水里，炸了开来。

"老妈子，这诗会怎么报名？算我一个！"

"还有我，还有我。我跟你们讲，今天，谁都不要和我抢！"

"我自认还有些诗才，自古才子佳人。老妈妈，算我一个吧！"

……

报名的声音此起彼伏，堂中的老鸨忙得根本停不下来。她得意地扭着那臃肿的身段，说道："今天是画仙姑娘的大日子，这座价自然是不能和往日同语，百金一座，两百金可送诗一首。"

"这是自然！"

能来这里的自然都是富贵人家，这点钱对他们来说确实不算什么，他们纷纷解着腰包，顾楠却深深地看着那个名叫画仙的姑娘离开的身影。画仙，莫不是个画中之仙，再如何，也不过是一幅画，没有自己的命运。这青楼，也没什么好看的。她默然地喝完了手里的酒，准备离开，不料被人一把抓住。

"顾兄弟，你可会诗文？"赵异人颇为有趣地抓住了顾楠的手问道，入手的一阵柔软让他微微一愣。被赵异人扯着手，半天却不见对方讲话，顾楠黑着脸把手抽了出来："我就是一介粗人，会什么诗文。"

赵异人呆呆地看着顾楠，握了握已经空了的手。这顾兄弟的手握着怎么比一般女子的还舒服？但是他很快回了神来，对着顾楠挤了挤眼睛："兄弟，你就对那画仙姑娘没有一点想法？不如这样，为兄报个名，你呢，陪为兄在这儿看看热闹，怎么样？"

他可是好不容易出宫一次，一个人玩多无聊，拉上一个人总是能热闹许多不是。看着眼前好客得有些过分的赵异人，顾楠的脸上露出了怪异的神色。这家伙……想着，顾楠细细地打量了一遍赵异人。衣着不凡，应当是个贵族子弟。听说这官宦世家都有些奇怪的癖好，难道还真不是传闻？想到这儿，顾楠打了一个哆嗦，连忙甩开了自己的想法。心里虽然恶意地编派了对方一波，可毕竟人家盛情邀请，顾楠也不好意思拂了别人的面子。闲着也是闲着，顾楠重新坐了下来："那先说好，酒水你包。"

"成。"赵异人也相当爽快，当即挥了挥手，"老妈子，再来两壶酒，顺便帮我和我身边的这位兄弟报个名。"

十一二月飞雪的季节，东箐楼外的街道半白，冷风猎猎，几个穷乞人还穿着破烂的衣衫在街头行乞；东箐楼内却是雕梁画栋，人们烤着火，温暖如春，便是只穿着一件单衣也不会冷。人们喝着小酒，高谈四座，论着那诗词歌赋，论着那如画美人。厅堂的后面是一座小亭，小亭上遮着白纱，看不清里面的人，她却是这所有人的焦点。

此时的画仙枯坐在小亭之中，脸上娇媚的浅笑已然退去，完全没有堂前那副媚色，面上是一副淡漠的冷然。本想着能凭自己的几分薄色卖艺守身，但是到了这里的女子，终归逃不过货与人家。想起今日老妈妈对她说的话，画仙的嘴角勾出一丝惨笑。她早已经心如死灰，便是随便找个人，又能如何？

亭中无声，亭外却是一阵喧闹，那诗会已经开始了。

【二十三】

"请画仙姑娘出题。"一个丫鬟叫道，拿着一卷竹简，走到后面的小亭子旁，轻叹一声，慢慢将竹简递了进去。她明白画仙现在的处境。画仙平日里待她们这些下人都很好，可惜她也只是一个下人，对于这些，根本无能为力。丫鬟柔声说道："画仙姑娘，出题吧。"

画仙没有作声，接过竹简，在竹简上写下几个字，放下笔，转手递了出去。丫鬟接过竹简，回到了堂前，打开竹简念道："此情，此景，此人。"

诗的题目是三个词，却没有什么明指，就像没有规定主题一般。此情此景，莫不过冬日时分；此人，莫不过那画中谪仙。只不过，每个人能看到的都不同罢了。堂中短短的安静，之后很快便传来了窸窸窣窣的书写声，想来已经有人有了想法。顾楠坐在赵异人的身旁，他们的位子靠近窗边，盘着腿坐在软榻上。斟了一杯酒，轻轻地推开窗，有些冷风透了进来，顾楠看着窗外的街景，喝了一口酒，暖了一下身子——真奢侈啊。她刚才看赵异人报名，在这里买位子就花了足足两百金。所有人都在苦思冥想，赵异人咬着笔杆显然还没个头绪。顾楠恐怕是这个堂中最悠哉的人了，换一个舒服的姿势，倚在窗边，任由微冷的风吹拂着她的鬓发。从高楼往下看，她正好看到一个乞丐拖着一条布袋一瘸一拐地走过雪地。朱门酒肉臭，路有冻死骨——不知道为什么，她想起了这句诗，自己却也是身处朱门的一人。没有再去看那乞丐，顾楠自顾自地喝酒。也许是她太过悠闲，在一群埋头苦思的人中太过显眼，坐在亭中的画仙感觉到一丝冷意，扭过头，却发现一侧的窗户开着，窗边斜坐着一个身穿黑袍的人，衣衫松垮，看起来懒散又不修边幅。那人，只是坐在那儿喝酒？画仙愣了一下。要知道，这儿一个位子就足足一百金。这笔钱，足够平常人家吃上一年。眼神移到了那人的侧脸上，很美。不知道这样的词适不适合用来形容一个男子，但是那人给她的就是这样的感觉。那是一张同时带着男子的俊逸潇洒和女子的柔媚的面孔，是一种很特别的气质，让她都有些自惭形秽。也许是感觉到了自己的视线，那个人回过了头，平淡的视线和自己的撞在了一起。两人透过薄纱却都能感觉到，对方正看着自己。顾楠举起了手中的酒杯，遥遥一敬，随后轻叼着酒樽，饮尽了那微甘的酒水，之后便回过了头，继续呆呆地看着窗外。

画仙却怔怔地看着顾楠，直到发现对方再没有要看自己的意思，讪然一笑。男人见了她，从来都是盯着不放，那人却特别。可惜画仙隔得太远，并没有看清顾楠真正的神色。此时的她满脸微红，根本不敢再回头去看画仙。直到现在，她才明白什么叫媚眼如丝。只是和对方对视了几秒，她就差点失态。

"薛家公子上诗一首。"一个小厮站在高台上朗声念道，"咸阳岁末初飞雪，银装压枝半低垂。不见春色却纷纷，盖是东簪初花娟。"

算不得好诗，或者说，说是诗都抬举他了，可惜那人却全然不知，扬扬自得地站在那儿说道："前几日一首无名诗传于咸阳，我有幸听闻，其诗文体别有一格，甚是特别，乃至今日仿那诗态做了此文。"

翘首企盼着高台中的人影，良久，不见那人影有什么反应，虽然文采不足，但这人也豁达，叹了口气，坐了下来。随着第一首诗被送上，接二连三地诗在高台上被小厮念出。总体来说，比第一个人的好上了不少，但是那亭中的画仙始终没有说什么。不知不觉，已经一半多的人送过诗了。赵异人还没有写完，或者可以说，一句都还没有写出来，拿着笔，一个字都没有写下，抓着自己的头发，最后也不知道是不是病急乱投医，看向了干坐在一边的顾楠："顾兄弟，唉，为兄才疏学浅，今日恐怕是见不到画仙姑娘了，我也实在没有灵感。这样吧，你帮为兄随便写一首，交上去便是。"

"异人兄，你可是说好了就让我陪着喝酒的。我不是都说了吗，我不会写诗……"被赵异人干巴巴地看着，顾楠无奈地耸了耸肩膀。

"顾兄弟，为兄看你也是一表人才，不像你所谓的粗人，你不会是在这儿故意和为兄藏拙吧？"赵异人指着顾楠，一脸不信地说道。

顾楠的嘴角抽了一下，看着赵异人一副不罢休的样子，摇了摇头。情诗吗……也罢，随便背一首便是了。想着，她淡淡地开口念道："伫倚危楼风细细，望极春愁，黯黯生天际。草色烟光残照里，无言谁会凭阑意。拟把疏狂图一醉，对酒当歌，强乐还无味。衣带渐宽终不悔，为伊消得人憔悴。"

顾楠的声音不轻不重，堂中本就安静，所有人都听得明明白白，就连坐在稍远处的画仙，都听了个清楚。诗词淡去，却是全堂寂静。这不像一首诗，格式和断句都不对，反而更像一曲乐调，但并不能影响他们对这首诗的理解。诗里完全没有出现一个"冬"字，却让每一个人的心中无端生出几分凉意。这是一首关于春天的诗。吟诗的人倚在楼旁，迎面吹来细细的春风，却一身忧愁。有的人觉得很奇怪，现在明明是冬天，为什么要说春风？转念一想，觉得也是。这东簪楼内，何时不似春呢？而画仙姑娘，却也是春天来到的咸阳城，那天的草色烟光极好。最后那句"衣带渐宽终不悔，为伊消得人憔悴"不得不让人赞叹，好美的诗句，将那萧瑟思念之意表现得淋漓尽致，就像在说一个故事。

烟花三月，曾见佳人，至此，此情已深。独倚高楼，醉酒当歌，却道，相思无期。

顾楠万万想不到，就是随口念了一首记忆里最深刻的情诗，却正好和"此情，此景，此人"完全贴合在了一起。赵异人愣愣地看着顾楠，拿着笔，良久，默默放下了笔，苦笑了一声："顾兄弟，你怎么不早说呢，你对画仙姑娘用情如此之深？"

顾楠一蒙，不知道对方为什么突然说这话。

"这首诗，叫什么？"

顾楠云里雾里地抓了抓头发："这是词来着，便叫，《蝶恋花》好了。"

"词吗？《蝶恋花》？"赵异人一边喃喃着，一边点着头，"《蝶恋花》。"最后深深地看了顾楠一眼，"这诗会，为兄不参加了，为兄帮你！"

等等，你说什么？顾楠还没反应过来，赵异人已经收起了手里的竹简，郑重地抬头对着那高台上的亭子叫道："画仙姑娘，我身旁的这位顾公子的这首《蝶恋花》，还请画仙姑娘点评！"

【二十四】

没有人再提笔，也没有人再去说什么诗，在那顾公子的词之后，他们确实已经无颜再说什么吟诗作赋。那词，却是用情至深。高台上，那小亭之中，画仙姑娘的声音迟迟没有传来。此时的她，正呆坐在亭中。从半开着的窗中吹来的风依旧带着凉意，她没想到会在诗会上听到这样的诗；她也从未想过，那在窗边枯坐的公子，望冬似春。才子好名，那公子却将自己的名声忘了个干净，为她这样一个风尘女子动情。衣带渐宽终不悔，为伊消得人憔悴。画仙从没听过如此直白的情诗，脸颊微微一红，但随后发出一声苦笑，笑声中的苦楚就如同饮了一坛苦酒。这公子如此作诗，叫世人如何看他？但他便是用了情又如何？在这东篱楼，两人之间的缘分只能尽于朝夕，根本就不值得。想到这儿，画仙抬起头，再看向那顾公子的时候，眼中带着落寞的歉意。那顾公子坐在那儿，酒杯端在嘴边，神色怅然。想来，他也是明白的。良久，画仙的声音从亭中传来。

"确实是一首极美的词。今日诗会，便到此为止吧……顾公子，今夜画仙会在此处等你来。"

画仙说完，便离开了。诗会草草结束，但是没有人觉得扫兴。一书生拍了拍身子，站了起来。今日虽然没有得到画仙姑娘的垂青，但是能听到这样流芳百年的诗句和佳话，也是一桩幸事，只是可惜了那顾公子和画仙姑娘。两人之间的身份，也注定两人不可能走到一起了。遥遥看去，那顾公子依旧呆坐在窗边，书生叹了口气，摇着头，走出了门。可怜书生，可怜佳人。离席的人大多带着这样的想法，有些人本想着结交顾楠一番，可看到顾楠的样子，实在不忍打扰，只得默默离开。所有人都只当顾楠是哀，却没有人看出来，顾楠分明是呆。她根本没搞清楚怎么回事好吧！明明是帮赵异人写的诗，怎么就变成她的了？怎么那画仙姑娘就选了她？这逛青楼已经要被师父打断腿了，要是她还夜不归宿，岂不要被白起打死？肯定是哪里搞错了吧？肯定是搞错了吧？！顾楠只觉得冷汗直冒，一脸蒙地看向赵异人，露出了一个比哭还难看的笑："赵兄，这是？"

谁知赵异人看着她，伸手拍了拍她的肩膀："为兄能做的也只有这么多了。顾兄弟，你不顾名声，如此向画仙姑娘表述情怀，日后在这咸阳的文人中，又如何自处？"说着，赵异人悠悠一叹，慢慢地说着，"你这般文采，想来也是世间少有了，与你相识，为兄有幸。本当请你大醉一番，可惜为兄不得势，若是为兄能做主，定成全你和画仙姑娘，只怪如今……"

顾楠的眼角一抽——我说，你倒是把话说清楚啊。

可赵异人不再说什么，拿起身前的酒壶，一饮而尽，看着空荡荡的酒壶，怅然若失。拟把疏狂图一醉，对酒当歌，强乐还无味。当便是如此意思吧。他看向顾楠，结识如此妙人，却也是不虚此行，扯嘴一笑："顾兄弟，为兄本名叫嬴异人，日后若是有需，尽可去城中的公子府找我。"

"不是……"顾楠还想说什么，却被嬴异人轻轻挥手打断："顾兄弟，世道如此，放手也好。"说罢，起身慢慢走开，一副看破了红尘的模样，只留下顾楠一人在风中凌乱。

到底发生了什么……然而顾楠忽略了嬴异人最重要的一番话。嬴异人，这个名字在历史上的战国时期并不是一个十分出彩的名字，但是这个名字代表着一个极其重要的身份——嬴异人，后改名子楚，秦庄襄王，秦始皇之父。当然对于顾楠来说，现在重要的并不是这些，而是如何搞定今天晚上的事情。

天色渐晚，冬天的夜晚总带着让人不太舒服的寒风。

武安君府，小绿将最后一盘菜端上了餐桌，白起和魏澜坐在一起，碗放在身前，却迟迟没有动筷。白起疑惑地皱着眉头，看向小绿："小姐呢，怎么这么晚了还不来吃饭？"

还没等小绿答话，魏澜恶狠狠地瞪了一眼白起："你这老头还敢说，我都听小绿说了，你为什么要带楠儿去长平？是你想死，还是你想让楠儿死？长平有多凶险你不知道？"

白起的胡子抽了抽，半天愣是没敢讲一句话，低下头嘟囔了一句："女人家懂什么……"

魏澜看了一眼白起，难得这次没有去揪白起的耳朵。她不是那种蠢女人，自然知道白起的想法，也知道自己不可能拦得住他。平日里对她百依百顺，但是白起一旦认定什么事，她是千般万般也改变不了的。魏澜坐在桌边，半晌，还是伸出手拍了拍白起的手背。白起这几日的压力有多大，她心里是知道的。白起不敢去看魏澜，因为他亏欠她太多了，将手放在魏澜的手上："谢谢夫人。"

魏澜翻了个白眼："算我这辈子倒霉，摊上了你这么个老货。我们俩老的牵连也就牵连了，但是我和你说，楠儿和仲儿一定不能被牵扯进来，不然我一定把你的耳朵扯下来。"

"为夫省得。"白起点了点头，苦涩地说道，"若是有一日大王要杀我，我一定保全你们的性命。"

"保全个什么？就你这点老脸，保住楠儿和仲儿便是，我就算了。你死了，我活得算什么？"魏澜啐了一口，拍开了白起的手。

"夫人和老爷都是好人，都不会有事的。"小绿听不懂二老在讲什么，但是听到他们说生说死的，还是有些慌张。

"好人。"白起听了小绿的话，黯然一笑，晃了晃脑袋。

魏澜却想起了正事，看向小绿："小绿，说起来也是，小姐是不是又在房中睡着了？快去唤她起来，姑娘家可不能饿着。"

顾楠在屋里睡觉忘了吃饭的时辰也不是一次两次了，白起问的时候，魏澜习惯性地就想到了这个，也没什么太大的担心。小绿回想了一下，为难地摇了摇头："夫人，姑娘不在房中，我也不知道姑娘哪里去了，只是下午时分便出门了。"

"下午便出门了？"

【二十五】

入了夜，想再在城中行走，确实不太方便。因为毕竟已经宵禁，这时候走在街上，总是免不了被巡街的官兵询问，也是一件麻烦的事情。路上的行人变得极少，没有路灯，街道显得特别昏暗，却有一栋阁楼灯火通明。东簪楼，这是官家的地方，大家都心知肚明，所以即便是巡街的官兵也不敢对这里多说什么话。夜晚和白天对于东簪楼来说确实没有什么区别。相反，夜晚的这里总会更加热闹一些，留宿的客人和饮酒作乐的客人就算是在这里玩到白天也不少见。顾楠郁闷地坐在东簪楼的堂中，今天算是完蛋了，这个时间已经不敢回家了。她要是这时候回去，白起估计能让她见识一下战国杀神的真正样子。

"呃……"打了一个寒战，顾楠连忙甩开这个恐怖的念头，坐在桌前悔恨万分，当时就不该贪那么几口酒，陪那个叫嬴什么异人的坑货留下来，夜不归宿绝对逃不过一顿打。这是真的。白起确实没打过她，但是那时她看兵书偷懒睡觉，白起可是监督着小绿打了她二十板子，屁股都快被打开花了。别以为小绿是个姑娘，打人不疼，作为武安君府的人，小绿手上的力气虽然比不上顾楠，但是比一般男子绝对是有过之而无不及的。那门板似的板子打在屁股上，可不是只听个响就了事的。至于跑，也不是没有想过，但是——顾楠头疼地看向一旁。她的一旁坐着一个丫鬟，此时正睁着那双眼睛，死死地看着顾楠。

看到顾楠看向自己，丫鬟抿了抿嘴巴："公子，你千万不能走，你是画仙姑娘的第一个客人，你要是走了，一旦传出去什么风言风语，画仙姑娘就完了。"

本来顾楠已经准备走了，可是才刚走到门口就被这个丫鬟发现了，说什么也不让她走。闹到最后，就成了这样——丫鬟一直坐在她的旁边，说什么也不离开。

"我不走，我不走。"顾楠讪笑了一下，擦了擦额头上的汗。画仙在这儿的人缘倒是挺好，还会有人这么为她着想。

她不知道坐了多久，另一个丫鬟走了下来，对着顾楠盈盈一拜："顾公子，画仙姑娘已经梳妆好了，请公子过去。"

所以，这是已经没的跑了是吗？她硬着头皮干笑着抬了抬手："有劳姑娘了。"

她站起身，跟着丫鬟走上了楼。目送着顾楠上楼，原本坐在她身边的丫鬟才松了一口气，想起什么，慌乱地站起身，干自己的活儿去了。

东簪楼是一栋四小楼的阁楼，灯火通明，红楼碧绸甚是好看，而画仙的房间则是在四楼的中间。丫鬟带顾楠到门前，打开门，待顾楠走了进去，便关上房门退了下去。

房中有一个熏炉，点着味道淡淡的熏香料，不算浓郁的香味在房中飘荡着。香味不重，没有刺鼻的感觉，闻着很舒服，像女子清幽的体香。摆在房中的器物都很精美，但是并不奢华，反而很淡雅。顾楠慢步走过一道小门，里面摆着一张桌子，放着两个软榻。桌上放着一壶酒，酒香很远就能闻到，想来是不可多得的好酒。顾楠的眼睛一亮。算得上是个酒鬼的她可受不了这种诱惑，连忙走上去拿着酒壶添了一杯。

"顾公子好酒？"一个轻柔中带着魅意的声音从顾楠的背后传来。顾楠背上的汗毛一立，扯着嘴角，僵硬地扭过头——她的背后，一个婀娜的女子站在那儿。此时画仙的脸上没有戴薄纱，那张精致的脸完全露了出来。那是一张带着天然媚意的脸，眼角的那颗泪痣更是将这种吸引力发挥到了极致，只是淡淡地浅笑，就带着惹人意动的味道。她没有穿很多，只是披了一层轻薄的衣服，将她妖娆的身段都凸显了出来。顾楠只觉得鼻子一热，连忙红着脸转过了头。

"嗯，还行吧……"

画仙看着顾楠的反应却一愣。她想过这位顾公子会有很多反应，或是深沉或是轻佻，却万万没想到，这位顾公子居然会害羞。这顾公子也是一个有趣的人。画仙脸上不自觉地露出了几分笑意，故作不察地走到顾楠身边，贴着她坐了下来："顾公子可是第一次来这种地方？"

"嗯，嗯。"闻着画仙身上若有若无的香味，感受到身边的温度，顾楠的脸颊更热了些，心不在焉地点了点头，"差，差不多。"

画仙看着顾楠明明很紧张还要表现出不紧张的样子，有些好笑。逛青楼这种事，还能有个差不多的？"之前听到顾公子的词，文采斐然，本来以为是个花丛老手，没想到却是这般模样。"画仙的声音娇媚，反而让顾楠更加窘迫。

"什，什么叫这般模样？"顾楠的脸已经红到了耳根，撇开视线，微张着嘴，声音却像一只蚊子在叫，根本没有说服力。

掩着嘴巴微微一笑，画仙不再调戏顾楠，轻轻拿起了酒杯："身在这花柳之地，我也没有什么可以招待顾公子的，只有这薄酒，还希望不要嫌弃。"

"我，本来就是个酒鬼，有酒就可以了。"顾楠接过酒。酒入齿间，确实是好酒，满口生香。

画仙看着顾楠，眯着眼睛："顾公子却是和之前很不一样。"

顾楠把已经空了的酒杯放下，也不知道是不是酒壮人胆，没那么坐立不安了，张口说道："你和之前也很不一样不是？"

"你倒是说说哪里不一样？"画仙眨了眨眼睛。

顾楠抿了抿嘴唇，这酒着实不错："下午的时候画仙姑娘虽然娇媚，但是眼中无神，此时，却是有了些灵动。"

画仙掩嘴一笑："顾公子，果然和别人不一样。"

【二十六】

酒过三巡，顾楠下午本就喝了不少酒，再算上这些，即便她酒量过人，此时也是面色酡红，半醉不醉了。酒桌上的就是酒友，没有别的。几番酒水下肚，顾楠已经没有了最开始的尴尬，完全放开了，衣衫半敞着，把玩着手里的酒杯，醉眼蒙眬。

"顾公子，你醉了。"画仙看着眼前这个醉了的佳人，神色复杂。用佳人来形容这位公子确实再合适不过。那粉面含春，醉酒后又带着几分豪侠气质的样子，便是她看了也觉眼热。两人聊得很开心。自从进了这东簪楼，画仙从来就没有如此安心地坐着和一个人这么交谈过。顾楠虽醉酒，但是言谈举止依旧保持着礼节，两人始终隔着这么一段距离，未做任何出格的事情。画仙又想起那午间，堂前的那首诗，眉间多了几分迷离——当真是翩翩浊世佳公子，也不知我是何来的福分，被他垂怜。

"我没醉，再说，便是醉了又如何？"顾楠红着脸，晃了晃脑袋，眯着眼睛，"今朝有酒今朝醉，明日愁来明日愁。"

还真是妙人妙语，画仙伸手轻轻扶住了顾楠摇摇晃晃的身子，浅浅一笑。这般的人，又怎么是她这样的风尘女子配得上的？

"顾公子，"画仙的声音依旧淡淡，带着几分唏嘘，"今年三月我们是否见过？"

她来到咸阳时，正是今年三月。那一日草色烟雨在天边晕开，正好应了顾楠那句"草色烟光残照里"，所以也被她误以为她和顾楠的第一次相见，是在那天。

"今年三月？"顾楠愣了愣，酒香未尽，她还有几分清醒。今年三月，她还未在这秦国，也未在这乱世，扯了扯嘴角，默默一笑，"没有，没有见过。"

顾楠默然的声音和神情落在画仙眼中，却让她更心痛了几分——不愿和我说吗？或是，不愿我多想吧……画仙没再说话。

顾楠看这酒也喝得差不多了，站起了身："多谢画仙姑娘的酒，在下，就此告辞吧。"说着，顾楠抱拳准备离开，可是刚走两步，就被人慢慢搂住了双肩。感受着背后温润的身子，顾楠吓出了一身冷汗，酒一瞬间也完全醒了。她这才记起来，今日在这里，可不是喝酒聊天这么简单的："画，画仙姑娘。"

"顾公子。"画仙的声音带着淡淡的紧张和清幽。

顾楠只感觉心都快跳出来了，她能怎么办？她也很绝望啊，欲哭无泪！房间里陷入了许久的寂静，不知道过了多久，顾楠慢慢握住了画仙的手："年末，我便要去长平了，一路凶险，也不知道能不能活着回来。"

长平——画仙抓着顾楠的手，不自觉地一抖。长平战事，秦国和赵国的举国之战。这可不是一句凶险能说明白的，根本就是九死一生。

"画仙姑娘，相濡以沫，不如相忘于江湖。"说完，顾楠想到了什么，从身上摘下一块牌子，放在画仙手中，"这牌子你拿着吧，想来，这里的人便不能为难你了。便，不需送了。"

将画仙的手从身上轻柔地拿开，顾楠头也不回地走了出去。轻纱罗帐，房中烛火摇曳，画仙心想：怪不得午间那时他不曾看我，怪不得那首诗说春似冬，怪不得他来这里却只是喝酒。他，到头来，只是来与我告别的吗？

失魂落魄地站在原地，画仙想通了这些，眼中蓄满了泪水——这个傻子。她低头看着手中的牌子，那牌子上写着四个字：武安君府！

清晨的阳光初露，昨天的雪下到现在，咸阳的街上、屋上、树上，已经铺满了白茫茫的一片，在早晨的阳光里，远远看去甚是好看。当然，并不是每一个人都有这份闲情逸致欣赏这样的美景。

武安君府。

白起穿着一身大袄，拿着茶杯，端坐在软榻上，一脸平淡，魏澜一脸忧愁地站在旁边。而顾楠则趴在小院的椅子上，小绿站在顾楠身后，手里拿着一个一人高的板子。顾楠也没想着能逃过一劫，该来的总是要来，只是讪笑着看着白起："师父，咱能不能少打十板子？"

白起神态自若地喝了一口温茶，水雾在他嘴边飘开，听到了顾楠的话，抬了抬眼睛："行。"

顾楠脸上一喜。

"小绿，打五十板子。"

一瞬间，顾楠的脸又苦了下来。上次那二十板子她就半天没下得了地，这次五十板子，自己的屁股算是可以"英勇就义"了。

"是，老爷。"小绿心疼地看着顾楠，但是不敢违抗白起，而且姑娘这次犯的错确实太大了。小绿抿着嘴巴，手起板落。

"哎哟！"惨叫声在武安君府中此起彼伏，高低迭起，曲折迂回，当真是听了沉默，看了流泪。魏澜扯了扯白起的袖子，虽然答应过白起不插手他惩罚顾楠，但还是忍不住担心地说道："老头子，要不让小绿下手轻些，可别打坏了孩子。"

白起难得在魏澜面前保持着硬气："不打不行，这才几岁，就知道逛青楼了，居然还差点夜不归宿。"说到这儿，他气得胡子一抖，"这要是不打一顿，她就记不住教训。而且她一个女子家，逛青楼，算个什么事？"

"哎哟！"顾楠又发出了一声惨叫，魏澜翻了一个白眼："少年心性，总想去凑热闹，没见过的就想着去看看，你我当年不也是如此？少打些吧，楠儿一定知错了。"

"夫人，你就别管了，今天我得让她记住这个教训。我下手有轻重，习武之人，五十个板子休息几日便好了，夫人不用担心。"

魏澜转头看向顾楠，叹了口气，哭笑不得地说道："这浑丫头也是，怎么什么地方都去。"

大约过了半个时辰，武安君府那令人闻风丧胆的惨叫声才渐渐隐去。白起站在已经"半死不活"的顾楠面前，背着手："你可知错了？"

顾楠哭丧着脸，摸着屁股："知错了。我不该逛青楼，也不该夜不归宿，让师父师娘担心，更不该喝得满身酒味回家。闲暇时间当在家中好好研读兵书，修习武功。"

白起黑着脸，看顾楠认错的态度还算诚恳，才松了一些脸色，对着小绿说道："扶小姐下去休息吧，记得涂一些伤药，好得快些。"

"是。"小绿连忙点了点头，扶着顾楠去了后院。

白起站在原处，看着顾楠一瘸一拐、龇牙咧嘴地离开，摇了摇头。真是不让人省心的丫头。他对站在小院角落里的老连招了招手，管家老连低着头走到了白起身边："老爷，什么吩咐？"

白起撇了撇嘴："去一趟东簪楼，把那个什么画仙姑娘给我带回来，就在家中，给小姐当个丫鬟便是。"

"老爷，"老连一愣，迟疑地说道，"东簪楼毕竟是官家的地方，这不合适吧？"

"有什么不合适的？"

"是我武安君在这咸阳城的威风不够了，还是那东簪楼的台子硬了？去接来。"

"是。"老连点了点头，躬身退去。

东簪楼虽然可能和皇家有着千丝万缕的关系，但若是白起，在那里领个人也就是一句话的事。朝堂上除了范雎那个老货，也没人能说什么，即便是那范雎，也就只能说个两句而已。至于大王，反而会为这种事情高兴。因为如果白起抢女人，至少代表白起还没有想其他的事情；他要是真的什么都不要，大王才会觉得他所图更多。最重要的是，听说楠儿看中了那个叫画仙的丫头。他白起徒弟看上的人，那就是武安君府的人。

【二十七】

咸阳城里洋洋洒洒的小雪下个没完，天气越来越冷，哈出口气都能结成一片白雾，也不知道什么时候是个头。雪积得厚了，从枝头摔落到地上散成一堆，倒有几分银装素裹的味道，可是这名叫咸阳的冷美人确实太冷了些。雪落在窗畔，凝成片霜，使得这人间又冷了几分。

轻轻的摩挲声从房中传来，房中的丝带半垂，窗户半掩，有些看不清里面的样子。仔细去看，却看见一个女子正垂着鬓发，站在一张台前，提着笔，身前铺着一块绢布。那女子很美，只是一眼就叫人难忘。女子眼神迷离，仿佛正出神地想着些什么，嘴中喃喃，手中的笔小心地勾勒着，似乎画着一个人的轮廓——绢布上，那画渐渐清晰，是一个人正坐在窗边喝酒。那个人穿着一身略宽松的长袍，长发只是简单地盘了一个发髻，额角垂着一缕头发，却是一个翩翩公子，随意地坐在软榻上，眼睛正注视着窗外。窗外的雪有些密，那人的眼神黯淡，他的手中握着一酒樽，酒樽中却没有酒。

"……为伊消得人憔悴。"画仙喃喃着，放下了手中的笔。那人已经跃然纸上，像当真看着那景、那人一般，但是画仙只是轻轻地摩挲着绢布，一言不发："顾公子，到了最后，我还是没能知道你的名字。"

画仙苦笑一声，合上了眼睛。墨已经干了，她轻柔地卷起绢布，收了起来。她也明白，自己和那顾公子也许不可能再见了。

"画仙姑娘，画仙姑娘！"门外突然传来了呼声，随后便是一阵急促的敲门声。画仙听着门外的动静，无奈地一笑，总是这么毛毛躁躁的。

"来了。"应了一声，画仙起身走到了门边，打开门。门刚开，门外的丫鬟就已经探进了半个身子，气喘吁吁，却是一脸的喜意："画仙姑娘，好消息！"

画仙伸手擦了擦她头上的汗，微微一笑："能有什么好消息？"

"画仙姑娘，"丫鬟喘了口气，"武，武安君府派人来接您了！"

"武安君府？"画仙一愣，随即想起了昨晚顾公子给她的那块牌子，那上面好像就写着，武……想到这儿，画仙连忙从怀中拿出了那块牌子。武安君府！画仙的心脏像是漏跳了一拍。难道，真是那顾公子？

"姑娘，还愣着做什么啊？快跟我来。"丫鬟拉住了画仙的手，将画仙拉下了楼。而此时画仙的脑中一片空白，不知道自己是怎么走过的那一段路，只是被身前的丫头拖着下了楼，走出了东簪楼。曾经她最想跑出去的那扇门，此时，却轻易地迈了出去。老妈妈站在一边，低着头，身上打着战，似乎有些站不稳。而老妈妈的旁边，一个身穿常服的健壮老人站在那儿，看到她走下来，对着她和善一笑："想必，你就是画仙姑娘了吧？"说着，走到身后的马车旁边，掀开了帘子，"武安君让我来请你去。"

画仙愣愣地看了看四周，站在她身后的小丫头着急地推了推她，小声地说道："画仙姑娘，走吧，别再回来了。"

画仙上了车，老人放下帘子，转头对站在一边的老妈妈说道："从今以后画仙姑娘就不是你们东簪楼的人了，明白了没有？"

"是，是，明白了，明白了。"老妈妈连连点头，不敢再多说半句。老连点了点头，转身走到马车边，坐上去催马离开了。

马车摇晃，画仙坐在车中，眼神渐渐有了神采，眼圈却红了起来。武安君府是何地？那是武安君白起的府邸。白起又是何人？秦国的第一大将，也是最高的武官，秦国战神。请武安君府不要脸面地当众来接她一个风尘女子，顾公子为她做了多少，她已经完全想不到了。但是她想得到，那是她还不清的情意。这是一段不长的路，但是很多人都看到了一辆马车从东簪楼到了武安君府。

"吁！"马车停了下来，老连跳下马车，掀开帘子："姑娘，到了。"

画仙从马车上走下来，面前是武安君府的大门，有些冷清，离市街远，很安静。

"这里日后便是姑娘的家了，不用见外，武安君待下人都很好，且宽心便是。"老连淡淡地说着，他永远是这副样子。眼眶还有些红，画仙现在没有半点从东簪楼脱身的喜悦，只想知道顾公子到底如何了……看着眼前的老先生，画仙很紧张："老先生，顾公子现在怎么样？"

顾公子？老连的嘴角一抽，看着面前紧张兮兮的姑娘，暗自摇头，自家小姐将人骗得好苦。但是既然还骗着，他也不好说破，只得顺着往下说道："顾公子现在正在偏院休息，我可以领你去看看。"

"多谢，多谢老先生。"画仙连连拜谢。老连叹了口气，走在前面领着路，来到了顾楠的小院。

"就是那儿，老朽就不跟着去了。"老连指了指顾楠的屋子。小姐的房间，他自然不适合进去。

画仙看着那掩着的房门，不自觉地加快了脚步。此时的顾楠正趴在自己的床上，百无聊赖地翻看着一卷竹简。屁股火辣辣地疼，根本没有办法下地，只能看看书来过日子。她的头发并没有扎起来，而是随意地垂在一侧，穿着一件宽松的单衣。至少能看出是个女子，而且是一个绝美的英气女子。

"嘎吱。"房门开启的声音传来，顾楠疑惑地转过头，本以为是小绿，却看到了一个她根本想不到的人。

"画，画仙姑娘？"顾楠蒙蒙地看着站在门边的女子说道，而画仙看到趴在床上的顾楠却完全愣住了。这是个女子，她看得清楚，而这也正是昨晚的顾公子。顾公子，是个女子？画仙看着顾楠良久，却是莫名地脸上一红，也不知是因为她一直以来的误会还是因为这顾姑娘如今完全就只穿着一件薄衣，匆匆一拜，结结巴巴地说道："画，画仙，多谢顾姑娘搭救之恩。"

【二十八】

那一日的东簪诗会，一首《蝶恋花》几分萧索，几分倾情，满堂难忘。这首词自然而然流传了开来。在这个含蓄的年代，这首词却是拨动了所有人的情弦。那姓顾的才子为了一个风尘女子写下如此词句，落下痴情的名声。也正是这份痴情，引得无数姑娘小姐闻之悲泣，更有甚者将这首词绣在手帕上，时常拿出来观读。才子书生们作词说赋，可惜没人说得清那首短短的《蝶恋花》，寥寥两段却将这"情"之一字说得极深，他们只能摇头叹息，叹那顾公子和画仙姑娘的苦命。这词流传于街巷井市，愈传愈盛，最后甚至传进了大王宫里。

秦昭襄王看着手里的文书，摇头大笑："这武安君还真是老当益壮啊，仗还没打，倒是先去寡人的东箐楼抢姑娘去了。也罢，随他去了，只要他能过了他那凶悍夫人的关，寡人有何不可啊，啊？哈哈哈哈。"秦昭襄王一边指着文书，一边对着一旁的宦官说道。

"大王，这城中最近还传着一首词，倒也是和武安君抢的那画仙姑娘有关。"

"哦？"秦王的眼里闪过一丝兴趣，"你倒是念来与寡人听听。"

"是。"宦官拜了拜，"这词是这般：伫倚危楼风细细，望极春愁，黯黯生天际。草色烟光残照里，无言谁会凭阑意。拟把疏狂图一醉，对酒当歌，强乐还无味。衣带渐宽终不悔，为伊消得人憔悴。"

秦王听得出神，良久才回过神来，像是想起了什么，面色深深地念了一遍："衣带渐宽终不悔，为伊消得人憔悴。"

"好词……"秦王这才吸了口气，整理了一下自己的表情，"这作词者何人？你可别告诉我是那白起老汉，万万不可能是他。他有几番斤两我知道，打仗靠得住，这作词，概不可能。"

看到秦王有些失态，宦官擦了擦头上的汗。他可不敢失态，也不敢看秦王失态："回禀大王，不是武安君，据传是一个姓顾的才子所做，送予那画仙姑娘的。"

"姓顾的才子？"秦王一愣。有这般才学的才子，为何他从来没有听说过？

宦官连忙继续说道："大王，这武安君的徒弟也姓顾，而且前段时间也有一首顾姑娘的诗：金樽美酒琥珀光，欲饮金鸣马上催。醉卧沙场君莫笑，古来征战几人回。虽和风雅略有出入，但两者皆是文采极好，加上武安君第二天便来接了这画仙姑娘，所以我想，这两人很可能就是一个人。"说完，宦官低下了头，不敢再多说什么，多嘴是会说错话的。

"古来征战几人回？"秦王摸着胡子，细细地读着。"的确是一个有趣的人，怪不得白起老儿会收一个姑娘当门生。我倒是有点兴趣见见这战神的学生了。"秦王的眼睛微眯，"就在这长平之战后吧，如果她能活着回来。"

"师父。"一片山谷中，四周遍布着密林，一眼望不到边，人迹罕至。一个双眼凌厉的小孩跪在一个老人面前，重重地拜下。这拜师礼也就算成了。

鬼谷子盘坐着，腿上横着一把普通的青铜长剑，旁边站着一个小孩，身高要比跪着的男孩高些，一头黑发，面容平淡，看样子也就只有七岁上下。

鬼谷子眯起眼睛看着眼前的孩子："小庄，入了鬼谷，便要按照鬼谷的规矩来，你可是想好了？"

小孩跪在那里，低着头："师父，卫庄已经想明白了。"

"好。"鬼谷子闭上了眼睛，深深地叹了一口气，鬼谷的规矩……"从此以后，你便是我鬼谷子的第二个门生，所学，横！他是你的师兄盖聂，所学，纵！既然入了鬼谷，你二人就必须要记住：我教你们纵横治学，你们学成之后自去寻找出路，一较高低。纵横只能活一个，活下来的那个，就是下一代鬼谷子。"

"是！"

"是！"

跪在地上的男孩，和站在一旁的男孩同时应道。

"今天，我们讲剑。"鬼谷子坐在软榻上，卫庄和盖聂两个孩子各坐在一旁，听得认真。"我先问你们，"鬼谷子的眼睛扫过了两人的脸庞，右手将自己的青铜剑推到了身前，"什么是剑？"

短短的沉默，盖聂先说道："剑，百兵之君；剑者，君子者，进退有道，纵横寻矩。上下为刃，中竖其身，宁折不弯，亦合为人之道，立身根本。退，归鞘隐没；进，锋芒毕露。"

回答得很工整，也很有理，以盖聂的脾气确实会给出这般回答。卫庄回答得比盖聂慢，静坐思考了一下，最后却只给出了一句话："剑，杀人之器具。"

鬼谷子没有说谁对谁错，只是点了一下头，说道："皆可，为师今日要和你们说的却是剑途。"鬼谷子说完，看向自己的剑，"这三尺青锋的去处。"

卫庄和盖聂没有说话，但是看眼神就知道，他们听得很用心，甚至在尽力去记。说到剑，鬼谷子的嘴角一翘，不禁想起了他教过的那半个弟子，那个爱偷懒的丫头。对于这把剑的理解，恐怕没有人会比她更加透彻，而她的五剑之说，早晚会成为这天下剑客的至理之说。

"为师曾受人讲解，得剑之五说，今日便讲与你们听。"这第一句就把卫庄和盖聂吓到了。自己的师父在他们眼里学究天人，而这五剑之说，居然是他听人讲解的，那人又是何等境界？

"剑之三尺，分为五境，乃：利剑、软剑、重剑、木剑、无剑。利剑无意，凌厉刚猛，无坚不摧……软剑无常，招式已经发挥到极致，但追求变化，招招抢攻、式式求变……重剑无锋，大巧不工。如此境界……木剑无形，剑术到了此步，不滞于物，草木竹石均可为剑，飞花摘叶皆可伤人……最后，无剑无招。这个境界，也是最后一个境界，举手投足间俱是天地演化，直指源泉。天地间已经没有剑，也已经只有剑。"寥寥百余字，鬼谷子讲完，深深吐出一口浊气。

盖聂、卫庄怔怔地坐在原地。初学剑锋，他们就已经能够隐隐感受到这五剑之说的意思，也就是这隐隐感受，已经让他们受益匪浅，也让他们震撼异常。

"师父，"卫庄睁圆眼睛，"这五剑之说，是何人所创？"他已经暗自下了决心，来日若有可能，一定要登门请教。若不教，便拜一天；若再不教，便拜三天！

鬼谷子摸着自己的胡子，思索了一下，慢慢说道："创五剑之说的人，也算是你们的半个师姐。为师只教了她剑，所以算不得鬼谷的门生，却算是为师的学生。在剑之一途上，她算得上是旷世之才，便是为师对剑的理解，恐也不如她深。"

老师的学生？！盖聂和卫庄相互看了看，也就是说和他们一般大。良久，盖聂缓缓问道："师父，这位师姐……叫什么名字？"

"她？叫顾楠。如果有幸，你们日后或许会见到。"

【二十九】

顾楠站在地上，伸了个懒腰，身上薄薄的衣衫从肩膀上滑落，露出了几分白嫩的肌肤。外面的天还没有亮，想来才是凌晨时分。她的伤已经好得差不多了，这几日走路一瘸一拐的，行不得、坐不得，当真是差点把她闷疯了。她兴冲冲地对一旁正收拾着洗漱用品的小绿说道："小绿，快快，把俺的长矛拿来让俺耍耍，这几天不动弹都快生锈了。"

小绿站在顾楠身后，听到自己家如花似玉的姑娘言语粗犷，掩嘴轻笑，转眼看到顾楠半露着的身子，脸色发红："姑娘，你先把衣裳穿上，外面冷。"

"啊，知道了知道了，还真麻烦。"顾楠低头看了看自己的样子，抓了抓头发。她确实不怎么在意这些。自己从前待在家里，就算只穿一条短裤也没什么，哪里计较这么多？

小绿放下了手里洗脸用的绢布，从一边的衣架上取下了黑色的长袍。也不知道为什么，自家姑娘总是喜欢穿男儿的衣服，若是打扮一番……小绿想着顾楠穿绫罗绸缎的样子，红着脸抿了抿嘴唇，暗自点头——定是很美的。

"姑娘，穿衣裳了。"小绿一边说着，一边将长袍披在了顾楠的肩上，伸手要替顾楠穿上。

感觉到小绿的手在自己的腰上摸来摸去，顾楠连忙躲开了，还是不太适应这些，笑着摆了摆手："我自己来便是。"

知道姑娘害臊，小绿也没多说什么，笑盈盈地站在一边，帮顾楠扎着头发。这一头长发，顾楠自己怎么都打理不好，只得让小绿来。等到穿衣打扮完了，站在那儿的人一下子从不修边幅的姑娘，变成了翩然公子。顾楠提起靠在墙角的那支比人高得多的长矛，往肩上一扛便走出了门，推开门，却发现小院中还站着一个女子，穿着和小绿一般的服装，正在院中那棵老树旁发呆。

顾楠轻笑着打了一声招呼："画仙姑娘，早上好啊。"

画仙听到有人唤她，回过头却见顾楠正笑着和她打招呼，不自觉地翻了个白眼——顾小姐这么一身打扮，若是往街上一走，也不知道又要误了多少姑娘的一生。想起自己，画仙无奈地抿了抿嘴巴，还真是个冤家。

"顾姑娘，画仙现在在武安君府从事，姑娘无须再如此称呼，叫画仙就好。"

"嘻嘻。"小绿在顾楠的身后笑道，"这下好了，终于不再是我一个人照顾姑娘你这个麻烦了。"

"嘿！我这暴脾气。"顾楠黑着脸扭过头，伸手去扯小绿的脸蛋，"你说谁是麻烦呢？"

"嗯……"小绿的脸颊被顾楠扯得发红，"姑娘又欺负人。"

直到把小绿的脸都揉成了一团，顾楠才哼哼着松开了手："不和你一般见识。"

小绿对顾楠吐了吐舌头，而画仙站在那儿，看着玩闹的两人，甜甜一笑，双眼带着不自觉的安宁。她从没想过，自己有一天还能过上这般平常的日子。天气有些冷了，清晨的天边刚照出阳光，朦朦胧胧地亮着。顾楠横端着长矛，静立在小院中，长发从她的鬓角垂落，顺着冷风拂动。文武同学，为学则便如逆水行舟，不进则退。她才四天没练这矛，此时摸着却已经有些手生了。画仙和小绿坐在一旁，咸阳城的小雪缥缈，顾楠的一身黑衣格外显眼。

长矛一动，瞬间拖出了一片矛影，近千斤的力道差不多就是半吨，几乎可以说是人类的极限。

"呼！呼！呼！"一人多高的长矛卷动，阵阵生风，乱了飞雪，惊了清风。半空中的小雪被卷得散开，凌乱地翻卷着。长矛干净利落地刺出，似乎穿过了数片雪花，使得枪锋上凝结了一层斑白。画仙坐在那儿，呆呆地看着顾楠，略宽的衣裳猎猎翻动，轻拢着的长发飞扬。长矛本是杀器，在她的手中却舞出了几分萧索和美感。

"是不是觉得姑娘很厉害？"小绿坐在画仙旁边，看到她痴痴的神色，笑着说道，"兵法、剑术、骑术、诗词，便是寻常男子，也绝不如姑娘厉害。"说到这儿，小绿得意地翘着下巴，仿佛厉害的是她一般。她倒是一点也不见外，虽然画仙才来了几天，此时却已经被当成自己人了。"有时候我都觉得，要是姑娘是个男子就好了。"小绿看着顾楠，轻轻地说着，但又发现自己说错了话，连忙摇了摇头，"哈哈，你看我，说些什么呢。"

画仙听着小绿的话，抿嘴笑了笑，看向那院中人。

是啊，若是男子，该多好……

平淡的日子过得很快，就像无所事事的日子会让你觉得没过够一样。自从那日东簪楼之后，顾楠再没有给白起闹出过什么乱子，这也让白起松了一口气，自己这徒儿总算是拿出了一点正形来。那东簪楼的词，就是那首《蝶恋花》，他也算读过了。他不是很懂诗词，但是也能看出，那词的文采可以说能傲视咸阳城的所有才子了。那日大王在朝会上念出词的时候，同朝的范雎老儿还被迷了心智，道了一声"好词"，就像老了好几岁，嘴里还念着一个人的名字般，听着像一个女人的名字。哼，好词还需要他说，也不看看是谁的学生，虽然顾楠的诗词不是自己教的。当然，顾楠的这首词在白起眼里就是不务正业，这也导致她日后的兵法课业繁重了许多。

此番已是年末，要不了多久便是岁日，平日里有些沉闷的咸阳城也难得地多了几分喜气。

武安君府一如往常，门庭冷清，安静得根本不似一个高官的府邸。白起坐在堂中，黑袍金绣，腰上悬着一把长剑，须发斑白，手中拿着一张兵符，而桌上摆着一简诏令。

岁末，帅甲十万，兵发长平。

第三章

长平之战

【三十】

"咔嚓。"黑色的铁片甲套在顾楠身上,这天气把铁片冻得冰凉,贴在身上虽然隔着衣衫,却依旧带着一种说不清楚的寒意。顾楠一改往日穿着,换了白色的衣衫,外面套着黑色的铁甲,脚上踩着厚重还带着绒的皮靴。小绿站在顾楠身后,安静地给顾楠扎头发。出征的时间正好在岁末,这让魏澜准备了好久的年饭没了作用。顾楠站在一面铜镜前,她一般不照镜子,今天却出奇地想看看。镜中的自己戎装革甲,黑发束着垂在身后,手上绑着两副铜腕,垫在里面的白色衣衫微微褶皱,端是一个白袍玄甲的小将。顾楠微微一怔,随后苦笑了一声:倒是真没想到,我居然有一天会成了这般模样。

"姑娘,"小绿一边绑着顾楠的头发,一边小声地说着:"这边疆,恐是要比咸阳冷得多,定要多穿些衣服。"

顾楠笑着轻轻点头:"明白。"

"军中不能像家中这般,要少饮酒。小绿不懂军事,但是明白军中喝酒是要罚的。"

"明白。"

"军中的口粮差,姑娘这般好吃,定会吃不习惯,但切不可饿着,饿着怎么打仗。"

"明白……"顾楠站起身,她的头发早就绑好了,转过身,发现小绿的眼眶有些红,笑眯眯地伸出手刮了一下小绿的鼻子,"那小绿记着,等我回来,给我备些好吃的,还要备些酒水,我要好好吃上一顿。"

"明白了……"将长剑挂在腰上,提着矛,顾楠出了门。黑哥正站在马厩里吃着青料。下雪天,这一捆青料可贵得不行,几乎比得上一户人家一天的粮食了。这哪是吃马草,吃的根本就是银子。武安君府的青料都不必自己去买,军营总会送些过来。这段日子吃得好,黑哥都有些胖了,原本看着健壮但依旧有些消瘦，现在看上去倒是神骏了不少。黑哥嚼着马草，突然停了下来，带着刀疤的那只眼睛横向了一边。只见那边，顾楠正偷偷摸摸地走了过来。

"哼！"黑哥不满地打了一个鼻鼾，不再理会顾楠，继续低头吃了起来。它知道顾楠要来干什么。武安君府是禁酒的，而顾楠算得上半个酒鬼，怎么忍得了这般寂寞？所以就在武安君府找了个地方藏酒。那地方平时必须没什么人去，白起不会怎么管，就算有人去也都是好讲话的自己人，思来想去确实没有什么比黑哥的马厩更合适的了。虽然环境不是很好，但是这地方一般只有老连喂马时才过来，就算白起要出门，来牵马的也是他。别看老连平时板着个脸，但其实还是很好讲话的。顾楠和他混熟了之后，偶尔来这地方偷喝几口，他也就睁一只眼闭一只眼了。顾楠左右看了看，确定没人之后才溜到黑哥身边，伸出手，从马棚棚顶的干草上取下一个葫芦，眯着眼睛擦了擦，拔开葫芦口，灌了一口。

"哼。"黑哥显然对这种有贼心没贼胆的人抱着强烈的鄙视。顾楠并不在意黑哥的鄙视，一人一马就这么对着，一个吃着草，一个喝着酒："黑哥，你打过仗吗？"

黑哥看了一眼顾楠，不知道听没听懂，却晃了晃脑袋。

顾楠咧嘴一笑："那可是要命的事。我可是把我的命都交给你了，伙计。"说着，顾楠拿着酒葫芦，仰头吞了口酒。黑哥的耳朵甩了一下，默默地低下头吃着自己的草。

下午时分，顾楠牵着黑哥站在武安君府门前，白起骑在马上，踏到了顾楠身边。魏澜整理着顾楠的衣领："看我家姑娘多俊。"

"到了那儿，多跟在你师父身边，他定是要护你周全的。要是他让你伤着了，回来和我说，我让他跪板子。"

白起在一旁听得冷汗直流，连连小声地说道："夫人，夫人，这大街上的，给为夫留点面子可好？"换来的自然依旧是魏澜的白眼。

顾楠上了马，轻催了一下黑哥，黑哥迈着不紧不慢的步子，跟着白起离开了武安君府。

"刚才喝酒去了吧？"白起坐在马上，横了一眼顾楠。

"嘿嘿，还是师父你眼光毒辣啊。"顾楠自知瞒不过，傻笑着想要糊弄过去。

"浑丫头，学什么不好，学人家喝酒，定是那老鬼教坏你的。这次就先饶过你，若是还有下次，一起算。"白起说道。其实完全只是因为此时的他们还没走多远，在魏澜的视线里，他不敢拿顾楠怎么样。画仙没有来送顾楠，但是昨天送了顾楠一卷绢布，顾楠看过，上面画着她坐在窗畔喝酒的样子，此时那绢布正好好地被收在怀里。顾楠想回头再看看武安君府，白起的声音却从一旁淡淡地传来："莫回头看了，我们是奔着死路去的人，没后路可看。"

顾楠恍惚地点了点头，握紧了手里发寒的长矛。

【三十一】

十万人是什么概念？或许只是一个数字，不见得有多少人。顾楠在没有真正见过之前，也是如此理解的，但若是真正见过那生生能从一座山头排到另一座山头的人时，方才知道，一个人有多渺小。

咸阳城外十余里，十万兵营铺成一片，顾楠骑在马上穷尽目力却也只能隐隐约约看到个似有似无的尽头。这是秦王早就安排好的。赵国换将，武安出征，这都是本就已经算好了的事。这十万人已经在这里扎营数日，只等着白起行征。走近了，却和顾楠预想的不同。本想着十万人的军营阵地会是一番如何浩大的场面，可现在摆在她眼前的却是一座寂静到极点的军营，一声喧哗都没有，偶尔见着几个士兵路过，可能会相互聊上两句，声音也是很快就隐没在了这偌大的营地之中。

"咔。"军营外的数名士兵手中的长矛架在了一起，拦住了白起和顾楠的去路。

"吁。"白起拉住缰绳，马侧过头，蹄子在土地上来回踩动了几番。

顾楠也轻轻拍了拍黑哥的脖子，黑哥放慢脚步，停了下来。

"来者何人？"白起没说什么，从腰间解下了一枚牌子。士兵只是扫了一眼，就连忙收起了横在两人面前的长矛，低下头："将军。"

"嗯。"白起算是应过了，对顾楠招了招手，就先催马走了进去。士兵的眼神扫过顾楠的脸庞，眼中暗暗吃惊，但是没有多说什么，只是目送着两人进去，直到看不到为止。

"喂，你们刚才看到没有？"不知道是谁问了一句。

另一个声音答道："你不是废话吗，刚才那跟在白起将军身后的，是个女子吧？"

"是个女子，而且着实俊俏，刚才差点收不回神。"

"武安君为何带一个女子进来？"

"顾姑娘……"只见一个士兵出神地说道。

"顾姑娘？"

"对，想来便是了。你们听说了没，武安君收了一个女子做门生，那女子姓顾。"

"啊，你这么一说，我倒是想起来了。顾姑娘相传是一个难得的才女，诗文极佳，而且在兵法上深受武安君的器重。"

一个老兵却皱起了眉头："诗文极佳？战场根本不是女儿家该来的地方，便是我们男人都没几个能保命回去的。"

"别聊了。"看似像队长的人横了身后的人一眼，"这些风言风语，你们自己留着私下谈，若是被人听了去，我们这一队人都没好果子吃。"

后面的人缩了缩脖子，再没有人讲话。

主将的营帐位于军营的正中，便是从营门走进去，想要走到中央也生生花了十余分钟。一路上，除了偶尔几对人还能有几句交谈，大部分士兵看起来都是一副面孔，一副"等死"的面孔。确实是等死的面孔，双目无神，拿着兵刃的手也无力，身上穿着的布袍皮甲看着应该几天没洗了，结了一层垢。这副样子去打仗，打的还是长平那样的举国之战，不是等死是什么？顾楠走在路上，看着四周死气沉沉的军营，眉头微皱。

白起似乎注意到了这一点，瞥了一眼低头从旁边走过去的士卒："觉得这兵营很没样子？"

迟疑了一下，顾楠点了点头："这般哀兵，战力十不存一。"

"那你以为该是什么样子？"白起的一个反问把顾楠问住了。该是什么样子？朝气蓬勃，高呼为了大秦、为了百姓？看淡生死，舍生取义？士兵也是人啊。这些人大多数是为了给家里一口饭吃，为了军营的这点饷钱才来参军的，更有强制征兵来的。来了这里的人都明白，他们是来打仗的，是来送死的。这些人脸上，除了等死的样子，还能有什么？

白起走在顾楠前面："年年战事，还有这些人，便是不错了。"

说着，白起侧目看着一旁吃着已经冻得发硬的干粮的士兵，顾楠在后面看着白起。身前的这个老人什么都没说，但是顾楠在他的眼里看到了心痛，一闪即逝，让顾楠甚至以为自己看错了。

"武安君。"一声高呼，吸引了顾楠的视线，却见远处一个身穿黑甲的小将骑着一匹白色的战马一路过来。那人的脸上还带着些稚嫩，想来应该只有二十岁上下，如此年轻却已经是个将领，倒是少见。他手里提着一把长戟，身下的白马骏逸非凡，但其实在战场上骑白马是有些不安全的行为。毕竟白马实在太过显眼，定是要被对方的箭矢专门照顾的，要不是对自己极其自信，最好还是别骑为妙。那少年将领几个呼吸便来到了白起和顾楠面前，看着白起，一脸尊崇的神色，却是个与军营格格不入的朝气少年人。

顾楠暗暗撇了一下嘴巴。说实话，她还是有几分羡慕这些少年人的心气的，毕竟他们还年轻，心性高昂，总能让她觉得自己老了。

"武安君，好久不见。"少年将领兴冲冲地看着白起，"上次和您论的几个兵家问题，我确实已经有了些许答案，还望空闲时分，烦心指点一番，武感激不尽。"

【三十二】

"蒙武啊。"白起被这热情得过分的少年逼得向后仰了仰身子，"倒确实是有些时日不见了。"

"你怎么在我军中？"

蒙武是秦国大将蒙骜的儿子，深得蒙骜真传，但是要说蒙武在这大秦中最敬佩谁，那首推的就是一生无一败绩的武安君白起，就这事，差点把他爹气死。要说他爹蒙骜也是一代大将，结果生了个儿子，却是个向外的。但禁不住蒙武的百般恳求，蒙骜也曾拉下脸面和白起提到做蒙武老师的事情。但是白起这老头也顽固，认为自己的兵道和蒙武的不同，会误了蒙武的前程，一直婉拒，到最后实在架不住他和蒙骜的老交情，就答应了偶尔指点指点蒙武。老实说，白起看到蒙武，是有几分头疼的。

看到白起发问，蒙武连忙鞠躬说道："我听闻武安君要兵发长平，就想亲身学习定能多有收获，所以请家父向秦王求了个裨将。"说完，他尴尬地抓了抓头发，毕竟是走关系进来的，当面说出来确实不太好意思。这时，他看到了白起身后骑在一匹黑马上的顾楠。黑马的脸上带着一条刀疤，看着凶神恶煞，但马背上的女子很好看，玄甲白袍，雪白的披风从她的肩上垂下，扎着头发的发巾飞扬。

蒙武没有多在意顾楠长什么样，始终关注的只有她手里的那杆长矛，以他的目力可以轻易断定，这柄长矛的重量不会少于百斤。百斤重的兵器，就这么被一只手轻巧地提在手里，别说是女子，就这军营中的男子也没有几个人可以做到。

"姑娘，可是武安君的弟子？"武安君收了一个女弟子，这件事在咸阳城早就已经不是什么秘密了。白起顺着蒙武的目光看向顾楠，看到蒙武眼底那一丝战意，暗自叹了口气，可怜地看了顾楠一眼。被这小子缠上，估计没有几天安生日子可以过了，他是已经领教过的。

白起点了点头："是，和你年纪倒差不多大。"

"见过顾姑娘。"蒙武对着顾楠拱了拱手。

顾楠没有看懂白起眼神里的可怜，丈二和尚——摸不着头脑，回了一个礼："见过蒙将军。"

暗自却思索了起来。蒙武？这个名字有些陌生，但是随着记忆的清晰，她逐渐想起了一个人，和这蒙武有着很大的关系。秦朝的大将蒙恬，就是这蒙武的儿子。这样看来，他倒也算是个名人。顾楠想着，却突然发现蒙武看自己的眼神不对。那感觉，让她不自觉地背后发凉。

"顾姑娘。"蒙武露出了一个爽朗的笑容，"早就听闻顾姑娘博学而广思，在兵法一道上是不可多见的良才，在武学上更是别有一番见解。蒙武见猎心喜，不知道能不能和姑娘演武一场，切磋一下？"

顾楠的嘴角一抽，明白了缘由。原来是少年心性，总免不了争强好胜一番，倒是没想到找到她头上来了……演武，听着就不是一件轻松的事情。对于她这种不到日上三竿根本不会起床，衣食住行要有人（小绿）打理的懒人（废人）来说，这种费力不讨好的事情是绝不想做的，正准备开口拒绝，谁知道白起却先出声说道："不错，你们年纪相仿，多多交流切磋确实要比闭门独学来得中肯许多。这样吧，老夫做主，你二人三天后就在这军中演武一场，这三天且好好准备吧。"一边说着，一边给顾楠打了一个"你可以的""你加油"的眼色，看得顾楠脸色发黑。这老货分明就是不想蒙武去烦他，才把这锅甩给我的吧！

得到了白起的同意，蒙武自然大喜，当下对着顾楠说道："那便三日之后了，还请顾姑娘到时不吝指点，全力施为。"

"哈哈，"顾楠干笑了两声，"蒙兄弟客气了，我们共同进步，共同进步。"

"那在下准备去了，告辞。"说着，蒙武便骑着他的小白马颠儿颠儿地跑开了。不一会儿，那蒙武就已经不见了踪影。

"师父！"顾楠咬着牙，这两个字像是从嘴角里挤出来的一般，眯着眼睛，转过头看向白起。谁知白起已经骑着他的马儿溜开了，遥遥地抛下一句："过段时间我就通达全军，楠儿，可不要丢脸啊。"

任凭顾楠恨得牙痒痒，但也不敢拿白起怎么样。她自己心里明白，白起三招就能制服她，处理她还是跟玩一样的。哼，他这把老骨头，真计较还怕把他给拆了。顾楠自我安慰了一下，甩了一下自己的披风，一边嘟囔着，骂骂咧咧地跟上了白起。

【三十三】

"啪。"饭勺在泥碗里敲了敲，将薄薄的米汤倒入碗里。说是米汤，实际上全是汤，只有几粒米。老兵接过泥碗，拿着碗蹲到一边，看着军里的伙食，摇了摇头，从怀里拿出半个干得发裂的米饼，咬了一口，然后配着米汤勉强咽进肚子里。他们看起来吃得差，但实际上已经很好了。在军中，能吃饱就已经是一件幸事了，谁还在乎吃得怎么样。

又一个士兵蹲到了老兵旁边，看着要年轻一些，用手肘碰了碰老兵的胳膊："哎，你听说了吗？"

老兵回头看了看年轻的士兵，抬了一下眉头，干巴巴的脸上皱纹更深了些："听说什么？"

年轻的士兵得意一笑，神秘兮兮地凑近了老兵："蒙武将军要和白将军的弟子演武，就在明日。"

老兵皱了一下眉头，似乎有些疑惑："白将军的弟子？"

"对啊。"年轻的士兵点了点头。

"你没看到吗？就前天，和白将军一起进来的那个女子，叫顾姑娘。哎哟，那叫一个漂亮，用讲究的话来说就是，就是，那啥，英姿飒爽。"

"蠢蛋。"老兵白了他一眼："英姿飒爽那是形容男子的。"

"嘿，我还真没乱说。"年轻的士兵瞪着眼睛，"我是没见过那般好看的姑娘，穿着一身铁甲，手持近一丈长的长矛。"

"嘶。"老兵倒吸了一口凉气，"近一丈长的长矛？！你小子可别胡说。那种长矛少说也有百来斤，没练过武的男子举着都吃力，姑娘拿着？"

"我！"年轻的士兵张着嘴，气得红着一张脸，"我胡没胡说我自己知道，你要是不信，到时便自己去看。"

老兵看年轻士兵气急的样子，撇了撇嘴巴，心下却信了七八分："便是这个姑娘有这番气力，那也不可能是蒙武将军的对手。"老兵无可厚非地说着，"要知道，蒙武将军可是武人，一身内力便是不如老一辈，也是年青一辈中的佼佼者，全力之下足有一千多斤的力道，不是常人挡得住的。"

"那倒是。"年轻士兵思索了一下，点了点头。

老兵咽着米汤："到时看看去便是。不过说起来，那顾姑娘一介女儿身，却敢来参军，真是少见。能被白起将军收为弟子，想来也是不凡。"

此时的顾楠正坐在自己的营帐中，因为是女子，又是白起的弟子，所以虽然并无军职，但是勉强也能住上一个单人营帐。大军已经开拔两天了，也整整两天没休息，走得人困马乏，直到今日正午，才算临时扎营休息一天。想来，也只是休息一晚，明日还是要赶路。

"嗯。"顾楠眯着眼睛看面前的午餐，米汤加干饼……躁，很躁。这东西真的吃不下啊，顾楠苦涩地扯着嘴角。别的不说，就那个干饼，被这寒冬冻得冰凉也就算了，硬得和一块砖头似的，刚才一口下去，差点没崩了她的牙。向外看了看，坐在营帐外不远处的那些士卒也都吃着这些东西，但是都吃得狼吞虎咽，甚至还要提防着被人抢了。顾楠低下头，咽了一口口水——也罢，别人吃得，为什么我就吃不得？行军打仗，难不成还想着吃什么山珍海味？

顾楠拿起桌上还算干净的干饼，放进米汤里拌了拌，被米汤浸湿的干饼也算软了些，勉强能咬动了。"咔嚓。"顾楠嚼着一咬就碎成粉的干饼，根本没有味道，和吃石粉没有区别。米汤也没有几粒米，全是汤，就像白开水一样。顾楠喝了一口，无奈地拿起了一旁的兵书竹简。肚子都吃不饱，哪儿来的力气打仗？最近行军无事，白起平日里也忙，她没什么人能说话，无事也就读读这些兵书。不读不知道，虽然她有着几千年后的知识，但是古人的智慧依旧让她叹为观止。她本质上并不是什么资质上佳之人，兵法之道无非就是借着上千年的见识剽窃前人之说，要是真让她自己说些什么，却是腹中无物，无话可说。既然白起咬定了要她为将，为了日后能在战场上保全性命，顾楠也只能认真读起了兵书。她不求能做成什么兵法大家，只求个念头通达，需要的时候有兵法可用即可。这几日的研读确实让她多有收获，自是感觉读这兵书也有了几分味道，不再如往日那般无趣。

正读着，突然顾楠似乎想起了什么，愣了一下，幽幽一叹。她这才想起来，明日有一场和蒙武的演武。本来她是欲和白起说说，免了这场。但是白起并没有同意，用他的话来说，除了不希望蒙武再来烦他，他也希望顾楠能通过这场演武多和人切磋，早日精进武艺，日后战时，多几分自保的能力。另外，白起也提醒她，蒙武从小习武，一身内力精纯，全力出手少说有千余斤力道，让她较之不过认输就是，也不丢人。

什么不丢人！顾楠恶狠狠地咬了一口干饼，发出"咔吧、咔吧"的声音。输了便是丢人，既然要比，就不能丢了阵势。内力精纯又如何？千余斤力道也不过尔尔。别的不说，顾楠便是不用内力，也能有千斤左右的力道。她这副身体天生神力，虽然是女子身，肌肉也不健硕，但这力道却是实打实的。便是白起也惊讶，普通人习武十余载，仅凭自身力气也不过三百斤，天赋优良者可达四百斤。白起内力浑厚，但是不算内力，因为年纪大了的关系，也不过六百余斤的力道。武者可开山裂石是不错，但这都是建立在内力的基础上的。那蒙武，在内力加持下能有千余斤力道，若是不用内力，三百余斤也就是极限了。像顾楠这般，没有一丝内力，力气便已经有千斤的人根本就是怪物。

有时候顾楠也奇怪，自己的身体到底是怎么回事，根本不同于常人。这个问题伴随了她很久，也是几十载之后，她才明白些原因，根本不是天生神力那么简单。但就现在而言，她也只是认为自己异于常人而已，算不得什么大事。

距离约定演武那日已经过了两天，明日午间便是演武的时候。顾楠郁闷地摆了摆手，懒得去想这些，吃着手里的干饼，摇了摇头，受罪。

阳光刺眼，冬日里这么好的日头很少见，天空晴朗，算得上万里无云。气温依旧不高，冷得人两颊发红。此时的军营却火热异常，完全不同于三日之前的冷清。一团又一团的人围坐在中央特地空出来的一个临时校场，围坐在一起的士卒互相笑谈着。古时的娱乐很少，何况是军营里。将军演武，这绝对算得上军营里的一大热闹，何况还有一个是前所未有的女将。没有人不想凑热闹，甚至有人找不到位置，只得站在远处遥遥地看着，能看清楚就不错了。十万人，有不少人没位子，只能坐在后面干着急。还有人特地开了个盘子，赌一把，买个输赢，当然绝大多数人买了蒙武赢。

"嗒嗒嗒……"熙攘声中，校场两边，两队人马各自走了出来。左边的，是一个黑甲小将，身下跨着一匹神骏的白马，手里提着一杆两米左右的长戟。小将长得算不上俊美，但是很端正，配着一身甲胄，好生威风，脸上带着淡淡的微笑，看起来很自信。

右边的，骑在马背上走来的却是个女子。只是一眼，却已经叫人移不开眼睛，极其俊美。看着应该只有十七八岁上下，已经开始长开，脸上已经初见了女子的娇媚，但是同时也带着少见的几分英气，给人一种难以言明的魅力。一身戎装，手持青锋长矛，胯下一匹黑色骏马，黑甲白袍，当真让人舍不得少看一眼。

两人走出来，场上一瞬间就安静了，所有人都屏着呼吸，带着几分紧张的意思。

蒙武看向对面那女子，微微出神，随后笑着举起了长戟："顾姑娘，今日你我演武，虽是要分出个高下，但也只是切磋一番，武自会点到为止。"

"蒙兄弟也莫要小看了在下。"顾楠的眉头微皱，那句"会点到为止"，总感觉对方是在看轻自己。心里带着几分火气，顾楠拉着黑哥的缰绳："且全力过来便是。"

"武自然不会相让，但听闻顾姑娘不会内力，武也不想仗势欺人，此番演武，蒙武自当不用内力，你我好好较量一番便是。"说着便拉开了阵势，身下的白马鼻中哼出了一股热气，四蹄不安地踢踏着，作势欲冲。

不用内力，顾楠愣了愣，反应过来后，嘴角勾起了一个贼贼的奸笑。自己没有内力，但有几斤几两还是清楚的，千斤力道比不上蒙武在内力下的加持，还比不得蒙武那三百来斤的力气？两腿轻夹了一下黑哥，黑哥冷冷地看了对面的白马一眼，刀疤脸一皱，露出了几分轻蔑。顾楠手里近一丈长的长矛也抬了起来。这长矛虽重百斤，在她手里却轻如无物。不用内力？那你可准备好了啊。

我这一丈大矛砸下去，你可能会叫"爸爸"。

【三十四】

蒙武端着长戟，双目凝视着前方的顾楠，虽然他并不认为顾楠能打败自己，但是依旧不会轻敌——狮子搏兔，亦用全力。如此想着，蒙武握着长戟的手越发紧绷，只待顾楠先攻，便可发动全力一击。

等我攻过去吗？顾楠眯着眼睛，手中长矛的尖锋一抬，身下的黑哥就像心有灵犀一般，猛然向前冲去——便如你所愿。

只感觉眼前一片尘土飞扬，蒙武微微一愣神，顾楠却已经连人带马冲到了他的面前，一杆森冷的长矛夹杂着呼啸的劲风朝着他的胸口凌厉地刺来。如此马术，当真是好快！蒙武当即惊出了一身冷汗，他甚至都没有看到顾楠催马的样子，顾楠身下的战马就冲了过来。

　　站在不远处的白起看着场中的顾楠，摸着胡须点了点头，看来这丫头的马术没有落下，还精通了许多。可惜白起和蒙武都不知道，这根本不是顾楠催的马，完全是黑哥自己跑出去的，顾楠只是顺势举枪而已。千钧一发之际，蒙武硬是举起了自己的长戟，拨在顾楠的长矛之上。

　　"当！"一声兵刃相撞的嗡鸣声震动着四周的空气，坐在前排的士卒只觉得耳膜生疼，于是连忙捂住耳朵。顾楠的长矛撞在蒙武的戟上，两者相接，一瞬间就分出了高低。顾楠的面色不变，蒙武的脸色一片通红，双目微闭，两只手阵阵发抖。蒙武胯下的白马终是不敌，发出了一声惨叫，连连退后数步。而蒙武手中的长戟震动不止，额头上滴着冷汗，两手差点握不住自己的戟。刚刚一轮交手，他发现，顾楠手上居然有整整千斤的力道。完全没有感觉到内力的波动，便说明顾楠是真的没有内力，全凭肉身打出了那一击。看着眼前身披战甲却依旧身材窈窕的女子，蒙武咽了一口口水，作何玩笑，这姑娘何来的如此气力？！如此肉身，就是比之一等武将，也是不遑多让矣。莫不是真有什么天生神力之人，还是一个女子？不说蒙武这边惊得说不出话，顾楠这边当真是一阵痛快，好久没有痛痛快快地打上一场了。她舔了一口嘴唇，豪爽地叫道："蒙兄弟！再来！"

　　这般豪气让在座的士卒都鼓起了掌，大声叫道："好！"

　　"顾姑娘当真豪杰！"

　　顾楠端起了矛来，这次是要来真的了。刚才黑哥冲得快，顾楠没来得及用上全力，只是凭着黑哥的冲劲。但若是顾楠全力发挥，配合着黑哥，千余斤的实力，绰绰有余。

　　黑哥嘶鸣了一声，恍若一道黑风，载着顾楠在校场中驰骋。顾楠一个呼吸，跨过了数十米，蒙武还没来得及反应，第二矛就已经应声而至。顾楠的长矛近一丈长，用起来大开大合，一舞起来，便是周身数尺尽是寒芒，密不透风，何况她还精通突刺。横挥竖砍好挡，但是这长矛一刺才是杀招。

　　"当当当当！"一连片交锋之声响起，几乎惊了远处的飞鸟。蒙武只感觉心中大悔，这般神力，他便是用上了内力恐也是苦战，何况现在，根本就是一边倒的局面。自己凭着这些年战场上的经验勉强招架了顾楠几招，两手是红肿一片，连那长戟都有些拿不住了。

　　又是一次交手，蒙武虚晃一戟，险险退开，擦了一把额头上的汗。这时候不能再讲什么丢不丢脸了，输了才是最丢脸的，整个军营的人可都看着呢！蒙武当下吼道："顾姑娘天生神力，为兄却是敌你不得，想来是要用上内力才能较量，姑娘可要小心了！"

"哈。"顾楠轻笑了一声。以蒙武这点力气，她打得也不甚尽兴："蒙兄弟，且招呼过来便是！"

见对方默认他违反规则，蒙武感激地看了顾楠一眼。这本是极其难看的事情，对方却这么放了过去，这姑娘真是豪气。

"哈哈，好！那姑娘接招便是！"蒙武大喝了一声，手中的长戟亮起一片精芒，浑厚的内气涌出，却是气浪阵阵、威势不凡。

"受来！"蒙武一拉缰绳，胯下的白马飞奔而起。顾楠感受着刮得脸生疼的劲风，心中涌起一股战意，随即兴奋了起来，长矛一晃，干净利落地向前刺出——嗡鸣四散。

这番演武一直持续到午后，生生打了一个多时辰。人马交错，枪来戟往，声势奔腾，当真是万分精彩。最后直到蒙武和顾楠两人都累了，才以和局收场。散场之后，士卒却依旧相互聊着两者的长短，回味不止。

"嗯！"顾楠大口咽着水，打了一个多时辰，她的嘴早就干了。喝得急切，水袋里的水从嘴角滑落，沾湿了衣领，顾楠放下水袋擦了擦嘴巴，咧着嘴笑了笑："真痛快。"

她确实好久没有如此痛快了。自从做了白起的学生，虽然每日练武，但说是切磋，也只是和鬼谷子来过几次弈剑，两人实力差距太大，根本打不开。这次不同，蒙武和顾楠两人本就是伯仲之间，这番交锋打得确实让顾楠有一种舒爽的感觉。这种感觉是她从前不曾有的，也许只有在战场上才能有这番感觉。

"确实痛快！"蒙武站在顾楠的旁边，拿着水袋就是一顿牛饮，喝完就笑，"我还说能让武安君收为弟子的姑娘是如何一位奇女子，今日一场真是比武强多矣。"

顾楠摆了摆手："抬举了抬举了，你我也就半斤八两，没什么高低。"

蒙武笑着晃了晃脑袋："今日还要多谢顾姑娘不计较武犯了规矩，姑娘神力，武不用内力当真挡不住。"

"不谢，用不着。"顾楠不是很在意地耸着肩膀，"知道男人之间最铁的关系是什么吗？"

蒙武一愣："是何？"

顾楠神秘一笑，抬起了三根手指："一起喝过酒，一起打过仗。"说完，顾楠指了指两人，"你我同袍，便是战友；一起打过仗，在军营中就是兄弟。兄弟之间计较这些作何？"

"啊？"蒙武先是愣着，他俩怎么就是男人之间了？

蒙武被顾楠的话逗笑了，连连点头："哈哈，是，兄弟，顾兄弟真是一个妙人！"

"来来，碰一杯。"顾楠正准备喝一杯酒，却发现手里的是水袋。军中禁酒，顾楠苦恼地抓着脑袋。"嗯，军中禁酒，真是不通人情。"

"无事，回了咸阳，武到时请你！"

"你说的，莫忘了。"

"不会，定是不会。"

"嗒嗒嗒嗒。"脚步声在山谷中回荡，顾楠骑在黑哥的背上，跟在白起身边，身后是一片骑兵，身穿黑色的铠甲，面上还覆着一层铁面。整齐划一的马蹄声不急不慢，却能让人莫名地生出几分压力。骑兵的后面跟着步兵，步兵的速度要慢些，所以骑兵也特意控制着速度。行军的时候有些无趣，顾楠心不在焉地回过头，看向跟在他们身后的骑兵。大秦铁骑，算得上是大秦最强的战力之一了。和那日在兵营之中看到的无神等死的士卒不同，所有的铁骑都戴着铁面具，看不出神情。露在外面的，只有一双平静的眼睛，没有任何的神色波动。在阳光的照射下，他们手中的长戟散发着寒光，浑身都带着肃杀之气。

"楠儿，你昨日演武，做得不错。"白起骑着马走在顾楠身边，淡笑着说道。

"是啊，若不是师父，学生也不需要演武一场。"见白起又提起了这事，顾楠翻了个白眼。那场演武打得是爽快了，但她的手到现在都还僵酸，还有蒙武，现在还在后军休息着。

"年轻人万事不能斤斤计较，心胸可要开阔些。"白起的笑容有些僵硬，打了个哈哈，"倒是楠儿，此番却也是不能自大。你虽然天生骁勇，但是毕竟没有内力，战场上若是无须，切记不可争强好胜。"

又来了……顾楠听着白起说教，无奈地摇了摇头，看着两旁的景色，完全没把白起的话听进去。

"你要记着，急进必破，骄兵必败……"白起说了半天，却突然发现顾楠正盯着半空中的飞鸟发呆——这浑丫头！白起伸出了手，一个二指核桃敲在了顾楠的头上。

"哎哟！"顾楠惨叫了一声。

"给老夫好好听着。"

看着武安君和顾楠的样子，就连走在后面一直冷漠的大秦铁骑都相互看了看，眼中也露出了几分笑意。

"呵呵呵。"有几位发出了几声轻笑。

去往长平战场的路上，难得显得安宁。

【三十五】

长平位于山西，每年十月开始变冷，到了年末，天气更是冷得发紧。顾楠他们到这里的时候，正是大雪天，所有人都拿出了准备好的毛皮披在身上。风很大，吹起来便觉得冷得彻骨。秦军的营地驻扎在一座山头上，整整近五十万大军，算上白起领来的十万余，秦军这边足有六十万人。山原之间，建着一座极大的营垒，光是外墙就足有几十米高，很难想象花了多少人力。

"赵军一直坚守不出。"白起身上披着一身兽皮，手里拿着一卷竹简。营帐中烤着火盆，火光通明。

"是。赵军虽然换将，但那赵括目前还沿用着廉颇的战术，固守不出，而且不知道那小儿用了什么方法，赵军虽然越发缺粮，但是士气高昂了不少，我们近几次的攻营，损伤都不小。"

坐在白起身侧的是一个老将军，年纪看起来要比白起小些，双目长狭，看起来不是很友善，说话是一副认真的做派。

"老龁，入冬以来，我们运粮的河道如何？"白起翻看着竹简，淡淡问道。那老将就是白起之前的统军王龁。王龁听到白起的问题，眉头一皱，苦笑了一下："入冬以来河道多有冻结，到了年末更是频繁，每日都要派士兵出去碎冰，疏通河道。目前来说，粮草还是供应得上的。"

坐在营帐中的除了两位老将，还有顾楠。本来她是被白起叫来校考兵策的，没想到王龁会突然来禀报军情，也就被白起留了下来一起听。

"赵国的粮道则时常被我军骚扰，供粮很不稳定，想来便是固守，也守不了几日。"

王龁说完，白起点了点头。如果真是如此，就算赵军固守不出，再被围上数月，长平也能不攻自破。但是长平这地方已经拖了太久，抵上两国几乎全部的国力，莫说赵国已经吃不消了，就是秦国也已经快要不行了。再拖上数月，对于秦国来说不是好消息，便是打赢了，也要伤筋动骨。突然，白起看向了坐在一边低着头装不存在的顾楠："楠儿，若你是那赵括，你会如何？"

本来还想着躲过一劫的顾楠无奈地抬起了头，顶着两个老将的视线，抿了抿嘴巴，思索了一番。"本早该屯田种粮，如今来讲，赵军粮草短缺，军心不稳，临阵换将，军中动荡，不具人心。赵军骑射野战极佳，但长平除赵军阵前的一片以外，多为山地，骑兵进退两难，困守难出，不备地利。长平两年，赵国国力已然空虚，是撑不下去了，所以赵王才想快快结束此战，换上赵括。如此，已失天时。"说完，顾楠摇着头，"此般，人心不具、地利不存、天时已失的战事，赵国必败。莫说赵括，便是天生神将，至此，也是无能为力。"

"师父，你这恐怕是存心在为难我。"顾楠苦闷地看着白起，"赵国已然没有胜算，无非就是我等如何胜而已。"

嗯……王龁坐在侧座，双眼深深地盯着从刚才开始就一句话都没说过的白起弟子。本来听闻白起收了一个女弟子的时候，他还想调笑这个老友一番，但就刚才这姑娘说出的这么一番话，他却不敢再小看对方了。来到阵前不足半月，这姑娘就已经将这战事看得如此透彻，就是他自己恐怕也做不到。

满意，不能再满意了。白起本来就心存让顾楠在王龁面前表现一下，让自己长长脸面的心思，顾楠真是完完全全称了他的心意。舒坦地摸着胡须，瞥了一眼坐在一旁一脸严肃的王龁，差点忍不住笑出了声，强忍着心中的得意，白起微微颔首，装作淡然的样子："嗯，还算不错，但目光多少还是短浅了些。"

这般还算目光短浅？那老夫算什么？王龁嘴角一抽，他看出白起就是诚心想在他面前显摆，气得冷哼了一声。

"也罢。"白起的嘴角翘得更高了些，就连说话声都带上了笑意，"你说说，我军如何打，胜得会最漂亮？"

双眉微蹙，顾楠一时半会儿也想不到什么良策，但是多少知道一些历史上长平之战的经过。

"师父，徒儿想不到，只得说，断其粮道，截其后路，困兽而杀，或许可行。"

这话说得模糊，其实也根本没说出什么计策，只是给了一个建议，想要真正实行却不是这么几句话就能了事的——断粮，截道，困军。这三者没有一条是容易的，每一条都需要数个紧密的布局才有可能实现。顾楠说的话，说是建议都有些勉强。

"不错。"白起放下了竹简，也没有希望顾楠能说出什么计策，有如此战略眼光便是很不错了。从时间上来说，顾楠学兵家之道也不过数月而已，说是初学兵法都还太早，能有如此见地，已经让白起很欣慰了。要知道一开始学书，顾楠可是连字都不认识，能有今日这番功底，实在难得。想来楠儿平日里定是下足了功夫的，苦了这丫头。白起这般想着，却是将顾楠平时偷懒的样子全部抛到了脑后。

"行了，我和你王伯伯还有话说，你先去休息吧，今日的校考便算你过了。"白起淡笑着说道，对顾楠轻轻挥了一下手。

"是。"顾楠如释重负地出了口气，一下子便站起了身，逃也似的离开了。

"这丫头，真耐不住性子。"看着顾楠落荒而逃的样子，白起笑呵呵地摇了摇头，责怪似的说道。

"你这老货也是够了，"王龁的眼角微抽，"在我面前显摆很有意思？"

"啊？哈哈，确实有些意思。"

顾楠他们是十二月末到的长平，如今已经是一月有余。气温倒是没什么变化，按照顾楠的推算，估摸着足有近零下二十摄氏度。刮着风雪，甲片露在外面都能覆上一层霜，用手摸一下都能感觉被冻住，偶尔几道风吹进领子里就是一阵彻骨的冷，很是难受。

今夜倒是好些，风雪小。走出营帐，顾楠拉紧披在肩上的兽皮，感觉暖和了些才跨步走开。她要去一趟马厩，把黑哥拉出来遛遛。这军营里的马厩管得严，前几天黑哥还在跟她抱怨闷得慌，抱怨伙食不好，抱怨晚上挤得慌。她想趁着今晚不算冷，带黑哥出去逛逛好了。别说她是怎么听懂黑哥的意思的，黑哥的灵性她不明白，但是总能感觉到黑哥的意思，就像她说的话黑哥总能听懂一样。这马，确实麻烦。对着手哈了口气，冒出一阵白雾，顾楠搓了搓手心。到了马厩，她也算是老客人，看马的士兵也没拦她，便让顾楠进去了。黑哥站在一众马的中间，听到脚步声，抬起了头，看到顾楠走来，蹬了蹬马蹄。

"来了来了。"顾楠苦笑着走上前，解下黑哥的缰绳，伸手在它的头上揉了揉，"你倒是娇贵啊，军中还养不活你？"

"哼！"黑哥打了个响鼻，小跑着溜出了马厩。叹了口气，顾楠拉紧了绑在腰间的青铜剑。毕竟要出营，即使不打算走远，防身的家伙还是要带好的，要是有个狼什么的，她也不惧。她现在也算是艺高人胆大了。风雪不算大，顾楠牵着黑哥，向守门的士兵出示了通牌，便优哉游哉地溜达出了大营。要遛马的事情她早就和白起通报过了，虽然白起觉得怪异，但还是给了顾楠通行令，所以守门的士兵也不会多管。不打算走太远，顾楠只领着黑哥去附近的一个坡上逛逛，那山头的雪下得大，却不知道为什么，雪下面的草依旧是青的，早就吃腻了军中干草的黑哥要是被顾楠带着出了门，绝对是要去那里的。

风扯着顾楠披在肩上的兽皮披风，发出呼呼的声音。离秦军大营七里多的地方，顾楠走了小半个时辰，不知不觉被黑哥驮着跑得远了些。顾楠坐在一块石头上，视野很好，甚至能看到远处的赵国营垒。确实不能再走了，再走七八里就真的快到赵军的阵地了。两地的营垒都是高耸的，远处也看得清楚。丹河横在两地中间，安静地流淌着，河面上浮着薄冰，反射着月光。

顾楠松开了黑哥的缰绳，黑哥撒欢地小跑到一边，拱开覆盖在山坡上的雪，看到下面的青料后就吃了起来。这马倒是会找吃食，顾楠无奈地看着黑哥，解下腰上的水袋喝了一口。

"嗒嗒嗒。"风雪夜色中突然传来了马蹄的声音，不是黑哥的。顾楠神色一僵，皱着眉头收起水袋，手已经放在一旁的剑柄上。这地方离赵军的营地实在太近了，已经是两军的中央了，在这里听到马蹄声，可不是一件好事。顾楠暗自瞥一眼黑哥，黑哥也抬起了头，眼神凛然地看着远处。随着马蹄声的靠近，一人一马的身影出现在了顾楠和黑哥的视线中。那是一个年轻人，面色可能因为这天冷有些发青，头发梳理得整齐，高鼻剑眉，却是一副端端相貌；身旁的马也不一般，起码不是普通人骑得的的骏马。但这些都不是重点，重点是对方穿着一身甲袍，那是赵国的甲袍，腰间一柄长剑，一只手正搭在剑柄上。

两人就这么静静地站着，相互看着对方，场面凝涩，就仿佛是风雪冻住了空气。很久，那年轻男人先开了口："你是谁？"

其实双方都很清楚对方到底是什么人，一个是秦国人，一个是赵国人。

顾楠眯着眼睛，半晌："路过的，到了这地方，顺便放一下马。"说完，看向一旁的黑哥，黑哥离她有些距离。两人又不说话了，就这么僵持着，直到那年轻男人再次开口："我也是路过，放一下马，你我两不相干？"

看对方的衣着，不是普通士卒，起码是个小将。顾楠心里也没底，衡量了一番，便松开了剑，爽快地说道："两不相干。"

年轻男人沉默一下，点头，右手慢慢放开了剑柄，坐在离顾楠几米开外的另一块石头上。

放开马绳，身旁的骏马横了黑哥一眼，走到一边。

黑哥哼了一声，低头继续吃草。

【三十六】

"呼呼。"风扯着衣角,顾楠靠坐在石头边,两手抱在头后,一副悠然的样子。长平的天气虽冷,但她毕竟是个武夫,也没有这么不禁冻。相反,坐在顾楠对面的那个年轻男子一直默默地注视着顾楠,右手始终摆在靠近剑柄的地方。虽然说了两不相干,但他还是不敢放松对顾楠的警惕。对方可是秦军,半夜出现在这里,来路恐怕不会是放马这么简单。虽然,他自己确实就是来放马的。

"我说,你就别这么紧张了,说了两不相干,我是不会失信的。"虽然是风雪的天气,又是夜里,顾楠根本看不清对方具体的样子,只能隐约地看出些装扮和脸部五官的轮廓,但是对方停留在自己身上的眼神,她还是能感觉到的。她不屑地撇了撇嘴巴,这人胆子真够小的。

坐在顾楠对面的年轻男子神情一顿,随后面露尴尬。对方的语气中肯随意,看来确实是自己以小人之心度君子之腹了,随即拱了拱手:"倒是我见笑了。"

说完,才有心思看向坐在那儿的秦人的样子。夜里很黑,只有碎碎的月色在风雪中零散着,两人之间隔了七八米的距离。

能看出对方正靠坐在一旁的石头上,却看不出样貌,听声音有些中性,甚至有些像女子……不,怎么会?年轻男子被自己的想法逗笑了,军中怎么会有女子?既然话已经说开了,双方的气氛自然轻松了不少。

年轻男子思索了一下,抱拳,笑着说道:"在下赵适,赵国人。兄弟你真会找地方,此地的草野、性寒,方圆十里,估计也就在这座山头,马儿才能吃到青料了。"

"你倒是敢说。赵国人,不怕我现在就动手?"顾楠随意调笑着说道。这人倒是有趣,刚才还胆小得很,现在怎么又什么都敢说了?"我叫顾楠,秦国人。"

心中暗自思量了一下。赵适,没有这个名字的记忆,想来是赵军的一个小将。赵国人,秦国人,这两个名号报出来,在这个地界,一般是绝对没法善了的,两人却什么动静都没有。

赵适轻笑了一声。这"汉子"的声音不太粗,性格倒是粗得很,但他就是喜欢这种粗人,说起话来没那么多弯绕:"既然兄弟这般洒脱,我若是再那般,想来是会被看不起了。"

"嗯。"顾楠应了一声,沉默下来。两人的阵营毕竟不同,言多必失。

一片漆黑的原野上，几个小坡也被淹没在了风雪里，远远地，只能看到秦、赵两军营垒的星星火光。

"呼，呼。"风的声音在山丘上有些大，耳畔还有窸窸窣窣的马匹嚼草的声音，顾楠正半闭着眼睛休息。行军攻阵，能偷得片刻清闲也是值得庆幸的事。

"咕噜。"一个杂音突然进了顾楠的耳朵，让半寐着的顾楠眉头微皱，瞥向了坐在一旁的赵适，脸上露出了几分怪异的神色。

"咕噜。"又是一声，顾楠挑起了眉头。赵适的脸色却有些难看，是他的肚子发出来的声音。他今日只吃了两餐，都没有吃饱，着实是饿极了，谁知这肚子如此不争气——丢人啊。

"赵兄弟，你，可是饿了？"顾楠犹豫了一下，问道。

"呃……"赵适的脸色苦涩："是了，倒是让兄弟见笑了。"

"如此……"顾楠摸了摸怀里，拿出了一个没吃过的干饼。这是她中午实在吃不下的，也不是因为她饱了，而是牙口实在受不了："若是不介意，我这儿还有块干饼没吃过。"顾楠拿着干饼递了出去。

"这……"赵适看着干饼，半晌，接了过去，感激地看了顾楠一眼，"多谢顾兄弟了。"

"没什么，"顾楠的声音有些轻，"一块干饼而已。"

赵适那儿没再传来话音，传来的是一阵一阵慢慢的、咔嚓咔嚓的声音，偶尔还会伴着一声轻咳，想来是那干饼着实太干了。

"你们赵军，粮草这般不够吗？看你这装束，该是小将，如何连饭食都吃不饱？"顾楠淡淡地问道，又发现在自己的立场似乎不适合问这些问题，又补充道，"若是逾越了，你不回答就好。"

赵适咽下了嘴里的饼屑："没什么好逾越的，也不是个秘密。我们赵国的粮草本就不够，手下的士卒都吃不饱饭，我又如何能吃饱？"

"这般。"

顾楠点了点头："那你倒是一个好官。"

"过奖了。"赵适说着，看着手里还剩下的半张干饼，咽了咽口水，随后默默放进自己的怀里。

风雪里，顾楠看着那个藏着半张干饼的小将，摇了摇头："连饭都吃不饱，何必来打仗？"

赵适愣了一下，却是没想到对方会突然说这样的话，过了一会儿，轻笑道："谁想打仗？保家卫国而已。长平之后便是赵都邯郸，我一家妻儿老小都在那儿，若是被你们秦军攻了去，某，便是家破人亡了。"

顾楠解下腰间的水袋，喝了一口："倒是我们对不起你们。"

赵适摆着手："哪里的话，各为其主罢了。"说着，叹了口气。

"若是不打仗就好了。"顾楠没来由地将这句话说了出来。

赵适听着这天真的想法，耸了一下肩膀："有人，就不可能不打仗。"

"为何？不能共为一国？"顾楠也许是闲来无事，和赵适继续说着。

"共为一国？"赵适摇了摇头。谈论到军国大事，他的态度认真了几分，"共为一国便要有君，有君便要相争，相争便有战乱。"

"若无君呢？"顾楠突然想起了后世的治世手段。

"无君？"赵适愕然，还是第一次听到这般大逆不道的想法。这话不管是被哪个诸侯王听了去，这顾楠定是难安，而且无君又怎么行？

"无君，天下大乱矣。"

"那，以民为本呢？"

"以民为本？"赵适一时间居然听不懂了。

"是啊。"顾楠想着后世的景象，淡淡地点了点头，半躺着看着下着雪的夜空，"以民为本，以民为政，以民治国。天下无世家，无君王；良田分倾与百姓，书文授天下共学；民举官而治世，若官无为无德，则民改而选立其人；政为民意，国为民营，天下大同。如此这般，世无君王，天下会大乱否？"

这……赵适只觉得自己的脑子成了一团糨糊，一瞬间失了神。此般治世，却是天下再无乱世，也不是不可为。不，不是，国不可一日无君……顾楠的这一番话，将他从小的君主观念毁了个干净。若是那般，这天下，是否真能大治？赵适想要反驳，却想不到如何反驳。因为若是那般，也许这世间百姓真能安居乐业，这世间真能朗朗清平。赵适的眼里闪烁着精芒，但是不久，那光芒又黯淡了下去。说得容易，但是实现那般的天下，又谈何容易？遥遥无期矣。以民为本吗？赵适无力地靠坐着："顾兄弟，你的想法，却是没可能实现了。这诸侯战乱，又哪里来的百姓的天下？"

"谁知道呢？"顾楠勾着嘴巴，喃喃着，"也许有一天真能实现呢？"

"那当是一个崭新的天下。"两人的话题到这里也就中断了，没有继续聊下去。等到黑哥吃完了草，顾楠便牵上了黑哥的缰绳，回头看了看那叫赵适的小将，随后扭过头，骑上黑哥踏雪而去，只留下赵适一人独立在那儿。

赵适扭过头，看着满天飞雪，若有所思。

"我赵括此生若是能见上一眼那般世间，当是无憾。"

【三十七】

王龁坐在白起的面前，表情严肃："赵军那边当还是不知道你来了，所以老白，我觉得此番应该速战速决。"

"速战速决。"谈论到了正事，白起自然也不再和王龁笑闹，右手的食指一下一下地敲着桌子。突然，他勾起了一丝冷笑："那赵王此时也想着速战速决吧？"

"赵王？"王龁思考了一下，"对，想来赵国此时的国力已经摇摇欲坠了。"

"守城之战本该稳扎稳打，但是赵王既然换掉了固守的廉颇，命赵括出征求胜，想来是已经吃不消在长平的消耗了。所以，现在着急的应该不是我们，而是赵王，不管那赵括想不想打，赵王都一定会催着他打。因为再这样拖下去，就不只是丢个长平这么简单了，整个赵国都恐会被拖死。"白起不紧不慢地说着，"我们只等赵王去催那赵括便是，等到赵括无粮无援，自然只能出来和我军决一死战。骑军入山，我等一围，没有粮草，最多十日，长平不攻自破。"

王龁听着白起的话，深深地点了点头，敬佩地看向自己的老友。自己还在想如何攻阵，白起却已经做好了以逸待劳的对策。

"这几日，每日派三千轻骑去赵军阵前叫阵，等他们的赵王催他们出来便是。另外，出三万后军，随时准备从山林绕道赵国营垒之后，一旦开战，等赵军主力一出来，就把赵国最后的粮道也断了。赵军此战，已经是打也得打，不打也得打了。"

王龁点头，站起身躬身说道："末将领命。"

夜半，赵括牵着马回到营垒，营地门口的士兵看到是赵括，连忙开门："将军。"

赵括对士兵点了点头，看着士兵脸上的疲色，笑了一下："你等这几日夜里守营若是累了，休息片刻也没什么，莫真睡着了就好。"

"将军，"士兵的眼底露出了一丝感激，但是摇了摇头，"若是秦军夜袭怎么办？我等自会守好营门，将军放心便是。"

"放心吧，秦军……"赵括叹了口气，脸上的笑意似乎有些苦涩，"这几日秦军不会攻营的，他们在等我们出去。"

士兵听不懂赵括的话，但是知道这小将军是真心待他们好，不像廉颇将军那般严厉，非常体恤他们。将军做到了这份上，士兵若再偷懒耍滑，就是自己不拿自己的命当一回事了。守营门在战时，可是要人命的事情："将军，你便去吧，我等也不累。"

赵括看着士兵的样子，摇了摇头，牵着马离开了。士兵则唤来队中的其他人，慢慢关上了营垒的大门。

赵括将马绑在营帐前的马桩上，掀开了营帐的帘子走了进去，却发现营帐中自己的亲兵正站在里面等着自己。看到赵括走了进来，亲兵拿着手中的竹简连忙递了上去："将军，赵王派使者送来的文书。"

此时的文书绝不可能带来什么好消息。赵括眉头一皱，翻开手中的竹简，只是简单地扫了几眼，脸上就露出了一个苦笑。赵王等不及了，赵国撑不住了，要他尽快决战，速战速决。

决战……他知道从孝文王发来这张传书的时候，就已经很难赢了。古时攻城，攻城之兵当倍数于守城之兵才能力敌。赵军若是守城不出，还有几月可守，但此番赵王非要他们主动出击，攻守互换，秦军六十万，赵军四十五万，何来的胜算可言？长平位于上党，属于上党的战略要地，可以说攻占了长平，就等于攻占了上党。若是上党被拿下，秦国只需要绕过太行山，就能直接攻打赵国的都城邯郸；而要是上党在赵国手中，赵国就可以攻打上党西侧的安邑，安邑被取，过秦岭，渡黄河就能直击秦国国都咸阳。秦有灭赵之心，赵有亡秦之志，那么上党就必然是不得不拿下的地方，如此一来才造成了在上党地区的百万士兵的攻防战。但是很显然，自胡服骑射以来赵军武力大盛，但论及国力还不如商鞅变法之后的秦国，所以从一开始，赵国的算盘就打错了，再加上长平攻防前期的错误布局，没有考虑长期作战的准备，导致了战况每况愈下。

赵括站在营中良久，手中拿着那份竹简。长平必败，其实他心里已经有了八分打算，但是长平绝不能就这么简单地丢了。一旦长平失陷，秦军北上，越过太行山就是都城邯郸。邯郸若破，赵国亡矣，那他的家人又如何自处？无论如何，他也要全力一搏，要那秦军无力北上。

"将军，"亲兵见赵括一直呆立在那儿，一句话也不说，担心地问道，"如何了？"

赵括感觉双手冰冷，放下竹简走到一旁的火盆边，将手放在火焰上暖着，说出了一句连他自己都觉得胆寒的话："五日之内，决一死战。"

率甲四十五万，攻阵六十万秦军，这又是怎般疯狂？但是对于已经败了一半的长平之战，也只能如此一搏，或有生机。如若世无战事……赵括似乎又想起了之前山丘上那个姓顾的秦兵说的话。

在跳动的火焰中，他似乎看到了那般景象。

赵括的视线模糊。

当真是一个太平盛世。

【三十八】

也许是昨晚睡得太晚，等顾楠醒来的时候已经日上三竿了。平日这个时间，她都已经开始吃早饭了。顾楠从床上爬起来，头发有些杂乱，也懒得打理，身上的衣甲都不需要穿，因为本来就是和甲而眠的，晚上睡觉根本就不脱。也不是说什么警惕性，而是一身铠甲穿起来着实麻烦，她实在是懒得脱。迷迷糊糊地坐在营帐里，抬着模糊的睡眼发了会儿呆，顾楠才随意地理了几下头发，爬下了床榻。头还有些疼，昨晚遛完黑哥回来就已经是半夜了，这一觉才睡了两三个时辰，对于她这种嗜睡的人来说，只是头疼就已经不错了。

"嗯……"顾楠搓了搓眼睛，用一旁木盆里的水洗了一把脸，然后漱了漱口，就算洗漱完毕。毕竟军营里根本没有这方面的条件，她的营帐里还能有一盆水就已经是照顾她了。把靴子套在脚上，顾楠顶着杂乱的头发和发黑的眼圈出了门。

士兵们的早餐是领取的，所有人都在那个地方领，然后就随便找个地方蹲着吃，顾楠也是这样。等到顾楠走到吃饭的地方，那里已经十分热闹了，一路上遇到不少人，见到她都会笑着和她打招呼。那日和蒙武演武之后，全军的将士可以说都认识了这位力气大得恐怖却又生得极俊的姑娘，大部分人对这个豪迈的女子印象很好，而本就在长平的士兵也多多少少知道她这个军营里唯一的女将了。

其实，顾楠的职位根本够不上将军，只能算一个亲兵。

"老霍，今天还吃饼啊？"顾楠走到了领吃食的地方，在这里待了半个月已经熟门熟路了，对着正发着饭食的队正问道。那个叫老霍的队正听到顾楠的声音，回过了头，看到顾楠，笑了笑："顾姑娘来了啊。"老霍看着面前的吃食叹了口气。"还是干饼，军中实在没什么吃食。"说着，老霍拿了两块干饼递给顾楠，苦笑一下，"倒是苦了顾姑娘，陪着我们这些粗汉子吃这东西。"

"嘿，"顾楠听到这话佯怒道，"怎的，你们吃得我就吃不得了？"说着，一把抢过了干饼，在老霍愣愣的眼神中，放在嘴边就是一口，"咔嚓咔嚓"的。但是没吃几口，顾楠又一脸郁闷："不过说实在的，这东西当真没味道。"

"哈哈哈哈。"蹲在一边吃饭的士兵和老霍都笑了起来。老霍拿起一个碗舀了些米汤递给顾楠，对着一旁的士兵们叫道："兄弟们，都拿出点干劲来，打退了赵军，到时候我们队给你们做肉馍馍便是。"

"哦！"白起坐在不远处，手里拿着米汤和干饼，身边坐着王龁。王龁显然不喜欢坐在外面陪白起吹冷风，但是白起非要他一起来吃饭。看着不远处欢呼的士兵，白起老迈的脸上露出了一分笑容，只有一分，却笑得很真实。

"吃肉馍馍，军中哪儿来这么多肉给他们吃？"王龁笑骂了一句，"这帮浑球。"

白起看着人群里的顾楠，顾楠融入军队的速度很快，本来还担心她会不适应，现在想来却是自己的担心多余了。皱着眉头，眨了眨眼睛，白起低头吃着自己的东西："随他们去，打赢了吃什么都行，老夫给他们取来便是。"

"老匹夫，说得轻巧！"王龁坐在一旁骂道，"这军费、军资又不是你管。"

"顶多，打退赵国，宰些他们的马。"白起撇了撇嘴巴。

"宰马？！这马多金贵你不知道？"

"没事，就说是战损，大王也不知道。"

"老匹夫！"

"怎的？我跟你说啊，你可不能告状。"

赵军营垒前，三千秦军骑兵叫阵。

赵国营垒中一如往常，毫无动静。

"报！"一个士兵走进赵括的营帐，"秦军又在叫阵了。"

赵括点了点头，并不意外："来了多少人？"

"三千有余。"

确实差不多，想来秦军已经看出端倪，放弃强攻了。这让赵括心里的最后一丝侥幸也散了开来，本想着如果这几日秦军能强攻，现在看来终究只能生死一搏。

"不用理会他们。"赵括的声音平静，捧着手里的竹简。

"将军，他们骂得很难听，营中的将士都想出去剿了他们，那边也不过三千人。"士兵的脸色不是很好。显然，叫阵的三千秦军恐怕真是骂了个痛快。

"不急，让他们骂便是。"赵括依旧显得云淡风轻。

士兵无奈地点了点头："是。"说着就退了下去。

等到士兵走出，赵括放下了手里的竹简，才发现竹简是空的，一个字也没有。

他根本没有心思看什么文书，现在正绞尽脑汁思索着赵国的任何一丝胜算。虽然他明白便是把这些胜算全拢，按照赵王的要求主动进攻，也万万胜不了那六十万余秦军，但是有一战之力，不至于一触即溃。秦军叫阵，他压着赵军不让轻动也是一条，积怒而发，待到决战时刻总会在气势上拔高一筹。数十万人的战争，有时候气势起着决定性作用，当然只是一个怒还不够，还要让他们有底气。赵括闭上眼睛，随后又睁开，拿起笔在那空竹简上写了起来。他写的是一份文书，一份赵王的假文书，会给长平增派三十万援兵和十万粮草的文书。

他要在这赵军中，撒一个弥天大谎。

且要凭这弥天大谎，同秦军决一死战。

【三十九】

等到赵括放下笔的时候，他面前的竹简上已经写下了和之前赵王发来催战的文书几乎一样的字迹。他想：几十万条性命，只因我这一简文书，便赴死而战。此战之后，我赵括恐是要留一个千古骂名矣，万死不足惜罢。赵括面色木然，但是眼神慢慢锐利了起来。赵国不能破，此战定要让那秦军无力北伐。既为赵将，自当忠君之事。赵括看着那文书，深吸了一口气，沉闷地叫道："来人！唤众将议事。"

赵军的议事营帐。

一个又一个将领掀开门帘走了进来，安静地坐在两侧，而坐在主座上的赵括安静地等待着。最开始的时候，基本所有将领都是不服这个资历浅显的小将的，但是随着这个名叫赵括的年轻人多次率他们击退秦军的攻势，他们心中都已经认可了这个主帅。只是此番他们都有些疑惑，为何主帅会突然议事，而且往日面色和气的主帅第一次看起来如此严肃。

直到所有将领坐下，赵括慢慢将一份文书摆到了桌面上。

"诸位，大破秦军，指日可待矣。"

一句话，让营帐中的气氛几乎凝结。所有将领都同一时间看向了赵括，等待着赵括继续说下去。所有人都知道，秦军六十万，赵军不过四十万余，附近又是山原，不利于赵军的骑兵奔行，想要大破秦军，几乎是不可能的。而他们在缺粮无援的情况下已经和秦军整整征战了两年，没有谁还想待在这个鸟不拉屎的地方，更没有谁不想杀那六十万秦狗。

赵括看着众将，脸上露出了一丝自信的微笑："括前日接到赵王手书，月末便有三十万新军和数万粮草前来支援。"说着，赵括瞥了一眼桌上的竹简，"诸位若是不信括，大可自己看看这文书。"

赵括的话音刚落，就有一个老将直接拿过竹简，匆匆翻开，扫阅了起来。没有几眼，他就合上了竹简："哈哈哈哈！好！好！"老将面色涨红，腰背笔直，像是年轻了十几岁。

"莫在那笑了，快，快让我等看看，是否真有援兵！"四下的将军全都坐不住了，争相要拿过那竹简看，确定援兵真的会来。一瞬间，营帐中十分纷乱，但是大笑声四起，无不透着一股扬眉吐气的喜悦："好！老子早就看那帮秦狗不顺眼了，要不是老子手下兵不够，谁会畏他们？！好！"

"痛快！当真痛快！"

"不成不成，到了那时我要痛快吃上一顿。娘的，这两年，我就没吃过一顿饱饭。"

营帐内很乱，赵括笑看着帐中大闹的众将，却没有人看到他笑容下的那份自愧。吵闹声慢慢停了下来，坐在赵括一侧的老将拱了拱手："主帅，你便说要我等如何做吧，我等定当完成！此番，定是要杀得那秦人片甲不留。"

被秦军压着打了两年，几乎所有人的心中都有一股郁气，这次定要连本带利地让秦军偿还。赵括坐在主座上，脸上没有之前的严肃，反而带上了几分浅笑，就像之前的严肃只是为了揭露这个秘密和众将开的一个玩笑一般。扫视了一圈在座的众人，无不是蠢蠢欲动，赵括微微点头："好，那我便说说。"

"我已和大王定策，决定此次一举击破秦军。"说着，赵括指了指挂在身后的那张简画的地图，"两日后，秦军再来叫阵，我们便集合四十万兵力一举冲出，营中留五万人镇守。届时，我等率军正面进攻，吸引秦军的视线，而增员的三十万赵军一旦抵达便会绕过秦军的阵地，由上至下，从后方进攻，到时，我们两军前后夹击，一举歼灭秦军。"

计划很简单，可行度相当高，若是那般，赵军绝对可以一改颓势，转守而攻，打秦军一个措手不及。

"好。"老将点了点头，但是又迟疑了一下，问道，"只是主帅，为何不等三十万援军到了再一起行动？"

赵括摇了摇头："等三十万援军进营，秦军定有察觉，只有我等与秦军周旋纠缠，才能让那三十万援军绕至其后，而我等只需支撑到援军一至，便可攻守互易。"

"如此。"老将了然地点了点头。

赵括和众将议事许久，直到午后，众将才意犹未尽地离开。中途，有几个将领还有迟疑，毕竟长平两年都没有援军，这次又怎的来了？最后想到主帅不可能拿自己的命开玩笑，也就没有多想，信了这消息。

等到众将离开，只剩下赵括一人还坐在帐中时，他脸上的笑容渐渐收敛，坐在主位上，低着头，拳头慢慢握紧。

【四十】

"顾姑娘，白将军唤你去营帐。"一个士兵的声音从外面传来。寻常的士兵不方便进入顾楠的帐篷，通报也只得站在外面。军中没有女眷，这样一来，能进出顾楠帐篷的，就只有顾楠一人了。听到帐外的声音，顾楠放下正在擦拭的青铜剑，对着帐外说道："我知道了。"一边说着，一边将青铜剑收到剑鞘中，站起了身。师父这时候唤我干什么？顾楠疑惑了一下，却也没有十分在意，别着腰间的剑，整理了一下衣甲。

"师父，"顾楠一身戎装站在白起面前，行了一个礼，面上却是有些不耐烦，"这个时候，你不和王伯开会谈论军国大事，找我做什么啊……"

"哼！"白起看着顾楠没大没小的样子，不满地哼了一声，"怎的，为师没事便不能找你？为师便是想要你白走这一趟，你还能不来？"

"是是是。"顾楠无奈地嘿嘿笑着，这老头的臭脾气恐怕怎么都改不掉了。

"看你这表情，定是又在背后说我什么了。"白起胡子一抖，但也没有和顾楠计较，撑着腿，从坐榻上站了起来，取过一旁的披风一甩，披在了自己的肩上，"走吧。"白起背着手，慢慢从营帐中走了出去，"今日，为师教你一课。"

顾楠站在原地龇了龇牙，最后舔了一下嘴唇。本以为到长平，起码能逃上数月的课业，但是没想到，白起居然在战时上课，还真是好雅兴啊……顾楠讪讪地捶了一下肩膀，白起却已经走了老远，只得慌忙一路小跑着追上去。

中军校场。

日头照在人身上有些热，寒风往身上一吹又是一阵冷，天上的云很薄，挡不住阳光，这才成了这般天气。一阵风溜进了领口，顾楠打了一个哆嗦，扯紧了自己的披风。她并不清楚白起带她来中军校场作甚，难不成今日要校考自己武艺？想到这儿，顾楠的脸色一阵发青。白起下手多没轻没重她是知道的，这要是两人演武，自己恐怕免不了一顿毒打。但是随后，顾楠远远地看到十数个黑甲骑兵押着一个灰头土脸的人走了过来。那是秦军铁骑，身穿的黑甲在阳光下寒光闪闪，覆在脸上的面具刻画着青面獠牙，凶煞无比，露在外的一双眼睛平静得让人感觉他们就像死物一般。这十余铁骑浑身肃杀，只是一眼就让人印象深刻——那种让人胆寒的气质。不过顾楠倒是没什么，在她看来，那几人的铠甲当真很帅，确实比她这身好看太多。一边想着，一边低下头看自己的小破铠甲，顾楠叹息着摇了摇头。

骑兵押着一个人，等到顾楠看到那人时，眉头皱了皱——那人穿着赵军的服饰，此时全身上下有不少大大小小的伤口，却都不致命；脸色苍白，看上去失血严重，就算没有致命伤，恐怕也撑不了多久了；身上绑着绳子，绳口扎得很紧，勒得他的脖子发红，脚步蹒跚地一步步走着，绳子的另一头牵在一旁的骑兵手中。

十余个骑兵催着马，慢慢走到了白起的面前，然后一齐翻身下马，动作整齐得让人咋舌。为首的骑兵向前跨了一步，对着白起微微鞠躬："主帅，赵军的探子已经带到。"

说完，他的身后，两个骑兵双手押在了赵军探子的身上，两条腿踢在了他的腿弯，只听一声闷哼，扑通一声，那赵人跪在了地上。探子，斥候吗？顾楠站在白起身后看着那人，这才看清了那人的眼神。那是一双怨毒的眼睛，只是淡淡地扫了一眼顾楠，顾楠就觉得心头发寒。

白起低下头，看着那赵军探子，平淡地问道："还有什么要说的吗？"

赵军抬起了头，嘴角淌着血，一言不发，就这么静静地和白起对视着，发出了一声嗤笑。

白起点了点头，仿佛刚才只是走个流程，那赵军探子说与不说，或者说什么，对他来说都没什么。只见他沉默了半晌，回过头看向顾楠："楠儿，杀了他吧。"

冬日的日头正盛，阳光照得校场有些热，但这一句话让顾楠浑身冰凉。顾楠呆了半晌，看向白起，笑了笑："师父……"

"杀了他便是。"白起没让顾楠说完，打断了她的话，静静地看着她，随后转身走开，站到了一边。十余铁骑一言不发地分开，将顾楠和那赵军探子围在中央。铁骑的首领从腰间抽出一把剑，双手捧着，递到了顾楠面前。看着眼前呆愣的姑娘，他的眼中流出了一点淡淡的无奈，话音不自觉地放缓了些："顾姑娘。"

"没事。"顾楠的脸色有些发白，伸出手，慢慢地拿过了那柄剑，"多谢兄弟。"

"无事。"骑兵微微点头，退了开去，场中只留下顾楠和那个跪在她面前的赵人。

"喀喀喀。"赵人咳嗽了几声，咳出一片血。他瞥了一眼顾楠，沙哑着声音："动手吧秦狗，给个痛快。"

顾楠不知道自己怎么举起的剑，她知道这一剑落下，就不会再有回头路了，但她没有丝毫犹豫。在阳光的反射下，惨白的剑光直直地落下，温热的鲜血溅在她的手上，有些黏稠。血滴从剑锋滑落，滴在校场的沙地之上，滚动了几圈；人头落地，无头的身体也沉闷地倒了下去——一切都只在一瞬间。骑兵安静地上前，直接提起无头的尸身走了出去，只留下顾楠拿着那把剑，站在原地。白起站在一旁，看着顾楠，仿佛又老了几岁。如此将自己的徒弟推上绝路，他不配为人师，但又实在没的选。恍惚间，白起似乎想起了那一日，鬼谷子和他说的话。

"你可知，我初教楠儿剑术的时候，问过她一句什么？"

"问了什么？"

"我问她，你如何看你师父。"

……

"猜她和我说了什么？

"她和我说，你救了她的命。"

顾楠握着剑，心中并没有第一次杀人的恶心，也没有那种罪恶，只是一种空空的状态，似乎并不是很清楚自己做了什么。但是她明白，自己真正走上了这条不归路，在自己的选择下。

顾楠将长剑立在了地上，面色如常，除了那份苍白。她笑着对白起拱了拱手，沾着血的双手微微发抖："师父，若无事俺就先回去休息了。"说着，就准备离开。

"楠儿。"白起无力地叫住了顾楠。

"为师对不起你。"白起的声音依旧平静，但如果仔细听，还有些颤抖。

顾楠的身子在那儿立了一会儿，耸了耸肩膀，声音很轻："若不是师父的那份豆饭，我早就饿死街头了。还记得徒儿说的吗？此番江湖救急，必定铭记于心，来日必定涌泉相报。"顾楠顿了顿，笑了一声，"嘿嘿，大丈夫一言既出，自当驷马难追才是，是吧？你就等着我给你养老送终好了。"说着，默默地走开了。

白起背着手，良久，骂了一声："浑丫头，你算什么大丈夫！"

【四十一】

"哗啦。"顾楠将冷水泼在脸上，冰凉的感觉伴随着刺痛的寒冷，让她颤抖的手缓解了不少。手上的血迹被冷水化开，融进水盆中，将水染得微红。顾楠的双手支撑在桌案上，水滴从她的鼻尖滑落，滴进淡红色的水中，泛起一片波纹。顾楠微喘着，胸口有些发闷，安静地看着水中的倒影，呼吸却缓缓地均匀了起来，沉默着。

天色渐晚，不知道那风是什么时候开始吹的，夜晚的风突然大了起来，雪倒是变小了几分。顾楠拿着腰牌，去马厩牵出黑哥，走出营垒，她没来由地想出去走走。风吹得顾楠的披风翻卷，她骑在黑哥的身上茫然地看着漆黑的小路，身后留下一排零散的脚印。

直到今日杀了那赵人的探子，她才第一次真正明白，她已经上了战场，这个不是你杀人就是人杀你的地方，这个你不知道哪一天就会躺在哪儿的地方。

忽地，顾楠轻笑一声，摇了摇脑袋。罢了，反正我是条贱命，大不了哪天随处一躺，当是一梦不醒罢了。顾楠抽了抽被风吹得发冷的鼻子，不再去想那些，拉着黑哥的缰绳："黑哥，走快些！今天让你吃个痛快。"

黑哥对着身上的顾楠翻个白眼，也不知道这人今天抽了什么风，但还是撒开蹄子，飞奔了起来。

顾楠从没见黑哥跑得这般快过。

"哇！"随着顾楠的一声惊呼，一人一马宛若一道飞影，在风雪中穿梭而去。站在营垒高墙上的士兵看着远去的顾楠，摇了摇头。战时，还能像这般心大地在营地外撒欢的，估计整个大秦只有她一人了。军里相传，白将军平日里都说顾姑娘野得很，现在看来，当真没错。依旧是那片草坡，黑哥的鼻子里哼出了一股白雾，渐渐放慢了脚步。顾楠伸手在黑哥的马鬃上揉着，调笑了一句："说有吃的，你才跑得快。"说着，从马背上翻了下来。这时突然感觉到了一个视线，顾楠回过头，看到有人已经坐在了高坡上，愣了一下，回过神来，拍了拍黑哥的脖子："去吃青料吧。"

黑哥瞥了一眼山坡上的那人，感觉到他没有敌意，才慢悠悠地走到一边，拱起地上的积雪。

"还真巧啊。"顾楠走上了山坡，站在那人一旁，随意地坐了下来。那人正是前几日那晚遇到的赵适。

"啊，确实是巧。"赵适无奈一笑，回过了头，继续看着这长平山原。这一秦一赵两人居然能这么和气地坐在一起，怎么能说是不巧呢？

两人盘腿坐着，突然，顾楠慢慢说道："我今天，杀了一个你们赵军的探子。

"这是我第一次杀人。"

赵适沉默着，点了一下头："杀人的感觉怎么样？"

他没有去怪顾楠。因为他明白在战场上，本就生死由命，死了，也怨不得别人。

"不太好。"

"我第一次杀人是在八岁，杀了一个死囚，在母亲怀里哭了两天。"赵适看着漆黑一片的长平，回忆道。

顾楠勾起嘴角："没胆。"

"嗯。"赵适也笑了，"我现在想来，那时着实尿得厉害。"

停顿了一下，赵适说道："战场上遇到了，我不会手下留情的。你是秦人，我会斩了你。"

"我也不会。我们还没较量过呢，谁知道是谁斩了谁。"

"呵呵呵。"赵适笑出了声。"你那日说的话，我回去好好地想过……"说着，赵适目光灼灼地看着长平，"当真让人羡慕啊。如果没有这战事，也许你我，会是知己。"

顾楠却摇着头："我倒是一点也不想认识你。"

"谁知道呢。"

赵适回头看向顾楠，却愣住了。这是他第一次看清顾楠的样子。黑色的长发随着风轻摆，粉面含春却又带着沙场的英武，随意地支坐在他的一旁，穿着一身戎装，却不难看出，这是一位姑娘。一双如丝美目望着风雪，剑眉凌厉，很难说清这姑娘给人的感觉，但是很好看、很美。

"顾兄弟，"等到赵适回过神，他笑着叹了口气，"方才是我说错了，若你我早日相识，说什么我也会把你娶了。"

"啊，"顾楠平淡地应了一声，只当这赵适是在开玩笑，随口说道，"那抱歉了，我不喜欢嫁人。"

"哈哈，这般。"

不管赵适想什么，顾楠此时想着的却是小绿和画仙。这军中的日子当真苦，好想回去让小绿按按肩膀，让画仙给弹个曲子："我说，你们赵军还打不打？不打就别拖着了，我还等着回家找老婆呢。"

赵适被逗趣："那顾兄弟不用急，像你这般俊俏的，咸阳的小姐们想来都是排着队等你娶。"

顾楠淡淡地点着头，脸不红心不跳地吹着："那是，不是我吹，能从东市排到城门口。"

中午时分，正是日头最盛的时候。

长平的风紧扯着旗帜飞扬，校场上无数耸立的长矛上尖锐的矛头带着几个崩口，证明了它们所经历的无数战事。赵括骑在马上，牵着缰绳控制着身下不安的战马，站在军队前，扫视了一眼规整的方队，高喝道："全军。"

"在！"军旗挥舞，阵中铿锵的声音在队伍的上空回荡着。

"开拔！"

整齐的脚步声几乎让地面震颤，士卒将头盔戴在头上，系紧铠甲。他们明白，决战的时候已经到了。赢了，活着离开，输了就只能永远躺在这里。赵军营垒的大门打开，几乎看不到尽头的队伍从中走了出来，领在前面的是一个骑着黑马的年轻小将。虽是小将，即将身赴几十万人的战场却没有半点惧色。赵括将半抱着的头盔戴在头上，甲胄相击的声音在山谷中回荡，不绝于耳。

【四十二】

"快！武器，备战！"

"弓箭手！列队！"

"骑兵，这边随我来。"

"木石，木石，快些，给我运上城头。"

无数的脚步声、人吼声，嘈杂，聒噪。顾楠皱着眉头，在床榻上睁开了眼睛，听到外面的声音，心中一阵不安，从床上跳起来，掀开了营帘。帐外，无数的士兵来回奔波着，有的揣着还没有准备好的箭矢，有的给自己扎着铠甲，还有的正搬着圆木滚石往外走，不管是营内还是营外，都是一片嘈杂。

"兄弟。"顾楠拉住了一个路过的士兵。

"这是怎么了？"

那士兵的额头上尽是汗水，神色紧张，被顾楠拉住的手肘还在发抖。

"赵，赵军，攻营了。"

赵军攻营？！顾楠只觉得眼角一跳，是她疯了还是那赵军疯了？四十五万人攻营六十万，还皆是骑兵，何来的自信？但也就是这一番人们万万没想到的攻城，当真攻了秦军一个措手不及。现在营墙内正在全速组织防御措施，营墙外却已经是厮杀一片。

该死……顾楠咬着嘴角，转身回了营帐，提着长矛便向外奔去。当务之急是先找到师父。

"杀！"如潮水一般的赵军将云梯搭在秦军的营墙上，死士举着盾剑密密麻麻地攀在营墙上，疯了一般地向上攀着。营墙上的秦军一遍又一遍地用长矛捅穿了攀上来的赵军死士，粗大的圆木从墙头落下，像是砸落了一批蚁虫，黑甲士兵一个接着一个摔落，但更多的是一个接着一个攀了上来。

因为被打了一个措手不及，营墙上一片混乱，但是因为秦军占据了人数和城墙的优势，一时半会儿赵军也没法快速攻进，根本就是毫无意义的人数消耗。不过半个时辰，秦军的营墙下面已经堆了一片人，全是尸体，数米高，恐怕已经有上千具。

白起攥着手里的剑，两眼微合，看着那一片混乱的城头。他想过赵军会困守不出，也想过赵军最后会迫于无奈出城迎战，但是万万没想过，赵军居然会主动进攻，而且来得如此之快。就在秦军像往常般叫阵之后，如潮的赵军居然真的一下子涌了出来，当真把秦军吓了一跳，一时间甚至组织不起军队。

开玩笑，谁能想到，四十五万无粮的守城骑军居然会选择先一步发起进攻，攻击已经立营两年的六十万秦军，这和送死简直没有区别，但赵军居然真的来了，而且气势高昂。

高昂得连白起都不相信，不是说连饭都吃不饱了吗？如今这批如狼似虎的士卒是怎么回事？根本就是摆出了一副决一死战的架势。白起的眉头微皱——不简单啊，赵军那个叫赵括的小将……居然能将这支残军发挥出如此战力，他到底做了什么？

"啊！！"

"杀！"赵军的死士一次又一次地冲击着营墙，后排的弓手直接拉开了弓，对着城内就是一顿无差别的乱射。援军！赵王的三十万援军很快就能到！所有赵军心里想的都是如此。这一战能赢了！能回家了！整整两年，每天都过得提心吊胆、生不如死又是拜谁所赐？！秦狗！嘶吼着冲进营墙，弓弦全张，他们打完这一仗，活着回去，离开这个鬼地方！

秦军看着这些如同疯狗一般的赵军，完全蒙了，他们这根本是摆着拼命的架势来的。数不清的赵军和秦军士兵摔下墙头，战局在一刻间竟然被赵军打成了一副五五之局。百万人之战是如何阵仗，一声吼便是撼天动地，何况撞击拼杀，两军一撞便是山头都要抖一抖。寻常人在此处估计会直接被吓破了胆。这般人数的交锋，便是战国以来，也可以说是极为少有了。赵括身披将袍，注视着秦军营地那无尽头的人海、刀剑和翻卷的血肉。目前来说一切都没有超出他的预计，此番攻破秦营虽不可能，但是绝对能力挫秦军士气。

届时，战局胜负，或许犹未可知。

至于赵王的援军，此时或许只有他自己心里清楚，那根本就是他的一个谎话，一个骗了四十五万人随他一同博命的谎话。赵军根本没有援军，这四十余万便是全部的兵力，不成功便成仁。

"嗒嗒嗒。"脚步声响起，却很快淹没在了震耳欲聋的搏杀声中。白起回过头，却看到王龁领着顾楠走了过来。顾楠在来找白起的路上遇见了这位老将，便跟着一起来了，只是刚到营前，就已经被这声势压得喘不过气来。刚才她在近一里外的后营，自然听不到前营发生的战事，此番到了前营，当真领教了战争的可怕。虽然古代的冷兵器战争没有先进的武器，但是那种近身肉搏、万箭齐发的气势绝对不是常人承受得起的，顾楠只是片刻便已经脸色苍白。

"老白，怎么说？"王龁的神色如常，虽然对赵军的突然攻城很惊讶，但是也没有慌了手脚，展现出了一个老将该有的风范。

白起背着手："之前布置在山林中的后军如何了？"

王龁的眉头松了开来，他知道白起准备干什么了，当即说道："五千铁骑，两万五千步军，随时可以出发。"

"嗯，限两万五千步军一个时辰之内绕到赵军后方，发动突袭。"

"五千铁骑沿丹河出营，扰乱赵军粮道。"

白起自若地部署，王龁领命退下。那赵括的突袭虽然能让白起眼前一亮，但还万万没有到能扭转战局的地步。顾楠强压着胸口的闷意，营前的声势压得她难受，她眼神复杂地看着白起。本以为凭借着后世的那些见识和小聪明，自己也能在这战中苟活，如今才知道自己傻得有多可怜，到底是差了很多。真正的兵法一道根本不是大谈阔论，那般临场的处变不惊、沉着应对，将此道运用自如，虽时不利而改之、虽战有损而补之的学问，她还半点都没有学到。白起看了顾楠一眼，看得出顾楠的脸色不太好，自然也知第一次面对这般场面，常人会是一副如何状态，没有被吓得动弹不得，便是难得了，何况，她还是个女儿家。白起心中一软，但又硬了起来，因为这是他白起的学生。

"此番为师再教你一课。"说着，白起抬头看向那片堆满了人的营墙，"披挂好，去领教一下真正的战事。"

顾楠扭头看向那城头："是……"

营墙上的血腥味飘得满天都是，碎肉残肢铺成一片，一摊摊碎肉早已看不出原先是什么。所有人都没去在意这些，因为在意这些，自己就很可能成为其中的一部分。顾楠提着长矛顺着墙的长廊，一步一步地走了上去。拼杀声、吼叫，让她几乎什么都听不见，手抖得厉害。她似乎明白了出征前，白起对她说的话："莫回头看了，我们是要奔着死路去的人，没后路可看的。"

奔着死路去，顾楠当真知道了这个意思。

"啊！"一个赵军死士攀上了城头，手里拿着一把剑，三步并作两步地冲了上来，一通乱砍，直砍到顾楠面前。他一声大吼，手中的剑高高举起，朝着顾楠砍来。顾楠的长矛却已先一刻到了。近一丈长的长矛直直地甩在赵军头上，千斤的力道直接将人抽飞出去，撞在营头上，爆出一片红白之物。顾楠手里拿着那杆长矛，微微喘息。不是杀了别人活下来，就是死在别人的刀下。

这该死的地方！

她苍白的脸抬了起来，注视着前面混杂在营墙上的赵、秦两军。

"啊！"顾楠提着长矛冲了上去。

【四十三】

不知道赵军是何时退兵的，也不知道何时营墙上没了那厮杀声，或许是秦军的两万五千步军已经成功绕到了赵军之后。赵军后方一片骚乱，持续很久，本来一往无前的赵军慌乱了起来。营墙上的秦军乘势反攻，前后夹击之下，一举将赵军击下秦军营垒，逼入了山林之中。

天色已黑。

守在营墙上的士兵只觉得手都已经不是自己的了，身上的铠甲沾满了血，也不知道是敌人的还是自己的。尸体从数米高的营墙头一路铺到墙下，几乎在墙下堆起一座尸山，黏稠的血污染红一地，使得空气中都带着腥臭味。每一个人都瘫倒在原处，躺在一堆血水和残尸的中间大口地喘息着，近乎贪婪地呼吸着活着的空气。

"呃。"一堆尸体中，一具尸体被人推了起来，还未干涸的鲜血从尸体被切开的脖子中流出，滴落在他下面的那人身上。顾楠手里拿着长矛，一手甩开围在她身边的尸体，任由乌黑色的血液从她的头发和盔甲上流淌下来。

"哈，哈，哈，哈……"顾楠的喉咙干哑，身上中了三支箭。赵军和秦军的对射完全是没有准头的，也不需要准头，在密密麻麻的一片人中，随手一箭都能射中些什么。她就被这些乱箭照顾了好多次，大多数有惊无险，在最后一波箭雨中，她也靠堆在她身上的尸体勉强躲了过去。可以说，城头守营的人里面没有几个是没有受伤的，她的伤算轻的了。她一共中了三箭，一支射在她的左肩上，一支射在她的腰上，一支射在大腿上——很痛。如果是平日，她定会惨叫出声，但是现在她连惨叫的力气都没有了。

赵军终究还是退了。

我……还没死啊，顾楠双眼无力地看着四周，眼中还带着血水，模糊不清。她的嘴角扯出了一个苦笑……还真是捉弄人啊。我明明只是一个想要过小日子的平头百姓，怎的被弄到了这种鬼地方？

看着四下横七竖八的死尸，还有在墙角蓄起的血泊，顾楠垂着眼睛，这才是乱世真正的面目吗……当真是，人不如狗……

此战，赵军、秦军共计伤亡一万两千余人，双方的死伤人数为四六之数。赵军虽然开始占了一些便宜，但是后方突然出现的秦军已然切断了他们的后路，在占据的优劣上，赵国落后了太多，想来已经是困兽之斗了。那日的秦赵大战，无数人想之后怕，但也不得不记忆犹新。但要说在这一战之后真正让所有秦军都记住名字的人，那就只有一个。那个人姓顾，叫顾楠，是白起的弟子。这位顾姑娘原先大家也都认识，但是最初的时候大多数士兵只当她是军中少见的女子，也没有多加在意。此番，却是没有人敢不记得那个在城头上宛如杀神的身影了。

　　她就那么站在城头上，一杆丈余长矛碰着就死，磕着即伤，寒光四溢，当真是威风凛凛，根本不敢想那居然是个柔弱的女子。顾楠力道极大，一击之下便是千斤力气，加上身体素质的原因，体力极好，和内力不同，根本不用担心快速消耗。被她打中的人，身上不是被开了一个大窟窿，就是断手断脚，有的甚至连一个人样都没有，莫说是被打到，看到的人都能倒吸一口凉气。有人留心统计了一下，这般尸体总共有八百来人，也就是说，光是顾姑娘一个人，便生生杀了八百个赵军。八百人，便是那一等武将也不敢说能这么杀。

　　事实上如果不是守城战，这八百士卒完完全全足够要了顾楠的命。但不说里面的弯弯绕绕，顾楠杀了八百人是如数存在的，那可是秦军这一战杀死赵军人数的近七分之一。这么一来二去，顾姑娘一骑当千、非骁勇不能敌的武力就这么被传了开来。而且顾楠一力在前，身中三箭而不退着实感动了那些秦军将士，特别是守城头的士卒。他们打仗多年，哪一次不是被放在送死的位置上？都说身先士卒，但是从来不可能有将军会真的冲在第一线。这是他们第一次，第一次看到有人挡在他们前面。提到那顾姑娘，他们的眼眶都有些红。而此时，顾楠又在做什么呢？她正在自己的床榻上等着医生。

　　中了三箭，此时的她根本动都动不得，军中又没有女军医，白起只得连夜派人去附近的村子里找女医师。便是没有女医师，找个女子来也行，按着军医说的，帮顾楠处理伤口就是。但是顾楠运气不错，听说真的找来了一个女医师，正在押送过来的路上。确实是押送，时间紧迫，秦军的士卒担心顾楠的安危，可以说是直接把人掳来的。一天多的时间，顾楠的意识本来就不清醒，此时已然处于半昏迷的状态了。

　　白起的营帐之中。
　　"老白，你真狠啊。"王龁坐在白起的下座，苦笑了一下，"三处箭伤、十余处刀口，搬下来的时候，根本就是一个血人，我看了都发寒。"

白起坐在那儿，低着头，拳头紧握着："她日后，要领过的是我白起的衣钵，只是这些，还不够。"

"但她才几岁？这是百万人的战事啊，我都是生平仅见，何况是她？"王龁皱着眉头，"你到底在想什么？"

"我在想让她尽快可独当一面。"白起淡淡地说着。别人不知道，他却知道，自己的时间不会很多了。

【四十四】

王龁沉默了下来。朝中的政事他也听闻了一些，有风言风语说昭襄王准备对武安君动手，但是那毕竟只是风言："老白，秦王能人善用，不会如此待你的。"

"嗯……"白起却没多说什么，"医师到了吗？"

王龁叹了口气："已经在路上了，蒙武亲自去的，说是最多不过半个时辰，一定带到。

"但是，你徒儿的伤很重，便是医师来了……"

"会撑过去的，她是我白起的学生。"

王龁无奈地抿了抿嘴巴。可惜他不知道，白起看似平淡，实则比任何人都要慌乱，只是不会表现出来而已。赵军的攻城力度超出了他的预料，他敢肯定，要不是那支后方队伍与之前后夹击，赵军绝对不会退。白起本来以为只是比较强力的试探性进攻，毕竟在这样的情况下，对方先开启总攻根本是不可能的事才对。这次白起却被自己的经验给误导了，对方根本就是想要拼死一搏。

楠儿——白起的手捏得更紧了——切莫有事啊。

"喂喂！你们干什么？快点放开我！我跟你们讲，我要动手了，我武功很厉害的！"

随着一声又一声女子的大叫，士兵们的视线被吸引过去，看到的是一个二十来岁的女子正被两个士兵架着手在营中拖着走，后面还跟着一队沉默的士兵，领在前头的正是一脸着急的蒙武。那女子长得很秀气，生得一副娇俏的模样，穿着一身看起来像是医生的布袍，但是士兵也只是淡淡瞥了一眼。要是以往，他们定是要多看几眼的，但是现在懒得多看了。其一是刚刚打完一场仗，他们早就已经身心俱疲了；其二是不过就是个秀丽的女子，哪有顾将军三分好看？

"我说，你们快点放开我！快点！"

那女子大叫了一路，蒙武的脸黑得能滴出水来，本来就心烦意乱，她还一路聒噪得烦人！只听得一声轻鸣，蒙武腰间的长剑已经抵在了那姑娘的脸上："莫要再乱叫了，我带你去救人，你要是治不好我顾兄弟，我就划破你这张脸。"蒙武抱着吓唬一下的心态，恶狠狠地说道。

那女子果然立刻就安静了，没再吭声。蒙武冷哼一声，甩了一下身后的披风，回头继续带路。没过多久，众人已经到了顾楠的帐前，两个士兵直接架着那女子走了过去。蒙武指着营帐说道："里面的就是病人，好好治。"说完，直接将那女子推进了帐篷。

"啊！"女子被推了一个跟头，摔在地上，红着眼睛摸着自己的屁股。她就是下山历练，谁知道路上就遇到了这样一伙强人，上来就问她是不是医师。自己只是点了个头，就被强行抓了起来，带到这军营似的地方来治人。这叫什么事儿啊——女子委屈地抿了抿嘴巴。哼，要不是我医者仁心，定是要教训一下你们。

暗自哼了哼，还是站起身来。自己既然来了，就姑且先看看那个所谓的病人好了，一边想着，她一边向营帐里面走去。营帐很简单，里面就是几个火盆，一张短桌，还有一张床榻。床榻上躺着一个人，看上去似乎已经晕了过去，这，便是那个什么顾兄弟？女子好奇地想着，靠了过去，只是靠近一看，就直接吓得差点叫出声，连忙捂住了嘴巴。那是一个女兵，很俊美，躺在床上，沉沉地睡着，没有半点声响。她的身上，铠甲翻卷，露出了十余道伤口，身上插着三支箭，还没有被取下来，这也防止了更加大量的失血，因为一旦取下箭，就必须快速包扎，不然不如不拔出来。这俊美的女兵如同一个血人，脸上沾满了血污，是个人突然看到都要被吓一跳。

女子很快回过神来，心里有很多疑问，此时却不容她去想这些。她快速地检查了一遍顾楠身上的伤口，除了箭伤，其他伤口都不算很深，所以失血并不是非常多，甚至有一些已经开始结痂了，最严重的还是三处箭伤，必须快速处理。女子皱着眉头，快步跑向外面。

蒙武正来回走动着，看着营帐，眼里带着佩服和担忧。自己这顾兄弟当真了不得。一骑当千是何等风采，他早就想试试了，可惜当时自己正在率领那支后军，不然自己要和顾兄弟一起杀个痛快。但是顾楠的伤势也着实让他很担心。

箭伤在古时候是一种极其难处理的伤势，便说是要命的也不过分。

突然，刚才那个被推进营帐的女医师又跑了出来，一出来就叫道："喂，那个谁，准备足够的清水、干净的布条，还有一个水盆！"

蒙武看到那女子又跑了出来，正想发怒，听清她的要求后，不敢怠慢，立刻吩咐道："快，准备！"

所有的士兵一下子又忙了起来，七手八脚地找起水和木盆。

山林之中。

赵括掀开临时搭建的营帐的帘子走了进去，身心俱疲。他却是小看了秦军。本来已经有了好转的战局，却因为一支突然出现在他们身后的数万秦军步卒，又一次被打回了原形。那支近三万人的部队，赵军一时间也无法快速消灭，但是一旦和那支部队缠上，秦军的主营就可以从后方快速进攻，让赵军吃不了兜着走。反之，若是进攻秦军主营，结果也一样。赵军如今已经进退两难，被切断后路，只得被困在秦军主营和丹河之间的山林里，用临时砍伐的树木搭建简陋营地，根本没有防御力。等到秦军缓过来开始进攻，赵军定是要吃上一个大亏的。

【四十五】

"报。"

"进来。"赵括松开了眉心，摆出一副平淡的样子，进来的是他的副将，也就是那日议事的那个老将。

"主帅。"老将微微鞠躬。

赵括起身扶住了对方："您在军中虽是副职，却也是我的长辈，便不需拜了。"

老将起身叹了口气："伤亡已经折算出来了，此番我军折损了近七千人，秦军在六千左右。"

"主帅，如今我军腹背受敌，局势不安啊。"说着，老将深深地看着赵括，"不知赵王的援军，此时到了何处？"

赵括的表情没有任何波动："此时应该已经到了太行山脚下，不出十天，想来定是会到了。"

"十日……"老将迟疑着，叹了口气，"我军却是不知道还能不能守上十日了。"

"我军的粮草还够吃十余日，且等到援军来，便自可反败为胜，扭转战局。"

"希望如此。"老将点了点头，似突然想起了什么，"对了，主帅，昨日攻城时，我军遇上了一个小将。"

"小将？"赵括一愣。昨日虽然是全军进攻，但由于营墙的面积和宽度限制了交战范围，也导致两军的对撞其实并没有达到最激烈的程度，但乱箭流矢极多，在这样的情况下，秦军的将领不可能出来冒险。

"是，老夫昨日在城头看到的，一人当关，着实骁勇，隔得远看不清面容，只是从士兵的嘴里得知，那人姓顾。"

"姓顾？"赵括的脸色变得有些诡异，随后又露出了一分笑容："这人我倒可能认识……确实是一个少见的人。"

"那便好。这人寂寂无闻，却有几分勇力，日后若是相遇，还希望主帅留意几分，莫要大意才好。"

"嗯，"赵括点了点头，"我知晓了。"

"那属下便下去了。"

顾楠的营帐中传来衣衫摩挲的声音，床边放着一个水盆，里面的水此时都已经被沾着血污的布条浸染成了红色，三支箭头上还带着鲜血的箭矢摆在床边。女子小心地解着顾楠的外甲，铁片甲很沉，却被女子轻松取下来，放在了一边。看着顾楠单薄的衣衫，女子的脸色红了红，她还从来没这般给人解过衣裳，何况是如此俊美的女子。特别是将顾楠脸上的血污擦干净后，她更是有些不敢看顾楠。听外面的士兵都叫她顾将军，这人莫不是个将军？女子一边想着，手慢慢地伸到了顾楠的领口。女子也是能当将军的吗？幻想着眼前的人穿着黑甲白袍，提枪跨马在战阵间冲杀的模样，女子眨了眨眼睛，想来定是一个极有魄力的人。她慢慢拉开顾楠的领口，小心地躲开了伤口，露出了里面白嫩的皮肤，指尖从上面划过，柔滑的触感让同为女子的她都微微出神。女子的目光落在了那些伤口上，噘着嘴巴。在这般身子上留下伤口，实在是暴殄天物。伤口很深，腰上的护甲却最少，这一箭也确实伤到了根本。女子从怀中掏出一小瓶药，打开瓶子将药粉轻轻撒在上面，同时手上浮现了乳白色的微光，顺着顾楠的伤口没了进去。等到全身的伤口都处理完了，用干净的白布将伤口包扎好，女子擦了一把额头上的汗。一个多时辰，她片刻也没有休息过。小心地将顾楠的衣服重新套在她的身上，女子长长地舒了一口气，最后悄悄地打量这女将军一眼，拿块白布擦一下手，走出了营帐。

门外，蒙武已经通知了白起。

白起什么都不说，只是站在顾楠的营帐门口等着，直到女子从顾楠的营帐中走了出来，白起才走了上去："多谢先生操劳，不知小徒现在的情况如何了？"

"现在知道叫先生了？"女子撇了一下嘴巴，"把我抓来的时候干什么去了？"

白起一愣，才发现这先生还是一个不过二十多岁的女子，无奈地笑了一下，也没多做计较："之前情况紧急，我们这些人又都是粗人，礼数不周，还望先生见谅。"

见对方已经低头认错了，女子耸了一下肩膀："里面的那位姑娘再有几个时辰就会醒来了。好了，人我已经给你们治好了，可以让我走了吧？"

无事就好，白起隐隐地松了口气，对着女子说道："不知先生如何称呼？先生高义，救小徒性命，某自当感谢。不若在此留宿几日，至于小徒伤势，也还希望能再麻烦先生几天。"说着，露出了一个苦笑，"先生也知道，我们这是军营，也没个女眷，着实不方便照顾。"

"嗯。"女子思量了一下。自己下山历练也无事，在此留步几天也无大碍，既然已经治了那姑娘，便是送佛送到西也无不可。唉，没办法，谁让我心好呢？"将军叫我念端便可。既然将军盛情，我留宿几日便是，但是这诊金……"说着，这名叫念端的女子露出了一个"你懂得"的笑容。这姑娘倒是有趣，留下来陪楠儿做几天伴也好。

白起笑了笑："老夫省得，自是不会亏待了先生的。"

【四十六】

秦、赵两军的战事随着那一日的攻营，正式拉响了。短短两日，两军短兵相接，十余场大小战役不断，遭遇、攻守、骚扰，无所不用其极。但是赵军那个破旧的营地在这种情况下居然显得牢不可破，即使是秦军都已经被这样频繁的战事折磨得人困马乏了，赵军却依旧保持着稳定的守势，没有半点败象。到了这个地步，就连白起都感觉奇怪。无粮无援，赵国又何能固守？如此劣势，居然硬是被打成了拉锯战。

不论秦军和赵军的战事如何，这两日顾楠却完全清闲了下来，当然，也不得不清闲。自从那女医生来了之后，她到现在都还没有醒来。营帐里的火焰炙烤着柴火，偶尔会发出一阵噼里啪啦的声音，冒出几个火星子，也使得营帐里保持着暖和。

念端坐在顾楠的身边，拧干了布头，擦着顾楠的手。本来她只是一个医生，这般照顾人的事情是用不到她的，但是那老头也说了，这军里没有女眷，只好她先来照顾了。

"喀。"躺在床榻上的顾楠发出了一声闷哼，皱着眉头，微微睁开了眼睛。浑身上下都痛得不行，而且还发僵，只感觉这身子都不是自己的了，特别是手，也不知道是谁，似乎拿着她的手一下一下地猛搓着，感觉皮都要被搓掉了。

"谁啊？别搓了……手要断了，是拿我的手当砧板吗……"

念端听到这突然来的一句，顿了一下，才发现顾楠的手臂已经被搓得一片通红，当下脸颊一红，放下了手里的布。"我怎么知道？我，我也是第一次照顾人啊，卖力了你还不高兴了。"一边说着，念端突然发现顾楠原来已经醒了，正睁着眼睛，看着天花板，"喂，你，你醒啦？"

顾楠被身边的人问得一蒙："难道还有人是睁着眼睛睡觉的吗……"

念端知道自己问了一句很傻的话，闭上了嘴巴，哼了一声。

顾楠怔怔地看着天花板，良久才恢复了一些思考能力。自己似乎昏过去了，身上的伤口已经全部被处理好了，用干净的白布包扎着，想起刚才似乎有人在和自己说话，扭过头，看到一个长得秀气的女子正坐在床边，似乎正在生气。

"你是谁？"

"大夫！"女子瞪了一眼顾楠，"被抓来救你的。"

医师吗……顾楠点了点头，怪不得身上的箭都已经被取了下来。"礼数不周，我代为抱歉。"顾楠淡淡地说道，然后继续出神，似乎想着什么。她想什么呢？她想着她杀了的人。只是一场战事，她杀了多少人，却已经数不清了。那一双双临死时的眼睛，她却都还记得——有的怒视着自己，有的一片茫然，有的很恐慌，无一例外，都死在了她的矛下。

"哕！"顾楠感到一阵恶心，吐了出来。但是她昏了两天，肚子里根本什么都没有，只是干呕着，面孔狰狞。一旁的念端被吓坏了，连忙拍着顾楠的背："喂，你怎么了？喂！"

等到停下来，脸色又苍白了几分，顾楠微喘着，靠在床头，安静了下来，只有右手在微微地发抖。

"你这人当真是吓人，幸好你没事，不然我都要被你牵连。"念端嘟囔着，端了一碗水到顾楠的嘴边，“喝一碗水吧，你昏了两天，没吃过东西，到时候让他们送些来就是了。”

“多谢。”顾楠点了点头，慢慢地接过水，抿了一口。

念端看着眼前的顾楠喝水，撇了一下嘴巴。真是一个美人，便是这般模样，喝口水也让人觉得好看，病弱的样子，惹人生怜。“喂，你在这军里的官很大吧？我看所有人都在说你，说什么有顾将军在，这两天的仗定是不会打得太难。还有那个主事的老头，这两天就来了七八趟。”

心中的恶意消去，顾楠终是不再那么难受，喝了口水也好了不少，有心思去听身旁的这位大夫说话了。官大？顾楠的嘴角一抽。自己就是一个亲兵，大个屁，就比普通的士兵好些。至于那个老头，想来是自己那个老不死的师父吧……“我不是什么大官，就是个小兵。”

“嘁，不说就不说，说什么小兵，拿我当小孩子骗吗？”念端翻了个白眼。

顾楠笑而不语：“大夫如何称呼？”

“你可以叫我念端。”

“念端……”顾楠点了一下头，“好名字。”

“用你说。”念端噘着嘴巴，但是被顾楠恭维了一下，心情也好了不少，“那你呢，你叫什么？”

“我？我叫顾楠。”顾楠低头看了看自己的伤口，应该是还没好，向外渗着血。

“顾楠。”念端搬起床边的水盆，放到一边。

“你从刚才醒来就在发呆，你在想什么？”

“想什么？”顾楠不再想喝水，将碗放在了床头，听着念端的问题，淡笑了一下，也不隐瞒，“在想我之前在战事里杀的人。”

念端打了个寒战：“呃，你们这些将军真瘆人，还想死人，怎么，想再杀一遍？”

“呵呵，”顾楠被念端的样子逗得笑出了声，“也没有。”目光落在了自己的身前，眼中无力。“若是可以，我根本就不想打这仗。”说着，扯到她的伤口，咳嗽了几声。

念端看着顾楠的样子，出了一下神，又撇开视线，双手在自己的身上擦了擦：“不想打，那不打不就好了。”

“怎么能不打呢？这战事没结束，总要人去打的。”顾楠的眼睛垂着，手捏住了盖在身上的被子。“除非，此世无仗可打。”

【四十七】

"哎，你这人怎么这么不听劝啊，非要出来？"身后是念端不满的叫声。顾楠没有穿铠甲，只穿了一件简单的布袍，身上搭着一件毛皮披风，看起来有些单薄，毫无血色的嘴唇使她看起来并不是十分精神。

"外面这么冷，你的伤还没好全，怎么，嫌太舒服了？"念端感觉到一股冷风吹进了衣领，搓着肩膀，"你这是箭伤，要是好不全，事情很大的。哎，你倒是听我说啊，你以为这是谁的身子？要是治不好你，我都不知道能不能活着走出这鬼地方，你倒是为我想想啊。"

念端在一旁念叨个不停，顾楠也没认真去听。这大夫，话真的不是一点半点地多，她实在是吃不消，摇了摇头："我就是出来看看，不会很久的，马上就回去。"

"喊。"念端做了一个鬼脸，"你出来看看，知不知道我就得陪着你受冻？"

"你要是觉得冷，回去就是了，我又没有拉着你来。"顾楠走在前头，向着营墙走去，哭笑不得。

"你是我的病人啊！"念端大叫着。"本姑娘可是要成为医圣的人，不能让你成了我的污点……阿嚏。"说着，念端又打了一个喷嚏，摸了一下鼻子，"我一定会把你完全治好的。"

"啊。"淡淡地应了一声，顾楠缓步顺着走廊上了营墙。

"倔得和头驴似的。"看得出无论自己怎么说，顾楠都是不会回去的，念端哼了一声，跟了上去。

两人上了营墙，守在营墙上的士兵连忙对顾楠微微鞠躬："顾姑娘。"

顾楠被士兵的恭敬弄得一愣："不用这样，你我，按理来说当是同职才是。"

"这怎么能一概而论呢？"士兵笑了一下，"姑娘是白将军的弟子，而且前几日，若是没有顾姑娘，我们守城的兄弟也不知道又要死多少人。"

那一日顾楠杀得已麻木，但是士兵们看得很清楚。她独自提矛和如潮的赵军冲在一起，接着，从成片的尸体里，提着滴血的长矛走出，那副样子每一个守城的士兵都不敢忘记。顾楠不知道说些什么，点了一下头。一旁的念端看向顾楠，若有所思。这家伙在军中的威望倒是很高，一个女子走到如此地步，想来定是很不容易的，当下，心中反而有些敬佩这个军中的美人。念端不知道军中的威望是如何来的，若知道，定是不会像现在这般想。在这个杀人的地方，威望自然只能是打杀出来的。

夜里的城头风很大，木头建起的营墙足有十米高，呼啸的风声在耳边刮过，如同鬼哭狼嚎。顾楠站在城头咳嗽了一声，就着夜色，看到扎在秦军营垒前不远处的赵军营地隐没在山林之中。但是数十万人的营地，即使是临时搭建的，也很巨大，根本遮掩不住。赵军很敢扎营，就在秦军对面，而且就在山中。他们知道营扎在山林之中，秦军不敢放火。两军的营地太近，这里的山林又太密，要是在赵军营地放火，秦军也不会好过，到头来只会两败俱伤，这是占尽优势的秦军不想看到的。这就叫光脚的不怕穿鞋的。

顾楠看着赵军的营地，深知这场历史中的著名战役将会死几十万人，赵军，没有一个人能逃出去。

"好了，我们回去吧。"顾楠扭过头缓步离开。

"哎，这就走了，你才看了一眼，喂！"转过身的顾楠眼中无神，却也多了一份难以言说的执意。

在顾楠养伤期间，秦赵两军的拉锯战却是已经持续到了第五天。

"杀！"震天的喊杀声几乎能传到几里开外。原本清澈的丹河水几乎被染成了血红色，浮尸和倒插着的断裂长剑随处可见，鲜血渗透进泥土里，几乎将土地染成了红褐色。在数倍于己方人数的军队面前，赵国的军队已经濒临崩溃，但是搭建的那条临时防线始终阻挡在那里，如同狂风中的枯木，在秦军的攻打下，苦苦支撑着。临时搭建的营垒无疑是简陋的，一个秦军士兵一剑劈开了围栏上的断木，冲进营地；一个赵国士兵狂吼着，抱住了对方，将他撞出了营地，转眼间死在了外面秦军的乱剑之下。

"所有人！守住！"铠甲开裂的赵括劈倒了一个秦军士兵，喘着粗气高声吼道。吼完，看着继续围上来的秦兵，吞了一口口水，无力地说道，"再守几天。"

也不知道他是在和士兵说还是在和自己说，随后举起手中的剑又杀进了人群之中。赵括都已经记不清楚这是秦军发起的第几次进攻了，身上全是血，就连头发都凝结着血污。用四十余万人在地形不利的情况下抵住近六十万大军的五日进攻，其中的苦难无法想象。不会赢，但赵括的目的本来就不是赢，拖到秦军不能北上，这一仗就是赢了。

"杀！"不知道又是谁喊出了一声怒吼，杀声四起，又有无数人倒在地上。白起站在军营的高地，俯瞰着远处下方的赵军军营："他们还要打下去？"

"是。"一个副官说道，"目前来看他们并没有投降的打算，似乎赵括那小儿留了后手。"

"一只将死的猎物，还想伤了猎人……"白起背着手，转身离开。赵括确实是一个不错的少年英才，这场仗交给他打，要比放在廉颇那老家伙手里更难缠。盯着这场战役的可不只是秦、赵两国，其他那些"虎狼"都看着这里呢。如果秦军受损严重，再想攻取赵国就会很难。秦国的攻势暂时退去了。残破的军营之中，隐隐有一些火光，几处袅袅的炊烟升腾着，煮着几乎看不出是食物的食物。这几天，赵国的军粮一份被拆成三份，却依旧不够每个人吃。

"将军，军粮已经没有多少了。"满脸土色的亲兵坐在赵括的身边，喝了一口浑浊的汤水，看了看四周说道。

赵括端着"汤"的手顿了一下："还能撑多久？"

"就算再怎么省，也只能吃一天半了。"亲兵小心地轻声说道。

军中将要断粮这种事情要是被士兵听到，很容易引起哗变，所以必须小心。

"数位将军那里呢？这几日的营中有没有什么话？关于援兵的。"赵括低着头问着。

"有。"亲兵咽了口口水，"开始有人怀疑援军不会来了，还有一些小范围的哗变，但都被及时镇压了。"

咬了一口手中的干饼，赵括目光疲惫，却又坚定："继续守。"

亲兵点点头离开了，赵括坐在原地，拿着手里没有吃完的干饼，揣进怀里。援兵的事情已经快要被看出端倪了，军心溃败得比他想象的要快很多。不出意外，他的下一步安排也该继续了。赵括想到这儿，干裂的嘴唇动了动，呆呆地看着地上。

【四十八】

盘山小路上，顾楠身穿铠甲，骑着黑哥停了下来。脸色微红，念端半抱着马头坐在前面，感觉到顾楠停了下来，扭过头，看到顾楠的样子，撇着嘴跳下了马。

"就送到这儿了。"顾楠拉着黑哥的缰绳，"一路走好，少走山路，莫再叫人抓了去。"

"你以为这世上都是你们这般人？"念端说着。

顾楠挑了挑眉头。确实是他们抓的人，但是自己也没参与不是……可终归是自己这边错了，顾楠没有说话。

念端向着山路走了两步，却又转过了身："喂，我要走了，你没什么话说？"

我是怕说了什么，你又说个没完……顾楠无奈地摸了摸鼻子，跳下了马，把腰间的长剑取了下来，丢到念端怀里："留着路上防身。"说完，牵上黑哥的缰绳离开了。

若是从前，她会和念端聊上一番，但是现在她有些害怕，害怕会有什么变故，只得匆匆离开了。

念端抱着怀里的长剑，哼了一声："也算本姑娘没白救你。"她仰头看了看，"又是一把剑。这世上的剑客，都是这般模样吗？"

回到营地，顾楠发现白起正站在门前，她默默走了上去，低下头："师父。"

顾楠变了很多，至少白起看得出来，只凭顾楠走上来的这声"师父"，少了几分轻佻，多了几分稳重，但是这个改变方式是极为沉重的。白起拍了拍顾楠的肩头："大夫送走了？"

这几日，顾楠醒后他就没来看过她，或是在忙军中事务，或是不敢来看。

"嗯。"顾楠应了一声，两人并排向营地走去。

"师父，这几日赵军的情况如何了？"

白起张了张嘴，失笑道："为师想了很多，却没想到你第一句问的会是这个问题。你说，你到底还是不是楠儿？"

"师父说笑了，我只是不想再打仗了。"

"不想打了？"白起看着天边，笑了一声，"是啊，为师也早就打累了。"

"赵军前几日士气高涨，虽人数少于我等，但是一时间也僵持不下，不过这几日也濒临崩溃了。在大势面前，人力终归是不可为的。"白起一边走着，一边说着，"不过，那赵军的主帅，似乎想和我们两败俱伤……"

赵括吗……

"学生的伤已经好得差不多了，明日可一战。"

"好。"白起眼中似乎露出了一些欣慰又似乎带着一些苦楚，"明日便让你出战。"

"收兵！"另一边，正在组织进攻的秦军将领回头看了一眼远处的信号，转过头对手下高吼道，"收兵！"

无数的黑甲士卒接到命令之后，喘了一口粗气，没有片刻停留，盯着自己面前苦守的赵国士兵，谨慎地慢慢退开。马蹄声和脚步声连成一片，秦军像潮水，来得快，去得也快。

看着秦军远去，赵括身子一晃，差点摔在地上，两手扶着营寨的围栏，手中的长矛也歪歪斜斜地挂在身侧。盔甲已经没有了原来的颜色，只剩下一片红黑，也不知道是别人的血还是他自己的。已经是第七天了，那三十万援兵一直都没有半点消息，从第五天开始，军心就已经开始动荡。喘息一阵，赵括拿上了身旁的矛，迈着沉重的步伐准备回营帐。

"将军！"一个副将在身后叫住了赵括。赵括愣了愣，抬起头向四周看了看，军中不少官员都走到了这边。他苦笑一下，还是来了。

"将军。"副将复杂地看着赵括。

"你觉得援兵真的会来吗？"他问出了在场所有人最想问的问题。让他们在近六十万大军的攻打下坚守七天的理由，随着时间的流逝，变得越来越虚无缥缈。在场的没有一个是傻子，如果这场仗根本不可为，他们会考虑投降，甚至可能强行拿下赵括，以作为投降的倚仗。这是所有军官昨晚一起商议的结果，他们今天必须要找赵括问清楚。

赵括沉默一阵，许久，沉沉地说道："不会。"这一次，他却说了实话，"从一开始，就没有援兵。"

北地的风声很紧，拉扯着每个人的衣袍。副将三步并作两步，走到赵括面前便是一拳。

"砰！"一声闷哼，赵括不躲不闪，被打倒在地。

"四十万人！"副将的声音在发抖，牙齿咬得很紧，面容扭曲，"赵括！你当真好狠！"

"便是你自己不想活了，平白要四十五万人陪你送命？！"

"喀。"赵括的嘴角被打破了，血液从他的口腔里流出来，但是脸上本就全是血，根本看不出来。

场面很沉默，没有人先开口说话，直到赵括打破了沉默："诸位……"

他的声音有点颤抖，就像从嘴里挤出来的一样："上党之后，就是邯郸，就是赵国，就是吾等的妻儿老小。上党若破，赵国亡矣，吾等妻儿将予秦人奴婢。我赵括老母亦在城中，育我二十载，还未尽孝……"赵括的手也许太用力了，陷进沙地里，沙中溢出血水，"赵括又何曾想死，又何曾不想归家与亲人团聚？但长平不能就这么破了。就这么破了，国安在？家安在？若吾等杀敌，伤秦元气，强敌四顾，秦不敢妄动。上党虽破，赵国可保，吾等妻儿可保。"

赵括没有回头看他身后的众人，只是逐字逐句地说着："我赵括也不是什么文儒，说不得什么豪言雄采。吾赵括既欺诸位，便予命于汝手，此番且随我一战，诛秦报国，可否？"

说到最后，赵括几乎用着恳求的语气。作为一个主帅，这是万万不可能的。没人说话，也没有人回答他。他深深地叹了一口气，二十余岁的小将却如同暮年。他爬了起来，背影落寞。他知道此战之后，自己必定为千夫所指，留下一个千古骂名。

站在他身后的校尉突然说道："援兵会来，吾等自当死守不退。"说着，他握着剑离开了。

"援兵会来，吾等自当死守不退。"所有军官将领眼中都带着莫名的神采，一字一句地说道，各自离开。他们的手在抖，都知道不会有援兵了，但是绝不会有人再提"投降"二字。此番，且先随将军马革裹尸、忠君报国罢。赵括扭过头，看着离去的诸将士，深深拜了下去。这便是他的第二步——哀兵必胜，破而后立。

【四十九】

援军不会来了，得到这个消息的赵军是崩溃的。每一个人都带着愤怒，有那么一瞬间，那股怒火已经抑制不住了，但当将领们将赵括的话传达给士兵们的时候，他们的怒火消尽，却是没有人再说什么援军。有的人跪在地上失声痛哭，有的人从怀里拿出了物件摩挲着。谁知道是什么，也许是老母亲做的平安归，也许是哪家姑娘的手帕，又也许是家里孩子的玩具。他们都明白，自己应该是死定了。他们也明白，他们到死都是败军，不可能会赢，但也许能换来整个赵国和他们家人的安宁。那就打吧，即使不能回去了，即使再也见不到出征前来送他们的人了。但大丈夫生于世，若连家中妻儿老小都护不周全，那还算什么男人？！他们为的不是忠君报国，为的是莫牵扯家人，打便是！秦狗，来一个我杀一个，来两个便杀一双，我赵国男儿，还杀你不得？！赵军不到四十万残兵，围困长平第七天，本该已经动摇不止的军心，此时却前所未有地凝聚，甚至比他们知道此战必胜时更加稳固。

物衰极或胜，人哀极必反。

这也是赵括的打算。他要这四十万人，同他一起死战秦军。

"咔啦啦。"厚重的大门被两排士兵推开。营门之后，一众骑兵并列而行，看不到头的铁骑头戴冰冷的青铜盔铠，青面兽齿的面具狰狞无比，手中的矛戟森寒并立。马蹄的声音并不整齐，但带着一股令人震颤的威势。

顾楠骑在黑哥的背上，铠甲在寒风中被冻得冰冷，握在手中的长矛却有些烫手。若是不出意外，此战就会是最后一战了。但是顾楠的眉头紧皱着，她的记忆中，历史上的长平之战，赵军整整守了四十五天，此番却是十天还不到。但是依照几日前的战况，赵军的士气每况愈下，当是撑不下去了。这一次在秦军看来应该是总攻了，骑兵负责开路，一鼓作气冲破赵军阵线；步兵殿军，待骑兵冲破防线后快速攻进。近六十万大军一拥而进，赵军毫无胜算可言。

顾楠的肩膀还有些酸涩，箭伤并不能算完全好了，只能算好了大半，但这已经是异于常人了。她伤势恢复的速度让念端一时间也惊叹不已。普通人若是受了箭伤，能不能治好都还两说，就算治好了，没有个数月也是好不完全的。也许是自己想多了吧……顾楠暗暗想着。四十万食不果腹的军队，士气不振，战力不强，何以阻挡六十万精锐。身侧，骑军的将领有两人，一人是骚包地骑着一匹白马的蒙武；另一人是个老将，正是王龁。

白起并没有上阵，昨夜他和王龁夜谈许久，总觉得此战不会这么快结束，所以此战表面上依旧是王龁作为主帅。

"顾兄弟，此战我却是要和你比上一比，看看你我到底是谁更厉害些。"蒙武咧着他那口大白牙对着顾楠说道。

"安静。"王龁皱着眉头看了蒙武一眼，"行军打仗不是只看勇力的，学学人家楠儿，为大事而不惊，这才是为将帅者该有的样子。"

王龁和蒙武的老爹蒙骜也是老交情，蒙武不敢惹这种伯伯辈的人，缩了缩脑袋，不再言语。顾楠点了一下头，微微一笑："多谢王帅夸奖。"

"好，不骄不躁，像个样子。"说着，王龁意味深长地看着顾楠，"那一战之后，你变了很多，比阿武这不成器的东西好多了。"

"我怎的就不成器了？"蒙武还想反驳，被王龁看了一眼，立马闭口不言。

王龁笑了一下，回过头，沉下了脸。希望别真被老白说中了，这一战还是快些了结的好。

"全军！"苍老而有力的声音在营垒的高空响彻。

"出发！"

"嘶！"

随着马匹的嘶鸣声，万军齐动，声闷山摇。万马奔腾，烟尘四起，似天边狂卷奔袭而去的沙尘暴。在赵军的营地中有淡淡的青烟升腾着，士兵围坐在一起，两三个人分着一块干粮，便是如此，拿在他们手里的也是发黑的碎末。连续两天，他们吃的都是这样的东西。此时腹中干瘪，浑身力气都少了一半，连剑都有些拿不稳。锅里煮着的就是烧开的白水，若是没有这些，他们根本吃不下手里和石头一样硬的干粮。忽地，他们感觉到他们碗里的水似在振动，转过头，看向天边。仔细听，隐约能听到繁密错落的奔行声音，几个呼吸间，声音越来越重，随后他们看到了从天边席卷而来的烟尘。

"秦军攻营！"

"攻营！"

"所有人！"

"快！"

饿得根本没有力气的赵军士兵大吼着，从身边提起剑矛。他们握着剑的手和几日前一样，无力地发抖，但是他们的眼神不一样，那一双双眼睛，如狼似虎。破旧的不过半米高的木桩营墙里，无数赵军开始集结在一起，举起了手中的剑——冬日下，剑光寒寒。不远处，秦军铁骑的长矛垂下。

马被催了又催，速度甚至快过了风声，人马俱过，狂风卷地。不过几秒，还隔着上百米的两军便撞在一起，发出了震天的声响。马匹的悲鸣，剑戟相接的声音一瞬间爆发了出来，还有无数淹没于兵戈之中的喊杀声。

【五十】

刚一对战，秦军就感觉到了不对。不是赵军有多强，也不是赵军有什么计谋，而是这群赵军不要命。见过被长矛捅穿了还死抓着不放的人吗？或是被砍掉了拿剑的手还扑在对手身上撕咬的人吗？还有抓着马脚任由马踏得他血肉模糊也要把马腿死死缠住的疯子吗？没见过，打了无数场仗的大秦铁骑根本没见过。冲在前排的赵人根本不要命，就像一个个人肉盾牌，直接挡在秦军铁骑的前面。

一个人不要命地挡着，铁骑可以轻松冲撞开；两个人，马匹需要花些力气；三个人，说不定马就会被生生拦住，更不要说四个人、五个人。数万秦军铁骑居然在相撞的一瞬间被步兵拖得落了下风。

秦军骑兵这才发现冲在前面的都是年迈的赵军，而年轻力壮的，会在他们被拖住之后，踩着那些人的尸体冲过来，将他们斩于马下——一群疯子。只是十几秒钟的接触，秦军的骑兵居然怕了，但是也来不及了。无数人已经将再无冲力的他们拦了下来，无数刀剑向他们招呼了过来，便是他们再怎么精锐，便是他们身上的铠甲再如何坚固，一时间也死伤无数。就在他们都要绝望的时候，赵军的攻势却缓了下来，扭头看去发现不是赵军的攻势缓了，而是主要的攻势转变了方向。骑军的后军到了，右边披着黑甲的蒙武将内力不要命地用了出去，手中大戟劲风大盛，恐怖的力道即使没有砸到人，光听那风声也让人站立不稳了，赵军便是想要拼命也根本近不得他的身。而他的身后，一队近千人的铁骑也因为他的开路一往无前，如同一把利剑生生插进了赵军中。而左边也是如此，只不过带队的并不是一个男子，而是一个女子。白色披风随着疾驰的黑马卷动，那一队骑兵宛如一阵旋风在赵军的队伍中左突右进，将前军的骑兵解救了出来。

"看什么！重整势态！"那女子朝前军的骑兵大吼了一声，便转过身继续向疯了似的赵军杀了过去。一匹黑马如入无人之境，从人群的头顶跃过，白袍扎眼。赵军看着那白袍，一时间有些人也开始慌了。那白袍有人见过，是那一日攻营的时候，站在城头上的那个人。营墙不算宽，不少人都见过那个身影，一骑当千的身影。

"杀！！"秦国的铁骑重整势态和赵军搏杀在了一起。两军互不相让，一时间竟成了混战。谁知道赵军这日是发了什么疯，在万万不可能的情况下却让秦军打得万分胶着。两军混战了数十分钟，秦军的步军赶到。本来在这个时候，骑军应该已经突破了赵军的防线，步军再撕大裂口，一举攻入才是。然而现在，莫说突破防线，想再进一步都难。正在步军发愣之际，如狼似虎的赵军已经冲了上来，无可奈何，两军又是一片混战。大好优势愣是被这样不要命的打法毁了个干净。

"该死。"王龁一剑砍倒了冲来的一个赵军士兵，环顾四周。

必须先退。

不是他不想打，也不是不能打，而是秦军并不只是为了长平，他是为了赵国都城邯郸，为了一举灭赵。也是因为这样，决不能在这里消耗太多的兵力。如此战况虽然并没有对秦军不利，但是对本来就是败局的赵军来说则是优势。打依旧可以打，全力之下，赵军营地依旧会破，但是秦军也会大大损伤。若是损伤过半，还谈什么邯郸？强敌环伺，秦国估计就要自顾不暇了。该死的，还真被老白那老货猜到了。这赵军还有一战之力，这么打仗为了啥？疯了吗？王龇看着混乱的战场，不甘心地咬了咬牙。

"扑哧！"长矛挑起了一个赵军，矛头直接穿透他的胸口，赵军怒睁着眼睛，可惜也逃不过一死。死之前，他一口唾沫吐在了顾楠的铠甲上，顾楠垂着眼睛，长矛一甩，那人便像一块破布，被甩飞了出去，沉沉地落在地上。

"好久不见。"一个声音在顾楠的身前响起。顾楠抬头看去，一个小将浑身血污地站在她的面前。盔甲破损不堪，头发散乱，手中提着骑矛，却是没了半点曾经的风采——一个熟人……

顾楠冷着眼睛："赵适，还是赵括？"

她也不是傻子，这人到底是谁，心里也许早就知晓，只是不说而已。

赵括骑着马站在顾楠对面，直接说道："赵括。"

"好。"顾楠的长矛一收，横在了胸前，寒锋半吐。四周的士兵都散了开来。作为普通士卒，随便靠近只会送了性命，不要命不代表他们傻。

"接好了！"话音落下，赵括只觉得眼前一花，长矛的寒气就已经逼近他的脖子，直取他的首级而来。

"来得好！"赵括大笑了一声，手中的骑矛也不落下。因为是骑矛，为了便于马战，长度比顾楠手中的长矛要短上些许，自然也更加灵活。

"当！"两者相撞，赵括轻巧地将顾楠刺来的长矛拨开，也不手软，一矛横扫，呼啸的风声卷得顾楠的头发翻飞，长矛却是在最后一刻转过了头，拦在了骑矛前面。

"当当当当！"两人的矛走的都是迅猛快捷的路子，一瞬间无数撞击声四起，连成一片，仿佛空气都在抖动。

"哈哈哈，痛快！"赵括大笑着，对着顾楠说道，"顾姑娘真是女中豪杰，我赵括还是那句话，若是早些认识，便是绑，也要把你绑回我赵家去。"

"可惜了，你我这般只能为敌。"在顾楠眼里，赵括说这话就是想扰乱自己的心态，让自己失手，她自然不会上当，"我也还是那句话，某家不喜欢嫁人！"手中的长矛愈加稳练，攻势密集，赵括没时间再说话了。

正当两人越战越激烈的时候，远处却传来了收兵的呼号。顾楠虚晃一矛，扫开赵括，身下的黑哥默契地向后退了数步拉开了两人的距离。顾楠回头看了看，秦军收兵。这般混战，不利的是秦军，退兵也正常。顾楠回头看了一眼赵括："来日再战。"说着，拉了一把黑哥缰绳。黑哥哼了一声，绝尘而去。

【五十一】

北地的雪很干燥，漫天洋洋洒洒地落下，几炷香的时间，便落了一地的雪白，毛茸茸地铺在地上凝不起来，原是燥冷的雪松软得冻不上。已经一月多了，这恐怕是开春之前的最后一场雪。

顾楠坐在营中的石头上，黑哥站在一旁仰起脖子，不知为何打了一个鼻鼾。许是雪飞进鼻子里，蹄子在雪地上踏了两下，踩出了几个深浅不一的印子。

秦军撤回营垒的时候，就开始下雪了。雪来得很快，也很大，掩去了阳光，遮蔽了半空，只剩下漫天飞絮。秦军的士气可以说跌落到了谷底，占如此优势，却被打得一退再退。每个人的心里都憋着一口气，但是这最后一战，他们还是退了——人困马乏。

士兵们围坐在一起，清了一片雪地，点起营火，温暖的火光驱散了寒冷，所有人都垂着头。很多人的身上都带着伤，用破烂的布条一扎，就算好了。这个年代，根本没有人会考虑伤口感染的问题。

长矛横靠在顾楠的腿上，顾楠扯着身上的披风轻轻擦着长矛上的血迹。血液被冻成了冰碴，血红一片，随着披风抹过，连着碎屑纷纷落下，白色的披风也染上了一层血污。

历史比她想象的要更加强大，赵军终究没有破，那赵括的能力，恐怕根本就不像史书上说的那样是纸上谈兵。说不上有多么深沉老练的计谋，但是在把控军心这一条上，他无疑做得非常出色。在古战场上，除非有着绝对的武力优势，或者必杀的计谋，否则，士气高昂的军队就有着绝对震慑敌军的战力。

"顾姑娘，"一个士兵走了过来，手里拿着热腾腾的饭汤，"吃些东西吧。"

顾楠接过碗："多谢。"

碗中的热气被冷风吹散，弥散在空气里。

"难破。"白起手里拿着王龁呈上来的军简，淡淡地点头。虽然是他并不想看到的结果，但是不得不说这个结果是最合理的。那赵括，从一开始就打算鱼死网破，根本没有给自己留后手。秦军想要保留实力的话，这一战不可能会这么简单结束。这小儿，当真能如此决绝。白起的眼中露出了几分神采，又微微一叹："我军战损多少？"

王龁皱着眉头："此战不到一个时辰，战损却已破数万，场面混乱，具体难计。"

此次的交战和之前的小规模接触或者那次攻营完全不同，两军完全是正面交锋，没有高耸的营墙阻隔，也没有地形限制，所以造成了最大面积的交锋。短短一个时辰，两方的战损都高达数万人，几乎铺红了丹水河岸。算上这七日的交手，秦军损失的兵力接近六万人，这已经是非常难以接受的数字了。而赵军的损失和秦军差不多，或许要更多一些，但不会多上很多，剩下的三十余万军士，依旧是棘手的问题。

"老白，之后怎么办？"王齕脸色严峻。一场仗打了两年，以秦国的国力也不能这么拖着，而此战还必须大胜而归才行。

"围而不攻。"既然能想到这个最坏的结果，白起自然已经安排了他的策略，"赵军的随军粮最多还能吃三天，三天之后不管他们吃什么，绝对撑不了太久。待赵军突围，我们便可以反客为主，到了那时，便是军心再凝固，也会动摇。"

白起说到这里停顿了一下，眯起了眼睛："我们，欺降。"

欺降，不算是非常高明的计策，但是在这样的局势下绝对会非常管用。在对方完全断粮的情况下欺骗对方投降，只要赵军有一个人投降了，最后造成的结果就是，赵军不攻自破。

赵军被围。

赵括率兵回营之后的当天下午，数十万秦军围住了赵军的营地，却是扎营不攻。两军的营地此时只隔了一里不到，赵军士兵几乎出了门就能和对面打声招呼，当然，没有人会这么做。两军低头不见抬头见，相安无事地度过了一个晚上。

第二天清晨，赵括居然带着赵军倾巢而出，一鼓作气，再而衰，三而竭。士气这种东西往往是最不稳定的，如今正是赵军处于悲愤至极的时候，若是再过上几天，赵军还能保留几成战力，赵括根本不知道。他不是听天由命的人，不会放过这种机会。赵军开始几乎永无止境地突围。秦军的防线无疑比他们的稳固无数倍，在习惯赵军疯狂的攻势后，秦军生生稳固了下来，任由赵括日夜交战，也没有打破固防。两军的折损却在这样的消耗战中越来越高，待到赵军被围的第三日，彻底断粮。就在秦军以为此战将胜之际，赵军又做了一件惊世骇俗的事情——他们开始收集战场上的死尸。大雪一直在下，数十万人的战场，几乎刨开雪地就能看到半埋着的尸体。尸体也因为这样的天气，没有很快腐烂。赵军开始吃尸体，秦军被这群如同野兽一般的军队吓呆了。吃着尸体也要将这仗打下去，他们到底是为了什么？让他们吃着自己的同袍甚至兄弟的尸体，做着枉为人的事也要打下去，原因也许只有赵军知道。

【五十二】

阳光甚好，但是空气冷得异常，秦军围困赵军主力已然四十五日。一场雪，一直下到现在，直到开春。一个多月以来，没人知道那美丽的、动人的、白色的雪花盖住了多少尸体。

四十几日的交锋，秦军阵亡二十余万，还余近四十万主力；赵军阵亡二十余万，还剩十余万残军——五五之数。一个已经断粮无援、被数倍于自身的大军围困深山、处于不利地形的军队，理论上不出五日就可破，但是赵军生生守了四十多日。他们从最开始吃战场上的尸体，到最后甚至开始吃自己的战马。就是这样一支队伍，军心却还没有溃散，更可怕的是，硬是拖死了二十多万秦军之后，他们还在守着。这样的战局，让白起都有些发寒，赵军的实力远远超出了他的估算。白起站在营帐里，无力地叹了口气，苍老的手拿起了摆在桌案上的笔。

这日一早，一骑轻骑从秦军大营中拍马赶出，向着赵军的阵地跑去。营帐里还算温暖，赵括坐在主座上，虚弱地咳嗽了几声。他已经完全看不出样子了，面容枯槁，看上去整整瘦了几圈，两颊内陷，枯燥的头发带着血渍盘在一起，身上的将军铠满是剑痕刀孔，不堪入目。

亲兵拿着一碗还冒着热气的肉汤慢慢走了进来："将军，用饭了。"说着，亲兵将碗放在了赵括的面前，犹豫了一下说道，"是马肉。"

现在的赵军营中，还能吃马肉的只有赵括了，其他人吃的都是从战场上捡来的死尸。

"报！"一个面色枯瘦的士兵站在门口，手中拿着一块木头，"将军，秦军那边派人传来了一个消息。"

秦军……赵括皱着眉头，虚弱地说道："拿上来吧。"

士兵走上前，将手中的木条送到了赵括的桌案上。说是消息，其实只是在一块树皮上写着四个大字——降者不杀。

愣愣地看着干裂的树皮上的这四个字，很久很久，赵括闭上眼睛，拳头捏得咯咯作响，可是到了最后变成了深深的无力。良久，拳头松了开来，他长长地叹了一口气，似乎是叹尽了所有东西，一瞬间，像老了十几岁。他疲惫地对身边的亲兵问道："我等，守了几日？"

亲兵眼神一黯："四十五日，今日是第四十六日。"

"杀敌多少？"

"……二十万有余。"

"这样，"赵括点了一下头，像一桩枯木，看着帐外的飞雪，"降者不杀，也好……"

赵括终究心软了，他当真不敢带着最后这十万余人一道赴死。他已经亲手将二十万余人填进这无底的战场，真的打不下去了。忠君报国……呵呵……赵括的眼里闪着泪光。

"下令，全军，降！"

亲兵愣愣地看着赵括，却见赵括已经站了起来，全无生机的身体回光返照一般，重新站得笔直，拿着骑矛走到了帐外。天空中飞舞着大雪，他拍了拍站在雪地中的马儿："我要上阵了，你跟着吗？"

"哼。"黑马打了一个响鼻，蹭了蹭赵括的衣袍。

"哈哈哈，好！"

赵括翻身上马。

"将军。"

"将军……"

一路上，无数人看向赵括，看着那一人一马缓缓走出大营。长矛闪着烈烈寒光，马蹄轻踩着飞雪，身染血色的将领走进雪中，走向秦军大营。长矛竖起，寒光烁烁赵括运足了此生最大的力气，吼道："众将士听令！当日之约，破敌以期，秦军当无力北上矣。吾等已不负赵国，不负妻儿。秦军以诺，降者不杀，待我死后，权且投降，保全自家性命。赵括欠你们一命，来生再还。此乃我最后的军令，不得有失。军令如山……吾等赵家男儿，自当横刀立马，征战天下，忠君报国，万死何妨！"

高昂的声音带着冲天的战意，似是穿透了云霄，使得飞雪一乱，一声又一声地回荡在长平的山林中。

"吾乃赵国上将军赵括！谁来与我一战！"一骑单骑，冲着秦军的千军万马杀来。白起站在远处，看着赵括冲来，神情淡然。让人送去那封信后，他就猜到赵括的选择。这也是他最后的规劝。若是赵括依旧不降，白起会选择对赵军全军欺降。白起的身后，顾楠披着黑甲站在一旁，后面还站着一列早早集结完毕的弓弩手，他们张弓开弩，箭头在寒冬中冻得森冷。

白起的手微微抬起，然后轻轻落下："放箭。"

如同飞蝗急雨，乱箭射出，几个呼吸间，淹没了那个雪中的单骑。马停下来，又向前冲了几步，最后无力地跪在雪地上，染红了一片雪。赵括坐在马上，身中数箭，眼中充斥着血丝，仰头望着漫天飞雪，瞳孔变得涣散，视线渐渐模糊。

天悠悠兮军亡矣，万骨挫灰时不利。

"砰！"一人一马倒在地上，血色染红了雪地，再无声息。视线渐渐模糊，赵括望着天边的微光，似乎看到了什么，勾起了嘴角——天下太平。顾姑娘，你说的那般天下，括，当真想看看……

赵军营中，一个声音颤抖着喊着："领将军命！"

令兵骑着马，在营地中奔行着，飞雪四溅，下令声一遍又一遍地叫着，在军营上空回荡："降！"营中的士兵听着这个命令，面色涨红，说不出一句话；双手捏得泛白，看着秦军的营地，眼中神情似要吞人食骨一般，良久，就像用尽了全身的力气，颤抖着放下了手中的兵刃。随着第一道声音响起，一道又一道的声音盖了过去，惊天的气势如同一支即将冲锋杀敌的虎狼之军。

"奉将军命，降！"

【五十三】

赵军降了。二十万虎狼之师在赵括死后依数投降，没有一人顽抗。他们的双目像是失了神，没了半点神采。他们本该战死沙场的……难以让人相信，这是那支用半数人和秦军顽抗四十多天的骇世残军。近二十万俘虏被捆缚着双手，牵在一根根绳子上，像一串串连接的蝼蚁，缓慢前行。

马蹄踏破白雪，发出细微的摩擦声。雪似乎小了，茫茫的白雪中，顾楠提着长矛站在赵括的尸体面前。尸体已经不成人形，简直被射成了刺猬，浑身血红，形容枯槁，根本看不出第一次见面时那个儒雅小将的样子。

"你明知道会是这个结果。"顾楠沉默下来，把长矛插进雪里，一下一下地挖着，直到挖出了容得下一人一马的大坑。她将赵括和他的战马放了进去，然后蹲下身，用手将混着雪的土块一点一点地重新埋好。

"啪啪。"顾楠拍了拍手掌，将手中的泥雪拍落。干燥的空气让人难受，冷得像刀子的风划得脸颊生疼。平坦的原野上多出了一个不高的土堆，很不显眼。

顾楠看着土堆，半晌，轻笑了一声："你说得没错，若是这场仗不打，我们也许会是朋友。"说着，顾楠解下腰间的水袋，喝了一口。冻得冰冷的水入喉，使得她的喉咙有些疼。

顾楠将剩下的水倒在土堆前，从怀里拿出了一块干饼放在那儿。"早上没吃完的，上路了，吃得饱些。没那个时间，就不给你做碑了。"说着，顾楠站了起来，走到黑哥身边，翻身上马，拉着缰绳缓缓离开，再未回头看一眼，"且一路好走便是。"

一堆一堆的兵器缠在一起被放在地上，秦军的士卒打扫着战场。篝火在营地中升腾，今晚的餐食会比以往更加丰盛。经过一个多月的纠缠，赵军终究还是投降了，赵军大将赵括也直接被白起射杀于阵前——秦军算得上胜了。

赵军的俘虏被扒了战甲，被一根根麻绳捆在一起押送着，他们身上只穿了一件薄薄的布衣，不少人在冷风中冻得冰凉，脸色泛青。

白起和王龁一起坐在营帐中，火盆中的火焰温暖。

"老白，不出去走走？"王龁将写好的军简放置在身边，舒展了一下筋骨，"终是打完了。"

白起摆了一下手："老了，走不动了。"

王龁抬了抬眉头："是啊，从军多少年了，还没个感觉，这就老了。"

"老王，军简出来了吗？"白起突然想起来，问道。

"出来了。"王龁抬起下巴，指了指一旁的竹简，"折损二十万余，全俘赵军一十八万人。缴械、铠甲、马匹还在统计，届时给你个数量便是。"

"二十万余……"白起点了点头，摸着胡子。

"那赵括倒真是狠，可惜，还不够狠。"

如果是他来打，这一战，他不会让一个人投降。

"秦军尚余四十万，但仅仅四十万，北上难矣。"

王龁拿起那份军简，又慢慢放下，尽是无奈："是如此。四面为敌，继续北上，恐要大败。"

白起摇了摇头，纠正道："必败。"

王龁呆了一下，随后叹了口气。自己老友的能耐他知道，老友说必败，便是胜不了。但是秦国是万万不可能放弃这次北上的机会的，攻下邯郸，赵国就完了。

"只希望，秦王能看清楚吧。"

"莫谈这些。"王龁笑了一声，笑声里带着几分怀念、几分苦涩，"老白，还记得你年轻气盛那时，你可是说过，你要这天下太平。现在看来，遥遥无期啊……"

白起很久没回话，过了一段时间，才接上一句："这是老夫毕生所愿，便是冒天下之忌，吾往矣。"

"你还是这般。世人皆道你狠，却不知你才是心中最软的那个。"王龁摇着头，迟疑了半晌，问道，"赵军那一十八万人，你待如何处置？"

一十八万人……此次赵军出兵四十余万。赵国本就人少，这四十余万，已经是赵国多数的青壮男子了。白起摸着胡子的手停在了那儿，张了张嘴巴："分而坑杀。"

王龁惊得张开了嘴巴，眼中露出难以理解的神色，表情沉了下来："老白，骗降已经是冒天下之大不韪，若是坑杀，你，恐要遭千夫所指、万人唾弃，你当真想好了……"

在重视礼义廉耻忠义孝仁的古代，骗降已经违反仁义，是要遭尽口诛笔伐的。若是坑杀，天下共讨恐怕都是轻的，那根本就是罔顾人伦之事。

"我就是要做给天下人看……战乱多年，天下死了多少人，又由谁去声讨？"白起没了刚才那种随意的样子，眼中带着寒光，"天下该太平了，而大秦会是这统一后的盛世。"

白起合上了眼睛："为天下太平去死，这一十八万人，死得其所。"

他一生都在为大秦四方征战。一生七十余战，无一败绩，看着大秦日益强盛，统一六国或不过百年之事，他却已经垂垂老矣，难争戎马。坑杀一十八万俘虏，他背天下骂名，但赵国即使不亡，男丁尽去，二十年之内也将再难翻身。而二十年之后，赵国失尽天时，已经不能为患，便是此次北伐不能灭赵，赵也必灭。他或许知道坑杀俘虏后自己的结果，但这或是他打的最后一仗，也是他为这天下打的最后一仗。能看到这乱世终结，他白起便是背尽了这天下杀孽和骂名又如何？

【五十四】

雪停了，地上的积雪还没有化开，第二年的春景却快来了。一个赵军的汉子被绑着双手，一瘸一拐地从俘虏营中走了出来。他走得无力，浑身上下尽是伤痕，都是战时留下的，这也许是他这个俘虏最后的骄傲。他被身后的秦兵推了一把，脚步更加不稳，在押送下，踉跄着走进山谷。但是当他走进山谷的时候，人呆住了。山谷里，是一个又一个的坑洞，无数的赵军俘虏被填在里面，捆着手脚。山谷里回荡着怒吼、悲愤、大骂，坑洞的旁边，站着无数秦兵。赵军汉子看着这一切，目眦欲裂，两眼瞪得浑圆，被缚的双手青筋暴起，手腕被绳子勒得通红。很久，汉子低下了头。他的身后，押送他的秦兵把手压在了他的背上。

"你们，不得好死……"汉子的声音不重，极其压抑，如同从牙缝里挤出来一样。他死死地咬着牙，血丝从嘴角流下，"不得好死……"

秦兵出奇地没有发怒，将他推到一个坑洞旁边："抱歉……"说着，将他推了下去。

一个老人背着手，站在这万人坑前。顾楠在白起身后静静站着，历史终究不会改变。十多万人，她亲眼看到，才知道这件事情是多么可怕。她什么都做不了，也什么都不会做。也许连她自己都没有发现，她已经变了太多，不是变得冷血，而是已经看清了这如同末世的乱世。她很无力，根本改变不了，只能看向白起，却发现身前这个从来都挺拔的苍老背影，此时却佝偻着，如同一个寻常老人。

躺在坑洞中的赵人看着站在坑洞之外的秦兵，眼中的恨意和怒意几乎能够喷涌而出。白起并没有遵守所谓的降者不杀，他从一开始就不可能遵守，可惜赵括信了他。没有去理会坑中像要吃人一般的赵军，白起抬起了手。那只满是皱纹的手，这一次却那么无力："埋。"

白起的手重重垂下，负责埋人的秦国士兵咽了咽口水。在战场上杀人不眨眼的他们，此时双手却在发抖，但还是拿起工具开始填埋坑洞。土石从赵国士兵的头顶滚落，他们被束缚着手脚，做着无谓的挣扎。无数的声音随着一个个坑洞被一点点填平，消散了。直到最后，山谷中一片死寂，再没有半点声音，就如同那十几万人从未出现过一般。

"扑通。"一个秦兵跪在了地上，对着那山谷打着战，抱着头。

"走吧。"白起说道。

命令传下去，两旁的人勉强架起那个跪着的秦兵，秦军默不作声地离开了山谷。

顾楠最后看向那片土地。那里有一只手掌没有被全部埋入，手掌沾着混着雪的泥土，无力地垂在地上，像是要抓住些什么，可是终究什么都没有抓住。

提着矛，她回过了头。

她不知道自己在想什么，她什么都不敢想。

公元前 260 年，长平之战结束，秦军战死二十万余人，赵军四十万大军全军覆没，近二十万人被俘虏，白起分而坑杀于谷，赵括阵亡。后不出三日，长平破。秦军大胜，凯旋。

顾楠随白起离开长平的那一天，王龁站在城头上送他们离开。积雪化了个干净，前几日还漂浮着薄冰的丹河，此时已经解冻，潺潺流淌。黑哥吃上了一顿难得的青料，还吃了三大捆，让顾楠以为自己养了一头猪。也不知道黑哥再这般吃下去，日后还跑不跑得动了，但是顾楠也没管它。长平数月，要是没有黑哥，她估计也难保全。

"报！"一个人站在大殿门口，摊开两袖，虚怀一抱，"范雎，求见大王。"

"进来。"

这名叫范雎的男子长须飘飘，面容虽白，但是多有皱纹，年纪想来也不小了。他身披黑色官袍，一副堂堂之容，带着一种让人折服的气质。

"多谢大王。"范雎微微一拜，走了进去，手中捧着一份竹简。这里是书房，看似普通的老人穿着一身华袍，端坐在矮桌前，拿着一支笔批阅着手中的简书。

"何事？"老人没有抬头，淡淡地问道。

"长平战报。"

"嗯！"

老人抬起了头，摸了摸眉心，似是有些累了，但是目光灼灼，让范雎不敢抬头看。

"呈上来让寡人看看。"

"是。"范雎将竹简递到了老人面前。

"哗啦。"随着一声轻响，竹简被翻开，老人就着桌案上的烛光，看着竹简上的文书，逐字逐句，看了很久。

"呵呵呵。"老人笑了，笑得很沉，应是开怀。

"大王？"范雎低着头，疑问道。

"长平一战，剿敌四十余万，折损二十余万。其中，近二十万赵军为俘虏，被白起悉数坑杀。"老人说着让人心惊胆战的数字，却如同谈笑风生，"这白起，当真敢做。"

坑杀近二十万……范雎咽了咽口水。

"大王，"皱着眉头，范雎拜道，"武安君此般行事，恐怕……"

"恐怕什么？"老人横了范雎一眼。

"范雎多言矣，大王恕罪。"

"哼。"老人轻哼了一声。

"不过，这战损二十余万，却是多了。"老人淡淡地看着范雎，问道，"范先生，你看我大秦此番还要北上否？"

【五十五】

咸阳城。

才三月，咸阳就已经有了春色，刚能没过马蹄的浅草长在路边；侧过头，能看见一株花正在草叶间摇晃，有些落单的样子，却也很美丽。风细细地吹过，吹着翩翩的草屑飞上半空，再慢慢地落下。大军回城，白起却没有去王殿，而是先带着顾楠，走向武安君府。

"师父，不去王殿禀报军情，这真的没事吗？"顾楠有些迟疑，毕竟大军归来，哪有主帅先行回家的。

"我都说无事了，你这年轻人，为什么思前想后的？"白起骑在马上，随便地摆了摆手。和战时他那古板的脸不同，此时的他神色中带着随意和一点点温情，"数月不见，我也甚是想念。见那大王，哪有见我家老婆子来得舒坦。"

白起根本不在意自己说的话会不会被人听了去，也许对于他来说，打完一场仗，只有回那门庭冷清的武安君府，他才能真正地休息。

武安君府的门前一如从前，没有一个人；离着街市远，安静得甚至少有路人，便是白起大胜而归也依旧如此。恐怕那些官政要员也知道白起的性格，不敢来打扰。老连正在门前扫地，看到远远地来了两个人，愣了愣，直到看清那是白起和顾楠，才笑着迎了上去。

"老爷，小姐，回来啦。"老连接过顾楠和白起手里的马缰绳，淡淡的声音就像平日里接人一般，但是声音里的喜意能听出来。

"回来了。"白起疲惫地站在武安君府的门前，肩膀松了下来。

"老连。"顾楠的脸上也多了几分笑意，她小声地叫住了老连，对他挤了挤眼睛。老连自然知道顾楠的意思，无非就是待安顿好马，给她送些酒水去，老连笑呵呵地晃着脑袋。黑哥把头靠在老连的怀里蹭了蹭。说真的，顾楠都不知道这到底是不是自己的马，同老连比同自己还亲。倒也没错，黑哥自从来了之后，大半时间都是老连在照顾它，顾楠来，皆是找它喝酒，自然不受它待见。老连抱住黑哥的脑袋，拍了拍它的脖子："壮实了不少。"

白起和顾楠回来了，武安君府这才热闹了一些。下人们开始准备食物，老夫人说了，今晚要好好吃上一顿，犒劳犒劳小姐。至于白起，魏澜却不管他。

"不错，不错，长大了。"魏澜站在顾楠面前，看着顾楠身上满是伤痕的铠甲，还有带上了几分坚毅的脸庞，欣喜地摸着顾楠的脸。长平之战归来，顾楠看起来当真多了几分将军之风，可惜也添了几分萧瑟，魏澜不免又多了几分心疼："瘦了，也黑了。

"定是你那师父，没给你吃好的。"

小绿在老夫人在的时候很少说话，眼睛却总是对着顾楠上上下下地打量，很是担心地看着，就怕自家姑娘哪里受了什么伤；而画仙在一旁站着，笑看着顾楠。

"军营里哪儿来什么好的，老夫吃的不也是那些？"白起一个人坐在一旁，小声地顶了一句嘴。

"怎的，楠儿和你能一样？"便是这一小句都被魏澜听了清楚。

白起的汗毛一立，连忙点着头："嗯嗯嗯，不一样，不一样。"白起看着魏澜回过了头，叹了口气——唉，没地位啊……

晚饭做得很丰盛，可惜战国这时候的菜式也就那么几样，再丰盛，味道也一般。但是顾楠胃口大开，吃了数大碗，看得白起额头上直冒汗——这姑娘家哪儿来的这么大的饭量？难不成在军营里的这些日子，自己当真饿着她了？想着每日每人分配的干饼和米汤，白起摇了摇头。那东西虽然味道不怎么样，但是管饱，应当不会饿着她。他却不知道，就是因为天天吃这干饼，现在什么东西到了顾楠嘴里都是山珍海味，还有什么吃不得的，才吃了数大碗，已经算是少的了。

魏澜坐在顾楠的对面，给顾楠夹了一筷子菜，问道："楠儿，你也十七岁了吧？"

"差不……多吧……"具体几岁，顾楠自己也不清楚，十七岁其实是她自己估摸着报的岁数。

魏澜认真地点了点头："有些事，不能再拖了。"

"嗯。"顾楠把嘴里的饭食咽了下去，"师娘，什么事啊？"

"什么事？"魏澜伸出手敲了一下顾楠的额头，"当然是女儿家应该学的事情。"

魏澜温和地责备道："你看看你，被你师父教的，哪有点姑娘家的样子？"说着，又将顾楠嘴角的豆粒拿了下来。

"再这样下去可不行，你的年纪也到了，这样可没样子。论姿色，这咸阳有几家姑娘比得上你？论才学，自然更不用说。所以，我们不能在这方面差了别人不是？"魏澜显然对自己家的姑娘非常自信，"前段时间，你师父拖着你，也没个空闲。这段时间，师娘做主，每天抽几个时辰休息休息，学些女红古礼什么的，让画仙和小绿麻烦些便是。"

"啊……哈。"顾楠的嘴角抽了抽。女红古礼？这还不如背兵书吧……

"老婆子，"白起往嘴里塞了口菜，"你也不能这么说。楠儿随我投身军旅，何须学那些？"

师父，你真是我亲师父。顾楠向白起投去了感激的目光，白起对着顾楠挑了挑眉毛，似乎在说，这都不是事儿。

"你还说？便是军旅，那也是女子，总得学些。若是吓跑了日后的夫家，你担待得起吗？"魏澜瞪了白起一眼，白起立刻不敢说话了。

喂，师父啊……

"好了，"魏澜强势地拍了一下桌子，"这事儿就定了。明天起，画仙和小绿就把楠儿教起来，这事老汉你管不得。"

"成。"白起苦笑了一下，我也不敢管不是……

夜里有些凉，顾楠洗了个澡，披着还有些湿的头发坐在房外的台阶上，她仰着头，看着那棵老树。在这个时代，她很少出门，最常做的事情就是看着这棵老树，或是在这棵老树下练剑、习书。头发沾湿，有水滴从发鬘上滴落，顾楠抓着绢布又用力地在头上搓了搓。

"姑娘这样倒也不怕着凉。"

顾楠顺着声音看去，画仙正站在小院的门口。

"画仙！"顾楠朝她露出了一个微笑，"这么晚了，还不睡吗？"

"睡不好，就出来走走。"画仙走了过来，慢慢地坐在了顾楠身边的不远处。

"这样……"两人坐在树下发呆。

画仙突然说道："姑娘，之前的画……"

"这个……"顾楠愣了一下，从怀里拿出了那张绢布。画仙出征前送给她的画，倒是一直被放在怀里，可上面已经血迹斑斑，顾楠苦笑了一下，"已经脏了。"

画仙看着那张绢布，微微出神："姑娘没扔掉，画仙就已经很感激了。"画仙又看到那绢布上的血迹，怅然若失，"想必，是受了很多伤吧……"

"怎么会……"顾楠抿着嘴巴，眼睛微垂，"我这么厉害。"

画仙被顾楠逗笑了，笑了很久，渐渐停了下来。画仙抱着腿，仰头看着月亮："姑娘，你为什么要去打仗？"

"我嘛，"顾楠也转过头。这夜的月光很好，半遮半掩地陷入云中，似看得见，又似看不见，"谁知道呢？"到了如今，连她自己都已经说不清楚了。她现在在想什么？她在学生时代不怎么用功，历史这种课程学得也是极其不好。她知道一件事，白起会在长平之战后的不久死去，但是什么时候被秦王赐剑、什么时候会死，她根本已经记不清了。她想想起来，她想阻止白起的死。不知不觉中，她把武安君府当成了自己的家，但是她也发现了她的无力。她改变不了白起，自然也不可能改变秦王。

她能做什么？顾楠握紧了拳头。

【五十六】

白起一大早就起来了，听说是秦王召见，顾楠也要跟随。按照白起的吩咐，顾楠穿上了她的铠甲。破旧的铠甲不像当时出征时那么风光，没了光泽，显得有些暗淡。顾楠扎着男式的发饰，俊美英气的脸庞看上去有几分这个年纪不该有的疲倦。她不过只打了一场仗，就已经被这战事折磨得不堪。两人骑着马，走在一早还没有行人的街道上，咸阳城看起来有些冷清。

秦军的回归和顾楠想象中的不同。在她的想象中，得胜的大军回归，会受到全城百姓的接待、欢迎；归来的军队会排着整齐的队列，走进宽阔的城门，接受人们敬仰、赞美的目光。实则不然。军队回归那天，路上很安静，队伍径直回了军营，然后解散。有一个短短的假期。如果家在咸阳，尚且能回家看看；如果家不在咸阳，连回家看一眼的时间都没有。军队归来得沉默而无声，只有零星的家属会含着泪和士兵团聚；若是不相干的人，根本就不想和军队沾上关系。王殿在咸阳的北处，在一片平矮的房屋之中，显得很显眼，远远地就能看到那片宫廷广厦。

马停在宫殿之外，带不进去。被陌生的侍卫牵着，黑哥还闹了些脾气。内宫很大，可以行车的宽路被高墙夹着，看不清外面，只能看到远处的宫门，和高处那一方狭小的天空。

"待会儿见了大王，切莫多言，听着便是，明白吗？"白起叮嘱着顾楠。他的话其实不多，大多数的时候只做不说，但是对着顾楠，他总是会像一个平常的老头一样，絮絮叨叨的。

"宫廷中和家中不同，你不能随着性子来，记着，言多必失。若是陛下问你些什么，你只需要答是与不是，别的，为师会说。"白起说完，眼里带着些悲哀，"学着些，官场之道虽用兵无关，但是为将为臣，此道不能不通。"

只是，作为一个将军，却还要在这朝堂中沉浮苟且，恐怕，也是将者最大的悲哀。

"师父……"顾楠沉默了一路，突然说道。白起却抬起了手，打住了顾楠的话："那些事为师自会定夺，你且莫再多言。"说着，暗暗地指了指宫墙。宫中的耳目哪里都是，顾楠垂下了眼睛，无神地看着石块铺成的道路，一眼似乎都望不到头，她默默地应了一声："嗯。"

"大王，"一个女婢俯在秦王的身侧，"武安君和其弟子到了。"

"啊，武安君到了？"秦王放下了手中的文书，"哈哈，进来便是。武安君来见寡人，如何需要通传？"

大门打开，白起和顾楠上缴了佩剑，踏过大门，走进了殿中。这是一处偏殿，顾楠进去的第一眼就看到了坐在殿中的老人。老人身上披着一件黑色的长袍，用金线镶边，看起来很华贵，气度却很平常，和一般老人无二，若不是华贵的服饰，就像一个路边的老伯。

"见过大王。"白起行了一礼，顾楠却傻愣愣地站在一边。她可没有见人行礼的习惯，除了对白起和魏澜，她基本上很少行礼。毕竟作为一个现代人，就算见了父母，也不会行礼。白起感觉到身边没动静，皱着眉头看了顾楠一眼，看到顾楠站着没动，叹了口气。这浑丫头，到了哪里怎么都没大没小的？白起一边想着，一边咳嗽了一声。

顾楠这才反应过来，连忙拜道："见过大王。"

白起黑着脸继续说道："小徒自幼流浪，无人管束，礼数不周，还望大王恕罪。"

"无事。"秦王摆了摆手。或许是年迈的缘故，声音沉闷，但是看得出来，此时的他心情似乎还不错，"武安君率我秦军大胜赵国，如此大功寡人还未赏赐，区区小事，何须多加絮叨？何况武安君之徒虽未见到，名字寡人却是已经听过数次了。那首《蝶恋花》和那句'醉卧沙场君莫笑'，不拘一格，虽和大雅略有出入，却也是两纸奇文。寡人早就想见见了。"

秦王眯着眼睛，目光落在了顾楠身上："真是少年英才。"秦王沉默一下，摆了摆手，"此般只是找武安君聊聊罢了，无须拘束。"说着，秦王挥退了下人，殿中只留下了三人，至少明面上只留下了他们三人。

"坐吧。"大殿的一旁已经早早地摆好了两张软榻，显然是让顾楠也坐下。

"多谢大王。"

顾楠在大殿中跪坐了下来，却莫名觉得压抑。宽敞的大殿中只有他们三人坐着，这样便是动一下，声音都很明显。

秦王先开了口："听闻武安君昨日归来便回了家中，连让寡人给你庆功的机会都没给啊。"说是简单地聊一聊，秦王这一上来就问了白起一个问题，语气平淡，但也有几分质问的意思。

白起笑了笑："征战数月久未见家妻，心中挂念，却延误了军事，陛下勿怪。"

"哈哈，无事。"秦王看着白起的样子，笑了出来，"武安君惧内的事在朝中也不是什么秘密，回了咸阳，若是不先回家，反倒让我觉得不对了。"

白起的脸色不太好看。很显然，对于这个话题，便是老辣如他，也不知道怎么回答。身为千军主帅，居然惧内，着实有些丢脸，他不禁老脸一红："大王说笑了。"

"哈哈，罢了，不再让你在徒儿面前丢脸了。武安君，寡人问你件事情。"秦王脸上的笑容说收就收，一瞬间就严肃了下来，看着白起，上一秒的笑意一转眼散了个干净。

白起垂下眼睛："大王请说。"

【五十七】

秦王的视线扫向顾楠，又露出了淡笑："早先就想见见顾姑娘，此次也算是见到了。长辈说事，且先让小辈下去吧。"

顾楠发现自己在两人之间根本插不上嘴。掌权行政之人、身居高位之人的气度是不一样的，特别是帝王和统帅。顾楠虽然不是一个单纯的十七岁少年，但是也从未参加过这种议事，有些无措。

白起看向顾楠，点了点头："楠儿，你且下去便是。"

顾楠明知道白起此时和秦王单独说话，很可能会关系生死，但是她根本说不上一句话。多言一句，只会让白起的处境更加艰难。

"是。"顾楠沉重地低下头，退了下去。

大殿中只剩下了白起和秦王，就像白起奉命出征之前一般，两人对坐着，不同的是两人之间此时少了一张帘子。

秦王的面色淡薄，等到顾楠完全离开，才张开了嘴："武安君，寡人问你，北上在你眼中如何能胜？"

秦王不问是否北上，只问如何赢，也就是说，在他眼中，北上势在必行。

"大王……"白起默然，半晌抬起手，"且此般赵国损兵四十万余，赵人定是恨极我军，继续北上，赵军残部以死相搏，不能小觑。如今我大秦外军虽尚余四十万，但外敌环伺，倘若北上，赵军必有强援，我军难胜。"

"两般权衡，"白起顿了一下："我军必败。"

"我军必败"四个字在大殿中回荡着，秦王没有急着说下去，像是思索着什么。

"不久前，寡人也问过范先生一句话。"秦王没有缘由地说到了范雎，"我问他，北上否？你猜，他怎么说？"

白起没说，同朝多年，他猜得出范雎会说什么。

秦王笑了笑。

"他说，我军疲敝，亟待修养。他说，可以取地而和。知道寡人为何在大军行进之时，让你带军而归吗？"秦王笑得很淡，但是很深刻，说到这儿，看向白起，"寡人要北上，而且要赢！武安君，寡人望你披帅。"

白起怔怔地看着秦王。若是早年，秦王定不会如此，但是如今，秦王心急了。秦王是急了，已是暮年，大业却才刚刚开始，如何不急？他要灭赵，要扫尽六国，但是时间似乎已经没有多少了，日益老迈的身子让他等不起。赵国此般，男丁已去近半，其实已经名存实亡，只需再过几年就会被这乱世吞个干净，但是几年……他秦王还有几年？嬴稷还有几年？他不甘心——所以，北上必然，灭赵必然！

白起沉沉一笑："如此，大王，容白起请辞。"

秦王怔住了。很久，位子上老迈的身影带着疲乏，秦王按住了额头："武安君，你常伴寡人身侧，为寡人常胜将，此般却是你也不帮寡人？"

看到秦王的样子，白起的眼中却有了几分希望："大王，取地而和可取，赵国命数不过近年，何须急于此时？"

"罢了，"秦王嘴上说着，眼神却毅然，"先取地而和便是。"

白起松了口气，但是若此时他看一眼秦王的眼睛，也许就不会这样了。可惜在他的心里，仍是希望相信，秦王还是那个谋定而动、运筹帷幄的秦王，而不是被急功蒙蔽了双眼的秦王。

顾楠站在殿外，还未开春的冷天，额头上却冒着汗，看到白起走了出来，她连忙快步走了上去："师父……"

白起笑着拍了拍她的头："无事了，回家吧。"

顾楠只感觉一块大石从胸口上移了开来，连呼吸都通畅许多，傻笑一下："好，回家。

"师父，我今天便不做课业了可好？"

"莫想，这几日你的课业不是老夫安排的，是你师娘，你去和她说。"

"师娘啊……"两人在宫墙中走远。白起却忘记了，此番秦王只是让他一人带着数万的军队回了咸阳，而王龁那里还有近四十万大军，尚在上党长平。

坐在殿中的秦王独自一人，双目凝神："来人。"

听说白起得胜而归，王翦是第一个也是唯一登门拜访的，他提着两壶酒，白起看到了他，便直接拉着他把酒喝了。王翦也不好意思说这两壶酒是他要请顾楠的。他心里也觉得奇怪，白起怎的突然想喝酒了？从前的白起很少碰这东西。但是白起要喝，他也没有办法，只能陪着。他不知道白起心里的畅快，秦王尚明，他多年的郁气消了个一干二净。

而此时，顾楠的小院里。

"哎，小绿轻点。"

"姑娘，腿再站得直些。"小绿掩着嘴，笑着拿着一根树枝站在顾楠身边，手里的树枝时不时地在顾楠的腿上比画着。顾楠正摆着一个扭曲的姿势，上身转了四十多度，腰扭得发疼，小绿还不让弯腿。这么站着，人受得了才怪。

画仙则站在顾楠的身前，看着顾楠的样子，无奈一笑，伸手提了提顾楠的手掌："手再摆得高些，这样站才好看。"

"我站不住了。"顾楠浑身打战，脸上的微笑发僵，让她上阵都比这好。

魏澜坐在老树下，喝着水，满意地点了点头："不错，站得有些样子了，继续。学了站，便是坐、行、端、食、言、寝，且慢慢来。"

顾楠吓得腿一软，差点摔在地上："师娘……"

【五十八】

"姑娘，来跟着我走。"小绿摆着优美的姿势站在顾楠身前，轻轻地迈出步子。

"一。"

"一……"顾楠硬着头皮，歪歪斜斜地跟着走出一步，虽然勉强，但是练了数月总算有了七八分样子，"小绿，今天就到这儿吧，你看师娘也不在，放我一马怎么样？"

顾楠哭丧着脸看着小绿，练这东西对她来说可真是折磨。

小绿嘟着嘴巴，翻了翻眼睛："那今天就到这儿吧……"

话音还没有落下，顾楠就如释重负地跑到了一边，把塞在腰带内的木板取了出来，这是为矫正她吊儿郎当的站姿特地做的东西。取出木板，顾楠长长地出了一口气，向后一仰，就躺在了老树旁边。

小绿看着顾楠的样子，跺了一下脚："姑娘，你这样是不行的，老夫人查起来，你又要挨板子了。"

"嗯，那就打吧，我宁可挨板子，也不想再垫着这个板子到处走了。"

不管小绿讲什么，顾楠都懒懒地躺在那儿，实在不想起来了。

春日渐暖，日头升得不高，阳光透过老树刚抽出来的新芽，照在树下的顾楠身上，暖洋洋的，让人更加慵懒，带着花香的微风拂动着顾楠的衣角。她依旧没有穿裙装。穿裙装是不可能的，对于她这么个"男人"来说，实在是难以接受。任由魏澜好说歹说，她也不穿——简装多舒坦啊，这么一套就好了，哪像裙装，七扣八扣的，麻烦。

小绿坐到了顾楠身边，无奈地撇着嘴巴，轻轻地帮顾楠捏着肩膀。

顾楠舒服地眯着眼睛，突然觉得眼前一黑，睁开眼，看到画仙正站在自己的对面。

"呃……画仙，有啥事儿吗？"顾楠凭空地生出些不好的预感。

"姑娘，"画仙笑眯眯地掩着嘴巴，"小绿的教完了，我的还没有呢。"

温和的声音进入顾楠的耳朵，生生让她打了一个寒战。魏澜的原话是，小绿教顾楠礼仪，画仙教顾楠些女儿家该学的东西，像女红什么的。那时候画仙不知道想些什么，提议再教顾楠些舞乐。魏澜想了想，觉得没什么问题，也就同意了。这一首肯却让顾楠的日子过得更加苦不堪言。这日子过得，没个盼头，顾楠只觉得天昏地暗。

"前日教姑娘的那段，还没有考过，姑娘且试试如何？"

苦笑了一下，顾楠软软地站起来，一脸生无可恋的样子："是。"

小绿和画仙对视一笑，看着顾楠站到小院中央，穿着一身男装。顾楠涨红了脸，摆出了一个奇怪的动作。

"姑娘，不是这样的。这里，腿再抬起来些，还有这手舒展些。"画仙站在顾楠的身后拉着顾楠的手，偷偷地看了眼顾楠红着脸的样子，微微一笑。

春意渐暖催人懒，和风微颓倚栏杆。

"老爷，王龁将军的信。"老连站在白起房间的门口，手里捧着一卷竹简。

白起正坐在房中喝茶，听到老连的话，眉头微皱——王龁？他不好好地守着长平，写信做何？

"拿来我看看。"

"是。"

老连将竹简递到了白起手中，退了下去。

白起摊开竹简，双眼慢慢地扫过了上面的文字。

　　　大王未明，命长平秦军四十万，攻取邯郸。

白起感到胸口一阵绞痛。他强忍着，轻轻地把竹简卷了起来，放到桌面上，垂下手，仰着头发出一声长叹——此战败后，秦必大损。各国若是打着有违天和的名号群起而攻，秦定当难以招架，重则秦灭，轻则重创休养，尚需十几载。那时，大统之日，当真遥遥无期矣。一滴浑浊的眼泪从白起空洞的眼中滑落，一生征伐……当真错了？

大秦的战神孤坐在房中，烛火摇曳，老泪纵横。他一生杀伐决断，领将三十载，攻城七十余，杀敌百万众。伊阙之战，斩首二十四万，占五城，俘公孙；鄢郢之战，水淹鄢城，溺毙军民数十万，次年，攻楚国，陷国都郢；华阳之战，斩魏十三万，杀尽溃退赵军二万；陉城之战，斩韩军五万；长平之战，坑杀赵兵四十五万，扫平东进之路，大破北上之途。

赫赫战神之名，战国百载，军亡不过两百万。他白起一人，率秦杀之过半，负天下近半杀伐，为的又是什么……秦王执意北上，这一战若败，或许他一生的努力，便付之东流了。

白起的嘴角溢出一丝鲜血，顺着他的将袍滚落，他握着拳头，最后却只能颓然地松开。这战国，这乱世，当真杀之不去？当真是天地不仁？

那天，白起在房中枯坐了一日。第二天，白起病倒了，重病不起。武安君府不再像平日那般无人了，来了很多医生，却都只是摇着头，叹气离开。

顾楠想不到，那从来都像一柄利剑般站着的老人，会有这样的模样。他无力地躺在床上，原本只是半白的头发此时已是全白，几乎睁不开眼睛，嘴唇苍白地打着战。魏澜坐在白起的床边骂他，说他从不让人省心，尽会带来麻烦，红着眼眶，越骂却越骂不出声。

等到顾楠走进来的时候，白起微微睁开了眼睛，看向顾楠："楠儿来了？"

"是，师父。"顾楠红着眼睛笑了笑："你这老头子，就别说话了。"

"怎的，以为为师病了，就教训不动你了？没大没小的……你这样的……来十个，为师也教训得过来，喀喀。"

白起虚弱地笑着说道，说了几句就咳嗽了起来。

"咳什么？我去给你拿药。"魏澜冷声说着，抿着嘴巴，匆匆起身离开了。

咳嗽声持续了一段时间才渐渐平息，白起躺在床上吐了口气，看向顾楠："没什么好看的，习武之人，这点小病，也许明日就好了。"

"家里来了多少医生，我又不是没看见。"顾楠低声说着，抬了抬眉毛坐在床边。

"师父，我现在穷得很，可没钱给你送终，莫死得这么早了。"

"为师便是死了也要不得你花钱！"白起被气得吸了一口闷气，捶了一下顾楠的头。

顾楠摸了摸脑袋："还有力气捶头，看来是死不了。"

瞪了顾楠一眼，白起休息了一下，他现在就连说话都不是那么轻松了："楠儿，明天一早还需你跑一趟，早些时候来为师这里，也是时候，教你内息之学了。"

"不需要把你的病养好了？"顾楠拉起被子，把白起刚刚伸出来的手重新盖好。

"……不需要了。"

【五十九】

房中飘散着轻尘，光线斜斜地照进来，照亮了晦暗的空间。房间内没有人，来照顾的下人似乎都已经被白起遣退了。

"嘎吱……"顾楠推开了门，白起满是疲态地坐在房中的软榻上，"师父，我说，这阵势摆得有些吓人了吧……"顾楠讪笑了一下。

"身体不好，你还是好好躺在床上吧，内息什么的我可以自己看书学。"

"我倒也希望能那般……"白起白了顾楠一眼，咳嗽一声，咳嗽完喘了口气，缓缓地说了下去，"你早就过了修习内息的年纪，此般就算修炼，也难有成就，成不了气候。"

"成不了就成不了呗，"顾楠随意地坐在白起面前的软榻上，"反正有师父你呢不是？"

白起笑着指了指顾楠："本以为经过战阵，你能懂事些，结果还是这个德行。"

顾楠摊开手："那没的治了，我就是这个德行。"

被顾楠气得长吸了口闷气，白起顿了顿。

"也罢，谁让老夫只有你这么个学生。"白起强撑起了身子，"此番为师且先助你登达内息……"

登达内息？顾楠眉头微皱："师父，等你的病好了再说吧。"

白起却没有回答她的话，双手中浮现出一股股看不见的气流，随后向顾楠涌了过来。奔腾的内息呼啸着，一瞬间将顾楠撞得一怔。还没等她反应过来，一股热流流经了四肢百骸，似乎冲破了体内的什么禁锢，汇聚向了小腹。

"师父，这……"

"莫说话了，屏息凝神，汇聚你身中的内气，记住行气的经脉。"白起闭着眼睛，面色涨红，"若是出了差错，你我都没得好。"

顾楠不敢怠慢，连忙闭上了眼睛。一股股气流在她的体内涌动，她竭力控制，才勉强将那些澎湃得过分的内息引向了汇集之处。白起向顾楠的体内涌送着内气，身上的衣衫鼓动不止，一股强烈的气流连接在他和顾楠之间。随即他皱起了眉头，顾楠的体内和他想象的不同。本以为会是经脉堵塞、难行气穴，需用内气猛突而破，但是内气在顾楠的经脉中行转流畅，远超他的想象，经脉穴道完全不似常人般闭塞，而是全全畅通。全脉具通？若不是顾楠体内根本没有半点内气，白起甚至要怀疑顾楠是否练过内息了，不然如何能到如此地步？异于常人，不错，他白起的弟子，自当有别于常人。白起勾着嘴角。无须冲穴自然少了他许多事，本还想着不知能不能教楠儿这最后一课，此番却是尚能做到了。

"呼！"猛烈的气劲四处流窜，顾楠只感觉周身舒服，像是口渴了许久的人喝到了水，全身上下的肌肉和经络都不自觉地舒张了开来，大口大口地吸收着这些外来的内息。直到完全饱和，她只感觉周身通达，五感提升了数倍，甚至能听到房外小院中的虫鸣。细细感受之下，她的小腹下方，一股气旋似乎缓缓旋转着，每过一段时间就会膨胀一些，只是一些，小到几乎感觉不到。等到白起停止涌送内力，顾楠依旧闭着眼睛，枯坐良久才睁开眼，看到面前的白起喘着粗气，沙哑的喉咙带着无力的咳嗽声。

"师父。"顾楠似乎明白发生了什么。虽然从来没有了解过什么内息，但是她看过一些武侠小说，知道有一种东西叫作传功。她真没想到，自己还能遇上这种事，将自己的毕生所修传于他人。如若不然，她不知道还有什么能让她这个完全没有学过内力的人在不过两个时辰的时间内获得这么深厚的内息。她感觉得到，自己现在体内的内力绝对要比和她交过手的蒙武深厚，而且是远远超过。

顾楠苦笑了一声："您这是，强买强卖啊？"

"咯咯咯，得了便宜还卖乖。"白起根本提不起声音，顾楠只能勉强听清。

顾楠坐在软榻上，静静地看着眼前的老人，张了张嘴："又让我怎么还呢？"

白起撑着身子，勉强坐住："教养学生，本就是师长该做之事，别说什么有的没的。"

"而且，为师也欠你太多了，便当为师偶尔良心发现吧。"白起似乎在笑，笑得很轻。外面的时辰应当已经接近午间了，阳光从早晨清冷的白色变成了带着暖意的微黄。

公元前 257 年，武安君白起重病，数月难愈。同年五月，邯郸遭难，秦王增兵相援，王龁损五校未果。秦王第二次命白起挂帅出征，白起以由回拒，北上难攻。同年九月，楚国春申君同信陵君率甲十万援赵，前后夹击，秦军大败。秦王再命白起出征，白起称重病未愈，难为兵征，近岁末三月，败闻连连。

秦王坐在殿中，面前的范雎弯着腰。

"武安君可愿出战了？"秦王的眼中带着一些希冀。白起从来都是他的战神，在他眼中，只要白起出征，那定是必胜。他自己劝不动白起，便让范雎去劝。范雎站在座下，摇了摇头。

"大王，武安君称病，难为北伐。"

"病了。"秦王笑出了声，"又病了！他当寡人傻吗？！"

范雎低着头，秦王的怒火，他权当没有看见。

等到大殿中又安静了下来，范雎才抱着手，轻声说道："大王，武安君多次抗命，在下恐其怏怏不服，有余言。"

秦王扶着额头，没有理会范雎，挥了一下手："范先生，你先下去吧。"

"大王……"

"寡人让你下去！听不到吗？！"即使在殿外都能听到，秦王的怒吼在大殿中久久回荡。范雎的额头上滑下了一滴冷汗，许久，讪讪一拜："是，臣告退。"退着步子，缓缓离开了大殿。

【六十】

这一日，顾楠依旧在练剑；小绿蹲在远处，担心地看着顾楠。这几个月姑娘的话越来越少了，和老爷越来越像，就像一根木头，偶尔才会说上那么几句话，才会笑上那么一声。姑娘和老爷都是学兵法的，难道学兵法就是把人学成一根木头？画仙看到顾楠的样子，似乎明白了为什么，没有打扰顾楠。

顾楠手中的青锋吞吐，光影连连，几个月的磨合，她已经可以熟练运用这一身浑厚的内力了。她手中的剑这时才真正有了剑该有的样子，一手鬼谷子剑术纵横交互，分不清那是剑影还是剑。她不知道自己现在全力一击会有多重，也没去试，只知道若是蒙武，她一招便可败。若是鬼谷子，她也可保持百余回合的不分上下，会败，也只是败在她的剑术还不够高明。

"铮"的一声，长剑归鞘，不再是那干冷的铮铮声，而是夹杂着气劲的嗡鸣，有些刺耳。

老连走进了小院："小姐，秦王要来了，老爷让你去。"

秦王……顾楠点了点头，放下了长剑："我这就去。"等到顾楠走到堂前的时候，秦王刚刚走进了大门，白起等人默默拜下。秦王没有仪驾，甚至连轿子都没有，是自己骑马来的，身边只带了两三个亲卫。只是看了一眼，顾楠就知道这几个亲卫很强。秦王看着拜下的寥寥几人,武安君府也就这么些人了,抬了一下手:"免礼了。"

看到白起等人都站起了身,秦王笑了笑:"武安君府里还是和当年一样,冷清得很。"

白起瘦得厉害,这段时间确实已经看不出半点战神的影子了,能看到的只有一个垂垂老人。被魏澜扶着,白起行了一个礼:"大王见笑了。"

秦王不知道为何,叹了口气:"今日,我便想和武安君单独聊聊,想到武安君身体不便,就自行过来了。"

这时的秦王不像那天在大殿中见到的那样,喜怒都在脸上,却没有半点是真的。此时的秦王脸上带着憔悴和愁意,这些都是真的。

白起点了点头,勉力扯出了一个笑容:"如此,大王请随我来便是。"

白起和秦王进了后院的小屋,关上了门,顾楠和三个亲卫就这么站在门口对视着。

房间中,白起和秦王对坐在一起,白起想添茶,却被秦王伸手阻止了。

"白将军重病,我来便是。"秦王拿起茶壶给自己和白起都添了一杯。温茶冲进杯中,秦王微微一笑:"你我上次这么坐着聊天,是什么时候?"

白起眯着眼睛,似乎在回想着什么,过了一会儿,笑着摇头:"记不清了。"

"是啊,我也记不清了。"

两人喝着茶,直到茶水喝剩了一半。

"北伐初开,各国便有了动作,纷纷说我大秦有违人伦,坑赵军数十万降俘。如今,我大秦北伐大势已去,岌岌可危了。武安君,当时,寡人应听你的。"秦王的语气中带着悔意,还有一点点的暮年沧桑,"若天下群起而攻,大秦难有胜算,白将军,你说寡人该如何是好?"

大殿中的秦王不会错,也不能错,所以秦王独自来,这里只有他和白起,他不是秦王,他是嬴稷,他可以错。白起饮尽了杯中的茶水,数月以来,他一直在想这个问题,如今也有了个结果。他的肩膀微微下垂,像是褪尽了力气,张开了口:"大王可弃一子,以保大秦。"

秦王的眼睛一亮,白起的这句话,让他看到了希望。他知道,武安君从来不会让他失望。

"弃一子?"

白起放下茶杯。

"诸国并起，无非指那长平之事，借此口角，以资战事。大王可斩白起，以谢天下，断了他们的口角，也平了天下的激愤。无了全人共讨的理由，以我大秦之力，无人敢轻攻，再让与些许好处，大秦可保。"说到这儿，白起倾拜，直直拜在地上。挺直的脊梁拜下，如同山岳倾倒，声音老迈沉闷，"大王，白起无用之身，可为弃子。"

站在门外的顾楠瞳孔微缩，耳目早已超出常人的她自然听得到里面的声音，握着长剑的手紧紧地抓在剑柄上，不作多言，便想冲进房里。三个亲卫同时抬起步子，挡在了顾楠的身前。顾楠的眼皮抬起，掩在碎发之后的双眼森寒："让开。"

"咔。"三个亲卫的动作一致，左手握住剑柄，拇指紧扣剑柄用力一推，露出了剑鞘中的半截寒光。小院中的空气近乎凝结，一股庞大的内息从顾楠身上溢出，将她的宽袖卷动翻滚。三个亲卫的手都有些湿，冷汗让剑柄发凉。他们怎么都没有想到，眼前这个不过二十岁的女子有如此恐怖的内息和剑势，只是被这么静静地注视着，便让他们有一种夺路而逃的冲动。

"楠儿，为师传你内息，不是让你用在这种地方的，成何体统？收起来。"房间里传来白起的声音，依旧沉沉乏力，却也不容推脱。顾楠合上了眼睛，再睁开的时候，双目终是黯然，默默低头："是。"

顾楠退到一旁，三个亲卫如释重负，齐齐地喘了一口气。

"大王勿怪。"白起无奈地看向秦王。

"无事。"秦王摆了摆手，声音疲惫不堪，"楠儿毕竟年少，少年心性也可理解……

"白将军，真的只有如此了吗？"

"当如此，"看着昏暗的地面，白起说道，"大秦无碍。只是麻烦大王，给予楠儿和仲儿多些照顾。对他们两个，皆是老夫有失，难以偿还。"

"仲儿。"秦王似乎想起了当年白起有了孩子的样子。那一天自己也亲自来了白起家，看到了那个襁褓中的孩子。白起那一日笑得很开心，可惜白起常年征战，对于仲儿也管教得过于严厉，最终导致父子不睦。

秦王露出像是想起了不成器的孩子的苦笑："那孩子还是不回家吗？"

白起伴他左右三十载，两人虽是君臣，但也算老友。白起为这大秦付出了多少，他当比谁都明白。

"武安君，"秦王整理了一下衣衫，对着白起拜了下去，"嬴稷，拜谢。"

【六十一】

秦王走了，随他走的还有三个亲卫。

顾楠走进房间，白起依旧跪坐在那儿，脸上带着淡淡的笑容。也许对于他来说，这是最好的结果。白起看向顾楠，顾楠也看着白起："师父，真的值得做到如此地步吗？"

光线穿过敞开的房门落到地上，门前一片光亮，但是房中依旧昏暗无光。顾楠站在门口的光亮中，白起坐在房中的晦暗里。他眯着眼睛，阳光里的顾楠如同一个剪影。

白起咧开嘴笑了，笑得畅快："值！大丈夫生而如此，如何不值？哈哈哈。"

白起的笑声苍老而有力，即便在重病之中。笑了很久，白起才停下来，喃喃着："只是，有一些不甘心……"他仰着头，视线似乎透过房檐，看到了那无际的高空。

"只是不甘心。"白起眼中流露出说不清的遗憾，"老夫终究是看不到了……那般盛世光景。"

这是一份如何深沉的执念，能让白起超脱自己的生死。

顾楠想不明白，终究是不能明白。未生在此乱世中，自然想不明白，所以她不会懂白起对于自己的毕生所愿近在咫尺，又遥不可及的遗憾。

房间中光影分明，光线照在顾楠的背上，将她的背影照得雪亮。

第二天，秦王遣人送来一份军简，这是白起的任命书，让他出征。这次白起没有拒绝，因为明白这是秦王送他的最后一程。他为将一生，死在出征的路上，当是一个好归宿。

白起披挂得精神，将袍让他已经瘦削的身子看上去又魁梧了起来，冰冷光亮的甲片密布，走动时铮铮作响，似乎带着金戈之声。魏澜牵着白起的马，扶着他上去，拍了拍马腹。

"你先去便是，我也懒得送……"魏澜的声音很轻。

白起犹豫了一下，伸手轻轻摸着魏澜的脸。

"我白起这辈子最对不起的人，当是你和仲儿，是以，从不敢与你发火，却总惹得你生气。下辈子，莫再瞎了眼，别再找着我了。"说着，白起坐直了身子，拉着缰绳转身离去，抬着手，"出征了，不用送了。"

顾楠翻身上马，跟在白起的身侧，就和当年一样，每一次都一样。

魏澜站在原地目送白起走了很远。那年初识，那个姑娘也是这样目送着，看着那英武的将军走了很远。直到再也看不见，魏澜才收回目光，带着小绿和画仙回了那空荡荡的武安君府。

白起和顾楠出了城，沿着小路走着，远处数千士兵站在道路两旁，静静地立在那儿，如同两排石像。待到白起走来，他们一同举起了手中的长矛，青锋直指天空："送，武安君！"

一个士兵走到了白起面前，半跪而下，递上一把长剑。白起下了马，接过剑，沿着小路继续向前走，顾楠安静地跟在白起身后。旷野上，白起握着剑，面向长空，慢慢地跪下，笑看着上空，将秦王赐的剑缓缓抽了出来，横在了身前。

"楠儿。"

"……"

"答应为师一件事如何？"

顾楠微微一愣，苦笑了一下："只要能，我会做到。"

"好！"

白起像是放下了什么，似乎是他背负了一生的重担。他深吸了一口气，轻轻说道："代为师，看一看那太平盛世。"

到死，也忘不了吗？还真是老顽固啊。

"那便去看一眼，"顾楠深深一拜，"恭送师父。"

随后，顾楠转身走开，没再回头。

"呵呵呵。"身后传来了笑声，然后是鲜血喷涌的声音，最后是倒地声。

师父，您这嘱托，终归是太沉了些啊。

向着看不到半点云彩的高空叹了口气，顾楠缓步走远，身上的气势却随着步伐缓缓改变，一往无前。

白起死后三日，秦王拟书，通传天下。

蠢蠢欲动的各国没了借口，无法群起攻伐，没有人愿意做这个出头鸟，对秦的攻势也就拖延了下来。

第四日，魏澜离世，就在睡梦里，没再醒来。顾楠着实没有钱财，甚至操办不起好葬礼，但是想来，白起和魏澜不一定会喜欢那般，最后只是安安静静地将他们葬到了一起。除了王翦来祭拜过，还有一个叫蒙骜的老人，剩下的就只有秦王了。不得不说，白起的人缘真的不怎么好。武安君府真正没了人，只剩下了老连、小绿、画仙，还有顾楠。顾楠穿着一身白衣，坐在小院的老树旁喝茶，她打算为白起和魏澜守孝三年。虽然守孝一般是子女为父母所守，但她是孤儿，白起和魏澜对于她来说，与父母也无异。守孝，这是儒家的说法，没记错的话，汉代才会成文成则，现在的大秦还没有这个礼俗。

顾楠坐在树下，手里拿着白起交给她的内息术说。

没有名字，没有顾楠想象中的什么功法，只是三卷简简单单的行文，讲述了调息运转之术，前前后后不过数千字，却很是复杂。顾楠看了好几天，还是没有看得太懂。

"周天气转，归流而虚？"顾楠淡淡地念着，语气里有些困惑。

"写的真是玄，怎么读得明白？"顾楠摇了摇头，"算了，到时去问问师父便是。"

而后她又想起了什么，空落落地看着偌大的府邸。

问问师父……

一片枯叶从老树上飘落，落入了顾楠的茶碗里，漾起一片涟漪。

第四章

陷阵之军

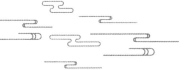

【六十二】

秦王宫。

秦王坐在桌案前，看着满案的文书，放下了手中的笔，招了招手，唤来了一个宦官。

"大王。"宦官躬着腰，站在秦王的面前。

秦王顿了顿问道："武安君府，这几日如何了？"

"回大王，"宦官低着头，"和往常一般，少有人出入，那顾姑娘似乎准备为武安君和其夫人守孝。"

"守孝？"秦王一愣，然后反应了过来，"儒家的礼法。"

他有些好笑："她是从哪里学来的这个，白起那小老儿还会教她礼法不成？"

没笑几声，秦王却叹了口气："倒也算是孝顺，不枉白起视她如己出。听闻此子颇有才学，兵家一道也有自己的一番见识……"

宦官保持着沉默，少说多做永远是保命的规矩。

秦王随意地摆手，站了起来："摆驾，寡人去看看她。"

"是。"

老连正牵着黑哥遛弯，小院中只有黑哥不轻不重的马蹄声，时不时传来响鼻声。老连垂着眼睛，摸着黑哥光滑的皮毛。这府里几乎没有半点人气，他微微叹气，却突然听到了叩门的声音。老连疑惑地皱起了眉头。这个时候，来拜访的又会有谁？松开黑哥的马绳，也不怕黑哥跑了，这马有灵性，不会乱跑。走到门边，老连带着老茧的手推开了大门。看到门外的人，便是总淡淡的老连也露出了一丝慌张，连忙拜下："拜见大王，未能远迎，还请大王恕罪。"

"无事。"秦王抬了抬手，"这家中也没几个人，就莫太在意礼数了。"

远迎？武安君府一共就四个人，便是都来迎接了，又能怎么迎接？秦王抬头看了看，武安君府带着几分萧索，他扭过头，看向老连："白起的弟子何在？"

"大王请随我来。"

老连在前面带着路，亲卫都没有进门，只是在门外守着，两人一路走到了顾楠的小院外。穿过院门向里面看去，能看到一个身穿白衣的人正坐在树下看着一份竹简，老树不知多大年岁了，长得很大，枝丫上尚有几片叶子还没有完全落下。树下的人坐在那里喝了口茶，一副男儿的打扮，当真如同翩翩公子，或许是看得认真，并没有发现站在院外的秦王。和风白衣，宛如一幅画卷，这么定格着。

秦王迈步走了进去，站在顾楠身后，开口问道："在看什么？"

声音年迈又厚重，顾楠这才惊醒，扭头看到秦王，心中带着惊讶。她如今的感官和之前已经大不相同，可以说便是有一只老鼠走进小院，都感觉得到。就算刚才在出神，秦王能在让她完全感觉不到的情况下走进小院，很明显，秦王武学上的实力也很深厚。秦王来了，即便她并不是非常想见到这老人，却也不能怠慢。顾楠站起了身："拜见大王。"但也仅限于此，没了下文。

秦王眯着眼睛。

"如此失礼，也不同我告罪，看来是我高看了你师父，终究是没怎么教你礼学吧。"说着，秦王瞥了一眼顾楠手中的书，摸了摸胡子，"内息术说？"

"是。"顾楠微微点头："老师交于我研读，却是还没同我讲解过。"

"这书确实晦涩难懂。"秦王略微沉默笑道，"说说有什么不懂的，我讲与你听。"

顾楠的脸色有些古怪。眼前的这位秦王，她总是看不出他到底是一个什么样的人。大殿中的喜怒无常，或者下令时的决绝和一意孤行，私下里却常是笑着，此番又要为她讲学——想来也是，为王之人，起码的要求就是不露喜悲，不形于色，不发于声，也只有这样的人才能更好地保证威严。

"说说看吧，寡人应当多少能讲上一些。"

迟疑了一下，顾楠说道："周天气转，归流而虚，尚有不明。"

"如此。此乃运气之道，周天为期。你可知周天？"见顾楠摇头，秦王就讲解道，"所谓周天，即内中周环一期，其中十二经络，七十二穴道，绕周身而行，此为一周亦为一小周天……"秦王的讲解很详细，有理有据，几乎将每一个顾楠可能不知道的细节都一一提出，讲到兴起时也会开几个玩笑。若说他不为大王，或许会是一个很好的讲师。一个讲解，两人便是从早晨讲到午后，也从最开始的讲解变成闲聊。

"我与你师也算是老友。"秦王接过一杯茶，悠然地慢慢说道，"白起唤你楠儿，那我也便唤你楠儿了。"

"大王自便就是。"顾楠收起竹简。这一卷已经讲解了个透彻，不再有看不懂的地方了。秦王捧着杯子，在这有些冷的日子，温热的茶水捧在手心里很是舒服。他似乎在斟酌，想要说什么，过了一会儿，说道："楠儿，你是不是怪寡人害死了你师？"

似乎考虑到了什么，秦王认真地说道："说便是，现在寡人不是秦王，是你嬴伯伯。"

顾楠将卷起的竹简放在一边。若说不怪，那不可能，可以说若不是秦王执意北上，白起用不着走到如此地步。

"终究是师父自己的选择，怨不得别人。"顾楠叹着气。没有像历史上那般因为功高震主而被赐剑自刎，已经很好了。不过二十的少年，却让秦王有一种正在和一个与自己一样大的老人说话的感觉。心性、才学都是上选，秦王给了顾楠一个评价——可惜已经没了年轻人该有的朝气。其实本来在白起死后，顾楠想要离开秦国，去往各地游历，奈何她答应了白起，要看一番太平世间。

顾楠最后还是选择留在了秦国，这个她老师为之征战了一辈子的地方。她明白，要不了几年，这里会出现一个人，能够扫清六合。那个人叫嬴政。

"楠儿，寡人想让你为百将，统领一支禁军。"秦王喝着茶，突然说道。统领禁军，不算是多大的官职，但是身为禁军护卫统帅，需要常在秦王宫左右。如此他也就更容易看看，顾楠是否可用了。

顾楠的眉头微皱："大王，持孝三年，当不身官职。"

"寡人要用你，管那些俗礼何事？"秦王笑了笑。

"这样吧，寡人先不予你军职，便当是帮寡人练一支禁军，如何？"说完，秦王放低了声音，"你看，这府里也没有多少财帛了，这衣食住行没份钱财，总是行不了的。"

顾楠听着秦王的话，一头黑线。她这才发现，武安君府似乎确实没钱了。

【六十三】

小绿整理着顾楠的披风。顾楠穿在身上的是一套白色的衣甲，她现在还在守孝期。这是秦王特意送来的铠甲，说白色都是孝装，至于常服，还是战甲，无碍。对于这样的言论，顾楠自然没什么话说，但是既然别人送上门了，不穿白不穿。她还是同意了秦王的决定，毕竟人家位高权重，主要是会给钱。武安君府本来也不该这么清贫，但是白起的俸禄大多用来为府里制备文书了。这个时代的书都是手抄，每一本都是天价。白起在的时候有俸禄，自然不会没饭吃，但是白起死后，原本归属他爵位的田户都被秦王收了回去。这也是规矩，毕竟顾楠非官非爵，怎么可能拿着大良造的田户呢？

这样一来，武安君府也就成了空壳子，余下的存粮和财帛都只有一些，要不了多久，就真的揭不开锅了。顾楠瞥了一眼，发现站在身后的小绿眼神有些幽幽的。

"怎么了？"顾楠绑好腰间的绳带，侧过头看着小绿。

"看你心不在焉的，莫不是看上了哪家儿郎？"

"姑娘你别乱说。"小绿红了红脸，出神地拉直了顾楠的披风，"我只是在想，姑娘也终是真正入军伍了。"

小绿知道顾楠要去做什么，顾楠已经和她说了。虽然没有真正的官职，却有着实权，为秦王私练三百禁卫，享百将俸禄。同时这三百禁卫不受卫尉管制，直辖于秦王。对于顾楠来说，这个条件可以说开得离谱，好得有些离谱了。或许是秦王依了白起的意思，暗中照顾顾楠和白仲，而对顾楠的安排当是还有几分校考的意思。此般算来，顾楠也确实真正成了一军伍之人。

顾楠轻轻一笑："怎么，入了军伍，你这般不开心？"

"没。"小绿低着头，"只是，小绿所识的军伍之人，多是……"

多是没有一个好下场，小绿说不下去了。在她眼里，像老爷和姑娘这样的人，就该好好过完一辈子。

顾楠明白小绿要说的是什么，伸手刮了一下小绿的鼻子。

"别瞎想了，我就是去练兵的，能有什么事。"说着，顾楠拉直了衣领，"好了，莫要总是胡思乱想，我先走了。"

咸阳城的牢狱在东城。商鞅变法以后，秦国多采用法家的学说治理天下，广狱而酷刑，这就使得牢狱在秦国成了治国利器，便是犯了一件小事都能入狱，这监狱之大也不难说明。

牢狱之外，一个身穿白色甲胄的人骑在黑马上慢慢过来，异常招摇，就连门外的守卫都不自觉地多看了两眼。那人身上穿着的白色铠甲不是刺眼的亮银色，而是一种灰白色，像蒙了尘。这般白色铠甲给人的感觉很诡异，就像是丧服，但穿在那人身上气势斐然；脸上还戴着青铜兽覆面，看不清相貌，獠牙狰狞；身下骑着一匹乌黑的骏马，骏马的一只眼睛上还带着一道刀疤，很是凶煞。

"来人止步！"直到那人走到了宫门前，两个守卫才反应过来，上前一步。顾楠拉住了黑哥的缰绳，从它的背上跳了下来。

"出示通令。"

顾楠微微点头，从腰间拿出了秦王连带着衣甲一同给她的令牌。

守卫扫视了一遍令牌，拱了拱手："郎君稍等，我等还需通传一番。"

顾楠身穿甲胄，气宇轩昂，守卫下意识地将她当作了男子。

"无事，例行公事而已。"

这声音为何怪怪的？

守卫没回过味来，但是也不能多想，上头的事情想得太多总是不好的。他转身走进牢里通传，过了一段时间，才又走出来："抱歉郎君，耽误了些时辰，已经通传好了，请入。"

挡在顾楠面前的另一个守卫也让开了身子。

"多谢。"顾楠收起令牌，牵着黑哥走了进去。

待顾楠走远，其中一个守卫看了一眼另一个人。

"那小将穿着的白甲，我怎么看怎么不对味，少见将军穿白甲的。"

"我倒是觉得他的声音也不对，像女人。"

"女人？不会吧，哪有女人入伍的？"

"将军往我们这儿跑，也是怪事。"

"这年头怪事越来越多了。"

"是啊。"

两个守卫靠在墙头，没人的时候偷个闲也是一种独有的惬意，旁人是不会懂的。

顾楠走进大牢，这里和所有的大牢一样，给人一种阴冷潮湿的感觉，还带着些说不清楚的怪味。其实堂中还算干燥，但总是感觉阴冷潮湿。迎面走上来一个狱官，对顾楠行了一个礼："不知将军前来，耽误了，不知将军来这牢狱所为何事？"

战乱时期的军职多数有着更高的地位，便是同级的文官都要低上一头。所以这狱官也习惯了，见到穿着甲胄的，都先行个礼，总是不会出错。顾楠拿出一份文书，递给了狱官："在下奉命前来提三百死囚。"

提三百死囚？狱官一蒙。这所谓何事？接过文书，也确实是公文，但狱官还是有些迟疑："这……将军，你看你来得匆忙，三百死囚数目不少，不知道这上头？"

狱官指了指头上，算是给顾楠打了一个哑谜。

"啊，无须担心。"顾楠摆了摆手，"这是走公事的文书，廷尉那已经通传过了。"

"还请先生为我提出些死囚的案书，我好挑选提人。"

事实上，就算没有通传过又如何？秦王要人，廷尉还敢不给？

"如此，"狱官讪讪一笑，算是安心了些，"下官知晓了，请将军与我来。"

提三百死囚，是秦王的要求，他交于顾楠练的这支禁卫，用的就是这三百人。

【六十四】

宫殿中传来匆忙的脚步声，一个黑甲骑卫手里拿着一份文书，走进了大殿。秦王正在审阅政务，感觉到走进来的骑卫，并没有表现出惊讶，也没有抬头，手里提着笔，继续写着。

"大王。"骑卫快步走到秦王面前，跪下。

"嗯。"秦王抬了一下眉头，"让你注意的事情如何了？"

低着头将竹简递交到秦王面前，骑卫说道："顾姑娘已在大牢提出三百死囚，中间审读了死囚的案书，三百死囚皆是杀人之罪。"

"三百杀徒？"秦王一愣，勾起了嘴角，"这楠儿在想什么？这些个凶人，她管得住吗？也罢，在宫右空出一个三百军士的兵营，这丫头倒是越来越有意思了。"

秦王对着骑卫挥了挥手，骑卫当即点头退下。只是让你去提囚，你给我提出了三百死囚？做事决绝果断，有几分你师父的风采，倒是不知道用兵之道你究竟学会了几分？

秦王笑着摇了摇头，不再多想，低头抽出了下一卷书。

一个个穿着囚衣的人身上被粗厚的麻绳捆得严实，几个士兵押着他们走进了校场右面的一处小兵营，相对于其他几处数千人的军营来说，这三百人的军营实在是不够看。囚犯被推到一起，坐在校场中间。按照上头的意思，士兵解开绑着他们的绳子，就可以走了。三百个杀过人的凶徒就这么被放在这儿，也没个人看管，士兵都觉得头皮发寒，不过就算闹出什么出人命的事情，他们也不惊讶，松开这些人的绑，就逃也似的退出了军营。

粗砾铺成的校场上，三百个死囚面面相觑，四周一个人都没有，他们就这么被放在这里，是什么意思？

"哎，这里一个人也没有，我们都没被绑着，不如我们跑吧？"

一个稍稍年轻的人第一个开口说话，看着四周，似乎是想找人一起逃跑。

"要跑你跑。"一旁，一个看起来三四十岁的中年人皱了皱眉头。

"别看这里似乎没人看守，我们可是死囚，说不定我们跑出了这扇门，外面就是一队队的官兵，在这儿要是被抓回来，同样是死罪，但就不是杀头这么简单了。"

周围的人听着这个人的推测，打了个寒战。砍个头不过碗大的疤，一刀了事，这里的人都是刀口上混的，没几个怕的，但若是其他，车裂、具五刑……不管是哪一种，想一想都让人胆寒。

"那你说说，该怎么办？"一个人问道。

"等。"中年人只吐了一个字，就闭上了眼睛。没有人再说什么逃跑，周围安静下来。日头当空，但是年末的天气也不可能有人觉得热。三百人就这么盘坐在地上，没有人知道自己为什么会被从死牢里提出来，但是搞清楚事态后，也就再没有人多言。大不了提刑，早死、晚死都是死，先死了也要比等死好，他们知晓这个感觉，也就看得开了。这一坐就是一个多时辰，直到他们看到一个人影不急不慢地从军营的门口走了过来。那人一副将军打扮，穿着一身白甲，白色的披风随着步伐缓缓摆动，脸上覆着青铜面具，手里提着一杆长得骇人的步卒长矛。白袍？坐在校场上的死囚撇了撇嘴巴。穿白袍的将军，只可能是那种年轻气盛的少年，想来是连死人都没有见过的。有点常识的都知道，穿白袍上战场和找死没有什么区别。不说别的，乱箭、乱刀定是都往你身上招呼。不为别的，谁让你看着显眼呢？有几个做过马贼的，看到那人手里拿着的那杆长矛，脸上的讥讽更浓了些：开玩笑，这般长的长矛，在马上能施展开，算我的。唯一让他们感觉奇怪的是，那一身白袍显得灰败，不是亮银色的，而是一种理论上常人都不该喜欢的丧白。

小将缓缓走来，身边牵着一匹黑马，最后站定在三百死囚面前。顾楠扫视了一遍眼前的众人，每一个人身上都带着肃杀之气。秦国的法律虽然严厉，但实际上它也有开明的地方。杀人罪在秦国分为端和非端杀人，也就是有意杀人和过失杀人，过失杀人是不会被判死刑的。能坐在这里，很显然这些人不会是什么善辈。

顾楠简单地说道："看来是人齐了。"

不出意料，这将军的声音一听就是个年轻人，而且莫名带着几分女子的柔气，顿时一众死囚都笑了出来。这小将军在他们面前装大，他们可不带怕的，都已经是要死的人了，除了那些非人的折磨，也没什么好担心的。对于这么个小将军，他们自然懒得畏首畏尾。

"哈哈哈，小将军，你这声音怎么听着像是个女人啊？"一个壮汉拍着大腿，毫不顾忌地嘲笑着。

"断奶了没？"一人勾着嘴角，调笑地看着顾楠，"这声音怎么奶声奶气的？嗯，戴着个面罩，不知道的还真以为你是个娘们儿了。"

"小将军，我们在座的手里都有几条人命，我劝你还是让你家大人出来的好。"

顾楠就这么静静地站着，等他们都笑完了，声音渐渐平息了下去，她四下看了看，自顾自地点了一下头，才伸手放在了面罩上，慢慢推了上去，表情平淡："我确实是个女子。"

看着眼前掀开青铜面甲之后俊美的女子，这下轮到死囚们没话说了，一个个目瞪口呆地看着顾楠。女子为将军，他们从来没有看到过，刚才多半只是调笑，谁知这真是个女子。而且随着眼前女子一点点放出身上的气势，那种肃杀的气息压在了每一个死囚的心头，让他们有一些喘不过气来，纷纷咽了口唾沫。平静的表情和那种能感觉到的杀意，无不在告诉他们，这绝不会是一个什么都不懂的犊子，而是一个真正的沙场战将。

【六十五】

顾楠看着被震慑住的众囚徒，满意地将覆面重新放了下来。她的这个外形在战场上确实不够吓人，还是戴着面甲更有威严一些。她虽然不算什么老将，但是一场长平之战，让她杀过的、看过的死人可能要比别人一辈子加起来的都多。手里面不知多少的人命，加上白起赠予她的数十年内力，要是连这寥寥几百个死囚都镇压不住，才真应该一头撞死算了。

"好了，我也不多说什么。"顾楠抬起手中的长矛，随意地往地上一插。

"砰！"只听一声闷响，长矛深深插入地下，四周带着一片龟裂。看着那恐怖的巨力，不少死囚脸色一暗，刚才他们似乎已经把这个人给得罪死了。不管死囚们是什么想法，顾楠就着众人之前的一块石头坐了下来："到了这里的，想来都应该是人中败类，我也看过你们的案文，确实如此。李益，家中无粮，于上年年末为马贼，劫道杀人，受捕，获死刑。家中尚有老母而不顾，不孝；杀人于野道，不仁。不仁不孝，败类。秦宽，闹市小妹遭抢，怒而杀人。小妹一亲都且难护，无能；闹市杀人，无知。无能无知，败类。严河，债务难偿，家中老父母受人欺辱，愤杀人。有债不偿，无义；拖连父母，无用。无用无义，败类。"

……

顾楠将这些人的案宗一件一件地读了出来，被报的人无一不是面红耳赤、满腔怒火。但没有人反驳，因为顾楠说的都是实情，他们不能反驳。随着时间的推移，顾楠无一遗漏地将每一个人的案宗都说出来的时候，死囚们的神色变得惊疑，而后是茫然。这将军，想干什么？

这些人都是顾楠在牢狱中挑的，每一个人都是见过血的狠厉之辈，作为士卒，甚至要比一般的寻常士兵更加狠辣。除了这一点，所有人都还有一个共通处——皆是为这世道所迫，求存杀人，并不是真正的凶恶之徒，且家中都还有几个至亲。

直到所有的死囚抬起头，看着顾楠。

顾楠这才停了下来，眯着眼睛："尔等家中皆有至亲尚需供养，如今却皆在此等死，说尔等是败类，却是都轻了。"

字字诛心，死囚们满面涨红，脖子上甚至能看到暴起的青筋。他们如何想这般？这世道想要安稳地活下去又谈何容易！他们都是死囚，除了死路，还有别的路可走吗？这小将难不成就是想当众羞辱他们？想到此，死囚们看着顾楠，恨不得一拳打上去。

顾楠顿了顿，却突然问道："你们可知，你们为什么会被提到这儿？"

这一问把这些人都问愣住了。他们怎么知道。

"秦王命我组三百禁军，直属王的禁军，不受管制。"

禁军？找他们作甚？死囚们默不作声地坐在原地。

"我选了你们。"

话音落下，死囚们震惊的眼神一瞬间都投向了顾楠。

"当然，"顾楠吊儿郎当地坐在石头上，"这只是暂时的，我还要选拔。若是你们过了这选拔，成了禁军，秦王以诺，免死刑责，不入奴籍，恢复民身，重入祖籍，享禁军俸禄，可计军功。"

短短二十几个字，顾楠听到了下面粗重的呼吸声，死囚们的眼睛瞪得很大。他们不敢相信，进了牢狱，本已经是行尸走肉等死之人，每每想起家中至亲，心中都一阵绞痛，但将死之人又如何想得了那些？但是此般，他们看到了希望，恢复民身、可以回去的希望。每一双眼睛都变得炽热，火烧一样地炽热。

"若是选拔不过……"顾楠指向了一早就摆在一旁的桌子。那桌子上放着十几卷竹简，之前根本没人在意。顾楠拿起了一卷，将其摊开，上面写着十几人的名字。

"此为你们的名册，若名字从中被画去，即为选拔不过，重新押回大牢，该如何便如何，我自会再去提人补充。"

"将军，此话当真？"死囚之中，一个正坐着的中年人认真问道，他的眼中亦是一片灼灼。

顾楠摊着手中的竹简："我这个人讲话不是很好听，但诚信还可以。"

"好！"中年人咬着牙，盯着顾楠手中的名册。那名册上有"高进"两个字，正是他的名字。

"三百禁卫，当有吾名！"

"亦当有吾名！"

"吾名亦当！"

死囚激愤，顾楠依旧没有什么变化，放下了手中的竹简："如此，还望你们莫要后悔才是。现在与你们衣铠兵器，随我来。"

顾楠没练过兵，白起也从未教过她此道，但没吃过猪肉，也见过猪跑。参加过，也看过无数的军训，该如何行事，虽然心里依然没有个章程，但还算有点数。她也不求练得多好，不指着能练出什么天下强兵，能别丢脸，练出一支像模像样的禁卫就好。

【六十六】

秦国终究还是败了，魏国信陵君魏无忌在邯郸城下彻底击败秦军；王龁率残部逃回了汾城，军中大溃，损军近三十万。更不好的消息是，韩国亦加入了合纵抗秦。虽因白起已死，抗秦之盟少了个借口，各国没法趁着大义大举攻伐，但是依旧来势汹汹，直取了本已被秦国攻下的河东郡、太原郡，甚至还有那埋着数十万人的长平上党。秦王含恨命秦王子嬴柱将其中一个儿子嬴异人遣送到赵国为质。

秦国退让了，本来的合纵联盟也不过是一纸盟约，以求自保而已。若是真打起来，没有人愿意冲在前面直接抗衡秦国，哪怕秦国此时国力有损。各怀鬼胎，相互推脱，声势浩大的合纵攻伐也就恹恹而止了。

"可恨……着实可恨！"秦王狠狠地掷出了手中的酒樽。只听一声脆响，酒樽摔在了大殿上。

"赵、魏、韩、楚……"每念出一个字来，秦王的眼睛就冷一分。胸口一阵剧烈地起伏，秦王深吸一口气，抬起了头，半晌，颓然地坐回了大殿上。若不是武安君之策，秦国，如今恐是已经前功尽弃了吧……寡人当真错了。那又如何呢？武安君已去了。如同白起的推测，白起死后，秦军大破，各国的失地也多数收回矣，合纵联盟瞬间开始瓦解，各国开始相互保留，没有人愿意再轻易攻伐秦国。也因为这样，秦国有了难得的喘息之机。

如果顾楠在此，应当会发现，或许是因为白起比历史中更早死去，而且不是被秦王恨杀，两人之间计划周全，所以合纵联盟出现嫌隙的时间比历史上早了很多，秦国原本应该丢失的土地也并没有全部丢失。

"寡人还真当感谢他们的保留，此般，我大秦可还没到重创之时……"秦王的眼睛再次睁开的时候，如同一头正在择人而噬的猛虎。只需稍有修养，秦国就能有再战之力，到了那时，他要亲自为武安君雪恨。

嬴异人被遣送赵国的时候，秦王派顾楠前去护送一程。如今的顾楠身具千斤的力道，再加上白起几十年的内力修为，虽然运用得还没有完全成熟，武道一途也才刚刚起步，但是一力降十会这话也不是说说的。秦王试过顾楠的身手后大为惊疑，了解了来龙去脉，对顾楠有了评价——单论个人勇武，咸阳城中当是难有顾楠的敌手了。

嬴异人——第一次听到这个名字的时候，顾楠一愣。这个名字很熟悉，思索半晌，她才想起那日在东簪楼见到的那个年轻人。没想到是他，到头来又是一个熟人。护送那日，顾楠穿着那身丧白色的战袍，在军列中尤为显眼，但是因为戴着青铜面甲，嬴异人并没有认出她来。她就走在嬴异人的一侧，亲自将他送到了赵人的手里。嬴异人的身上，当日相识的那份潇洒和随性都没了，有的只是被当作器物抛弃的悲哀，就像个死人。

看着他走远，顾楠回想着历史中的内容。历史上对这个人的记录似乎只有寥寥几笔，让她有些记忆不清，但是她至少记得一件事，这个人，会是未来秦始皇嬴政的父亲。

深深地看了那嬴异人一眼，顾楠拉过缰绳掉转黑哥的马头。

这段时间外面很乱，也发生了很多事情，但是无论外面如何，顾楠要做的事情也只是练好她的兵。

"两百零一！"顾楠手里拿着一根树的枝条，一下一下地在手心里拍着，慢悠悠地在一众趴在地上的士卒中间走来走去。要是看到哪个人的姿势不对，她一枝条就会抽在那错误的地方。顾楠的力气可不是开玩笑的，就算有意控制，那抽上一下都能让人疼得龇牙咧嘴。一帮士卒浑身大汗，垫在甲里的衣服甚至已经被汗水浸透，他们觉得挤一挤说不定能挤出一桶来，同时还要防着站在他们中间的顾楠。谁也不想被突然抽一下子，就算穿着甲胄都能被这一下抽得趴在地上，天知道这姑娘家的将军哪儿来这么大的劲道。

此时他们做的动作也怪异，两手和两前脚掌撑在地上，身子保持笔直，随着那将军的口令，两臂反复弯曲和撑起。要是后世的人来看，定是明白，这就是俯卧撑，但是这个年头，没人知道这种运动。

"我说，"一个士卒汗流浃背地俯下身子，又颤抖着把身子支起来。这样的动作已经来回做了两百多遍，两只膀子都快没感觉了，他对着身边的另一个中年士卒小声地说道，"高老大，这将军不会是专门为了折磨俺们吧，哪见过这般练兵的？"说着话，差点一个岔气摔在地上，连忙又死死撑住，"我快坚持不住了。"

中年士卒就是昨日那个叫作高进的家伙，看起来也很累，张着嘴微微喘气，瞥了身旁的人一眼："管她是干什么的！昨日我看过了，她带着的那张秦王手诏没错，我们只要过了选拔就能被免了死罪，甚至重回良身，你不想回家看你婆娘？"

"怎么不想？"士卒撇了撇嘴巴，双眼微微失神，半晌，又笑了笑，"也许她早就改嫁了。"

"她说会等你便是会等你！"高进瞪了他一眼，支撑起身子，两臂打战，"你莫不是看不起你自己的女人吧？！"

"谁说的！"士卒狠狠地弯曲双臂又撑起，"她是天底下最好的婆娘。"

高进一笑："那便是了。"

"啪！"一根枝条不轻不重地抽在了高进的肩膀上，虽然抽得疼，但是力道控制得很好，疼不了多久就好了。

顾楠的声音从上面传来：“莫要说话！二百三十三！”

【六十七】

折磨人的训练一直持续到晚上。先是那种叫作俯卧撑的东西，然后是绕着校场跑步，最后还有站什么军姿，都不知道哪儿来的这么多折磨人的法子。这些本来是死囚的士卒一个个都带着股狠劲，现在却已经被折磨得不成人样，下了训练场，全部瘫倒在地上，一动也不想动了。谁知道这时候远处传来了饭香，让一众瘫软汉子的肚子咕咕发响，他们纷纷爬起来，找着香味来源。

“开饭！”顾楠的声音传来，随着她进来的是数桶饭菜，香味便是从那里来的。这三百人在训练期间享受禁卫待遇，饭菜里甚至还有些许油水。在顾楠眼里虽然依旧是让人无奈的味道，但到了他们嘴里，就是人间美味。众人几乎都抢着过来打饭，拿到饭的一句话也没有多说，直往嘴里扒拉，甚至有的直接用手，简直就像饥荒里的难民，看得顾楠的良心都有些过意不去。自己莫不是太亏待这些人了？饭后，所有人都吃得出了一身汗，冷风一吹，便瑟瑟发抖。他们可不是顾楠这样有着内力加身的武人，在这深冬的天气，穿着一身薄薄的麻布衣衫根本不够，何况这衣衫还是被汗水浸湿的，有几个人回营的时候就已经冷得嘴唇发白了。

看着众人的样子，顾楠皱着眉头，是她失策了。这时候冬日保暖的衣衫极少，多是动物皮毛，士兵哪里用得了这东西，有衣甲穿就该知足了。但是这样的话，如果汗透，不快些在火边烤干，患病的概率是极高的。同样地，也会影响到很多训练的进行——得制备些保暖之物。

前几次她去求见秦王，什么禁军的衣食、独立的军营，都是她求来的。早些时候，秦王已经说了，练兵哪儿来的这么多要求，此番她也不好意思再去提，看来得自掏腰包啊。顾楠愁眉苦脸地想着自己刚从秦王那儿预支的俸禄，摇了摇脑袋，也不知道得用去多少。

夜风冷得很，顾楠扯着自己的披风。这么冷的天气，要是有人患了重病，定是要影响全卫的。从自己的屋子里走了出来，向着士卒们睡着的营房看去，一片漆黑。忽地，顾楠似乎想到什么，又走回了自己的屋子。高进正躺在自己的床榻上睡觉，夜里冷得有些难受，四周传来呼噜声，还有难闻的臭味，但是没几个人真的睡得实在，要是有任何动静，大半的人能马上醒过来。大家心里都清楚，所有人都防着别人一手，不为别的，就因为这里的每一个人都是杀徒。

就在高进半眯着眼睛的时候，他突然听到了一阵搬动的声音，"吱呀"一声，营房的门被慢慢推了开来。营房中的呼噜声轻了很多，很明显，不少人注意到有人走进了营房，但是没有人叫破，他们只是暗中小心着。

借着月光，高进微微睁开了一条缝，发现走进来的竟是他们的将军。那将军手里抱着一个泥盆，泥盆里放着不少枯树枝。看着"熟睡"的众人，她摇了摇头，似乎抱怨似的说了一句："看着都是凶人，结果都是些不知事的。"

顾楠一边说着，一边将那泥盆放在了地上，从怀里拿出两块石头，轻轻摩擦几次，火星子溅落到泥盆里，很快燃起火焰，房中一下子暖和不少。顾楠看着眼前烧着的火盆，挑了挑眉头，突然想到，最早的火盆出于三国时期，自己这个算不算发明，有没有专利？随即又摇了摇头。古时候哪儿来的知识产权？无趣地瞥了一下嘴巴，四下看了看——这营房建得四面透风，得，都不用担心通风不好了。

想着，顾楠便起身离开了，随手带上房门，还得去下一间。等到顾楠走后，很久，营房里都没有人讲话，就像所有人都真的还在睡觉一样。高进深深地看了房门一眼，心里带着几分古怪的感觉。这将军，是担心他们受冻，所以才想了这个法子？他感觉有些好笑。自己当过兵，甚至当过军官，从来没有见过这样的将军，笑过之后，却莫名觉得，这样的将军让人感觉很好。

"我们的将军人不错。"在烧着火盆的营房里，不知道是谁开的口。

"一个姑娘家，和我们这帮粗汉子待在一起，也真是为难她了。"另一个人开腔说道。

"我觉着，我们将军人是真漂亮。"

"滚！就只看着这些。"

"嘿，谁只看着这些？我说的漂亮，不是那般的漂亮！"

"成，别说了，你也说不明白。"

"哈哈哈，将军都如此了，我们也就别防着了，好好睡吧，莫负了人家的心意，明个的训练日程我可不想落下。"

"睡吧睡吧……"

莫名其妙地，营房中最开始的那种紧张和戒备的气氛消失了，剩下的是真正沉闷的呼噜声。

高进笑了笑，合上了眼睛，也沉沉地睡了过去。

【六十八】

待到第二天早晨，天还没亮，士卒们就被吵闹的金鸣声吵醒，睡眼惺忪地睁开眼睛，然后连忙跳起来穿上衣甲，飞也似的冲出了门外。他们可是知道规矩的，要是迟到了，得绕着校场跑十圈，跑完之后绝对连早餐都吃不下去。金鸣声结束，一众士卒已经赶到了校场集合，有的还在往头上戴帽子。不同的是，今天的训练和前几日不同，即便被早早叫醒，也没有人抱怨。敲金鸣的士卒归队，顾楠还没有来，一众人就这么站着，背着手站得笔直。

昨夜被汗水浸湿的衣服本来干得不会这么快，但或许是因为昨夜放在营房里的火盆，现在衣服穿在身上已然干燥，似乎还带着一些余热，就是冷风吹在身上，也不那么冷了。

过了大概半刻，顾楠才打着哈欠从远处走来，眼圈有些发黑。昨夜要给每个营房准备火盆，她弄到了凌晨，近早上才算睡了下来，这还没睡多久就被金鸣声叫着起了床。

"都已经齐了？"顾楠左右看了看，疲惫地问道，又摆了摆手，"却是我起晚了。"

"呵呵呵。"队伍里发出窸窸窣窣的笑声。他们都知道，顾楠昨夜恐怕没怎么睡觉。

"笑什么？"顾楠挑了挑眉头，随后似乎想明白了，郁闷地扯着嘴巴，"我知晓，到时我自会按照军规绕校场十圈，绝不会徇私。"

她以为这些士卒是在幸灾乐祸。

"至于你们……"顾楠黑着脸。幸灾乐祸是吧？

顾楠露出了一个阴恻恻的笑容，笑得众人打了个战："立正！"

所有人立刻收敛了笑容，双腿并拢，将背着的手垂到大腿两侧。

"站姿，站到我跑完。"

说着，顾楠优哉游哉地跑了出去，留下一众苦不堪言、笑不出来的士兵。绕校场十圈而已，不过区区几千米，对于顾楠来说，基本没有难度，但是她要跑上多久就不知道了。若是跑上一个时辰，这些人就得站一个时辰，绝对能把人站得两腿酥麻。

"娘的。"一个士卒黑着脸，站在人群里。

"刚才是谁笑来着！老子不打死他。"

谁知身旁的一家伙撞了撞他的肩膀，小声地说道："兄弟，你刚才也笑了吧？"

"你少说句话能憋死？"

"哈哈哈。"

顾楠哈欠连天地走回来的时候，站在校场中央的士卒已经摇摇晃晃地两腿打战了，看得她撇了撇嘴巴。这才站了多久？想当年她当学生的时候军训，被教官罚站了一个上午，不也站过来了？哪像他们这般不像样。唯一奇怪的是，这些人前几日看着还对这种训练很反感，甚至有一些躁怒，不知道为什么，今日却都很配合。

"你们是不是以为我在有意刁难你们？"顾楠看着这三百士卒的样子，虽然这么问，却皱着眉头。奇了怪了，被她折腾了这些天，怎么还没见到有人暴怒？

她还准备有人暴起的时候，趁机打压一番这些人，也好立个威。这些可都不是常人，都是手上沾过血的凶徒，什么时候性子变得这么好了？这样下去不行啊，没人质疑，她之前准备好的激昂言辞岂不就白费了？该是这样一个套路啊……

谁知，三百士卒沉默了一下，却出奇一致地回答道："没有！"

顾楠更郁闷了。这些人难不成喜欢这般站着？

"你们不觉得我练兵有问题？"不死心地又问了一遍。

三百士卒愣愣地摇了摇头，认真地说道："不会，将军很好！"

是很好啊。这个时代，根本没有人把士兵当人，特别是他们这种出身的。死囚营，有一顿饭吃就不错了，等上了战场，不是冲锋陷阵做炮灰，就是直接被当成弃子不闻不问，估计也就眼前的这个将军，还会想着他们是不是会受冻。他们虽然是死囚，但是起码分得清楚什么人待他们好。不过是配合训练，他们皮糙肉厚的，算不得大事。更何况，过了这训练，他们就能摆脱囚牢，苦些累些算得上什么。

完了完了，顾楠抽了抽嘴巴。这些家伙怕不是被她练傻了吧，怎得还觉得这么好了？这种练法，她可是吃过大苦头的，特意加强训练强度，就算是铜皮铁骨，再这么练上几天都得褪层皮下来。这些人怎的越训越配合了？站在队列里的高进看着顾楠的脸色，似乎感觉出了什么端倪，带着笑意说道："将军，有什么话你直说便是。"

众人这才发现顾楠的神色不对，纷纷笑道："将军且说便是，我等听着。"

原本计划好的内容完全被这帮家伙打乱了，她也想不到，竟还有被虐待着来劲的。此般，这好不容易才积累起来的一点威信也算彻底没了。

顾楠神色僵硬地咳嗽了一声："那，我就直说了。你们可知，什么才是强军？"

"不知！"士卒依旧站在原地，顾楠没有下令休息，谁也没有动。

"兵强马壮，刀兵锋利，这些在我看来都不是。在我看来，所谓强军，当有两者足矣。"说着，顾楠抬起了两根手指，"行令禁止者，动静神速，进退有素；奋不畏死者，刀剑加身不惧，箭矢中的继前。由此两者，当是所向无敌。"

在冷兵器时代，没有大规模的杀伤性武器，刀柄、铠甲之间的差距并没有想象中的那般巨大，很多时候，不论将领计谋如何，两军短兵相接，讲究的就是一个谁更高效，谁更不要命。

狭路相逢勇者胜，便是这么一个道理。

【六十九】

若是士卒真将生死置之度外，这般军队爆发出来的实力会是非常恐怖的，甚至可以弥补兵种上的差距，用步兵抵挡骑兵也未尝不可。这个例子就活生生地在顾楠面前上演过。长平之战，那些如同虎狼一般的赵军阻挡大秦铁骑的时候，有的就是这样一股气势。不过三十万残军，生生将秦军拖住，拖成持平之战。这也是秦王让顾楠提三百囚，她却提了三百死囚的原因。

置之死地而后生，这些人本来就在绝路上，无路可退，自当一往无前，然而若只是无惧，还不够。依旧以赵军为例。赵军难破，在于他们已处于绝境，不论如何都不会有更差的结果，不若放手施为。但若赵军的军队不是各自为战，而是更加具备凝聚力，行令而为，呼应而战，秦军恐怕还要吃上一个大亏。

当然，这也是很难实现的。毕竟赵军足有几十万人，在传信不便捷的古代，这么多人便是想要一个分军都极为困难，何况是那些细枝末节的命令，能保证所有人都收到撤退的指挥，就十分不容易了。索性，顾楠眼前的不过三百人，但即便是这样，她也要运足了内力说话，这样才能保证每个人都听得见："禁卫非寻常军伍，而我等更是直属秦王。个人勇武不可少，但你们也当明白，一士骁勇可当不过百十人，三百骁勇却可当万千。"

"我等明白，所以将军的意思便是要我等身兼此二者？"三百人中的一个士卒说道。

"是。"顾楠看着这三百人，眼中却不知是什么神色，皱着眉头。

"你等皆是死囚，虽被我提出，但在这禁军之中，日后所做的，定不会简单，也必然都是些险象环生之事，说是九死一生，恐怕都是轻的了。"说着，顾楠叹了口气，"我在这儿也奉劝你们一句，若是想死个痛快，还是权且回你等的囚牢为好。这里，便是活着，也不会比囚牢中痛快。"

三百直属秦王的禁军，若是没有练成还好，一旦真的练成了，会被秦王用来做什么，不用脑子想也知道。顾楠没有说假话，这地方绝对不如死囚牢，如若真当禁军，会活得生不如死。三百人就这么直勾勾地看着顾楠，直到有一个人发出了笑声。

"哈哈哈，将军，且莫看轻了我们。"那是一个大汉，却笑得轻淡，"我等皆已经是死路上的人，还有什么好惧？"

"大不痛快，不过一条命。"

一句话落下，三百死囚都笑了出来，笑声洪亮、豪迈。

"是极，大不痛快，不过一命尔！"

顾楠看着他们笑，也笑了出来，不知道笑些什么，许久，只是闭上眼睛："我顾楠也在这儿答应你们，还是之前所说的，只要你等取得明面上的军功，我定帮你们转回良家身份，回去看看你等的记挂。"

所有人都明白，等到那时候，他们便难从这个军营脱身了，便是生不如死。很多人其实也只是为了回去看一眼，看看至亲过得如何，看看他们还在不在那儿。

"好，多谢将军！"

"快！再快一些！在那儿干呕作甚？！是老子中午没给你们吃饭吗？跑起来！"

顾楠跷着腿，坐在石头上，看着正跑得上气不接下气的士卒，手里捧着一卷竹简。

这个年代，平日里实在没有什么消遣，顾楠唯一的消遣就只剩下读书和练武了，身边也常会带一卷读物。所有士卒都冲过终点线后，便倒在地上大声喘着气，舌头伸在外面，一根手指都不想再动。

"你们看看你们，一个个虚成这般样子，哪有禁军的样子？"顾楠盘坐在那儿，卷起手中的竹简，摇着头，显然不是很满意，"才三十圈，你们跑了一个多时辰。"

没人回得上话，也没力气回话，所有人都只顾着趴在那儿喘气，他们的目光落到了顾楠手中的竹简上。

一个人问道："将军认字？"

"自然，怎么了？"顾楠有些疑惑。将军怎么可能有不认字的？其实她不知道，很多将军还真的不认识字，简书都是随军的文官写的。这年头，能读上书的人真的太少了。

士卒咽了咽口水，侧头一笑："没什么。"

"将军当真是我见过最厉害的女子，不仅勇武，居然还会做学问。"

"是，确实极其少见。"

"什么叫'少见'？整个大秦，我估计找不出来第二个。"

"好了好了。"顾楠黑着脸打断了他们的马屁，"有这力气说话，你们还不如多喘一会儿。"

士兵们躺在地上咧着嘴笑，最开始的那个士兵期待地问道："将军，你给我们说说吧，讲的什么？"说完，很多人的目光都投了过来。很显然，在这个文化闭塞的时代，很多人一辈子可能还看不上一本书。

"也成。"顾楠摸着鼻子，低头看了看手里的书，"这书却是无趣，不若如此，我与你们说些故事。"

"好啊。"

"甚好甚好。"

看着闹哄哄的众人，顾楠无奈地撇着嘴巴，笑着拍了一下手里的竹简。堂堂一个将军，却像一个说书人。

坐在一群横七竖八地躺着的士卒前，顾楠开始说故事。

"却是说，曾有一国，名为大明。此国之中，有一军部，专佐王事，名曰：锦衣卫……"

【七十】

顾楠说了很久，也不知道到了几时，只知道天色已经近黑，才堪堪停下来。从锦衣卫辉煌的开始，再到它的末路，也算是娓娓道来。从王了却天下事，多么豪迈的气魄，可惜终究只是朝堂苟且污秽的工具，到了无用之时，也就是该被砍去的败枝。

校场上的军士听得入迷。

"锦衣卫……"

一人伸着手，看着自己的手掌，苦苦一笑。

"便是要做朝堂鹰犬，也该做到如此地步，才是英雄！"

"何来英雄？"另一人骂道："你也说了鹰犬，不过是苟且之辈。"

"骂得痛快。但我等日后，不也该是如此？"

顾楠收起了手中的书卷，淡淡地打断了他们的争论："都是提命而活的人，何来的不同？沙场上的军士、王宫里的禁军，哪个没参与宫廷兵戈？"说着，笑了出来，"你等，我等，皆是下等人，能在这乱世里偷得一命，便是万幸了。"

"偷得一命？"

士兵们躺在地上。这吃人不吐骨头的世道，偷得一命，又怎么可能轻巧呢？

夜里很安静，顾楠坐在石头上，看着四下躺着的死囚，又想起了战场上搏命的赵军，还有被埋进地下的赵军，以及沾着泥血的那只手。仰头看着微寒的钩月，第一次，她真的有些期盼她那师父求了一辈子，赌上性命，以身为弃子才博出来的那一线天命能够出现。

月边的乌云被拨散，微风吹起了顾楠穿在甲胄中的丧服。

后面的三个月，算得上是那三百军士日后再也不想回想的三个月。顾楠给他们安排了一众闻所未闻的训练——持械击技、空手击技、长途奔袭、军形整顿、体魄打磨，这些都是基础。

顾楠教了他们自己通过鬼谷子剑术规整出来的另一套简化剑术，还有一套白起教给她的简化矛术，最后是一套简单的吐纳之法。虽然他们都已经年过二十，老的甚至已经有四十岁了，经脉固化，内气一道难以大成，但是练出一两分内气，总是好的。这两者或许都十分简陋，但是对于这个年代的普通百姓来说，本是他们根本不可能接触到的东西。拿到武学竹简的那一刻，所有人的心思都很复杂。穷文富武，一卷竹简的价值就已经难以估量了，何况是一套武学？这些从来都只会是家中、门中的私藏，怎么会教与他们这些死囚出身的军卒？最重要的是，一套简单的武学在未来的战场上，很可能就是他们的另一条命。一命之恩如同再造，对于顾楠来说可能没什么，但在重视恩情的古人眼里，将军的恩情，他们这辈子都难偿。他们都是些粗人，嘴上也说不出什么，能做的只有在校场上埋头苦练。既然已是朝廷鹰犬，他们便要成那锦衣卫，要他们的将军成那锦衣万户侯。

又是一年三月。去年三月，顾楠还刚和白起从长平归来。顾楠骑着黑哥，停在武安君府的门前——冷冷清清的街道，门前被打扫得很干净，想来老连时常在打扫。已然有三个月了，因为军中训练忙，顾楠很难回一趟家，也不知道家中人过得如何了。黑哥难耐地蹬着步子。军中的日子闷得发慌，也没人带它四处逛逛，它都快闷出病了，着实是想家。顾楠笑着拍了拍黑哥的脖子，从它的背上跳了下来，走上前去叩响了大门。

想来开门的定是老连，他的屋子就在大门旁。

随着一声开门的声音，大门缓缓打开，顾楠却一愣，站在门前的是一个七八岁的少年——黑色的头发不算长，用一根带子绑在脑后，脸上的表情有些冷淡，看起来不像少年人的表情，一双眼睛里倒是有几分顾楠熟悉的东西，是剑意。她也是习剑之人，一眼便看出了眼前的少年身具内力，而且剑术不错。目光落到了他的手上，虎口上有练剑之人才有的茧，顾楠手上也是如此，自然清楚不过。而站在她面前的少年，只觉得被顾楠看了一眼就像全身上下都被看透了一般，浑身发寒。

这也不怪顾楠。白起的内力太过庞大，她不过是一个初学者，总是掌握不住分寸，所以全身都带着锋芒毕露的感觉。实力不够的人看她会感到窘迫，甚至当场就想拔剑反抗；实力强的人看到她，则会觉得她太过霸道。

顾楠收敛起了气势，心下有些疑惑，自己家中什么时候多了个不认识的少年？但是她也没有太过紧张，毕竟就是一个少年，实力一般，可能还不如老连。顾楠低着头，看着对方露出了一个微笑：“小兄弟，不知你是？”

眼前的少年脸上有些窘迫，显然不是很适应被顾楠这么看着，小幅度地点头，淡淡地开口：“盖聂，也是这家的客人，但是主人未归，所以在此留宿。”

客人？顾楠一蒙。这武安君府还会来客人？是王翦那憨货家的子侄，还是蒙武家的？顾楠眉头一挑，脸上带了几分真正的笑意：“你家中的大人是何人啊？”

盖聂思索了一下，似乎正在考量是否要告诉顾楠。顾楠看他小小年纪就知道酌情处理，觉得有几分意思，也不急等着盖聂给她回答，谁知道这时候老连走了出来。

“小姐？”老连年迈的脸上露出了难得的笑容。

“你回来了怎么不进来？鬼先生带着两个徒儿拜访，本想去军中通报小姐的，但是鬼先生说既然是公事就不能打扰，所以一直等着你回来。”

【七十一】

　　"鬼老头，我倒是没想到你会来。"顾楠笑着坐在鬼谷子的对面。鬼谷子的身边站着两个孩子，一个是刚才给她开门的盖聂，还有一个看着倒是有几分眼熟，却是一时间记不起来了，看他的样子，似乎有些站立不安。

　　顾楠给鬼谷子添了一杯茶："倒是这里已经冷清了不少。"

　　能再见到这个熟悉的长辈，她很开心。至少在这战国，还能让她感到亲切的老者，应该就只有面前的人了。

　　"多日不见，你还是这般顽劣，白起那老匹夫恐怕是光顾着教你兵武了，也不知道把礼仪都扔到哪里去了。"鬼谷子笑骂道。

　　他拿起其实就是杯凉水的茶，喝了一口，将杯子放到了桌面上，收敛了笑容，略有沉重地问道："白老头，是已经走了？"

　　"是。"顾楠笑着点头，眼里却是晦涩。

　　"嗯。"鬼谷子上下打量了顾楠一眼，她体内那股浓厚的内息修为自然逃不过他的眼睛。想来，那姓白的老货就是这么解决楠儿的内息修为的，真是莽撞。强行输送内息，要是出了什么问题，却是如何担待？所幸无事。嗯，以他的性格，想来应该也是准备万全才会如此做的。鬼谷子注意到顾楠的神色不对，摇了摇头，笑道："那老匹夫是为了他心中的大义而死，死得其所，不必如此记挂。"

　　"不记挂。"顾楠撇了一下嘴巴，给自己倒了杯水，喝了个干净，"那老头死了，我倒是没人管了，乐得清闲。"

　　"呵呵。"鬼谷子笑呵呵地眯着眼睛，也没多说什么，摆了摆手，却是不再聊这个话题，指向身后的两个孩子，"这两个，便是我的徒儿，也算你半个师弟。你看看，都天资聪颖，绝不比你差。"

　　他倒是有几分攀比的意思，他可不想自己的徒儿比白起的差。

　　"聂儿，小庄，还不来拜见你们日思夜想的师姐？"

　　日思夜想？顾楠的脸一抽，这话说得怎么这么奇怪？原因其实就是如此：自从鬼谷子将五剑之说教给盖聂和卫庄之后，就让他二人自己去领悟了，但是这五剑之说，说得明白，练得却不明白。两人日思夜想，境界却始终过不了利剑境界，想让鬼谷子讲解，鬼谷子却始终不说，所以最后想到了顾楠这个开创者，自然便是日思夜想了。

盖聂和卫庄齐齐上前，躬身拜下。

"盖聂。"

"卫庄。"

"拜见师姐。"

盖聂拜得干净利落，一副非常标准的求学之礼，想来鬼谷子在品德礼仪的教养上没有落下，也不知道是不是因为有顾楠这个前车之鉴。而卫庄不然，拜下的时候，时不时地看向顾楠的脸，眼中带着不确定，却又有些恍惚。那日在秦国的市集上，就是一个叫顾楠的女子给了他钱，他才没有饿死。但是那日他已经饿得发晕，没有看清那女子的长相，只记得那女子似乎也叫顾楠，穿着一身青色的袍子。眼前的师姐长得异常俊美，身上穿着白灰色的将袍，却不知为什么里面垫着的似乎是丧服，也叫顾楠，也是秦国人，是她吗？

卫庄的犹豫不定被鬼谷子看在眼里，疑惑地蹙眉："小庄，你有话说？"

卫庄点了点头："是，我是想问师姐，是否有一日你在集市上予过一孩童几枚钱币，让他去买吃的？"

他这样问着，眼里也有些期待。他希望如此，这样自己当时的承诺就不会无疾而终了。那日的恩情，他是一定要报的。如不是她，他就再找。

市集？予一孩童钱币？顾楠被卫庄问得一愣，思索了起来。她去市集的次数是极其有限的，也不过两三次，一次是去买黑哥，一次是去东簪楼，最后一次应该是去替小绿买菜。其他时候不是待在武安君府被白起管着，就是溜去郊外玩了，后面那两次应当是遇不上孩子的。

黑哥的那一次……顾楠陷入沉思，毕竟日子过得确实是久了些。

就在卫庄慢慢失望的时候，顾楠突然一捶手心。

"哦哦，记起来了。"顾楠对着卫庄眯起了眼睛，"你是那个偷我钱的小鬼！"

是了，是她。卫庄一阵欣喜，随后脸色却又有几分郁闷。这家伙怎么就记得我偷她钱了？

"是我，师姐。"卫庄低下了头，"当日之恩，卫庄谨记，如今还是穷白之身，日后卫庄定会报答的。"

知恩图报，倒是个好孩子。顾楠拍了拍卫庄的头，这个动作却让卫庄更郁闷了。男子汉大丈夫，怎能受如此折辱？但面前的是恩人，他抿了抿嘴巴，也就忍了下来。

"报恩就免了。我要是还指着你一个孩子报偿，怕不是活到什么地步了。"

却也是个善缘。

鬼谷子了然地笑着，摸了摸胡子。

"所以，"见过了两个师弟，顾楠重新看向鬼谷子，"鬼老头，这次您老是来干什么的？莫不是来我这儿蹭吃蹭喝？"

鬼谷子正在喝水，被顾楠呛得岔了口气，拍着胸口咳嗽着。盖聂和卫庄都神色怪异地互相看了看，自己的这个师姐，似乎不太着调……

"老夫要是沦落到要到你这儿蹭吃喝，不如死了干净！"说着，鬼谷子吹了吹胡子，"我要是想去吃喝，随便去哪国，都是上宾礼遇！"

"是是，"顾楠被鬼谷子瞪了一眼，顿时缩了缩脖子，"您老厉害。"

鬼谷子哼了一声，叹了口气，也知道不能和这劣徒斗气，不然得被生生气死。

"老夫这次来，一是想让你与两个师弟见见，指教一番；二是校考一下你的剑术，看看可有落下；这第三……"说着，鬼谷子顿了一下，看向盖聂："聂儿，去把那东西拿出来。"

盖聂礼貌地点头，转身离开，不久，拿了一个盒子过来。

【七十二】

盖聂把盒子放在矮桌上，顾楠好奇地看着盒子。盒子约莫一米长，宽不过十厘米左右，整体看上去有些细长，不知是什么东西。鬼谷子叹了口气，无奈地看着顾楠："自己打开看看。"

顾楠不解地看着盒子，伸出手，放在了盒盖上。盒盖被打开，里面放着的是一把漆黑的古剑——平平无奇的剑鞘，上面没有任何花纹，样式也很古怪，没剑格，分不清剑身和剑柄，看上去就像一根烧铁棍。唯一看得出它是一把剑的地方，就是它浑然一体的剑鞘和剑柄间的一条细缝。顾楠怪异地拿起这把其貌不扬的剑，拔开了剑鞘。不同于剑鞘的漆黑，剑刃雪亮，照亮了顾楠的眼睛。剑身上同样没有任何花纹，就像一抹干净得透彻的弘光。顾楠缓缓将剑抽出，剑刃很薄，但莫名给顾楠很坚固的感觉。长剑被拔出的时候，却再没有那种烧铁棍的样子了——锋芒毕露。将剑收回剑鞘，剑光重新隐没，顾楠把剑放了回去，点了点头："剑不错。"

"是不错。"鬼谷子说道："这剑是老夫向一个故人讨要来的，放在他手里也没用，所以就给了老夫。"

"失格之剑，不知年代，不知材质。老夫试过，坚固异常，而且锋利。"说着，鬼谷子看向顾楠，"你的剑路讲究的是一击致命，快、狠、准，招招搏命，几乎全无防守。"

似乎又想起了最后那次和顾楠交手的情景，鬼谷子笑着摇头："连抛剑而攻这种事你都做得出来，只攻不守，想来，这无格之剑是很适合你的。你也没有一把称手的剑刃，老夫就割爱，给你了。"

顾楠沉默了一阵，看着桌案上的剑，有些感动。有一个处处为她着想的老人，如何不感动呢？顾楠微笑着拿起了这烧铁棍。

"那我就不客气了。"末了，顾楠又补上一句，"谢了。"

鬼谷子笑着摸着胡子："想从你这儿听个'谢'，当真不容易。给这把剑取个名字吧，日后随你出生入死，当有个名。"

顾楠看着手中的剑，微微出神，许久，坚定地说道："就叫它烧铁棍了！"

"啪。"跪坐在一旁的卫庄和盖聂肩膀一抖，然而那声"啪"不是他们发出来的，而是鬼谷子一手拍在桌子上发出的。

"不行！"

"为什么……"顾楠有点郁闷。黑哥当时的名字就不能随她的意，这次这剑也不成吗？

顾楠不死心地比画着："明明很形象啊。"

鬼谷子颤了颤眉毛："不行就是不行！"

"嗯……"既然鬼谷子坚持，顾楠也只好重新想一个。她盘坐在自己的位子上，撑着膝盖，皱着眉头，"如若不然，叫无格便是，反正也没有剑格。"

无格……虽然还是有些不尽如人意，但已经比烧铁棍这种名字好很多了。也罢，反正已经予她了，随她去便是，鬼谷子摆了摆手："便如此吧。"

却不知日后那攻伐不守、黑剑无格的名号就这么被定了下来。嗯，倒确实比攻伐不守、黑烧铁棍要好听些……

正当顾楠还想再说些什么的时候，鬼谷子突然拿着手里带着剑鞘的剑，直直地向顾楠点来。这一剑不快，但是气势磅礴，如同将浩荡天地皆束于这狭长剑鞘，随着剑路倾塌下来。一剑，像是撕开了什么，冥冥之中带着剧烈的轰鸣声。一瞬间，顾楠只觉得身上被寒气笼罩，天地中只剩下了那剑，而她在屋内，无脱身的余地。一旁的小庄和盖聂齐齐退后了一步，他们根本承受不住这一剑的威势，就算是余威也难以承受。浑厚的内劲和剑意，都不是他们可以窥探的。

心中骇然，他们几乎从未见过老师真正出手，但是这一次，这一剑便是在一旁看着，都足以让他们无力反抗。

"嗡！"一声轻微的嗡鸣声传来，随后一道寒光乍起，照亮了卫庄和盖聂的眼睛。一柄快得看不清的剑，眼中只留下了那抹光弧。顾楠也承受不住这份威势，虽然知道鬼谷子不会真的攻击她，但还是下意识地出了手，而且一出手便是全力。

快到极致的刺剑，卫庄和盖聂站在一旁发愣，瞬息之间顾楠已经刺出了十二剑，正是那无格剑。可惜这十二剑都为鬼谷子的浩荡剑势所溃，还未接触便收了回来。最后，第十三剑，鬼谷子的剑鞘已经送到面前，顾楠飞身而退，手中的剑却不退反进。内息涌动，顾楠用上全力，这第十三剑成了鬼谷子那浩荡天地之中的一道匹练，恍若坠光。一十三剑，不过呼吸间，这剑已经快到了难以想象的地步。盖聂、卫庄两人只觉得遍体生寒，两人若落在这种剑下，恐是连怎么死的都不知道。

"当！"两剑终触，剑尖抵在剑鞘上，不同于意料之中的震撼。两人同时收了势，只是发出一声轻响，就像拿着剑比画比画一般。

鬼谷子微笑着收起剑，一边点着头，似乎对顾楠的表现很是满意，又似乎因为出了之前的闷气，心头舒爽。

"呼。"顾楠松了口气，擦了一把额头上的虚汗。这一剑她是勉强挡下来了，抱怨地看了看鬼谷子，"鬼老头，你别一句话都不说就动手啊，想把我拆了？"

一边说着，一边又坐了下来。顾楠想起刚才的那一剑，微微失神，想到了什么，笑道："您的剑意，突破了？"

"尚无。"鬼谷子看起来有些扬扬自得，毕竟他如今可以算是站在这个时代剑道的顶峰了。

"无剑之境甚为深奥，老夫苦悟一年有余，却只悟出了这一剑，想要真正入那门，还差半步。"说着，鬼谷子又遗憾道，"却不知道这半步，老夫终其一生又是否能达到……"

"可遇不可求之事。"顾楠替鬼谷子高兴，给他又倒了杯茶，"我这一生却不去强求这些。"

"不强求？"鬼谷子白了顾楠一眼，"不强求，又如何与天地争出个所求大道？我争那剑通纵横，你师争那朗朗乾坤，世间有作为之人皆在强求。碌碌一生，为人作何？你这人就是性子疲懒，如若不然也不该是这么个样子。"

"那没办法啦。"顾楠挑了挑眉头，"天生如此，改不过来了。"

【七十三】

两人坐着喝茶，站在鬼谷子旁边的盖聂看向卫庄，却发现卫庄也正好看向他。两人眼中都是深深的震撼。鬼谷子与顾楠只是比画了一招，就让他们险些夺路而逃，这才知道什么是剑。两人平时所练的，恐怕就是一个玩笑，由此心思也更加坚定，来这儿的一趟，定要好好求学才是。

鬼谷子重新将剑放回了腰间。

"你这一年，剑途所延着实不短，刚才那第十三剑，就连老夫都有些惊讶了。"鬼谷子眼里带着欣慰的目光，却又皱眉，"只是不知为何，我在你的剑里没有看到任何关于五剑的影子，也看不出你处于什么地步了。"

刚才那一剑没有任何气魄，有的只是纯粹到极致的快，快到鬼谷子都觉得跟它不上。一十三剑，盖聂和卫庄暗自记下了这个数字，心头也很是苦涩。刚才他们只看到眼前光影，知道快，却只看清了两剑。顾楠摆弄了一下手中的无格。这把剑她很喜欢，非常称手，应该是她用的最称手的剑："五剑之说，说来我自己都难有掌握，所以，我走的不是这个路子。"

不是这个路子？后面的两个小屁孩提起了精神。在他们看来，五剑之说已是天下剑途的大道，殊途同归，终归于此。居然还有别的路？

鬼谷子也露出了惊讶的神色。

"不与此道？"鬼谷子喃喃着，又笑了出来，"说来听听。你这人到底是把这青锋悟到了如何地步？"

"也算不上悟，"顾楠收起了无格，"都是些沙场上的东西。上阵杀敌，求的是干净利落，一击毙命，所以我练的剑只讲究一个字，快。"

"快。"鬼谷子摸着胡子，似乎在思考。他这一辈子，快剑见过不少，很多人的剑奇快无比，让人难以应对。但是，只是一个"快"字，真的能证得这剑？

顾楠拿起茶壶，微微倾斜，流出的清水落入杯中回旋："嗯，天下武功，无坚不摧，唯快不破。"

卫庄与盖聂一阵失神，似乎正是如此。无论对手如何、剑路如何，只要比他快，快很多，他还没有出剑便一剑杀之，当是天下无敌，无可破解。难道，之前的剑都练错了，快才是正途？

"醒来！"鬼谷子喝道，惊醒两人。他们这才发现，鬼谷子正等着他们。

鬼谷子已经想清楚了顾楠的意思："这条剑路，所谓纯粹，也所谓不同。每个人所坚持的纯粹皆不同，你们的剑术已有基础，若是转练快剑，你们的剑也就废了。"

听到这儿，盖聂和卫庄满头大汗，再看向顾楠，如同虎狼，只是一句话，差点让他们的剑心蒙尘。看着两个不成器的徒儿，鬼谷子叹了口气，转头看向顾楠："倒是让你笑话了。"

"无事，两个师弟都还年幼，容易受外物影响。"顾楠笑道，"倒是我该抱歉，胡乱说话。"

"你只是道明了自己的剑路而已。"鬼谷子赞赏地笑道，"每种剑道皆是大道，内心不坚之人自然都会动摇。左右逢源，这才终难成路。固守己道，狭以成一，所求极致，亏你能想到如此办法。"

顾楠的快剑和他之前见过的绝对不同。顾楠彻底舍弃剑招，舍弃所有，只求一快，皆系一快——所求极致，亦是证剑路途。

"倒是鬼老头，为了练这快剑，你的纵横剑法我倒是全忘了，只剩下两剑，纵为一刺，横为一砍。所幸你未考我剑招，不然我是真要丢人了。"

"呵呵，竖子！老夫门中如此剑术，却是被你糟蹋了。"

同一时间，卫庄和盖聂都低头看着自己的剑。盖聂暗自求索，坚固剑心，定是要走通了那五剑大道，以证剑心。而卫庄则半合着眼睛，他要走的路绝不是人人都可走的大道，他要走，就要走那天地一人的路途。如同顾楠一般，旁人皆走不得！

晨间的阳光懒洋洋的，似乎正趴在那屋头小憩；远处的林间传来鸟鸣，不知是什么鸟叫得清脆，却是远远的，也听不清。

武安君府上的一个小院中传来一阵阵悠扬琴音，听得人更加慵懒，只想躺下，好好休息一番。呃，便是像顾楠此时一般。画仙正坐在树下弹琴，嘴角带着浅笑。漂泊多年，此时这般平淡的生活却让她很满足。她所想的也不多，便是跟在自己的懒姑娘身边，过了余生就好。

而顾楠则躺在一边的地席上，眯着眼睛看着一卷竹简；小绿站在她的背后，捏着她的肩膀；盖聂坐在一边，只要顾楠一伸手，就递水过去；卫庄呢，正在给一旁的黑哥梳马毛。两人皆是一头黑线。他们本是来学剑的，谁知道是这般模样，怎么觉得是在做仆役？小绿无奈地看着顾楠舒坦的样子。自家小姐的样子，她是早就已经习惯了的，在家里就和没有手脚一样，能坐着就不站着，能躺着就不坐着，也不知道一个人在外面是怎么过活的。

卫庄按捺不住，放下了手里的工具，看向顾楠："顾楠，什么时候教我剑？"

卫庄没用"我们"，盖聂学不学得上，不关他的事。他已经迫不及待地想要走上自己的剑途了。盖聂的目光也被吸引了过去，他嘴上不说，但是心里也有些急迫。

"你叫我什么？"顾楠的声音懒散，横了卫庄一眼。

卫庄只觉得莫名哆嗦："师，师姐。"

"嗯。"顾楠笑着点了点头。辈分大就是好啊，大一点也是大，"先把黑哥的毛梳好了，到时再说。"

卫庄黑着脸："你当时让我挑水的时候也是这般说的。"

"哦。"

"'哦'是什么意思！"已经做了快半个月的苦力，终究是六七岁大的孩子，就算平日里像个大人，此时也感觉自己受了委屈和折辱，卫庄的声音里带着点哭腔，"到底教不教我？直说！"

或是曾经苦日子受得多了，卫庄终究没哭出来。鬼谷子把他们交给了顾楠管教，这段时间自然不会管他们，要是这时候去找鬼谷子求解，恐怕还得被教训。

"师姐，"盖聂看到卫庄的样子，也不再沉默，向顾楠说道，"我觉得小庄说得有道理。"同时又小声地说，"小庄心高气傲，从来受不得折辱，你看，他都快哭了。"

说着，看了一眼卫庄。说是小声，实际上这声音可一点都不小，卫庄听得一清二楚。

顾楠诡异地看着盖聂。这小子平日里都不说话，实际上是个腹黑吧？

"谁快哭了？！"

【七十四】

"姑娘，你就别欺负小聂和小庄了，他们是来学剑的。"

小绿无奈地拍了拍肩膀，提醒顾楠真正该做什么。

"嗯嗯嗯。"身子在席子上伸个懒腰，活像一条正在岸上打挺的鱼，揉了揉自己的腰，顾楠直起了身来，看向卫庄，"也罢，看你着急成这般的份儿上，就先教你两招。"

"没着急，"卫庄故作淡然地说道，"你教我就学。"

说着，卫庄狠狠地瞥了一眼盖聂："莫听那人胡说。"

"啪。"顾楠一手按在了卫庄的头上，把他的头扳了过来。小孩子果然很麻烦啊，鬼老头分明是自己带不动，才甩给我的吧？顾楠黑着脸看向盖聂："你也坐过来。"

看着正坐在自己面前的两个小孩，顾楠按着眉心。

"这几日本是你们师父安排的，主要是想看看你们的心性，如此校考之下，看来是十分差了，耐性不足，也沉不住气。这也不怪你们，这个年纪，正是好动的时候，而后也让你们受受磨炼，非是每个人都像我和你师父这般。剑路就像做学问，谦虚恭谨还是要的。"

盖聂和卫庄了然，怪不得这几日府里的脏活、累活都是他们干，盖是故意的。就说这么大的府邸，怎么连个下人都没有。小绿、画仙、老连平日里在府中做事，看着也不像下人。其实这根本就是他们想多了，这府里确实没有下人，顾楠这点微薄的俸禄也就够吃饭和日用。原来是师父吩咐的。想起自己师父的做派，两人不由自主地点头：嗯，确实合情合理。

"哼。"卫庄闷哼了一声，似乎对自己的表现不甚满意。

盖聂支着下巴，似乎在想什么，突然问道："师姐，你说剑路一途该是谦卑，为何你待师父是那般模样？"

"扑哧。"这是小绿和画仙的笑声。

"喀！"顾楠干咳了一下，看向盖聂，眼神没有什么波动，表情平淡。这句完全就是故意找茬的话，从他嘴里说出来就像是真心求知一般，"这事日后再说，此般我确实要教导你们剑术了。"

"嗯。"盖聂也没有露出遗憾的表情，低下头，似乎在继续思考这个问题。这两个都是问题儿童……顾楠的眼角有一些抽搐，心中认定了鬼谷子是在把麻烦甩给自己的想法。这两个孩子在府里住下之后，鬼谷子就不见了踪影，说是时候到了自会来接走。谁知道他去哪儿逍遥了，现在正窝在哪个老婆子家里睡大觉也不一定！

"阿嚏！"坐在湖边抱剑参悟的鬼谷子打了个喷嚏，皱着眉头摸了摸鼻子。着凉了？不可能啊。我这武学已经到了天人修为的地步，当是寒热不侵才是。

"阿嚏！"接着又打了一个，差点把手里的剑抖掉了，鬼谷子疑惑地望着天。嗯，待到明日，去近处的城里，添件衣衫……若是让他知道顾楠在背后如此编派他，恐要一边大骂着晚节不保，一边拿着剑直接砍了这混子。

顾楠坐在树下，卫庄和盖聂已经取来了他们的剑，站在她的面前。两个不过六七岁的孩子拿着两把快和自己身高差不多长的剑，还是一副认真严肃的样子，看上去要多怪异有多怪异。鬼谷子那老头够可以的，这两把秦剑，近九十厘米，就他们这一米二不到的个子，他们拿得稳，也得施展开啊。

顾楠一边笑着，一边拉过了身边的小绿。

"姑娘，怎么了？"小绿疑惑地看向顾楠。

"去取两根粗些的柴火来，长度大概就这么长。"说着，顾楠在手里比了一个大概六十厘米的长度。对于她来说，剑的长度保持在人身高的一半左右，用得会舒服些。

"嗯，"小绿不知道顾楠要做什么，但还是点了点头，"明白了。"

说完，小绿就跑走了。顾楠交代的事情，她是从来都不耽误的。顾楠交代完，看向了站在面前的两人："你们先把你们的年纪、所学剑术，还有擅长的一二路数说与我听，最后演练一遍，听明白了？"

两人同时抱剑行礼："明白。"

说着，盖聂先开口："盖聂，五岁，所学纵剑，擅长路数便是纵剑。"

卫庄跟在盖聂的后面："卫庄，六岁，所学横剑，擅长横剑。"说完，不甘示弱地横了盖聂一眼。顾楠把两人的小动作都看在眼里，也不在意，小鬼头争强好胜也没什么。"纵横剑术，我都算有涉猎，但是当日学剑不过三月，所学也不过基础，如论剑招，我恐怕都比不上你们两个。"顾楠说着，卫庄和盖聂不自觉地想到了顾楠昨日在堂中的一十三剑。他们只看到了出剑和最后一剑，其余的，只看到了连成一片的光华，当下不敢再想。确实没有剑招。直取人性命，要什么招数？

"我能教你们的也不过就是些前人之说，或是我自己的经验之谈，作用多少我也不知。但是那鬼老头既然把你们交给了我，我便会把我知道的教于你们。该学多少，能学多少，你们自己把握便是。"

"多谢师姐。"卫庄和盖聂齐声说道。这也是鬼谷子教的，他说了，见了顾楠多叫"师姐"，套些近乎。这人甚是慵懒，想要把话从她嘴里套出来，他们得学乖些。

"姑娘，"小绿的声音传来，她抱着两根木头到了顾楠身边，微微喘气，"柴火我取来了。"

顾楠看着小绿的样子，笑了一下，伸手替小绿擦了一下头上的细汗："我也没急着要，不用总是这样匆忙，家里平时也没那么多事了。"

"姑娘说得轻巧。"小绿翻了个白眼，"我不忙，学着和姑娘一般，这家里谁来打扫、做饭、打理事务？"

"啊，哈哈，这样啊。"顾楠尴尬地抓着头发，瞪了一眼一旁的盖聂和卫庄："你们还不演练？"

【七十五】

卫庄和盖聂分立在两旁，手中拿着两把和自己差不多高的青铜剑，各自摆出剑势——一纵一横。顾楠微微皱眉。当日她学的时候，便是这般觉得，鬼谷子剑法纵横，根本就是势不两立的两种剑术。鬼谷子当时教她时，她提出过这个问题，鬼谷子则笑道，只学剑术，纵横无碍，但是万不得同时学习纵横两者的心法。顾楠只学剑术，自然可以纵横同修，但是配合了吐纳之法，这纵横的对立之势就更加明显了。顾楠暗自皱眉。一门之内的武学应当是系出同源，便是路数不同，大多都该是一种感觉才是，怎么会有两种差异这般大的成套武学？说是仇家武学，她也信了。盖聂和卫庄开始演练，长剑烁烁，剑术精湛，这个年纪足以让人侧目。但顾楠看了几眼，便低下头拿起一根小绿拿来的木头，从腰间抽出无格，削了起来。纵横家……顾楠一边削着木头，一边想着有关于这个诸子百家中门生寥寥的学派。罢了，不多想了，待鬼老头回来亲自问问便是。顾楠又看向了场中演剑的两人，对比着两人使剑的差异，手中的无格干净利落地斩落木柴上的碎块。

两人演剑不过一盏茶的工夫，顾楠手中的木头就已变成了两柄其貌不扬的小木剑——剑柄歪斜，没有剑格，剑身坑坑洼洼，便是剑锋都没磨好。嗯，这在她眼里是木剑，在旁人看来，应该是两根连柴火都不能当的木头。

盖聂和卫庄上前，疑惑地站在顾楠的面前："师姐，这是在作何？"

他们都已经有了内息，气息远比常人绵长，不过一套剑术，还不会累。从刚才开始，他们就看到顾楠在那里对着这两根木头又是雕又是削，似乎在做什么东西。现在木头成了这般模样，他们也认不出来是什么。感觉到自己的想法很美好，但是现实很残酷的顾楠挑了挑眉头，抿着嘴巴——我还就不信了……两根木棍子有这么难……

"今天就先到这里，明日再到这儿来，我有事要办！"说完，顾楠就起身离开了，临走时对小绿说，多拿些这般的木头到她的房里去。对于姑娘这样浪费柴火的做法，小绿虽然郁闷，但也只能随着她去。只有一直坐在一旁抚琴的画仙，似乎看出了什么，掩嘴偷笑。姑娘还是这样，总是这般孩童脾气。

第二日，等到卫庄和盖聂到小院的时候，顾楠已经拿着两把木剑站在那里了。木剑的样式大致相同，但是细节有许多不一样，有些短小，倒也刚好足够盖聂和卫庄使用，虽然打磨得不是很好，但是已经比最开始的那两把好很多了，起码看得出是把剑。顾楠掂量了一下木剑的重量，对她来说太轻了些，对于这两个孩子来说，应该会正好。

"接着。"顾楠将木剑分别抛给了二人，"你二人的青铜剑都长了些，而且你们的手腕都还未长好，青铜剑太重了，用着对你们没好处。"

说着，顾楠指着木剑说道："试试看。"

看顾楠一脸倦意的样子，就知道这两把剑估计费了她一番功夫。卫庄一脸复杂地接过木剑，嘴里念叨着："用木剑，和孩童胡闹有什么区别。"

木剑在手中随手甩了一个剑花，却被他收进了腰间，替代了那把青铜剑原来的位置。曾经，他见过一个父亲给他的孩子做了一把小木剑，很是羡慕，远远地看着，直到被人家看到，挥手赶走："用着还算顺手，姑且收着了。"苦大仇深的脸上第一次带上一些笑意。

顾楠黑着脸，敲了一下卫庄的脑袋。

"你打我作甚！"

"想打！"

盖聂捧着手中的木剑，愣愣出神，半晌，笑了笑，将剑挂在腰上，不善言辞，只是说道："多谢师姐。"

"学学你师哥。"

"我比他大！"

"啪！"又是一下，卫庄没了声音。

"那也是你师哥。"

这几日军营的工作都已安排好，平日里他们会自行训练，这是顾楠对他们的考核，一个月后，她是要检查的。本来是难得的偷闲，结果还要待在家中教孩子，着实让她的心情不甚美好。卫庄和盖聂的剑术进度差别不大，就目前来说，确实是早入门的盖聂要更强些，基础也更加牢固。盖聂的剑道和鬼谷子的非常像，那份剑中意境，或者说，他的剑路更加严谨。而卫庄似乎是想走出属于自己的东西，但是奈何在这剑上的功夫还不够，显得不上不下。顾楠给他们两人的建议都是先顺着大道走下去，等真正走到路口，再决定该继续走大道，还是走自己的道。他们此时恐怕连那路口都还远远没看到。其实本来以顾楠的境界，也不该能看到什么，但是她一心求快，只博那生死之道，剑路纯粹，也就少了境界的苦恼。

要用五剑之说来分，卫庄和盖聂都该是利剑境界，想要快速提升他们对剑法的领悟很难。但是既然这五剑之说在此世是实用的，那么那套法子也就该是实用的。

咸阳城外的山林中，空山鸟语，山间泉倾。

此处是一个不大的瀑布，水流从高处飞落倾斜而下，落入潭中，轰轰作响，溅起水雾一片。

【七十六】

顾楠坐在瀑布之畔，手中拿着个酒葫芦，喝了一口，清甘的"酒液"从嘴角滑落，却没有半点酒气。按常理说，应该是好酒，可这葫芦里没有一点酒香，装着的不过是清水。之所以装在酒葫芦里，估计是顾楠在画饼充饥，就当自己喝的是酒了。

白起死后，她再没有喝过酒，这酒她是打算戒了。那老头生前和她说过无数次酒的不好，她从未听过，此般也没机会听了。

"哗哗哗。"激荡的流水声响彻在林间，水面上泛着被拍散开来的雾气，沾湿了衣衫，鼻尖环绕着湿漉漉的水汽。瀑布下的水算不上多深，浅溪一条，顺着山涧一路流向山下，也不知道会流到哪里。水面因瀑布的拍打而泛着白沫，看不到底，只有到稍平静些的地方才能看清水下的石头。要是运气好，还能看到一两只螃蟹或者小鱼。水里的螃蟹很小，鱼也一般，但是奈何顾楠乐此不疲，看到一只，无格便恍若灵蛇一般地蹿出，将那小鱼、小蟹挑了起来。

无格自从到了顾楠手里，不是削木头就是挑鱼，过分的时候还当过晾衣架。如果这把剑有自己的意识，估计已经生无可恋了，可惜它没办法反抗。

"啪。"一条鱼落在地上，大概就手掌那么大，无力地扑腾着，顾楠把它提起来放到一边的石台上。自从到了这大秦，她一天到晚吃的就是那么几样东西：粟米、豆子、煮肉，时节好的时候还有些蔬菜，调味品不过就是盐巴和肉酱，基本没有什么鲜味。

吃的时间久了，嘴巴也淡得难受，只能抓些鱼尝尝鲜。她知道自己该知足，在这个人人食不果腹的年代，能吃上顿饱饭便是好的了，但她是真的怀念曾经的吃食啊。

生了堆火，顾楠将小鱼放在火堆的石头旁，每放一条，就说一句。

"红烧肉……

"糖醋鲤鱼……

"麻婆豆腐……"

先不管顾楠做的这蠢事，远处，瀑布下小潭的中央，两个少年正站在那儿，手中持着三尺青锋，似在练剑。潭水不深，但是足以淹到他们的胸口处。瀑布下的潭中激流汹涌，便是站立都有些不稳，何况是练剑。端着剑一刺出，便已经用尽平日里刺了十剑的力道，还刺得歪斜。不要说练上一套剑，只保持一招不变，就已经要了他们大半的力气。

天气已经见寒，这个时候站在这种山间冷潭里，就是卫庄和盖聂这般身负内力之人都觉得有些寒冷。而顾楠给他们的任务，就是在这瀑布下练剑，将内力消耗完，便可上岸修整。

顾楠自己在剑道上都只是半吊子，让她来教剑，她也只能说鬼谷子老头的心很大。当日也和鬼老头说过自己没有把握教好两人，但那鬼老头根本听不进去，还信心十足地让顾楠随便练、随便教。随便练，弄出个残疾怎么办？顾楠也无奈，摊上这样的师父，只能算这两人倒霉。既然非要教，她也只能看着教，保证让他们安全，莫要缺了胳膊、少了腿，能不能教好就只能听天由命了。她自己的剑路是从战场上搏杀而来的，鬼谷子也说过这样的剑只适合她一个人，教不了别人。

听闻两人想要参悟剑法的意境，顾楠才有了这个想法。从前她爱看武侠小说，不然也不会知道独孤剑魔。同样地，自然也知道杨过。杨过也算是得了剑魔独孤求败的一半传承，一把重剑，威震天下。那杨过的重剑是如何练成的呢？便是对着那海涛修炼。秦地是没有大海的，但是瀑布之下的急流想来也有同样效果，所以也就有了现在这般模样。

盖聂和卫庄在瀑布下狼狈不堪，心里一遍又一遍地念叨着顾楠在开始前告诉他们的"举重若轻，举轻若重"。

而顾楠呢，自顾自地坐在远处的溪边抓鱼，幻想着满汉全席。能被鬼谷子收为弟子，两人的天赋自然不错，剑招经过鬼谷子近两年的教学，已经有所成就了，对于这重剑之境，仿佛就近在咫尺，但是又远在天边，距离参悟似乎只有一层窗户纸，却怎么也捅不破。五剑之说，前二者软剑与利剑其实并无递进关系，不过是两种不同的武学路数。但是重剑凌驾在二者之上，再上便是木剑、无剑。这所谓的剑的境界，在剑客的初期，对实力其实并无太大影响，所谓的提升，其实只是对剑的理解而已。哪怕参悟了重剑的剑意，现在的他们也不一定能击败原来的自己，可未来的前途绝对会坦荡许多。等内力和剑法齐备之时，对于剑的理解就会真正开始影响剑客，而且影响极大，天地之差。两人平日里都是内敛之人，话不多，但都是心高气傲之人，没有人想说自己做不到。而且顾楠也不知道，鬼谷子纵横弟子，只能活一人。两人必然是生死之敌，谁也不想是输的那个。不知不觉，已经是日落，两人站在潭中，已经两腿发抖，似乎随时会被流水冲走一般。他们摇摇摆摆地站着，手中的青铜剑已经沉得不成样子，如同千斤之重，随时就要拿它不动，内力几乎消耗了个干净，一丝不剩的那种干净。举重若轻……举轻若重……两人同时又向前刺出了一剑，差一点，还差一点。他们都很佩服顾楠，能将重剑之境容纳在这区区八个字之中，让他们对重剑的领悟更进一步。剑术境界虚晃难明，就连他们的老师鬼谷子都很难讲清楚，只能说，顾楠不愧是五剑之说的创者。

【七十七】

盖聂暗自叹了一声：同为老师弟子，我差她太多。

可惜他们不知道，这根本就不是顾楠概括的。而卫庄一直默不作声地提剑施招，越是用力，水流的阻力就越大，但是力用轻了，剑就会被水流轻易冲开，他恨自己为何这般无用。韩国……又狠狠刺出一剑。

"我说，你们两个，可以上来了。"顾楠的声音从岸边传来。

盖聂默然，考虑到自己确实已经没有余力了，遗憾地收起剑，看向身边的卫庄："小庄，上岸吧。"

"再等一下。"卫庄咬着牙，举起剑，长剑刺出，向着瀑布的中心刺去，刺到一半，就被湍急的水流卷着偏到了一边。盖聂知道卫庄的性子，默不作声地站在一旁。顾楠看着潭中的两人，许久，也不见他们上岸，皱了皱眉头，纵身一跃。数米宽的水面，只泛起了几层水纹，她就已经来到了两人身边，还没等两人反应过来就一手一个，将他们提回了岸上。

看着眼前景物的转换，卫庄和盖聂皆是一愣。盖聂倒没什么，将剑收回了剑鞘，而卫庄皱着眉头对顾楠质问道："你做什么？"

回应他的是一块麻布。顾楠将两块麻布糊在了他和盖聂的脸上。

"我说你们可以上岸了。"顾楠撇着嘴巴，"自己把头发擦干，不然生病了别怨我。"

卫庄阴沉着的脸色不知为何缓和下来，拿着麻布擦起了头发："要不是你撞破，我已经快要领悟了。我自己练与不练，关你何事……"

"啊？"顾楠笑眯眯地看着卫庄，"你说什么？"

卫庄被看得后背发麻，只觉得像被什么极其危险的东西盯上了一般："没，没什么。"

一旁的盖聂看着有趣，倒是第一次见小庄这般听话。顾楠注意到盖聂和卫庄的剑依旧是那两把青铜剑："我不是让你们用木剑吗？现在用这种剑对你们没有好处。"

卫庄移开了眼睛，淡淡地说道："那般难看的剑，我不想用。"

嘿，这小孩儿，顾楠气得眉头一抖，还真是不知好歹啊。

盖聂看着卫庄，对着顾楠拱了拱手："师姐，瀑布水急，小庄怕用坏了，所以说要用青铜剑。"

用坏了？顾楠诧异地看向卫庄。卫庄的脸微不可察地红了一下，扬了扬脖子："我没说过。"

盖聂"小声"地说道："师姐，不要问了，小庄嘴硬。"

卫庄涨红了脸，也不知是气的，还是急的："我说了，我没说过。"

"是，"盖聂认真地点头，"你没说过。"

"浑蛋！"

眼看着两人就要打起来了，顾楠黑着脸，一手一个打在了两人的头上。

两人都不敢再说话。

"木剑坏了再做就是，别闹了，吃饭！"

傍晚的山林有着别样的美感，也不知道是去掉了晨间笼着的薄雾还是如何，视线变得更加清晰，穿过树叶的余晖洒在树干上晕染出片片微红。透过林木间隙，看到外面的天空晕红一片，甚是好看。一片空地上，火堆烧得作响，偶尔发出噼里啪啦的声音，迸射出几个零散的火星子。火堆上面烤着数条小鱼，还有一种盖聂和卫庄都没有见过的东西。

两人各拿着一条烤熟的小鱼吃着，没有什么作料，入口有些淡了，但胜在新鲜，味道很是不错。

"师姐，这是何物？"盖聂看着火边的大甲虫，问道。那东西浑身甲壳，有些奇怪。

"螃蟹。"顾楠拿起一个，掀开盖子，清理了一下里面的杂物，掰成两半放进嘴里嚼着，"不试试？还不错。"

盖聂拿起了一个，学着顾楠的样子处理干净，放进嘴里。味道很鲜，虽然甲壳坚硬，但是肉质软糯："好吃。"

卫庄的视线也被吸引过来，犹豫一下，也拿了一个，尝过之后也点了点头："还不错。"

吃着晚餐，气氛异常安静，顾楠倒是只顾着吃，卫庄和盖聂都不知道说些什么。突然，盖聂问道："师姐，你在这大秦，担当何职？"

顾楠听到盖聂的问题，疑惑地抬起头，擦了擦嘴边沾着的鱼肉："你问这个做什么？"

"没有。"盖聂吃了一口鱼，"我只是觉得，师姐这般能力，在大秦应该也是举足轻重的人。"

举足轻重……顾楠干笑了一下，她师父倒是举足轻重。她？举足就举足了，没人会来管她，但说出来着实丢人啊，换个话题吧。想着，顾楠僵硬地摆了摆手："且不说我，你们二人，日后想要如何？或者说，"顾楠露出了"严肃"的表情，"你们的梦想是什么？"

盖聂和卫庄都有些跟不上顾楠的节奏，愣了片刻。这怎么就聊到他们了？但是既然顾楠问了，他们还是思考了一下。

盖聂摇了摇头："没有细想过。"

卫庄发出了一声嗤笑："不过空想罢了，有那时间，还不如做些实事。"

"不若如此，"顾楠忽然笑着，从一旁拿起了一根还没有烧过的柴火，抽出无格，将它砍成三段，"我等三人把心中所想刻在这断木上，待到多年之后，来此再将它挖出来，看看自己做到了多少，如何？"

盖聂和卫庄虽然不甚在意，但是看顾楠颇有兴致，也就都接过了自己的那段木头。三人想了很久，才用剑在木头上刻下了各自心里想着的东西，然后用布包了起来，挖了个土坑，放了进去。

这里就是溪畔的一片草地，四周空旷，位置也不难找。埋着布包的地方被顾楠插了一根木头，上面还被顾楠恶作剧似的刻了一大两小的三个小人的图案。顾楠没这方面的天赋，刻得很是难看。

"说好了，"顾楠笑着拍了拍手上的泥土，"到时候，回来看看。"

师姐却是比我们还像个孩子。

卫庄和盖聂相视一笑："好，回来看看。"

【七十八】

夜晚的咸阳城是寂静的，万籁俱静的那种，周边再无半点声音，就是有，也不过是从堂间穿过的凉风和远处不知被什么惊起的飞鸟。这个时候还不睡觉的人已经少之又少了。醒着的，或是那飞檐走壁的夜贼，又或是望月怀乡的游子，不论怎么说，总归还是有那么一个两个睡不着觉的人。譬如顾楠，她在夜里越来越难安眠。已经是深夜，她却还坐在院中老树的枝头，靠着树干，看着咸阳夜景。夜里很黑，若不是还有那么些星月，估计是什么都看不清的。

夜色中，成片平矮的房子环绕着那座巍峨的宫殿，顾楠盯着那宫殿不作声，怀里斜抱着无格。黑哥站在树下，仰头看着坐在树上的顾楠，不解地晃着脖子，低下头。家里的人少了，把黑哥放在马厩里倒是孤单得过分，顾楠于是把它接到了自己的小院里，让它在这里吃住。

顾楠的视线从宫殿上移开，看向头顶的月亮，闭上眼睛，享受着这份安宁。卫庄拿着木剑，站在他和盖聂的院中，没有练剑，只是拿着剑，想着什么。对于重剑，他有个模糊的感觉，但是总不清晰。

盖聂从另一间屋子里走出来，看到小院中的卫庄，有些惊讶："小庄，还不休息？"

卫庄睁开眼睛，看到盖聂，眼神平淡："师兄，师姐不在此处，你也不必惺惺作态了吧？我休不休息，与你有何干系？"

两人的关系若说是同门师兄弟，其实更像敌人。而且因为鬼谷的门规，从一开始，他们就只能是等着相互取命的敌人。对敌人，需要什么关心？

盖聂听了卫庄的话，沉默下来。卫庄重新闭上了眼睛，捕捉那种若有若无的感觉。

盖聂在一旁坐下，突然说道："你在参悟重剑？"

卫庄冷哼了一声："明知故问。"

盖聂点了点头："今日在潭中练剑，感悟良多，有一次尤为深刻。在内力耗尽、筋疲力尽之时，手中的剑似乎出奇地重，但莫名感觉到了那么几分规则，可想再去抓时，又没了。"

盖聂站了起来："你我明天再试试。"说完，便转身离开。他的话，是把自己所感全告诉了卫庄，卫庄微愣。今日练剑的时候，确实有那么一瞬间，似乎触到了什么，但是很快那种感觉就不见了，经过盖聂的提醒，才想到是内力耗尽的一瞬间。

"喂。"

盖聂被卫庄叫住了脚步。

"作甚？"

卫庄皱着眉头，看着盖聂："你为什么告诉我？"

盖聂若是不说，卫庄很可能就会落后盖聂，但盖聂还是说了。

"嗯。"盖聂回过头，看着卫庄，"我不想到决斗之时，你太弱。"

卫庄怔怔地看着盖聂，半晌，似乎笑了一下："今日傍晚答应师姐那事，你还记得吗？"

"挖出那木头？"盖聂翘了一下嘴巴。这师姐总是做些奇怪的事，但是也有些意思。

"我不想食言。决斗之后，谁活着，谁回来。师姐若问起来，便说另一个人不想来了。"

盖聂沉吟了一下应道："也好……"转身回了自己房间。

卫庄看着盖聂离开，握着木剑，重新闭上了眼睛。

之后的近一年，卫庄和盖聂都跟着顾楠习剑，除了顾楠每周在军中整顿军务的时候，两人都跟在左右，遇到问题便向顾楠请教。这确实让顾楠有些苦恼。小孩子的问题本来就千奇百怪，而这两人问的问题就更加非人，动辄古来先贤的语录，让顾楠这种文化水平不高的人根本跟不上节奏。没办法，她是学兵的啊，之乎者也又或者纵横家的那一套是真的一窍不通。

生活似乎重新走到正轨，每天清晨去军中训练，午间回来，下午带着两个小儿练剑，晚上吃吃饭，听画仙弹弹曲子，或者捉弄捉弄小绿。平平静静，却也带着温馨。偶尔看两人实在无聊得很，顾楠带他们去街上逛逛，看着盖聂和卫庄这俩小子吵闹，倒也乐得自在。至于军中，也有了结果。后世的体能训练对于修习内息似乎有着不错的帮助，三百军士都已经有了几分内力，虽然只是几分，但是耐力、力量、速度都已经超过常人，只待最后一次考核，他们就能真正被授名成军。听闻秦王这几日经常在大殿中发怒，常说伴君如伴虎，果真没错。只休养了三个月，秦军就再次起兵，由大将赵掺率军攻韩。

当然，这些和顾楠无关。

年末，鬼谷子来接卫庄和盖聂，这俩小孩儿看上去有些舍不得，毕竟还是孩子。顾楠给他们的木剑，他们还揣在腰上，被鬼谷子骂粗制滥造。他们的剑术倒是进步喜人，均已经参悟了一半的重剑，这让鬼谷子很惊讶。在他想来，能参悟便不错了。听到两个孩子说给他听的那句"举重若轻，举轻若重"，鬼谷子笑骂顾楠这是懒得多说，倒是归结得精辟。

鬼谷子他们走的那日，顾楠出城送他们离开，依旧穿着那身丧服，白色的衣袍显得有些宽大。说来无奈，除了穿着这身衣服，她这个孝守得却着实不够规矩。

"你这丫头，出来送客，穿的是什么衣服？也不知道换一套。"鬼谷子说着顾楠，眼里却满是笑意。

"现在还是师父和师母的孝期，我还能穿什么衣服？"顾楠牵着黑哥，一人一马，一黑一白，倒是显眼。

"也罢，"鬼谷子摸着胡子，停下脚步，"就送到这儿吧。"

没有那些绕来绕去的挽留和推辞，顾楠简单地拱了拱手："自己保重，莫早早地死了，害得小庄、小聂和我一般麻烦。"

鬼谷子也不生气，随意地挥手："我身子硬朗得很，不需要你担心。"

"走了。"

卫庄和盖聂对着顾楠行了一个礼："师姐告辞。"

"呵呵，行了，去吧。"

【七十九】

"立正！"三百人的脚一致收回，发出整齐的震响，手中握着兵刃，如同一柄柄标枪直直地立着。

顾楠站在军前："自我等整营以来，已经有近一年了吧？"

三百人默不作声，直直地看着前方，目光坚毅，算是给了顾楠回答。是快一年了。一年来，没有一天不是筋疲力尽，就连睡觉都要半睁着一只眼睛，谁知道顾楠会在什么时候突然到营中要求集合。他们只是训练，不敢多想，因为怕一多想，就会忍不住放弃。这种训练，当真不如死了痛快。但是他们不能就这么死了，家中的至亲尚在，有机会可以脱开有罪之身，说什么也不能就这么死了。到最后，这般高强度的非人训练，没有淘汰掉一个人。一年的训练就像一种极其粗暴的打磨，但是也确实将他们每一个人都磨成了森森利剑。

"今天便算是最后的考核，通过之后，我等就能正式授名成营。"顾楠拍了拍自己的领子。

"准备军备，出城待命。今日之后，便要让这天下看看我等的锋锐。这可是你们说的。"说完，顾楠认真地看着众人，"莫要让我失望，也莫要让你们自己失望。"

这三百军的战力如何，很难说，但是可以做一个对比。他们皆是死囚，杀过人，在战场这种只有狠厉才能求生的地方，他们要比临时集结的民夫强太多。他们皆有练武，而且三百人练的全是相同的武功，且不说能让他们有超于常人数倍的内气，人人近三百斤的力道，便是说他们源自鬼谷子剑法和白起矛术的简化招式，一人使便已是天下少有的武学，三百人同时使出，军阵之下，便是顾楠也难招架。最后，他们的装备是顾楠向秦王要求特定的。由此也可看出秦王对顾楠的照顾，对一支还没有成型的新军这般花费——全秦最好的青铜剑、长矛、腰间缠绕的飞钩链锁、近一人高的周身大盾、精炼的铠甲、一架机弩、一袋特质的倒钩箭，还有一柄特制的带着血槽的匕首。这一身装备若不是他们超常的体质，一般人都背不动。若说秦王为这三百军士花费太大了，其实也不然。本来秦王是准备让顾楠练三百骑军的，但顾楠省去马匹，练了三百步军，置办这一身装束也无太大的问题。

宫门口的守卫听到一阵又一阵的声音，像是地震了一般，慌乱地回头看去，只是一眼便移不开眼睛。一支黑甲军正缓慢地向着宫门走来，行进的速度也不慢，数百人的脚步踏出如同一声，每踏出一步就仿佛地面在震动；背上背着一面大得异常的盾牌和一架弩，还有一杆长矛，腰间不知道缠着什么，像是绳索一般的东西；脸上盖着青铜覆面，上面刻着凶兽的面孔，只是这么看着，便觉得有一种凶戾之气扑面而来。

在他们前面，是一个穿着丧白色衣服的将领，骑在一匹黑马上，一样看不清样貌，只觉着似乎是个没见过几面的小将。走到宫门前，顾楠向守卫出示秦王的出军令，便带着三百军士出宫去了。一旁营地路过的几个其他营的士卒看着那支黑甲军，只是气势就压得他们难受，心头震撼。

"那是哪支军？"一个士卒咽了咽口水，对身边的同伴问道。

"你不知道？"同伴复杂地看着那支黑甲军，"那是我们营旁边今天刚建的新军，听说是三百人，三百死囚。"

"三百死囚？"

士卒看着那支黑军离去，重重地喘了一口气，心有余悸："便如同三百凶兽一般。"

"也不是没有见过其他的军伍出征。"

"但从未见过这支这般，这般骇人。"

一骑骑军入宫，将东宫禁军营地的事情禀报给了秦王。秦王拿着简书，听着手下的通传，有些愣神——三百军士步伐如作一人？只是路过便让四周士卒皆无战意？这可能吗？秦王皱着眉头，看向下面的禀报之人："你具体说说。"

"禀大王，"骑军低着头，"当时小人就在场，军队行军之时大地颤动，凶气扑面，让人退畏。这份气魄，便如同……便如同见到我大秦最精锐的铁骑军一般。"

"笑话。"秦王皱着眉头。三百步军能和铁骑军媲美？这是在戏耍寡人吗！

"不敢，属下句句属实。"骑军低着头，额头上滴下一滴冷汗。

秦王沉默了一阵："你下去吧。"

"是。"骑军如释重负，退出了宫殿。

秦王从桌案上拿起另一份简书准备批阅，却无心去看。自从让顾楠训练禁军之后，他就不再多管，只待看她的成果。如今这份成果出来了，他觉得有些不能相信。自己培养的暗探不会骗自己，想来顾楠也没有这么大的能力买通暗探，不由得心下对这支新军第一次产生了好奇。三百死囚，这丫头到底是如何练的……他会去亲眼见见。

"呵。"秦王咧嘴一笑。武安君，你倒是教出了一个好徒弟，说不定，和当年的你一样。我倒是要看看，她能继承你几分衣钵。

三百军士出城，一路经过街市，直直奔向东城门。

所过之处，市井皆是无声，所有人都侧目。军队行军速度很快，没过多久，就穿过了街道，但是行人依旧没有半点声音。

那黑甲军士，还有那白衣将领，只是见了一眼，就让人怎么都难以忘却。

【八十】

顾楠率军从晨间出发，一直走到了日落。

夜晚的山林寂静无光，漆黑的林中人影绰绰，近了看去，却是数百个身穿黑甲的军士站在一面山壁前。山壁不高，但也绝不矮小，十余米的高度使得这陡峭的山壁如同一面城墙般。顾楠站在山上，没骑黑哥。黑哥不适合进山，便被她留在了山下的小路上。

估算一下时辰，约莫已经是晚上十二点以后了，从一开始出城的正常行军再到午后的急行军，走了七八个时辰，所有人的体力都被消耗了不少，此处恐怕已经出了咸阳城二百余里。没人知道他们走到这个荒山野岭来做什么，也没人知道他们最后的校考是什么，更没人会问。他们只等着顾楠说，他们便去做，而且一定会做到。

顾楠仰头看了眼悬在头顶的月亮，又看向眼前的三百士卒："此时应当正是夜半。明日早食之前，我要在咸阳城东门见到你们，你等身上的装备不能少了一件。你等身上没有财货，不得沿路打劫作恶，若是在这深夜，你们能在路边遇上肯免费给你们搭车的好心人，也算你们的运气。我只要在明早见到你们的人，见到了便算通过了。最后，此乃校考，各自施为。若互相帮助，和作弊无异，让我看到，同为不合格；超时或者未到，皆算淘汰。"

说完，扫了这三百人一眼，顾楠也不多留，转身离开。此地离咸阳近二百二三十里，此时离明早早食最多不过四个半时辰。也就是说，他们每人要背负着一身重铠和装备，在最少五分钟内穿过二里路，也就是一千米，保持这个速度不变，不走错路，才能回到咸阳城。这对于一路走来已经消耗了不少体力的他们来说，几乎是一个不可能完成的任务。直到顾楠离开，三百军士还不声不响地站在原地，也不动弹，等到彻底看不见顾楠的身影，才有一个人淡淡地问道："将军就这么留我们在这儿，不怕我们跑了？我等是死囚没错吧？"

"问什么？"一个人横了他一眼，也淡淡地说道，"你也不是不知道我们将军，若不是大事，平日里脑子总是缺根筋……"

"嗯，你说的也是。"

也不知道这话要是被顾楠听到，会不会气得跑回来让他们再加上个十几里地。但是同样也有人开始犹豫了。一个是几乎不可能完成的校考，一个是天高任鸟飞，便是铁打的心也会动摇。

"或是说，将军根本不怕我们跑了呢？"站在人群里的一个人突然说道，他四周的人都沉默了。

"受了如此折磨，简直就像从鬼门关里爬出来的，你就这么跑了，甘心？"说着，那人开始整理自己的行囊，"我是不甘心的，莫要忘了我们训练到脱力时是怎么说的。"

他已经整理好了自己的装备，全部背在了背上："做那锦衣禁卫，成那不世功名。"

他低下头，摸着自己怀里的半块玉牌：我已经负了你二十载，不能再负了。等我杀出个赫赫名头，回来见你！将玉牌重新放回怀里，那人站起了身，就着夜色消失在了山林中。

"将军传我等武学，授我等内息之法，不是让我等逃跑的，而是要我等上阵杀敌。"另一个人也已经背上了自己的装备，对着众人拱了拱手，"诸兄弟，希望咸阳城再见，告辞。"说着，迈步离开。

"啊，没办法啊，将军总是这般缺心眼，我还是回军里的好，也能提醒提醒。"一个人吊儿郎当地离开，迈着的步子却坚定地向着咸阳城。

"家中落魄，不在军中博出个功名，实在无脸回去，此时还不是时候。诸兄弟，告辞。"

"怎么说呢？哈哈，还是军中的火盆暖和，别处没有啊。"

"半夜行百里，将军也想得出来，此般却是要了我的命了，呵呵。"

"你说我们用这树木做一个车，来不来得急？"

"做好了你拉，我就陪你做，不然我先赶路了，没这个时间。"

"去你的！"

"哈哈哈哈！"

三百人，一个又一个出发，没有一个人离开，所有人向着咸阳，就着夜色百里急行。

直等到第二天的太阳从远处的天地重合之处升起，顾楠站在咸阳东门一里外的空地上，而她的身边，插着一面黑色旗帜，随风飘扬。也不知道顾楠在那儿站了多久，就么一直看着远处的山林，直到远处一个黑甲人影从那里面冲了出来，跌跌撞撞地向着旗帜跑来，顾楠紧绷的脸上才露出了一丝微笑。等那黑甲士卒来到近前，顾楠脸上的笑意已经收了起来。

"士卒，李益，报到！"这是顾楠军中的规矩，执行了一年多，这些士卒都已经养成习惯了。说完，李益便要坐倒下去。

"站着，没让你坐。"顾楠皱着眉头说道。李益喘着气，抓了抓头发，笑了一下，喉咙干涩，说不出话，只是继续站着。他也知晓此时要是坐下，气血不通，他恐怕是要昏过去，但是着实累，到了便顺着想要坐下。

【八十一】

早食的时间为辰时（早晨七点到九点），一个时辰，在此一个时辰内到了，就算合格。

一个时辰内，三百人零零散散地来到旗下，所有人都摇摇欲坠，赶了一夜的路，已经让他们的精神和体能都到了极限。所有人都扶着自己的腿站着，汗水把衣甲浸得湿透，仿佛一拧就能拧出水来，连说话的力气都没有。但是每一个人到了旗下，都会露出一阵傻笑。他们希望，一个人都不会少。这个早食久得异常。人一个一个地到了，最后几个也冲到了旗下，还少一个人，可能是跑了，也可能是到不了了。所有人低着头，沉默着，三百人皆是在一个营里吃住的弟兄，一个个都是从那残酷的训练里熬过来的人，不过二百多里，怎么就没到呢！怎么会没到！这时，一个人从树林中摔了出来。那是一个黑甲士卒，所有人的视线都被吸引了过去。那是最后一个人，所有人都看着他，看他慢慢地从地上爬起来，踉跄着向营旗走来。这中间不过百米，对他来说却太远了。

两腿像是灌了铅，再多抬一步都要用尽全身力气，头脑发昏，眼前的一片皆是摇摇晃晃，他也明白就差一点。但就是这一点，他真的走不动了。

"严宽！你个瓜尿！你不是说你媳妇在家里等你吗？你不是说你定是要回去见的吗？你就是这般去见的？！你想要她守寡不成？！"

一个士兵站了起来，红着眼睛骂道。

另一个人也大吼："你还欠我四个环钱，你这混账难不成不想还了？你不记得你买了什么？我记得！军中休期，你向我借了钱买了块牌子，说要送与她的！"

"哈，哈……"胸口就像烧着火一般，严宽的脖子上泛着青筋。

"啊！"严宽发出一道歇斯底里的吼声，向着营旗冲来，可是没冲上几步，便摔倒在地，再也爬不起来。所有人没再作声，也说不出什么。

手撑着地面，他榨净了每一丝力气，终究是起不来了，两眼布着血丝，双手无力地捏着一把泥土，再无力气看着面前的沙土。

眼泪直接滴在地上，铁一般的汉子哭了出来，他是真的起不来了……

"男子汉大丈夫，哭哭啼啼的，像什么样子？"

一个声音从头顶传来。严宽抬起了头，见顾楠正站在那里，一只手抓住了他的胳膊，将他抬起来扛在肩上："莫不过十几步路，也走不动了？"

严宽呆呆地看着顾楠，脸上和手上还沾着泥土。

"当真丢人。"顾楠骂着，却抬着他一步一步地走回了营旗下。

严宽笑了，半合着眼睛，垂下了头，嘶哑的喉咙像是卡着石头，挤出了一句话："谢将军。"

三百个士卒站在日头下，严宽被两个人扶住，一起站在队列里，头顶上的营旗猎猎作响。

顾楠看着三百军士："你们可知现在已经几时了？"本来还面带笑意的三百人脸色一僵，早食应该已经过去了。若是按时间算，这里的小半人可能都过不了关。

"扑哧。"严肃的脸上突然露出了一个笑容，顾楠摆着手："反正我看不出时辰，也罢，便算你们过了。"

"呵呵呵……"

三百人低声笑了起来，笑声越来越大。

这次校考，能回来的就算过了，一个也没少。

新军成立。秦王的赦免诏书是第二天到的，大赦三百死囚之罪，复良家子弟，可享军功俸禄，由顾楠提议，赐名"陷阵"。

此时的顾楠却没有在营中和众人庆祝，而是低着头，半跪在大殿的中央。

大殿上，秦王正坐在那儿，翻阅文书。

"你的那支陷阵军，寡人倒是已经耳闻数次，那日从宫门走出去，想来也是扬我军威了，不错。"秦王坐在上座，笑看着顾楠。

"大王过誉了。"顾楠抬起手。

"但是那军战力到底如何，寡人却还没有见过……"秦王抬起头，眼睛看着宫门外面，盘坐在软榻之上，就像一只卧着的老虎。

"若是大王愿意，可到军中检阅。"

"不必了。"秦王合上了眼，似乎在思考什么，最终下了一决定。

"军伍如何，还是需要战事鉴证。军中暂无你这三百人的去处，寡人倒是有一个安排。"说着，秦王又笑了笑，"之前送去赵国的质子，异人，你可认识？"

嬴异人……顾楠想到了什么，点了一下头："认得，那日我便是护卫之一。"

"好。"秦王从手边拿起一份简书。

"这小子，在赵国倒有一番奇遇……此番，他要从赵国出逃，我命你去接他。"

嬴异人回来了。在赵国的那段时间，他应当是娶了一妻，并得了一子，那子名为嬴政。

"本是我们送去的质子，不好大张旗鼓地迎接。"秦王叹了口气，语气随意中带有些许无奈，"三百人去接倒是正好。"

"赵国定有追兵，来多少，杀回去便是。"

"是。"

"呵呵，好。"

【八十二】

"驾，驾。"一支车队在漆黑的街道上缓缓行过，车队中载着几个箱子，还有两个轿子，周边围着数十个护卫。走在最前面的是一匹老马，一个商人模样的中年男人骑在上面，大概三十三四岁。他身上穿着布袍，行色匆匆。

"快，快！"他扭头向身后的侍卫催促着，车队的速度又快了几分。中年人的脸色有些难看，他花费千金在秦、赵两国游说，好不容易让华阳夫人认嬴异人为子，让赵王同意放行。

安国君现在贵为秦国太子，华阳夫人又是太子的正夫人，嬴异人现在能认华阳夫人为母，只要回到秦国，自然就能顺理成章地得到继承人的位子，这一切都来之不易！此番秦国恢复元气，居然又开始准备大肆攻伐各国，赵国也岌岌可危。赵王已经对嬴异人动了杀心，他必须赶快走，不然就要前功尽弃矣。

他是一个商人，自然明白，他投资的是一位君主。若是这次投资成功，能得到的就会是比那千金大无数倍的报偿。

不得有失，这是他心中唯一所想。

车队的轿子中，嬴异人脸色苍白地坐在里面，额头上布满了细密的汗珠。

"异哥儿。"他的身边，一个美姬面色担忧地将手放在了嬴异人的手上，肤白若脂，明眸皓齿，是个美人。美人的怀中还抱着一个孩童，那孩童趴在美人怀里，摆弄着手。嬴异人微微一笑，拍了拍身旁美人的手，又在那孩童的脸上摸了一下："无事，安心，定会无事的。"

只要逃回了秦国边境大将王龁的驻地，自己等人就可安全。那地不远，一夜可到，但是这一夜的行程，凶险万分。

"止步！"不远处的城门口，守城官兵的声音传来。

"吁……"车马停下，车队中的两个轿子里没有半点声音。

"已是深夜，你等为何还在道路上行车？"守城的领队皱着眉头，看着车队前的中年男人。

"上官，小民家中着实有急事，须得尽快回去。"中年男人跳下马，弓着身子站在队正面前，向身后招了招手。几个侍卫很快抬着一个箱子走了上来，放在了两人的面前。守城的队正挑了挑眉头，中年男人发出一声轻笑："小小薄利，还请大人收下。"说着，打开了箱子，里面满满的财货。

队正的眼睛闪烁了一下，然后眯起："家中有急也是人之常情，兄弟切莫担忧了。"说着，对身后喊道："来人啊，开城门！"

"呜——"城门缓缓打开。

中年人对几个守卫匆匆作揖："多谢几位兄弟了。"随即跳上了马："我们走。"

车队走出城门，消失在了夜色里。队正让几个士兵抬着箱子回了城下，当真是一笔横财。这份财货足以抵他多少年的饷粮他不知道，就像他不知道飞来横财往往都带着飞来横祸一样。也就一炷香的时间，一队骑兵已经赶到。密密麻麻的士兵，兵戈铮铮，战马嘶鸣，这个夜晚热闹非常。为首的是一个身穿都尉装束的将领，看得那守城队正一个哆嗦。都尉啊，那可是统领五千人的大官，他一个队正根本连抬头说话都不敢。

"大人……"队正心怀不安。这深更半夜，怎么有这么多人要出城？想起刚刚放走的那批商人，队正心里"咯噔"一下，上前说道："大人至此所为何事？"

都尉看着脸色苍白的队正，眉头蹙了起来："你等在此守城，可见过什么人出城？"

队正浑身打着战，心想：果然和那批人有关。该死，这下害死老子了。"回大人，确……确有人出城。"队正闭着眼睛，两腿打着摆子说道。这可是要命的事情。

"你为何放他们出城？"都尉的两眼发寒，"你可知他们是何人？！"

都尉本想当即杀了这人，但还是忍了下来，毕竟有正事要办。这件事要是办不成，他的官路也就完了；要是办成了，也不是升官发财那么简单的："哼，快开城门，回来再和你们计较！"

"是，是。"队正连忙吩咐士兵开了城门。数千人的骑军一阵呼啸便冲出了城。另一边，中年人的车队已经来到平原的郊外，这是约定的地点。华阳夫人在书信中和他交代过，到了此地，便会有一队护卫在此等他们，护送他们去王龁将军那里。

人呢……中年人四下看着，却看见不远处有一个白袍小将。那小将骑在一匹黑马上，不知为何穿着一身丧白色的袍子，脸上戴着一张刻着凶兽的覆面，很是凶煞，手中的长矛看得中年人眼皮子发跳。那般长的长矛，想要抬动恐怕也需要骇人的力气才。吩咐车队走了过去，才看清那支军队。数百人身上穿着黑色甲胄，背上背着大盾，看着沉重无比，同时还配备了长矛和利剑，甚至还有一把短弩。数百人一动不动地站在那里，就像一尊尊石像，站着不动就有一股气魄。那白袍小将看向他。

中年人咽了口口水，走上前："在下吕不韦，不知贵部是不是秦王遣派的护卫？"

白袍小将的眼神看得吕不韦浑身发寒，半晌点了点头："是，赶路吧。"

"只是，"吕不韦迟疑了一下："赵国追兵定是骑军……"

他看了一眼四周的数百人，全是步军，而且只有数百人，就算是精兵也没用啊，跑不过别人啊。

听到吕不韦的话，数百人的眼睛横向了他。只是淡淡一眼，吕不韦就觉得如坠冰窟，像被数百把利剑指着喉咙一般，再也说不出话来。

白袍小将嘴角一翘："先生不用担心，且赶路便是。就算追兵到此，我等也会杀他们回去。"

众人的视线移开，吕不韦才恢复了感觉，猛地喘了一口气，心有余悸地看着这数百将士。秦国素有"虎狼之国"的称呼，这秦国的军伍，当真凶骇。

怪不得，怪不得一国可以与众国抗衡。

【八十三】

"驾，驾！"只觉得一阵风呼啸而过，路旁的草被风吹弯了身子，一队数千人的骑兵顺着夜路中的车辙奔腾。他们全身披甲，带着刀剑和一套弓箭，一次又一次地催马。马蹄踏出一片烟尘，只是几个呼吸，千人骑军便已经跑远。

也许是因为车驾上载着人，车轮陷入松软的泥土里，在车队的后面留下两条压得很深的车辙。十几个护卫围在车边，面色显得很紧张。护卫的外面，数百个黑甲士兵围着两个车轿。士兵的步伐都是一致的，每走一步都带着甲胄摩擦的声音，沉闷、肃静。白袍小将走在吕不韦的旁边，吕不韦擦了擦额头上的汗，两人都一语不发。

"那个，"吕不韦干笑了一下，"不知将军名讳？"

白袍小将侧过头，看了他一眼。这个历史留名的人物，留下的名声算不上太好听。与嬴异人的夫人赵姬通奸，在大秦为相，只手遮天。一句"奇货可居"为他赢来了一世荣华，也让他成了商人的典范、杂学的代表。不得不说，他的才华和谋略都极其过人，以三寸不烂之舌游说于秦、赵两国，为嬴异人博了一个储君之位。能把储君当作商品的人，凭的可不仅仅是手段和眼力，还有那常人不及的气魄。

"顾楠。"顾楠淡淡说道，点头以示尊敬。护送车队的虽然是步卒，但是黑甲军士的脚程很快，作为重甲步兵，没有半点拖延车队的速度，反而车队因为士兵的速度还加快了几分。

顾楠？吕不韦暗自思索了一下。往日倒是没有听说过这个名字，听声音应该是个年轻人。但是这声音着实奇怪，怎么听着像个女人？该是我多想了。吕不韦摇头不想，又看向那个戴着青铜覆面的将军。她手下的士卒，当真是精锐啊。想着，他回头看向那些士卒。刚才的那一眼，他到现在依旧心悸不已。

"顾将军的部下，在秦国如何？"吕不韦试探地问道，他想要更全面地了解大秦的实力。

顾楠也不隐瞒，如实说道："刚成立的新军。"

新军！心中一惊，吕不韦的脸上尽是不信："如此强军当真是新军？"

"过誉了。"

"确实是不久前成立的新军。"

原野上的风声有些紧，车队的黑色旗帜被卷动得作响。吕不韦抿着干涩的嘴巴："我等还是赶路吧，赵国若有追兵，万事不好。"

"先生说的是。"顾楠抬起手，用一个手势向前挥了挥。黑甲士卒看到她的手势，脚下的步子又快了几分。

夜色里，车队在原野上孤零零地穿过。大概又走了不到半炷香的时间，顾楠看向远处天边的微光，天快要亮了。

"快到了，最多不过半个时辰。"

"善。"吕不韦紧绷的脸上终于有了一丝放松，但是这份轻松没有维持多久。

平原的另一边传来了远远的马蹄声，很密集，而且越来越大。扭过头，已经能看到一片烟尘向着车队冲了过来。顾楠提着枪的手握紧，扯住了缰绳，目力过人的她已经看到从烟尘中冲来的赵军了。所有人都听到了响动。吕不韦面色煞白，而数百军士的眼神依旧淡然，不过千余人。从那阵势就能看出来，赵军最多两千人。守在车驾边的护卫有些发慌，握着兵刃的手发着抖。

"异哥儿。"车轿中的女人抓着嬴异人的手，显然紧张到了极点。

嬴异人一边轻拍着女人的背，一边深吸了一口气："无事，无事……"

"冲进去！活捉嬴异人！不得放箭！"赵军的骑兵都尉大吼道。

赵军手中的短矛放在马侧，马的速度也被催到极致，一众骑兵如同一根飞箭直奔车队而去。不过数百人的车队，在这支骑军面前似乎不堪一击。

顾楠抬起一只手："全军列队，弩弓阵形。"

在内力的催动下，声音清晰地传到了每一个人的耳朵里。配合顾楠的手势，黑甲士兵的反应很迅速。不过几个眨眼，围在车队旁边的数百人士兵就猛然改变阵形，仿佛演练了无数次一般，干净利落，排成了三列，横在了骑兵和车队之间。

"架弩！"三百士卒的动作几乎一致，同时抽出了背在背上的弩箭，开弦上箭。吕不韦的眼皮一跳。架弩……开玩笑吧？弩箭的射程不过百步余，骑军要跨越这百步，不过呼吸之间，这段时间弓弩手最多只能射一轮箭，骑军就能近前。架弩，这将军是第一次上战场吗？就连他这个外行都明白，这时候应该架盾立矛，但是此时出口阻止已经来不及了。真是天要亡我？吕不韦恨恨却又无奈地抓着马绳，已经能想象到骑兵冲入之后的屠杀了。功亏一篑，功亏一篑啊！但是随后眼前发生的一切，让他几乎不敢相信自己的眼睛。

"放！"那叫顾楠的白袍小将挥下了手，弓弩齐射，但是并不是一轮了事，而是绵绵不绝。

士卒分为三列，百人左右一列。放箭令下，第一列士卒齐射弩箭，随后退下，重新装弩；第二列士卒上前齐射，随后退下装弩；第三列士卒上前齐射，退后装弩，接着又轮到已经装好了弩的第一列士卒上前继续齐射。此般反复，弩箭便连绵不绝，呼啸在两军之间。

声势骇人，世所罕见。这些士卒不射人，只射马。一片密黑中，先是一阵马嘶，随后骑军阵中的首排马匹纷纷倒地。马匹倒地不要紧，要紧的是跟在后面的队伍。后面的马撞到前面的马也直接被绊倒，骑士直接摔落，一片慌乱中，无数人已经死在了马蹄之下。

赵军都尉也不算常人，家中有些传承，修炼过一些武学和内力，虽不算深厚，但有些，不然也难坐上都尉的位子。他挥矛荡开了几支寒光厉厉的冷箭，意识到事情不对，对面不过数百人，却是射出了连数千人都射不出的气势，四下一看，队伍已经一片慌乱。该死！看到一瞬间就死伤了百人左右，赵军都尉狠狠咬牙，运足了内力，吼道："撤！后撤！后撤百步！"

无数骑军飞速掉转马头，他们马术极佳，看得出皆是骁勇之士。他们快速调整好凌乱的队形，撤出了弩箭的射程。因为前面混乱一片，挡住不少流矢，后面队伍撤得痛快，只留下了一地残军和没了骑士乱跑的马匹。

【八十四】

"止！"顾楠把手一收，令人生畏的弩箭雨停了下来。而那数百军士依旧嗜血地看着远处的骑军，眼中露出了野兽看到猎物的光芒。不为别的，这些都是军功！他们已经不再是死囚了，既然到了这沙场，自然要杀出个名头，就算不为了自己，也为了家中至亲。他们入了大牢，也不知道家中过的是什么日子，定是要回去的，衣锦还乡！

外面的兵戈声停了，刚才的一片混乱也平静了下来，两军就这么遥遥对峙着。

吕不韦骇然地伸出颤抖的手，摸着胡子，假装淡定地对着顾楠笑了笑："将军麾下将士当真骁勇。"

"嗯。"顾楠只是平静地点头，"他们还没打算撤走，弩箭有限，刚才不过是他们大意才会吃亏。若是游击，弩箭也跟不上消耗，定是要短兵相接的，你等且注意自己的安危。"

"在下省得，省得。"

车轿中，嬴异人和他怀中的女子听闻没有了声音，齐齐出了一口气，只是结束得如此之快，也不知道发生了什么。

嬴异人微喘着，擦了一把脸上的汗水，拍了拍女人的手："想来是结束了，我们出去谢谢那护卫的将军。"

"嗯。"女人也连连点头。自己的身家性命可都在那将军手里了，于是抱着孩子，随嬴异人下了车。刚下了车，就看到车队前排列着的黑甲士兵，还有站在不远处的白袍将军与吕不韦。那将军不知道为什么，看着很眼熟。

"将军。"嬴异人唤着，正要上前看个明白，却见吕不韦连忙挥手："公子你下来作何？战事还没有结束，快些回车轿上，万万不能被伤到了。"

"这……"嬴异人犹豫了一下，但是看到严阵以待的士卒，此番还留在这儿确实是添乱，无奈地牵起赵姬的手，回到了车上。

赵军的队伍中，都尉冷冷地看着那支军队，当真是厉害的弓弩手，想来也是秦军精锐。

秦军！想到这里，他的牙齿就咬得作响，拳头也不由得紧握着。他兄弟四人，有三个都是在长平战死。秦军精锐，好好好，他定是要将其杀个片甲不留！

"传令！"

一个士兵连忙上前。

"千人为队，左右各行，游骑不近，等到秦军弓弩耗尽，绕至后方一举进攻！不限弓箭，对着那些黑甲士卒，放开了射！"

"是。"士卒退下。很快，赵军两千余人的骑兵就已经分成了两队，分别由都尉和另一个军候带领。

"全军！"都尉挥动长矛，"进军！"

"呼"，风声骤起，却是骑军冲锋。这一次他们不是直直地冲向车队，而是绕行，两支队伍一左一右顺着车队绕过，绕向车队的后方。同时不少骑兵开始拉弓开箭，对着车队开始骚扰。都尉心想：一弓弩不过三四十箭，我看你们能撑到几时。他目光森寒地盯着车队外的黑甲士兵，骑军的速度一快再快。两队分行，不过三百人的陷阵营，即使追着射也很难再有建功，而且对方的目的明确，就是要消耗并冲破阵形，没必要继续了。

顾楠挥手一招："环形军阵！"

本来排成数列的黑甲士兵听令而动，没有半点犹豫，沉重的装备丝毫没有影响到他们的步伐，阵形快速转变，将车队里三圈、外三圈地围死了。

"举盾！"

背上的巨盾一齐放下，使得地上扬起一片尘土。骑军的弓箭射在等身的巨盾上，只听当的一声轻响，那些弓箭便无力地摔在了地上。同时后排的士兵将自己的盾举过头顶，架在前排的盾上，挡住了上方，前后密布。不过片刻，看起来似乎脆弱的车队就变成了黑甲堡垒，不管是吊射还是平射的箭矢都射不进去。

作何玩笑！

赵军都尉催促着马匹，放出了一箭，简直就是王八壳。也罢，王八壳也好，倒要看看你们还怎么挡住我等的冲锋。想着，赵军都尉伸手向后一摆："取矛！"

骑军一致放下弓箭，抽出骑矛。

"冲锋！"

数千骑兵的冲锋是何等威势，耳边就是轰雷似的马蹄声，越来越近，听的人只觉得心血沸腾。

顾楠提着长矛，环顾四周，黑甲如林。

"诸位，此番，要这天下识我陷阵营！陷阵之志！"

骑军的声音几乎就在近前，三百军士的面色涨红，脖子充血，却是将自身的内气调整到了最高。

"有死无生！"

他们都是从死路上出来的，向着死路而去。成军那日，顾楠站在军前，指着军旗说出的这句军法，每个人都记在心里。陷阵而战，向死而生。这一声怒吼将赵军震得失神，就连一旁的吕不韦都浑身发抖。一瞬间，两军相撞，如同大地震颤。数千骑军只感觉自己撞在了城墙上，那一面面巨大的黑铁盾牌在他们全力的冲击下纹丝不动，而马匹甚至被撞断了脖子，直接断气。骑矛折断，但也刺进了盾中，却没有半点用处，盾阵依旧在那儿，一丝动摇都没有。来不及多想，他们就已经摔在地上，被后来的骑兵踩成了肉泥。

骑兵冲锋已过。

"啊！"

三百陷阵士兵发出怒吼，抽出了腰中的利剑，举着盾牌杀出，血肉横飞。三百陷阵士兵皆有内息在身，且都学过成套的武学，自身的力气已经有数百斤，还有内息的加成，爆发而出的近六百斤的力气可不是摆着看的。后队支撑住前队，就算是普通人，如此盾阵都可挡住骑兵冲锋，何况是他们。学过成套的武学和内息，随便放在哪一支军中，起码都是百将的位置。

三百百将，不过千军，怎么不能挡？

巨大的冲撞声让拉着车驾的马受了惊，嘶鸣着停不下来。

车驾中，嬴异人和怀中的女子一齐摔到车门边上，女子吓得脸色发白，手下一滑，怀中的孩子落了出去。

"孩子！"只听一声惊叫，那孩子掉下车驾，落到了外面的地上。孩子的身上裹着厚厚的麻布，摔在地上并无大碍，只是被吓得在那儿大哭。

一片混乱，却是没人注意到女人的这声惊叫和这个孩子。

"结阵！"顾楠没有让陷阵军乘胜追击，而是挥手让他们回来重新结阵。对面再如何说也是两千余骑军，若真打起来，就算陷阵军能赢，也不免伤亡。陷阵军不过三百人，损失不起。

红着眼睛，陷阵军扫视一眼敌众，被看到的人浑身发寒，但好在他们还是退了回去，重新结成盾阵。

"后撤！"盾中的车队缓缓撤走，虽然几处还有刀兵之声，但是很快就被淹没了下去。军中战阵，似乎有一个女人在呼唤，但是没有人仔细去听，声音很快被淹没在了沉闷的脚步声里。后撤的陷阵营中，几人感觉脚跟撞到了什么，回头看去，却是个裹在麻布中的孩子。

哪儿来的孩子？他们愣了愣神，但战场不是愣神的地方。不管了，遵命后撤才是。对于他们来说，命令就是绝对的，不会做多余的事情。没人去管那孩子，只是各自绕开。大军之中，那摔在地上的孩子被几道莫名的透明气流环绕着。

【八十五】

"异哥儿，孩子掉了，快命令全军停下，把孩子捡回来，捡回来好不好？"

女人扯着嬴异人的肩膀，就像抓着最后一根稻草，乞求着。嬴异人的嘴唇没有血色，他一直坐在车中，怎么知道外面的战事如何。但想来应是极其惨烈的，能安全撤出就已经是万幸了，孩子，孩子……若是停下去找，还要冒多大的风险，他根本不知道。若是真的全军覆没了，便是找回来孩子，又有什么用……看着嬴异人的神色，女人绝望了，颓然地摔在车边，抿着嘴巴，猛地起身向外叫道："停下，全部停下！求求你们，救救我的孩子！"

她带着哭腔。

千余骑兵没人敢再追。那都尉还活着，只能说他那些零星的武学救了他一命，但是他也脸色苍白。

"大人，"士卒忽然走来，脸色白得难看，怀中抱着一个孩子，那孩子大声哭着，"这是刚才在秦军撤走的地方捡到的，会不会……"

战场上哪儿来的孩子？都尉看着那孩子，呆了一下，忽地想到了什么。那嬴异人不就带着个孩子吗？

"是那嬴异人的孩子！"都尉激动地抱过孩子。

"哈哈哈，好，记你一大功。有此孩子，却和那嬴异人无异！"

"谢将军！"

"求求你们，救救我的孩子……"

车队在走，只听见一个女人嘶哑的叫声。顾楠皱起了眉头，就连吕不韦也听得不耐烦。大家的性命岌岌可危，好不容易保住了，便是你的孩子有天大的事，也不能在这时候瞎喊。

孩子……军中哪儿来的孩子？突然顾楠想到了什么，心中"咯噔"一下，看向一旁的吕不韦："那车驾中可是公子夫妇？"

"是。"吕不韦不解顾楠为何突然如此慌张，点了点头，随即醒悟了过来，瞪着眼睛……顾楠不再等，拍了拍黑哥，向着那车驾走去。她不知道那孩子怎么了，但是那孩子不能有事，只因为那孩子叫嬴政。

代为师看一看那太平盛世……白起自刎前的话在顾楠耳边响起。也许嬴政算不上一个好皇帝，但是他确实是统一了战国的人。不论如何，他不能有事。已经应下的事，那老头求了一世的东西，顾楠咬着嘴巴，走到车轿边，也不顾礼仪，掀开了帘子："公子、夫人，可是小公子有恙？"

车中嬴异人扯着女人的肩膀，伸出手，似要她莫要再喊。顾楠的出现，让两人的动作都停了下来。一身白灰色的甲胄，面上的青铜凶兽遮住了她的半张脸，但依旧看得出这是员小将："将军，无事，赶路便是，尽快回阵。"

嬴异人艰难地说出这句话。大局为重，他不能再忍受在赵国当质子的生活了，他要回到秦国，成那华阳夫人之子，成那秦太子，成那秦王。孩子……嬴异人捏着拳头。若是从前的他，不管什么，定是会回去救出自己的孩子。但是不知不觉，他已经成了曾经的他最痛恨的人，为了谋权，不择手段，不惜牺牲自己的孩子。

顾楠看着嬴异人，曾经在东簪楼一起喝酒的那个翩翩公子，此时看去，却甚是陌生。

"等等。"女人挣脱了嬴异人，抓着顾楠，"我的孩子在刚才的冲阵里掉下了车，我听到了他的哭声，他一定还没事。"

"将军。"女人哭了出来。好生一个美人哭得没有半点姿态，喉咙发哑，叫不出声，"将军，救救他，求求你。"

嬴异人不再说话了，也没有阻止女人，低下了头。

掉在军阵里……顾楠紧了紧手中的长矛："知晓了。"

说着，顾楠拿开女人的手，放下车帘，骑着黑哥掉转了方向。还没有撤多远，还能看到赵国的骑军。这个距离还不够安全，顾楠看向左右，附近几个听明白了始末的陷阵军军士也看向顾楠："将军，不过是再去杀个来回，下令便是。"

另几人没有说话，但是眼神也一样泛着决然。吕不韦的眉头皱成一团，似乎在考量着救孩子的得失，思量了许久，见到顾楠的样子，伸出手："顾将军……"

他想劝顾楠以局势为重，性命关头，能快些撤，还是快些撤地好。那数千骑军也许不是她手下精锐的对手，但若是赵国还有援军，又如何是好？

"不必。"顾楠微微摇头，对陷阵军士道，"这个距离若是分散兵力，遇骑兵冲阵，公子和夫人未必安全。你等在此守着。"扫了一眼欲言又止的吕不韦，顾楠回过了头。

"不过千余人，"顾楠眯着眼看向那千余骑军，"我一人去即可。"

车驾中，嬴异人垂着头，苦笑了一声，看向女子："你不该说的。"

女子明白嬴异人在讲什么，眼眶发红："那是我们的孩子，你真的忍心？"

看着面前的嬴异人，她的心在发冷。

嬴异人，真的变了。

不过千余人……吕不韦干涩的喉咙动了动，直直地看着白袍小将骑着匹黑马远去。她当千余人是什么？

赵军都尉正准备下令撤军，远远地看见一人从秦军的阵中冲来，骑着一匹黑马，穿着一身如同丧服的铠甲。一骑，他看错了？都尉甚至怀疑自己的眼睛。一骑冲阵，开玩笑吗？

【八十六】

顾楠手中的长矛抬起，抓着黑哥的缰绳："黑哥，跑快些，快进快退，莫要再偷懒了。届时我给你找几匹母马，如何？"

也不知道黑哥听没听明白，但是黑哥的速度当真快了好些，四蹄几乎奔得看不见影子。顾楠弯着身子，狂风从耳畔呼啸而过，黑色的长发被打得凌乱，周身的气血翻涌，隐隐约约甚至能看到顾楠身周扭曲的气流。

一骑绝尘。只是一人冲来，伴着的却是千军万马的气度。千骑为一队，万骑为一军，一骑且看我，绝尘当千军。

都尉抱着怀中的孩子，只觉得眼前之人势不可当，差点转身逃掉，强按下心头的惧意，连忙喝道："挡住他！挡住那白袍将！"

一边说着，都尉一边将孩子甩给一旁的亲卫："护好了这孩子！"

他提起骑矛："所有人，列队。"

马蹄声四起，赵军的千余骑兵飞快地组成队形。不过一人。都尉握着矛的手关节发白，保持镇定："放箭三轮！"

"嗖嗖嗖嗖！"挽弓搭箭，不过一瞬间，千支箭矢便已经凌在了半空。

"呼，呼呼呼。"顾楠的长矛甩出，伴随着汹涌的风声，近身的箭矢全部被卷到了一旁。千支箭矢没有阻碍半点，她已然冲到了赵军阵前。

"列阵。"

千余寒光冷冽的矛戟垂下。

"杀！"

顾楠对着赵军扫视一遍，目光最后落到了那个都尉的身旁，一个亲卫怀中抱着的一个孩子身上。

"噗！"手中骇人的长矛挥出。全力之下，荡开无数兵刃，回身一刺，便在旁人惊骇的目光中刺穿了一个骑军的胸膛。黑红色的污血四溅，顾楠目光冷凝。那老头求了一世的东西……不能在这里毁了！长矛抽回，上面的血猛地散开："黑哥！"

"噗！"黑哥打了一个响鼻，鼻尖呼出了一股热气，身上健硕的肌肉绷得生硬。

"呼。"只觉得刮过一道狂风，那一骑白袍便已经杀入了千军之中，惨叫声四起。陷阵军中的众人心血沸腾，当真想立即随着将军一道大杀四方。吕不韦看得两眼发直，心下再无旁念，那人真乃旷世悍将也。自己要在大秦立身，可以拉拢他，关键时刻定有大用。长矛在半空中连连刺出，一个横扫，数人被抛飞而起，直到顾楠冲到那都尉身前，都尉依旧是满脸的不信。如此悍将怎么可能在此出现？怎么可能只统领三百百？没有时间留给他多想，那根长矛已经刺到跟前。都尉没有退，面目狰狞，举矛刺去。秦军受死！他知自己不敌，但是手足皆惨死于秦军之手，自己如何能退？脖子一痛，浓稠的液体从喉咙中流出来，都尉仰着脖子，身下晃了晃，两眼一黑，便从马上落下，摔在了地上。顾楠长矛一转，挑在一旁亲卫怀中的孩子身上。亲卫还没有反应过来，长矛便已经收回，孩子落入了顾楠怀中。

都尉已死，四周密密麻麻的赵军骑兵皆是一愣，围上来的速度也慢了不少。顾楠挡下了数支刺来的长矛，在千骑之中撕开了一个口子，丧白色的将袍已经沾满了黑血。

"你等还要继续？"顾楠扯住了黑哥的缰绳，一手抱着怀中的孩子，一手提着长矛，冷冷地看着还准备围上来的赵军，"你等不是我的对手，首将已死，各自保全性命罢。"

士兵犹豫着踌躇不前，顾楠不再多说，骑着黑哥向秦军的阵地跑回。

天将亮了。

顾楠如同丧服的战袍已经红了一半，铠甲上的血水还在往下流，流到了她怀中那孩童的脸上。那孩童靠在冰冷的铠甲上，此时却不再哭了，咯咯地笑了出来。看着怀里的孩子，顾楠笑了一下，伸手在他的鼻子上刮了刮："你还笑得出来。"

"咯咯。"

顾楠翻了个白眼："没心没肺。你倒是好运气，摔在军阵中也无大碍。"

军阵之中，一个孩童当是擦着就死、碰着就伤，哪有他这般还笑得出来的？

顾楠莫名地有了一个荒谬的想法，或许冥冥之中自有天意，随后又摇了摇头，多想了。天意？虚无缥缈。半晌，不知道想到了什么，顾楠揣着孩子，认真地说道："日后，万万不能再走上老路，要做一个好皇帝，嗯？"

孩子听不懂，笑着。三百陷阵军让出一道缺口，迎接他们的主将归来。顾楠提着带血的长矛，翻身下马，抱着孩子走到了车轿前："公子、夫人，孩子已经接回来了。"说着，顾楠将孩子递了进去。

"谢谢……"嬴异人一旁的女人眼里含着泪水，接过孩子，死死地抱在怀里，再也不敢放开似的。

"应尽之责。"

顾楠看向嬴异人，他抬着眼睛像极了那些无了喜怒哀乐的政客，有的只是一双灰败的眼睛。顾楠苦笑一下，放下了帘子。好好的一个人，被折磨成这样。当年的嬴异人，也是一个烂漫的少年，能为一首《蝶恋花》感动不已，如今，已然虽生犹死。

"顾将军，"吕不韦带着笑容走了上来，"将军真乃勇将，待来日，你我二人定要痛饮几杯。"

顾楠笑了笑，摆了一下手："我不喝酒，着实抱歉。"

"无事，无事。"

"赶路吧。"

"好。"

天边放开了光，已然到了天明。

安阳城外，一支由黑甲士卒围住的车队缓缓走来。

【八十七】

安阳城中，军营两旁的士卒看着走进营地的军队，不自觉地绕道而行，不为别的，就为那满身的杀气。铠甲和兵刃上带着血腥味，让两旁的马匹都极为不安。普通士卒甚至不敢与那些杀徒对视，只是低着头从一旁走开。车队中的两辆车轿已经被安排离开，一个车轿中坐的是嬴异人和他的妻子、孩子，还有一个车轿，听说里面坐的是吕不韦的老父。顾楠一眼都没有见过，无论外面兵锋如何，也没见那个轿子里出现过什么动静。

安阳城，王龁兵败后就在此地和秦军的援军会合，攻下汾城，另名安阳。秦王将他安排在此驻守，也有别的意思。只要时间一到，就能立刻让王龁北上，再攻长平。

车队进到兵营中，王龁亲自出来迎接，摸着胡子。

吕不韦连忙上前，拱手作揖："王将军。"

"先生此来辛苦了。"王龁淡淡点头。

嬴异人与他身边抱着孩子的女人也走下了车驾，倒是不知道为何，那女子的目光时不时地在顾楠身上流连。

嬴异人看到王龁，行礼道："将军。"

"嗯，公子。"王龁回了一礼。嬴异人能得到秦王首肯，从赵国逃回来，还让秦王派兵迎接，但凡有些眼色，结合最近的风声都能知道一二。嬴异人回秦之后，身份恐怕就会有天翻地覆的变化。但是王龁也没有和嬴异人多聊的意思，他不喜欢朝堂上的那些东西，弯弯绕绕太多，实在受不了。

"秦王已传手书，公子安心休息几天，我自会护送公子回城。"

"如此，"嬴异人只觉得眼中酸涩，一年多的日夜，终于回来了，"多谢将军了。"

嬴异人埋头一拜，眼里闪着莫名的光华。大秦，我嬴异人，回来了！

"嗯，职责所在，有何好谢。"随意摆手，王龁看向站在嬴异人身后的人，才露出大大的笑容："好久不见了，小顾侄女，怎么见到你王伯都不打一个招呼？"

对于顾楠这个故人弟子，王龁还是颇为亲近的，何况顾楠的性格和能力都很让他赞赏。小顾侄女！听到这个称呼，在场的另外三个人只觉得脑中一阵眩晕，难以置信地看向自己身后那个穿着丧白战袍的小将，脸上的青铜覆面依旧凶煞难言。这小将，是个女子？战时决绝，刀锋凌厉的悍将居然是个女子？！任谁都不敢相信，她是个女子。看着站在那儿呵呵地笑着的王龁，顾楠的眼里露出了几分无奈，出于礼貌，脱下了头盔。黑色的长发从头盔中泄下，青铜覆面也被取了下来，露出了里面英气俊秀的面孔。女子穿着战袍，带着不同于寻常女子的气度："王伯，我好歹也是个将军，人前给我留几分面子可以不？"

"啊？啊，哈哈哈。"王龁摸着胡子笑着，也反应过来自己的称呼实在不合适，"是你王伯不是，是你王伯不是。"

一旁的三人看得眼睛发直。吕不韦看着这女子，嘴巴有些发干，但还是忍住了，没有露出半点不合适的表情。

而嬴异人却呆住了，半响，抬起了一根打战的手指，指着顾楠。那首《蝶恋花》，那个，对，就是那个，他结结巴巴地说道："顾，顾兄弟！"

顾楠淡笑了一下，对着嬴异人拜道："异人兄，好久不见了。"

"这，这，"嬴异人笑了出来，露出几分快意，这种神情还是这几日第一次出现，"顾兄弟你当真不仗义！就在我旁护卫，也不和我说一声，真没想到，真没想到顾兄弟原来文武双全。"

嬴异人说着，提起拳头就要捶在顾楠的肩膀上，但是随即想起了顾楠是女子，手又停在了半空。

"军阵不是叙旧的地方，还望公子勿怪。"顾楠的语气里带着几分生分。嬴异人听得出来，张了张嘴巴，眼皮垂了下来，默默地放下了手，在自己的衣摆上拍着："啊，是，也是，军阵不是叙旧的地方。"想起自己这几日的作为，嬴异人心下晦涩。他明白是自己的薄情寡义，才让顾楠对他如此，但他又能如何呢？虽然相识不久，但顾楠算是他为数不多的友人。嬴异人想起了小时候，自己问父亲，为什么爷爷总是自称寡人。父亲看着他说，王者，孤寡无情之人，乃为寡人。

他又看向顾楠，强笑着："顾兄弟倒是还从未和我说过你原来是个女子，着实吓了我一跳。我，我也累了，王将军给我们安排一个休息的地方吧。顾兄弟，我们来日再叙。"

王龁点了点头，两个士兵上前带着嬴异人和吕不韦的车队离开，只留下顾楠和她的陷阵军。

顾楠转过头，看着陷阵军，一挥手："全军原地休整。"

"哗。"一阵铠甲相碰的声音，陷阵军齐齐坐下，各自休整。有人开始擦拭装备，有人则从怀里拿出一早准备好的布条，开始往自己身上的伤口上缠。一夜疾行，连一点包扎的时间都没有，当真是精锐。王龁把这一切看在眼里，暗自点头，看向顾楠："王伯知道你喜欢什么，来，王伯这儿还备着些。"说着，笑着拍着顾楠的肩膀，两人走进了军营的一间营房。

王龁身为守将，驻扎得仓促，目前连座府邸都没有，日日住在军中的营房里。营房里，王龁拿来了两坛子酒水，放在了桌上，和顾楠对坐着："来，今日算王伯请你。"

长平之战的时候，顾楠就日日念着没有酒水，为这事没少被白起捶，王龁自然也知道这孩子的癖好，谁知顾楠摆了摆手："已经不喝了。"

"不喝了？"王龁一愣。

"嗯。"顾楠微微出了一口气，随意地坐着，"我师父那老头常说喝酒无益，我曾经是不听的，如今倒是准备戒了。"

白起啊……王龁抿着嘴，拍了一下酒坛，拿到一边："是，喝酒无益，不喝好。"目光扫过顾楠穿在甲胄里的丧服，王龁笑着叹了口气：却是个重感情的人。老友，你这徒弟倒是没白收。

【八十八】

车队一行人被安排在了一处小院里，半夜，吕不韦穿着一身宽大的布袍，走到嬴异人的房门前，皱着眉头思索了良久，然后伸出手叩响了嬴异人的房门。

"咚咚咚。"嬴异人枯坐在房中，听到了敲门声。这个时辰，会是谁？嬴异人有些疑惑，起身走到了门边，打开门看到的是吕不韦。

"先生。"嬴异人说道，语气里带着几分恭敬。若是没有吕不韦，他回不到这大秦，甚至可能已经死在了赵王的刀下。虽然相貌普通，但是吕不韦的才能绝不是常人能比的。

"公子，"吕不韦笑道，"不知现在是否适合谈些事情？"

嬴异人虽然不知道吕不韦的用意，但还是点头："我们去偏房。"说着，引吕不韦进房。

两人走到间小屋前，吕不韦先走了进去，嬴异人四下看了看，无人，这才跟着关上了房门。

两人坐下，嬴异人这才问道："不知先生何事？"

吕不韦斟酌了一番，说道："那顾将军可是公子的旧识？"

"这……"嬴异人低头看了一眼桌面，"是。几年前，我二人在东簪楼相识。"

说着，嬴异人似乎陷入了回忆，笑了笑："那日，她还是个才子。我确实眼拙，直叫她'顾兄弟'。呵，你倒是不知道，她在那东簪楼作了首词，非诗非赋，却文采斐然，一时成了名动咸阳的才子。"

"好……"吕不韦的眼睛动了动，没有在意嬴异人后面的话，"既然是公子旧识，这便好。"

琢磨了一阵，嬴异人看向吕不韦："先生，你可是想要拉拢顾兄弟？"

"对。"吕不韦也不隐瞒，开门见山地说道，"那顾将军算是世间少见的勇将，手下三百军士亦是精锐。若是能为我等所用，日后在咸阳立足，想来会方便很多。"说着，吕不韦抚着胡须。

"公子回去后，若是万事无恙，可拜华阳夫人为母，但那储君之位也非必然，我等还需要一些手段。若是有那顾将军在，"吕不韦的眼中露出了几道狠厉的光芒，伸出一只手放在脖子上，"关键时刻，我们也可一除闲杂。"

嬴异人沉默了一阵，吕不韦……你当真是把所有东西都当成了货品，皆是利弊制衡，全在你的算计内。但他不露声色，微微颔首："我知晓了，若是能，我会与顾兄弟聊一聊。"

"好。"吕不韦长出了口气，似乎是安心了，但是谁都知道，他永远不可能有真正放松的时候。

"公子，"吕不韦又想了想，认真地说道，"如可以，将其纳入房中最是稳妥。"

说着，吕不韦露出了一个笑容："那顾将军也是难得的美人啊，寻常少见。"

嬴异人的面色一红，似乎是心动了，但是想起那日的《蝶恋花》，嘴角木然一笑，摇着头。我这般下作人，还是算了："先生勿要再说了，莫要让异人难堪。"

"真是难堪……"

"先生！"嬴异人的眉头蹙起。

"唉，"看到嬴异人的坚持，吕不韦叹着摆手，"罢了，能拉到我等这边便好。如此，在下先告退了。"

"嗯。"

吕不韦退了出去，只留下嬴异人一个人坐在房中。已经入夜，他抬着头，看着吕不韦离去的方向，闭上了眼睛——先生，你恐怕，也把异人当作一件货品来看了吧，呵呵……

邯郸，赵都。

赵王看着塌下一身狼狈的军候，阴沉着脸。

"说说看，那嬴异人呢……"

"禀王，那嬴异人，跑了。"

军候的嘴唇惨白，没有血色，他带着两千余人去追，不到千人回来，都尉战死。一旦赵王发怒，自己的小命也难保全。

"跑了……"赵王瘫坐在塌上，愣愣地看着大殿。跑了……连最后泄愤的质子，自己都没能抓回来。长平损军四十万，若不是向他国求援，赵国此时恐怕已经被灭了，但是现在这般和被灭又有何不同？曾几何时，赵国还能和那虎狼之秦分庭抗礼，而如今国中空乏，总兵不过十万，只能看着他国脸色行事，这和亡国何异？

"呵呵呵。"赵王笑了，现在便是连泄愤都无能为力了。

"把始末都说出来，寡人要听。"他的声音很疲惫，像是已经无力说话了一样。

"是……"军候咽着口水，将事情的始末一一说出，包括那陷阵军，包括那白袍将。

"三百军可抗数千人，几乎无人战损；一骑冲阵，如入无人之境。"赵王咬着牙一字一句地说道，"陷阵军，白袍将，像白起那样的人，如今又有。秦国，还真是猛将强军成众啊。"

赵王再也按不住怒气，吼道："我赵国为何无那般勇将？啊？"

"为何无此精军？"气血攻心，赵王抽出腰间的佩剑，直指穿顶，"老天，你何这般偏秦！如此虎狼之国，你如此为何啊！啊？"

殿下的军候不敢抬头，只听着赵王怒吼，两旁的侍人也打着战。

【八十九】

顾楠没有在安阳停留多久，带着陷阵军在第二天就离开了安阳城，也不是因为什么，只是因为秦王召她回都。不知道秦王为什么会突然见她，但是问那使者也问不出什么，所以她就带着陷阵军回了咸阳城。嬴异人一行自有王龁护送，此后的路确实不需要她护卫了。大秦境内，赵军还翻不起风浪，就算是一年前的大秦也还没有衰弱到这种地步，何况现在的大秦已经恢复了元气，随时可以再攻诸国。

值得一说的是，顾楠率军离开的那天，嬴异人和吕不韦特来相送，送了很远，才目送顾楠离去。他们心中想什么，顾楠不明白，她也不想去想那些东西。

穿过咸阳熙攘的街市，人群变得稀散。顾楠穿着一身擦洗干净的甲衣，只有披风上还沾着些许一时洗不干净的血褐色，宫中的路如同曾经和师父一起走过的那般宽敞。

守卫说，秦王在偏殿等她去。将不情愿的黑哥交给他，顾楠独自走进了宫殿。宫殿中空无一人，或许是秦王早就已经挥散了，就连本该站在门侧的贴身宦官都不在。偏殿不小，顾楠一直走到殿门前，也没有看到半个人影，就在殿门前停下了脚步。

"来了？"秦王的声音从里面传来，和年前相比，却是更加苍老了几分，"呵呵，进来吧。"

"是。"甚至没有人上前收缴顾楠的佩剑。顾楠腰中挎着无格，径直走进了大殿。秦王独自坐在殿中，出奇的是，没有穿王袍，也没有穿日常出行的金边黑袍，披在他身上的不过就是一件普通的布袍，没有一点王该有的配绣和仪装。

"顾楠拜见大王。"顾楠上前行礼。

嬴稷笑了起来，脸上的皱纹更加深邃。

"莫行礼了。宫中四下我都已经挥退，寡人是你的长辈。"说着，嬴稷指了指自己，又指了指顾楠，挑着眉头，"你待你那师父如何，待寡人就如何。莫忘了，你的内息术还是寡人教的，寡人算你半个老师。"

"不敢。"顾楠轻轻地低头。

嬴稷沉默了一下，点着头，似乎是理所当然，语气里带着些悲哀："是，寡人是秦王，你是不敢。"

顾楠站着，秦王坐着。

突然，秦王说道："寡人已经看过简报，陷阵军着实不错，是为天下强军。本来寡人只是想考考你，没想到，你做得这般出色。白起老儿的本事，恐是已经尽数被你学了去吧？"

"不敢，"顾楠再次说道，"我未曾学到老师之十一。"

她没说假话。白起的东西，她要是学完，恐怕要学上一辈子。

"嗯……"秦王的眼神变得凌厉，收敛了笑容，盯在顾楠身上，如同两把利剑，直逼顾楠的喉咙。秦王的武学或许尚与顾楠难分伯仲，可那份气度，顾楠的水准还远远达不到。他开口说道："寡人问你，年前，寡人予你练这三百禁军，你心里想着什么？莫说是为了财帛，便是寡人信，你自己信吗？"

殿中的烛火一晃，顾楠白色的披风拖在地上，洗不掉的血污还在。秦王不信顾楠，顾楠可用，但还需要试探。

"确实是为了财帛，家中已经揭不开锅了，大王也知道。"顾楠出声说道。秦王的眼睛半闭，顾楠的话却没有结束，低着头，声音沉闷："不过，大王可知道，师父和我说的最后一句话是什么？"

"哦？说来听听。"

顾楠抬起头，一双眼睛撞上了秦王的视线，两人就这么对视着。她张开了口："我师，让我看看那太平盛世。"直视着秦王的眼睛，顾楠眼中没有往日的那份懒散，有的是一种让秦王都有退意的锐气："此乃我师一生所求，他未看到的，我会代他看个清楚！"

秦王深深地看着顾楠，在她的眼里，他看到了一种执念，让人震慑的执念。这样的一双眼睛，几十年前，他在另一个人的身上也看到过。那人，叫白起。

呵……师徒二人就像是从一个模子里印出来的一样。他可是还记得，那一日在武安君府，白起在房中说出那句"无用之身，可为弃子"时，门外暴起的那股惊天杀意。他完全相信，那一日若不是白起喝止，顾楠会杀进来。

"太平盛世，当真是敢说。"秦王站起来，背着手，抬着步子走到殿门边，那巍峨的宫殿在他眼中铺开，直到消失在天尽头，"哈哈哈哈！"

突然，他笑了起来，笑得豪情万丈，不像老人："好！寡人答应你，准你看看那太平盛世。"说着，他伸出手，对着天虚握，一字一句，铿锵有力，"寡人的太平盛世！"

他，要那战国群雄灰飞烟灭，要成那千古一帝！

他，要这天地，为他所有。

顾楠转过头，那个暮年的老人伸手对天，就像是在与天斗，争那半寸光阴，争那片刻天时，以成全那吞吐天地的万丈雄心。

"寡人，要攻周。你与陷阵军同去。"

他的脸上带着笑意，似乎在说一件微不足道的小事。周为王室，就算已经破败不堪，也是王室。秦国攻周，是要挑天下之翻覆。

"迁九鼎于咸阳！"

顾楠看着秦王，面色复杂。这春秋战国时代，出了多少乱世枭雄，又吞没了多少英雄豪杰。秦王也许明知自己时日无多，他只是想争，想与那天，争上一争。

【九十】

顾楠从殿中出来，停在宫门外。宫墙甚高，高得看不见远处的咸阳城。她抽出腰间的无格，不同于青铜剑，无格不知材质，剑身如同一汪轻鸿，映射着她的眼睛。从当年受白起那一饭之恩开始，她也许就已经注定脱不开这因果了。教养之恩，对于她一个孤儿来说，用命还都是轻的。无力地握着无格，若她不是白起的弟子，她也许会做一个闲云野鹤似的人。老头，你可是害惨我了。

扯嘴淡笑。见了那太平盛世，成了你的心愿，我便归去，过我的小日子。顾楠收了剑，顺着宫门长路，一路而去。

归去？她怎么会不知道，她早已经无路可走了。

到了那时，她又如何归去呢？

咸阳城发生了两件大事，一件是内事，一件是外事。

这先说一事。秦太子嬴柱的正夫人华阳夫人正式收了一人为子，那人本是送去赵国的质子，也不知是走了什么狗屎运，拜得华阳夫人为母，改名嬴子楚。这代表着，他日后很可能成为继承秦王王位之人。嬴子楚身穿秦国服饰拜见华阳夫人，被收为义子，一时间朝堂风云变幻。

另一事，大秦起兵攻周！咸阳城，或者说，众国都笼罩在一片动乱之中。还有这么一两个人，为了在秦国站稳脚跟，四处奔走。顾楠这几日已经准备出征了，画仙和小绿时常摆弄顾楠的衣甲，拿出来擦擦、晒晒。自己的姑娘，常年在外，已经很少能回家了，就像当年的武安君一样。从前，武安君出征的时候，小绿常常看到魏老夫人一个人坐在房里，看着空空的小院、空空的房子。那时候小绿常问："夫人，您在想什么？"魏澜总是摆手，笑眯眯地说："在想战阵里，那老货是个什么模样？"说着，她总是泪眼摩挲。

白起看似位极人臣，大良造的官爵已经是武官的最高成就，封无可封，多

231

少人求而不得的富贵。但是谁知道这偌大的武安君府常年空寂？他一生从没有对得起他的孩子和夫人。白仲和他关系很不好，几乎从不回家，便是白起死了，也没回来过。魏澜呢，等了他一辈子。

小绿从前不知道老夫人的心思，现在却是知道一些了。顾楠出征的时候，家中的人真的很少，她常常一个人坐在顾楠小院的老树下，看着天空发呆，还记得姑娘来的第一年，咸阳是十一月下的雪。那时候，姑娘总爱拉着她到处跑，翻墙跳树；那时候，姑娘轻轻地摘掉她头发上的雪花。那时候是小绿这辈子最开心的时候。

画仙弹琴，又割破了手指。她最近总是弹那激烈的战阵曲，只因为有一日顾楠说，梦见了吹角连营。顾楠问她为什么练这些曲子，她总是笑着摇头，说，这样姑娘就不会在家里清闲腻了。她真的希望顾楠多待几日，多待一会儿。

日头正暖，顾楠抱着剑，坐在树下修习着内息，呼吸均匀深厚，似乎随着她的吐气，身旁的落叶都会颤动。画仙坐在一边弹琴，小绿笑着坐在一旁给顾楠摆点心，絮絮叨叨。

"姑娘，这个可好吃了，我在西街买的，听说是新做的东西……"

顾楠睁开眼睛，看着小绿，有些心疼："小绿，别忙了，要不了几天我就要出征了，用不了这么多……"

话落下，小绿的声音轻了下来，变得喃喃，最后没了声音。她低着头，良久，平日清脆的声音轻颤："姑娘，不能不去吗？"

顾楠抿着嘴，撩起小绿散在一旁的头发："我必须去……"

"为什么必须去？姑娘是觉得家中不好吗？"小绿带着哭腔，眼中含着晶莹的泪珠，"不会不好的……"

她努力地说着："若是饿了，小绿给你做吃的；若是累了，小绿给你捶背；若是觉得闲了，画仙姐姐可以给你弹曲子……"

她擦着眼泪："为什么会不好呢……"

画仙的琴音停了，坐在一旁沉默不语。她依旧微微笑着，总是这么微微笑着，眼里的泪水滴在琴弦上。

"为什么一定要去？"她的声音很轻，"大秦这么多男儿，为什么非要姑娘你去打仗？若是像老爷一般，像老爷一般……"

小绿说不出声了，低声地哭着。

"我必须去，这是我应做之事，"顾楠笑着伸出手，擦着小绿脸上的眼泪，

"也是必须做的事。"

"画仙，"顾楠看向画仙，也替她拭去了眼角的眼泪，咧着嘴，"我想听些清调子。"

画仙点头，一曲悠扬的清调子断断续续地弹来。顾楠抱着剑，坐在老树下，老树的一片落叶掉在她的掌间："我不会像师父一样的，我保证。等仗打完了，就不会再打仗了，我保证……"

她捏住拳头，手中的落叶被捏得皱在了一起。她，恨透了这乱世。当着她的面，毁掉了她唯一的家、唯一的归属，她怎么能不恨……

"我要这世间朗朗乾坤……"

"我保证！"

【九十一】

出征的前两日，顾楠从街上回来，拿过一卷竹简正待翻看。

"姑娘，"老连站在门口，对着顾楠说道，"王翦将军前来拜访。"

王翦那货？顾楠疑惑。他不是前段时间跟着那赵掺攻韩去了吗，是何时回咸阳的？两人私交不错，但是长平之战后，两人都常年待在军中，不是在军部，就是领军出征，平日里很少能见上一面。

顾楠心中带着些轻快："王翦那货，来了便进来好了，还总是要您老跑一趟，通传作甚？"

"呵呵，"老连笑道，"老朽也是这么说的，但王将军说，不通传便进，不合礼数。"

"得，他那死脑筋也不指着能开窍了，"顾楠将竹简放在桌上，"让他进来吧。"

"行，我去和他说。"老连离开。没过多久，那个家伙走了进来，一如既往直直地站在那儿，脸上还是那副一丝不苟的神态，嘴角和下巴已经蓄起了胡须，颇有一番气魄。

"憨货。"顾楠远远地和他打了一声招呼。

王翦看到顾楠，笑着摸摸头，走了过来："顾姑娘。"

顾楠一边拿着壶给他添了杯水，一边对着身前的软榻抬了抬下巴："坐吧。"

"今日来却是没带酒。"王翦坐下，耸了耸肩膀。

"没事，我也戒了。"

顾楠的话让他愣了一下，随后点着头，拿起桌上的水："戒了好，从军之人，饮酒百害无利。"说罢一笑，"不喝好。"一口将水饮尽。

"听说你升军候了？"军候可是领千人的官，在军中也算是中层军官了。历史上，在始皇之前，王翦一直没有被重用过，在这里也是这般。

"是啊，升军候了。"

王翦面色暗淡地点头。他的志向何止是军候，他所敬之人乃是武安君，心中所想的，自然是成为像武安君那般顶天立地的英雄。千人军候，对于他来说，确实是大材小用。顾楠看到王翦的神情，明白他的苦楚，无奈自己嘴笨，本想讲些高兴的事，谁知又乱说话，便转开话题，放下手中的水壶："如何？我知晓，你这人无事，很少在外走动。此次来了我这里，定是有什么事要和我说吧？"

王翦抬头，两手撑在盘坐着的腿上："是，是有事找你。"说着，他看着顾楠，眼神有些犹豫，也有些怀念。他似乎想了很多，想起了那一年和顾楠在街头初见，那时候顾楠刚放过了一个偷盗的孩子，自己叫住她，她回头时的惊艳；也记得顾楠牵着黑哥骂骂咧咧；还记起来顾楠第一次出征长平，两人在老树下饮酒时，顾楠的一首诗。

两人终究没有醉卧沙场，但是或许有一天，沙场依旧会是两人最后的归属。

最后他侧了侧头，摸着鼻子："为兄明日要办婚了，想请你来。"

"办婚了？"

顾楠怔了一下，这才想起，王翦已经二十二三岁了，在这年月绝对算得上是大龄剩男了，随后她大声笑了起来。

"好啊你，我刚才还说你是永远也开不了窍，谁承想你就已经拐了个姑娘回家了。我说你啊，多少岁了，才办婚？你看那蒙武，儿子早都能叫爸爸了。"嗯，蒙武的儿子叫什么来着？顾楠思索着，时间久了，脑海中的记忆在一点点地淡忘，"对了，呵呵，蒙恬，你看过的。"

这是件高兴的事，确实是高兴的事，顾楠拍着桌子："会去的，你放心便是。你这人，要办婚也不早些和我说，提前一天，让我准备些什么？和你说啊，我准备不起太大的礼物，没钱啊。"

看着顾楠高兴的样子，王翦微微一笑。看着成熟了很多，可这人还是这般，一点也未变过："你说我？你几岁了？也没见你有说过什么亲事。"

还在调笑王翦的顾楠被王翦说得没话好说，憋了半晌也说不出话，最后一摊手，装作不耐烦地说道："我不一样，不想着这些俗事。"

"是，你不一样。"王翦呵呵地眯着眼，自己给自己添水。

"只是办婚，不必大张旗鼓，我家和她家都没什么人，算上好友也不过六七个人，请来吃喝便是，所以没什么准备。你也不必准备，到时来吃上顿饭，就是好的。"

"那你说的，我就去蹭顿吃喝？"不用钱能混上顿吃喝，可没有比这更美的事了。

"让你来你就来。"看着顾楠一副市侩模样，王翦笑骂着，"哪儿那么多话？"

"成，一定来。"顾楠笑着给自己添茶，不知何来的心事，笑着叹气，"已经好几年了啊。"

"是啊，已经好几年了啊。"王翦仰起头，战无年月，真的已经好几年了。

两人聊了很久，难得坐在一起聊天，也聊了很多，从顾楠学马的窘事，到王翦寻妻的八卦。

一壶凉水喝了一下午。

王翦的婚事真的很简单，家里挂了几卷红绸，只请了那么几个亲友，几人坐在一起，吃饭喝酒，也没什么好见外的。他的夫人是个长相清秀的女子，能被王翦那种人娶到，是王翦的福分。婚事没有想象中的那么多礼数，就像是一次普通的家常聚会。王翦喝了不少，脸涨红，拉着妻子的手，说对不起她，便是婚事也没能给她一个像样的……他的妻子直摇头，脸色醉红……那一晚，不少人喝醉了。顾楠这次没有推辞，想要一醉，这是件乐事，可惜她很难喝醉。等到一切结束，一身酒气地走出了王翦家，凉风一吹，吹没了她本就只有半点的醉意，顾楠愣神地看着天边云开雾散，轻笑而去。

【九十二】

两年。

在这战国恍若转瞬即逝，就像大海里的一滴水，渺小而又微不足道，但是这滴水，让这片大海泛起了滚滚波涛，翻涌起了前所未有的大浪。周王担心秦的势力，暗中和燕、楚密谋，再定合纵之约。谁知，这份合纵之约还没有响应，秦国的攻势就已经到了。周国早已经是一个空壳了，名为一国，实则仅有三四十座城池、三万多人，还分成"东周"和"西周"，便是反抗也无能为力。

姬延被俘入秦，受降之后被秦王封为周公，放归西周，月余，病死。不过，让人留意的是，周国王城相传为三百人所破。至于如何破、为何破，少有人知，但是很快，世人就在另一个地方见到了这三百人的真面目。

九鼎被迁往咸阳。

秦王立于宫中，看着那九鼎整整一日。九鼎自古便为王权，此时的王权已经在他手中。秦王伸出手，抚摩着九鼎之上的纹路，就像抚摩着大秦的山河——再有十年，再给寡人十年。落日的余光照亮了半边天空，金红色的璀璨光芒照亮了宫殿的瓦砾和大路，洒在秦王嬴稷和九鼎之上，而另半边的天空笼于夜色。秦王在心中就像是在对自己说，又像是在对那冥冥之中的什么说，似在讨要，似在乞求，他还要十年。猛地，他的手抓在九鼎之上，颤抖着，闷声咳嗽几声，身子虚弱地摇晃了一阵，扶着九鼎，险险站稳。他扭过头看着那落日，眼中只有漫天余红。寡人，寡人……只差一步……只差一步矣！秦王怒睁着眼睛，身子却一软，摔坐在地上，两旁的侍卫连忙上前扶住秦王，苍老的脸上再无力露出那份睥睨天下的自信。范雎请辞丞相的职位，但是之后去了哪里，没人知道。有人说他归乡了，也有人说他已经死了。没人知道秦王如何了，人们只知道，秦国这虎狼之国这次真的如同饿极了的野兽，在四处攻伐不止。

秦昭襄王五十三年（公元前254年），秦国攻魏。秦国举兵数万直取吴城。魏此前与齐、韩交战而败，早已失信天下，无援可求。魏国率军五万人驻守。此城本是魏国名将吴起所建，易守难攻，谁知秦军一三百阵，连夜以钩锁入城，火烧兵营粮草，三百近卫随一白袍将从城中杀出，大破三千魏甲，生擒主帅，以开城门。大军入城中，破军数万。魏军大破，魏国投降，降为秦国属国，同年韩王于秦觐见。

三百秦军，说是名为陷阵营，此后转战四方，千人亦避，非万人不可破，又被世人称"丧军"，盖是因为此军之将常穿着一身丧服般的将袍。三百人，军阵之中皆有青铜獠牙覆面，破阵之时浑身浴血，伤而不退，死而不倒，如同凶鬼魑魅，令人丧胆。陷阵之将亦有覆面，煞如鬼首，力举千斤；不知面目，不知男女，只知其姓顾，传为白起后人。

咸阳城的城门打开，大军缓缓入城，两旁的道路没有欢呼和高歌，只有死寂，因为他们是上阵杀人的士卒，不是英雄。百姓看着衣甲带着血臭的士兵，只想快些躲开。走在军阵之前的，是数百黑甲军。他们和其他士兵疲惫无神的眼睛不同，他们眼中只有沉闷和坚毅。

走在前几排的黑甲军，每人怀中都抱着一个罐子。连年征战，这几年他们几乎从来没有停下过，已经叫这天下识得了他们陷阵军。在战阵之上，一声"陷阵之志"，能吓破多少人的胆子。

他们已经扬名天下，博取了一身功名，但有人终究是回不来的。走的时候三百陷阵，如今却只有二百一十四人。他们忘不了那些死之前还吼着"陷阵之志，有死无生"的家伙，也忘不了那些安静无声倒在血泊里的人。

曾经在训练时骂自己蠢货的家伙，被割断脖子，血止不住地从他的喉咙里流出来，他想说什么，却怎么也说不出来；还有那个一直喜欢拿着玉牌看的家伙，身中数箭，靠在尸堆边上，等擦干净沾满血的手，才摸出那块牌子，看了又看，生怕沾上一点。他死得挺安静的，是笑着死的。

没人哭，只是叫那烽火熏了眼睛。

所有人都明白，他们背负着一个名字，这个名字随着每一个人的死去，越来越重。这个名字叫陷阵，承担着所有人的血。活着的人要替死的人让这个名字继续威震四方，叫所有人忘不掉他们。

按照将军的意思，他们把死掉的人烧成灰，装在坛子里，背在身上，带他们回家。两年间，吃饭、睡觉、打仗，都没有放下来过。顾楠骑在黑哥的背上，带着浑身的煞气；腰间的无格不知道杀了多少人，剑刃中生出了一丝红线；背上的长矛断过好几次，已经换了数把。

看着熙熙攘攘的咸阳城，又看向两旁畏惧地看着他们的百姓，顾楠眼神一黯，眼皮垂着，随后又抬了起来，高高地看着天空。没人会当他们是英雄，虽然他们做着英雄才会做的事。只因为他们是士兵，为战生，为战死。

是为昭王五十五年，秦，已得近半天下。

【九十三】

军营的校场一如两年前，像刚出征的时候一般，没有什么变动，那砂石铺成的地上，风卷动着尘土。军营的大门口有一面墙，墙上挂着三百面巴掌大的木牌，每个木牌上都写着一个名字，为三百陷阵士兵之名。木牌上沾着血迹，入军之时，每个人都曾割开手指，将自己的血滴在上面。顾楠站在墙前，身后的陷阵军将怀中抱着的一个个坛子小心放下。

也不知是谁，轻声说了一声："回家了……"

"军归矣……"

都是从尸体堆里爬出来的死士，眼眶却瞪得通红，二百一十四人朝着那没有声响的八十六只坛子吼着。

"军，归矣！"

三百个名字都是顾楠亲自写的，也会由她亲自摘下来。入手的木牌有些沉，她轻轻一扯，扯断绑着牌子的线，将它放在了一旁。等到八十六块牌子被取下，那墙已经变得空落，剩下的二百余枚牌子随着风晃荡。

"此八十六人，战阵而死，丢我陷阵颜面，今后，此八十六人不归我陷阵所部！降为常民，落回原籍！不得再说是我陷阵之人！"顾楠的声音严厉，如同责骂训斥，末了，她却了然一笑，"同样，不背我陷阵滔天杀孽，入了那幽冥之处，当为良善之判，来生，是要投个好世道……于此！"

顾楠拿过身边人手中的火把，扔在那八十六块木牌上，一瞬间，燃起熊熊烈火。

"陷阵军！"二百余人站得整齐，军容肃穆。

"送客！"

"铮！"无格出鞘。

"一路走好！"

"铮！"

剑刃如林，向着那飘散而去的青烟。

"一路走好！"

火烧尽了木牌，也烧尽了那一个又一个浴血卧倒在沙场上的人，烧尽了那一句又一句"陷阵之志，有死无生"。

大军得胜而归，秦王似乎年轻好几岁，本来已经挺不直的身子再一次立在那大殿之上，一个个地召见了行军之将，按功封赏了每一支军部，召见顾楠已经是近夜的事了。

顾楠被放在最晚召见，也有原因。陷阵军本是禁军，三百死囚之身，名不正，言不顺，于战阵之中皆青铜覆面方可出征，不好光明正大地赏赐。就是在那战阵中杀出了赫赫凶名，亦是这样，见不得人，甚至通传不得名字，他们只能有一个名字，就是陷阵。而且就算以顾楠的身份召见，也很是不便。身为白起弟子，她很难再被用。谁都知道，白起是谢天下而死的，用一个谢天下的罪人之后，有损清誉。所以，天下人都能知道陷阵军，都能知道白袍将，但天下人都不会知道那白袍将到底是何人，那陷阵军又姓甚名谁。

"大王。"

秦王召见顾楠却不是在大殿中，而是在他的书房。顾楠站在门口行礼，他放下了手中的竹简。

"哈哈，寡人的'丧将军'来了？"

丧将军……这名字着实不好听，也不知道是何人先叫起来的。概是因为顾楠出征穿戴的都是一身丧袍，所过之处，又杀声震天，所以有了这个名字："大王说笑了，这名字可不好听。"顾楠无奈地说着。

秦王笑了几声，随后又咳嗽了起来。他的身子早已经一日不如一日，待咳嗽消去，才继续说道："你与陷阵营屡破敌阵，寡人若是再不赏赐，恐怕你们心中也腹诽。呵呵，说说吧，你等，想要什么赏赐？"

顾楠站在座下，良久不言，从怀里拿出了一卷简书，单膝跪下："大王，此乃陷阵营成军之法，还请大王过目。"

"哦？"顾楠的做法让秦王的面色一怔，点了点头，"拿来我看。"

接过顾楠递上来的竹简，秦王简单地翻阅了一番，但是粗看了一遍就发现，只是粗看是看不懂的，于是细细琢磨研读了起来，一读，就是半炷香的时间。等到他将竹简放下，天色已经全黑了。

"军不以勇为著，以令为本，成行令禁止；以士为承，成阵势规正；以教为则，成军心熔铸……"秦王摸着胡子，"对这军阵有独特的看法，而后的这些训练、训练科目，也有几番意思。不过，若是要在全军推广，恐怕要数年之久，才能见成效。"

"而且，"秦王指着册上的一则，"全军修习内息，亏你敢做。你不知，若天下军阵皆有内息伴身，就等于内息之说人人皆知，世道岂不大乱？此时终归只能一军而行，不能效仿。"

"大王说的是。"顾楠也没有反驳。若是全民皆修内息，对于王权统治也会造成不小的问题，她也没有想过秦王会认可这一条。

"如此，喀喀，"秦王放下了手中的军册，挑着眉头，"你是有什么想求寡人？"

顾楠低着头，轻轻抱拳："三百陷阵于战中折损近半，所剩之人难以为阵，楠以求大王，解散此军，赏遣其人归去，另再成一军。"

听了顾楠的话，秦王久久没有答复，他的一只手摆在桌案上，食指无声地敲打着桌面。半晌，他笑道："你，是不想他们再在战中送死吧？"

没有解释，顾楠垂下头："大王明鉴。"

"哈哈，也罢，不过二百余人，寡人准了。另赏每人耕田二十亩、金一镒。但是，你自告知他们，军中所学不得外传，若是让寡人看到陷阵之武出现在他人手里，你等，连坐。"

秦王的眼睛放着危险的光芒，但很快就消散了。

"是。"

耕田二十亩，便是这一条已经是极大的赏赐了，有田地，就足够他们在这个世道上活着了。

"至于你，你的赏赐，刚才已经分与了那些士卒，你可有意见？"对于顾楠有自己的私心，秦王显然还是有些不悦。

"没有，"顾楠松了一口气，"谢大王。"

【九十四】

烈日炙烤得火热，七月的天气热得发闷，沉闷的空气在校场上压着。军营之中，一个声音高声念着。

"陷阵骁勇，于战阵屡破强敌，建功数件，乃赏每人耕田二十亩，金一镒，以证我军心。另因陷阵军不足三百，难成阵势，暂令解军，士卒可归，陷阵之武不得传于他人，他日再成新军。"

"至此，"顾楠收起手中的文书，"你们明白了没有？"

她的身前，零零散散的士兵站在那儿，像是卸了全身的力气，也站不直了。

"将军，"一个士卒抬起了头，苦苦一笑，"当真让我们走？"

"难道你们不想回去？"顾楠淡淡地问道。

"将军！"一个人红着眼，"陷阵军，说是要成那天下第一军的。"

"所志未酬，不敢离开。"

"否则。"

"未成陷阵名，不敢见故人！"

顾楠黑着脸，在那一声声高吼中，怒而出声："你等，都是这个意思？"

所有人都低着头，似在默认。

"记得功名，家中亲人呢？不教养了？都是从血路里杀出来的！"说着，顾楠指着墙上空掉的牌子，"那些人死了，才让你们回来的！你们想作何，再回去送死？"没人再回得上话。

"让你们回去，不要听不懂人话！自己打理完了，就去领了文书滚！"顾楠深深地看了众人一眼，"好好过日子。"

说完，顾楠便转身离开了，只留下军营中两百余人不甘心地站在那里，但是再不甘心又能如何？直到一人抹着脸，跪了下来，对着那面墙拜下，起身离开。接着，一个一个拜下，离开。高进最后一遍将自己的被褥铺得整齐，将零散的几件行李绑好，背在背上，深吸一口气，走出营房的门，扫视一圈四周，人影散乱，莫名地眼中一酸，咧着嘴巴。陷阵之志，终归成了一个笑话？终归，是成了一个笑话罢。心中一阵空落，像是没了什么东西，高进背着行李，独自离开。

乡间的小路混杂着泥土的味道，由一块块青石板简单地铺成的路面行不得车，一个人影孤单地走来，踩着青石板上的一根树枝。高进恍惚地看着不远处的村子，眼前似乎看到了那恶臭的死囚房，又看到了那军中燃着火盆的夜晚，耳边听到的是刀兵交错的喊杀声，似乎狼烟四起。

回来了？他自己问自己。

那个曾经梦里都不敢回来的地方，自己当真回来了？一路走着，昨夜下过雨，早间的空气还带着露水的味道。路上没什么人，有人也认不出他来。站在一面用几根木头搭着的简单门房面前，高进伸出手，正想要敲响房门，手却停在了半空。他不知道见了里面的人，自己该如何说，该说什么。

"砰砰砰。"高进最终还是敲响了房门。来开门的是一个老妇人，头发花白，身上穿着发灰的布衣，两眼看不清楚，看到站在自己门前的人，呆了呆，觉得好生眼熟，眯起眼睛看向他，整个人却愣在了那里："进儿？"

"娘……"破旧的篱笆边上，高大的士兵穿着布袍站在佝偻的妇人面前，嘴唇颤了颤，露出了一个比哭还难看的微笑，"我回来了。"

"来，进儿，吃饭。"老妇人脸上的皱纹都笑在了一起，手里捧着一碗豆饭，递给自己的孩子。

"哎……"高进接过碗，拿着两根木枝往嘴里扒拉豆饭。豆饭的味道很不好，还带着很重的腥涩，但是他就像吃着这世上最美味的佳肴一般，吃得狼吞虎咽，眼里止不住地流下泪水，也落到了碗里，最后混在一起被吞进了嘴里。

"吃慢点，吃慢点。"老妇人伸出颤颤巍巍的手，摸着高进的脸颊。

"回来就好……"

豆饭里混杂着干腥，高进铁铸般的脸再也忍不住，皱在了一起，泪水流了下来。高进像是回到了战场上，自己的兄弟代自己受了那一剑。看他倒在那里，高进想去救，那货却骂道："救什么救？给老子杀出去！"他的眼里尽是怒意，"杀光这些龟孙！我们陷阵军，是要名扬天下的！"

还有那个身中数箭，干坐在墙角的家伙。自己怎么拉他，他都起不来了，他只是说："高进，我待和你说，我婆娘真的是这个世上最好的女人。"

"可惜，"他的脸上全是泪水，"我是回不去了。你可得好好活着……你家里的老娘，还没个人照顾。"

有一日，他问将军："将军，天下真会有不战的世道？"

"谁知道呢？"将军随意地笑着，"没有，我们杀出来一个便是。"

"哈哈哈。"跟在后面的陷阵军皆大笑，笑声惊起了路旁一棵枯树上的寒鸦，"好！杀出来一个便是！"

陷阵军……

陷阵军……

"啪。"高进停下了手里拨饭的木枝，拿着碗的手顿在了那里，眼中通红，勉强露出笑容，"娘，我领了军功，可有二十亩地，不用再过那般的日子了。"

数百年后，一个叫作高顺的人，让陷阵之名重扬天下，七百陷阵，堪称世间强军。

空空的校场上，顾楠顶着风站在黑色的军旗下，在校场上挖了一个坑，将那些回不去的坛子放了进去，然后用沙土慢慢掩埋……

【九十五】

往后三月，秦地再无战事，若是有，也不过是边境的小擦小碰。

顾楠待在咸阳城中练起了新军，千人死因。不同于上次的三百人，此千人皆是亡命之辈，为了条活路，恐怕是什么事都肯做的。秦王的身子愈加不好了，似乎有人动起了心思，不只有秦王子嬴柱，还有嬴柱的儿子嬴异人。

盛夏刚过，秋初的日子已经开始有落叶，顾楠的小院中，落叶堆积了几层，青黄色的枯叶被顾楠拿着扫把扫成一堆，堆在院子的一旁。小绿和画仙早早出门采购去了，虽然因为尚在孝期，顾楠身上没有官职，但是拿的也是千人军候的俸禄，家中宽裕了不少，别的不说，偶尔能吃上几顿鲜鱼尝尝了。

顾楠在自己学做饭，想来是已经受不了大秦人的口味，但是谁让她从前除了泡面什么都不会呢？只是吃过一顿，顾楠就被勒令不得靠近厨房。有一口吃的就该是恩德了，浪费粮食是损德的事情。

她只能偶尔偷偷地做上些吃的，也就她自己敢吃，权且做得少些，当是试毒，说不得在重现后世的美食手艺之前，还能先炼成个百毒不侵之身。啊，另外，或许是没了仗打，顾楠闲得着实无聊，向画仙学起了琴艺。呵，只能说她着实是个蛮子，除了上阵的东西，没啥学得好的，一把七弦琴在她的手里吱呀作响，看得一旁的画仙心疼，一把七弦琴可是很贵的。

第二日，温柔体贴的画仙就把七弦琴藏了起来，不让顾楠再碰。再弹，路过的会误以为武安君府闹鬼。顾楠扫着地上的落叶，打了一个哈欠，悠闲的日子舒坦得让她皮痒，总觉得无趣，想要做些什么。这几日，黑哥见了顾楠都躲着跑，它可不想又被稀里糊涂地拉出去就着咸阳城跑上一圈，陪着这人撒疯，乖乖，能把它累死。扫帚轻轻地扫过，落叶被卷动翻起，飘落在叶堆里。"嗖！"不知何处来的一道劲风破空而落，顾楠的两眼一合，微微仰身，黑长的飞针从她的面前刺下，钉在了地上。飞针的力道很大，直接刺进了地里，余力未消，使得长针不住地震颤。没去看那根长针，顾楠低头将一片落下来的树叶重新扫进了叶堆里："什么事啊？你们这些，总是这般鬼祟。"

"啪。"一道黑影落在了墙上，踩着瓦砾发出了一声声响。顾楠挑了一下眉头："莫把我家的瓦踩坏了，不然不管你是哪儿来的，都得赔钱。"

黑影穿着一身黑色的衣袍，脸上戴着灰败的木头做的面具，气息若有若无。顾楠也不是第一次见到这般人了，是王室的人。王室有两把刀剑，一把是明面上的军队，另一把或许算得上就是这拨人。

不晓得他们叫什么，只晓得，他们只给王室做事，能命令动他们的大概有三个人：秦王嬴稷、秦王子嬴柱、秦王孙嬴异人。顾楠在秦王那儿见过一次，盖是做着见不得人的事的时候，才用得到他们。和军队不同，他们的人数少得可怜，据顾楠隐约地了解，只有二三十人。但是他们都身负武艺，而且都不俗，长窃听暗杀之事，夜行数百里都不是事儿，不过二三十人，就能把这咸阳城里的事务办得干干净净。听说，咸阳城之外的都能触及。军队责外在征伐，这部人主内，内在清排异己。

"不过是块瓦……"面具里的声音低沉。

顾楠一愣，疑惑地看向那人："你，是新来的？"

那人的身子一晃，危险地盯着顾楠："你怎么知道的？专门探听了我等的消息？"

"没。"慌忙摆着手，顾楠自知没趣地把扫把放在一边，"从前的人都不会说别的话，只会告知地点、时间和做什么事。"说着，顾楠用一种"你还年轻"的眼神看着那人，看得那人浑身打战，也不知是气的还是怒的。嗯，好像是一个意思。

"哼，"冷哼了一声，那人抛下一句话，"明日日正，咸阳东郊闲亭，子楚君会在那儿等你。"说完，身子一晃就消失在了墙上，看起来轻功还不错。

子楚君？顾楠的眉头一挑，坐在了屋旁的软榻上。啊，嬴异人。自从拜了华阳夫人为母，他就改了自己的名字，现在名叫嬴子楚才是。他找我？顾楠没有想到，还是日正这种时候。日正时自己才刚从军营回来，就得赶去见他。

麻烦啊……顾楠两手枕着脑袋，向后一躺。小绿和画仙不在家，老连遛马去了，她一个人待在府里，像个留守儿童。

没什么不对。

第二日日正，夏末秋初的天气不见得凉爽，本来这个时节该是多雨，也不知道是怎么了，今年没有下什么雨。

顾楠穿着一身白色的衣衫，站在东城郊外的小亭前，没骑黑哥。这货宁在府里睡大觉也不愿在这般时候出来。

东郊闲亭，估计说的就是这儿了。咸阳东郊外废弃的亭子也就这么一个。亭子临近水畔，听得到泉水流响，别有一番意境。亭中坐着一个身着华服的青年人，样子看起来不是很好，时常看看四周，又看看身后的草丛。顾楠摇了摇头，走了上去。嬴子楚看到顾楠，脸上露出些许的放松，连忙起身。

"顾楠见过公子。"

"顾兄弟何必如此客套？我们曾是故交，叫我异人即可。"嬴子楚脱口而出，随后却又闭上了嘴巴，黯然地说道，"呵呵，为兄说错话了，叫我子楚就可以了。"

嬴异人这个名字他已经不能再用了。多么可笑，为了那空薄之物，连父母之赐都舍弃了。想起自己不得宠的母亲，嬴子楚心中更看轻自己了。

第五章　帝王之师

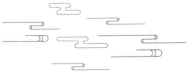

【九十六】

凉亭之中照不进阳光，要比外面凉爽很多，嬴子楚和顾楠面向而坐。他一时间不知道说些什么，显得拘谨，桌案上摊着一副棋局，黑白子各未下过。嬴子楚拿起一枚棋子，对着棋局笑了笑："顾兄弟文武全才，想来在棋道上也有所建树，兄弟厚颜求教，如何？"

他如今已知晓顾楠是女儿身，却依旧不改口，叫她"顾兄弟"，也不知是为何。

顾楠看着嬴异人的样子，对比起现在的秦王，养气的功夫差了很多。秦王的一喜一怒有样子，但根本猜不到真正的他到底是喜还是怒，还是说根本就不在意；而嬴子楚全部写了在脸上，只是看到他的样子就知道他是有事所求。他不说，顾楠也不问，点了点头，拿过自己的棋盒："倒是和师父学过一些。"

四周的清风微吹这亭旁的枝叶，摩挲作响，此起彼扬，恍若一曲清调。

嬴子楚仿佛又成了那年那个偷跑出宫来玩耍的年轻人，拿着棋子落下，看向顾楠。顾楠黑色的长发垂在肩头，一身孝白色的衣衫显得出尘，低着头的脸庞亦是俊美，却混杂着沙场将军的坚毅和英武，带着种别样的感觉。

两人一棋一子地下着，可这越下，嬴子楚就觉得越是尴尬。顾楠的棋是和白起学的，白起的棋艺是鬼谷子验证过的，算不得多差，但不要脸是绝了的。悔棋算是小的，要是输了就收盘重来这种事情也没少做。顾楠把白起的棋艺没学来多少，不要脸倒是学了个齐全。莫说落子有悔，悔上三四子都是有的，关键还脸不红心不跳的，想来是已经练了一张好面皮。嬴子楚又不好杀她面子，一盘棋下了有半个时辰，只觉得下棋如何变得这般艰难。

"顾兄弟，子楚此次这般邀你出来，却是有事相谈。"嬴子楚举棋不定，看到顾楠确实没有悔棋的意思后，才把棋子放了下去。

顾楠咧嘴一笑。

"总算说出来了，这棋也就别下了，说正事吧，我的棋艺如何我还是知道的。"说着，顾楠把自己的棋放回了棋盒里，"用那般方法把我叫出咸阳城来，若是说没事，就是为了下棋，你就是真的有问题了。"

嬴子楚如释重负地放下棋，心中暗暗决定再不和顾楠下棋，苦笑一声："还请兄弟体谅，咸阳城中人多眼杂，我所求之事着实不适合放开了说出来。"

你们一家人做事都是这样，我不体谅还能怎么办……

顾楠翻了个白眼，耸了耸肩膀："所以说，到底是何事？"

"顾兄弟还记得那日护送我等，那个你救出来的孩子吗？"

救出来的孩子……嬴政吗？

顾楠盘坐在软榻上，看着很随意："你的孩子？"

"是，"嬴子楚轻轻颔首，露出了一个轻笑，"他叫嬴政。"

"好名字。"是好名字，会千古流传的名字。

"是这样，"嬴子楚斟酌了一番，认真地看着顾楠，逐字逐句地说道，"我想请兄弟，做政儿的老师。"

亭旁的泉水淌着，声音在林间回荡，光穿过树叶的间隙照在地上，散碎了一地。

"带孩子啊……"

"是。"嬴子楚被顾楠这么直白的说法逗笑了，"顾兄弟真是妙人妙语，确是带孩子，但我也希望顾兄弟能教政儿文武安邦之说。顾兄弟的文采子楚是见过的，武从武安君，那日战阵亦叫人难忘。子楚思来想去，咸阳能两者兼具的人，也只有顾兄弟你了，而且……"说到这儿，嬴子楚的声音犹豫了起来，顾楠知道要说到关键的时候了。如果只是让她做嬴政的老师，在咸阳城里就可以说，不必到这里来。

嬴子楚抿了抿嘴巴："吕先生亦为政儿寻了个先生，叫作李斯，说是荀卿弟子。"

"你是让我防着吕不韦？"顾楠没有绕弯子，很直白地问道。

嬴子楚的身子一紧，看得出按捺着胸中的怒火，声音变得低沉威严。

"吕不韦所图甚大，在上位之前，我还要用他，但是上位之后，我和他，定是要分一个死活。"说着，嬴子楚坐直了身子，"到时，若是成则无事，我若是力所不及，还望顾兄弟能护政儿周全。听闻兄弟最近已在扩军，到时兄弟的千人陷阵，想来无人敢轻动。"

嬴子楚身居宫中，身旁没有好友或者亲信，到了如今这个时候，也只有顾楠这个只有一面之交的朋友。他看人很准，可以相信她。

"我知晓了。政公子该是已经有四岁了吧？"

"是，四岁了。"嬴子楚侧过脸，看着林间晃动的树影。

顾楠不知为何，挑着眉头笑着说道："和那日相比，你是变了很多。"

"是啊，"嬴子楚的眼睛不再柔软，"变了很多。"

他已经不再是那个公子，朝起不知生死的日子也已经让他看明白这个世道。他要成那帝王，没有人再可左右他。为了这个，他已经舍弃了自己能舍弃的一切——改了父母所赐的姓名，对一个商人持礼，弃无依的生母于不顾——变成了一个连他自己都不认识的人。赌上了一切，他要成那帝王，成那天地一人，然后把那些，一件一件地，全部拿回来。

【九十七】

"武安君府。"一个年轻的书生站在高门府邸前，仰头看着那府，若有所思——盖是此地了，秦国战神之府吗？看起来也不过平常。年轻书生四下看了看，倒是清静。这便是公子另寻的先生所住的地方了。年轻人自信地看着大门，他倒是要看看是怎般的奇人。自从他跟随荀师学习帝王术以来，自认为深谙此道。在他看来，被称作虎狼之国的秦国是这乱世中最能让他施展能力的地方。果然，初到此地，他就被秦王孙身边的红人吕不韦看中，虽然只是被提拔做一个小吏，做公子的孩子的书教，但是这个位子在李斯看来，反而比分配在外的实权官职还要好，不因为别的，只因为这个位子能让他更接近秦王，或者说，更接近未来的秦王。不过书教还是和老师不同，书教用通俗的话来说就是助教的意思，而小公子真正的老师，在那日公子回来之后就被定了下来。那人叫作顾楠，听闻，就是在周魏战场上，那支被称为丧军的陷阵营的领将。读书人胸中总是有种傲气，无缘无故做了助教，自然就要来看看这真正的先生到底是个什么样子。顾先生，可莫要让斯失望了才好。这般想着，李斯迈步上前，敲响了武安君府的大门。

"砰砰砰。"低闷的敲门声之后，大门被打开，开门的是一个老人，看样子已经六旬左右。老连看着眼前陌生的年轻人，疑惑地问道："年轻人，所为何事啊？"

"见过老先生。"李斯颇有礼貌地微微行礼，"在下李斯，此番前来，是来拜见顾先生的。"

"顾先生？"老连一脸不解地看着李斯。自家哪儿来的什么顾先生？顾姑娘倒是有一个……顾姑娘？呃，老连的心思一动。自家小姐总是穿着一身男儿装束到处跑，想来是又在何处胡闹了，这都找上门来了。唉，小姐现在真是没有半点女儿家的样子，完完全全就是个男儿模样，这么大了，连一门亲事都没有，这般下去，日后自己可怎么敢去见老爷和夫人……老连一边想着，一边叹了口气。

李斯不解面前的老人为何突然唉声叹气，奇怪地问道："老先生，顾先生不在吗？"

"啊？"

"啊。"回过神来，老连让开了身子，"在的，先生在家，请跟老朽来吧。"

顺着李斯的称呼接着话，他也不好说破，只待小姐自己说便是了。

"这？"看着老连准备直接领自己进去，李斯迟疑了一下，"不需要通传一番吗？"

"无事。"老连摆着手，声音里有些无奈。他也觉得不妥，可这是小姐吩咐的，"府里平日都没有客人，小……先生吩咐过的，若是有客人，没什么不方便，就让他直接进来，通传太过麻烦了。"

太过麻烦了——李斯一怔，又"呵"地笑了一声。只是因为嫌麻烦，就随客人出入，这先生倒是洒脱……

"先生此时还在后院思习琴律，"老连侧过身，"也无不便。"

琴律吗？也好，李斯点了点头。闻其音知其人，此道他也略通一二，且先看看。

老连引着李斯进门，随后领他向后院走去。李斯跟着老连走了片刻，远远地听到一个小院里传来琴音，侧耳倾听，只是听了片刻，便有些恍惚——那琴音恍如山涧泉鸣，空山鸟语，空灵轻盈，让人身至其中难以自拔，仿佛每一声都能拨动人心，让人的心思忍不住跟着琴音而去，忍不住去听。当下心中震颤。这顾先生在琴律一道，斯恐怕是遥遥不可及矣，听他的琴音，想来是品性高洁之人，怪不得公子这般推崇此人，就连吕先生听闻是此人教学也无异议。等到一曲结束，他才悠转醒，老连已经带着他走到了后院的门前。

"先生就在里面，客人自去就是，老朽先告退了。"

李斯行礼："多谢老先生了。"

唉，多有礼貌的年轻人，可惜又要被小姐戏弄了。老连认定是顾楠又在胡闹，毕竟自家小姐的不安分他也是知道的，看了李斯一眼，就退了下去。

此时李斯的心中一片期待，甚是想要见上这能弹出如此琴音的顾先生一面，或许两人可以相谈甚欢。正待进去，院中传来了一道动听的女声，比那琴音还要动听："姑娘，刚才这般弹，你可看明白了？"

接着又传来一道好听的声音，听得出是个女子，还带着几分豪爽："明白了明白了，我来试试。"

"哎，姑娘，你可莫要再乱弹了，若是弹断了弦，我还得修。"

"嗯，一定注意，你放心吧。"

站在外面的李斯一蒙，院里的不是顾先生，怎么有女人的声音？还没等他回过神来，院中又传来了琴音，只不过，这次的琴音可不动听。若说刚才的琴音是空山鸟语般的清脆空灵，那么现在的琴音，就是摧枯拉朽、天魔乱舞一般的恐怖。魔音灌耳，李斯只觉得自己的眼前发黑，连忙捂住了耳朵。这，这般弹琴，简直有辱琴！头似快炸了一般，李斯也顾不得什么礼数了，想来那顾先生也受不了这样的，快步走了进去："是何人在弹琴？还不快停下！"

琴音戛然而止，里面的场景却让李斯愣在了原地。小院中哪有什么顾先生，只有三个姑娘，皆是样貌脱尘的姑娘：一个正坐在树下，是一个佳人，柳眉薄唇，眉间透着一股媚意，气质却轻薄寡淡，手里正抓着那琴身的一角；还有一个站在一旁，是个长相秀气温和的少女，颇有一种邻家姑娘的感觉，正捂着耳朵；最后一个姑娘让李斯印象最深，穿着一身男儿的孝袍，显得有些宽大，手中捧着一把七弦琴，长发随意地扎在脑后，散在肩上，看着有一种说不出的感觉，既有女性的柔媚，又有男儿的英气俊秀，只是一眼就让李斯印在了眼中。此时，这三个平日里哪一个都极其少见的女子同时看着他。

李斯哪见过这样的阵仗，脸色一下子涨红，退了一步，连忙拜下，不敢再抬头："李……李斯见过三位姑娘，本是来拜见顾先生，不想唐突了佳人，还……还望原谅。"

【九十八】

"顾先生？"画仙看着这个突然走进小院的年轻人，想来是客人，老连按着顾楠的意思，直接领进来的。主要是武安君府着实没有客人，一个月也不见得会有人拜访，会来的也都是熟人，所以才会这般待客，不然每日出入的客人就足够人头疼的了，但是转念一想，自家哪来的顾先生？心思一动，幽幽地看向自家姑娘："姑娘，你的客人。"说着，心疼地拿回自己的琴。若是再被顾楠这么折磨上几番，恐怕又要报废了。

小绿松了口气，放开了耳朵，对顾楠吐了一下舌头："姑娘，你是不是又糊弄人去了？这都找上门来了。"

不是，顾楠看着这年轻人苦笑了一下。怎么叫糊弄人了？我也不认识他啊。

站在对面的李斯也是一头雾水，怎么说自己是那小姐的客人？自己不是说了，拜访顾先生吗？在他的猜想里，那顾先生要么是沉稳的中年将军，要么是稍稍年迈的老将，毕竟陷阵军那般强军，凭百人就可在沙场上来去穿杀，可不是一般人练得出来的。

虽然搞不清状况，但是既然客人来了，小绿和画仙也就不在这儿待着了。小绿站了起来："画仙姐姐，莫要再理她了，我们还有事务要做，可不能总陪着她玩。"

"嗯，好。"画仙笑盈盈地点了点头，两人就结伴离开了，留下顾楠一脸纠结地看着眼前的年轻人。

自己好不容易在家里休息，怎么就来了个客人？关键是，这人她还不认识。虽然气氛诡异，但顾楠还是施了一个见面礼："不知先生到此，所为何事？"

李斯脸上的红色褪下去了些，暗骂自己失态，回了一个礼，重新说道："在下李斯，此番前来是来拜访顾先生的，还望姑娘通传。"

顾先生？顾楠的脸色有些黑，哪个人和他说武安君府有什么顾先生的？但是随后一愣。顾楠刚才光顾着在意他事，没有听清楚这人的名字。李斯？莫不是那个人？

目光一凝，顾楠又看向那人："你叫李斯？"

"是，在下李斯。"李斯无奈地又说道，虽然他也不知道为何对方会在意自己的名字。

李斯……顾楠的眼神变得不同，带上了几分慎重。如果不是重名的话，那么眼前的这个人很可能就是日后大秦的丞相李斯。这个人是一个能臣，但是绝对算不上一个贤臣——游说关东、统一文字、车同轨、郡县制都有他的影子；焚书坑儒、伪造遗诏，他也逃不开干系；最后被赵高腰斩于咸阳闹市，夷三族——颇有为能，然非贤能。他是一个求权之人，也是一个很复杂的人，很难给他一个准确的评价。和这种人相处也要万分小心，谁知道他会不会突然给你来一下。他是这时候进的咸阳吗？想起前几日嬴子楚和她在那闲亭中的交谈，他便是吕不韦找来的另一个先生。这般想来，他恐怕是想试探与自己同事的人到底如何吧？

顾楠松开了些眉头，缓缓张口："如果无错，我该就是你要找的那人。"

"啊？"李斯愣在原地，抬起头看向坐在那儿的翩翩佳人。

"顾先生？"

"家中没有什么，只有清水待客，李先生，莫要见怪才好。"

顾楠将一杯清水递给李斯。

"呵呵，无事。"李斯轻笑着接过杯子，深吸了一口气，"斯是真没有想到，顾先生是个女子……"

"倒是斯冒犯了，本该慎重，该请谅的是斯才是。"说着，李斯行了一个歉礼。他真的没有想到，相传一骑当千的沙场勇将，会是一个女子，还如此年轻；也没有想到，嬴子楚嘴中曾名动咸阳的才子，实际上是一个才女。可是害苦了斯啊……李斯暗暗闭眼，无奈地想。

"不必在意。"显然顾楠并不在意这些事情，浅笑了一下，随意地翻过了这个话题。

李斯松了口气，看了顾楠一眼，疑惑地问道："恕斯唐突，不知姑娘为何穿着一身孝袍？"

顾楠看了看自己的身上："家师故去，待守孝三年，所以穿孝袍。"

"如此……"李斯喃喃着轻轻点头，不小心又看到了顾楠的眼睛，微红着脸移开了视线。这样的小动作让顾楠勾了勾嘴角，这时候的李斯还没有日后的果决深算。

"姑娘还真是奇特。斯在外门，那领路的老先生说府中客人若无不便，要进府不需要通传，本以为姑娘是一个随性之人，不重礼数，现在看来，姑娘却又极守礼数。为先人戴孝三年，就是儒家中人，也少有这么做的。"

挑着眉头，顾楠笑着拿起了杯子，喝了口茶："直说我古怪便是，不必绕弯子。"

"不，斯不是这个意思，"李斯解释道，"只是觉得特别。"

"呵呵，开个玩笑而已。"顾楠放下茶杯，"不知李先生这次来，是为了什么？"

这才想到正事，李斯整顿了一下神色，认真地说道："斯此番前来，本是想要看看顾先生是个怎样的人；其次，是有几个问题想问。"谈论到学问上的问题，他就像变了个人，刚才略有窘迫的神态全无，取而代之的是一副自信坦然的气度。

"几个问题……"顾楠表面依旧平静，心下却是了然。这李斯就是来试探自己的，干干一笑，"李先生，请问便是。"

所以啊，学问人真是麻烦……

【九十九】

李斯没有去看顾楠，而是看向门外："听闻顾先生和斯一样，受托为公子府教授政公子书学。"

"是。"

"此般重任，斯实在难当，所以日夜反侧难眠，斯要教公子些什么。"李斯慢慢地说着。

"听闻还有顾先生与斯同教，甚是宽心，如卸重任。所以，此次特来问先生，"他扭过头，看向顾楠，那双眼睛不闪不避，仿佛和刚才不是一个人一般，"先生准备教公子些什么？"

咄咄逼人……用这个词来形容李斯现在的气势最合适不过，顾楠却没有生气。现在的李斯身上有着每一个年轻人都该有的东西，好胜、书生意气。这般的李斯反倒让顾楠觉得比历史上那个杀伐果断、谋权狠辣的李斯亲近很多。不动声色地转着杯子，顾楠思索一番，苦笑着说道："如何教公子，我却还没有想过，不如李先生先和我说说，你准备如何，你我探讨一番。"

并未想过？一般人被问到了这个问题，就算没有想过，也会硬说出几个，哪有像顾楠这般没有脸皮，直接承认自己没有想过？李斯微微皱眉，犹豫了一下，问道："先生，觉得礼乐如何？"

李斯抱着试探的心态。礼乐作为传统教术，本该是必学的，但是如今这个世道……若是顾楠说礼乐可行，那她就不过尔尔。

在李斯的注视下，顾楠沉默了一下，问道："先生觉得这世道如何？"

李斯一愣，一时间不知如何说，低头思考，似乎想要找出合适的词描述——战火连天、民不聊生，种种，多得说不清楚，但无论哪个词都不能清楚描述这世道。

顾楠看着他，没等他想下去，淡淡地说道："礼乐崩坏。"

四个字，叫李斯打了个战。"礼""乐"是为古礼，顾楠这四个字可谓是大不敬，但是说得又实在准确。这纷乱战世，如何不是礼乐崩坏？礼乐所带不尽是礼仪乐舞，更指的是古来人伦，天人和谐之说。礼乐崩坏，亦是说这人伦崩坏。这如何不是他想要说的？李斯欣喜地看着顾楠，像是找到了知己，接着问道："那先生觉得，养德可行？"

养德……顾楠确实不擅长这种育人的说法，但是既然别人问了，她总得有个答案。思索了会儿，她还是摇了摇头："德行固重，但终是君子之道，大秦要的不是一个君子，而是一个帝王，德不该被放在首位。"虽然明白德行对于一个王的重要，但是她也不得不承认在这个时间，大秦需要的是一个能够让它彻底颠覆天下的帝王，而不是一个徐徐图之的君子。

和我想的，是一般的。暗暗握着拳头，李斯心中振奋："那先生觉得什么最好？"这是最后一个问题，也是最重要的一个问题。如今秦王已到暮年，秦王子嬴柱即将继位。嬴子楚会是未来的秦王子，而嬴政就是秦王孙。嬴政学什么好？李斯问顾楠这个问题，等同于问顾楠，未来的秦国，如何为好。李斯自然有他的看法，但是也想知道顾楠的看法。

顾楠的眼睛垂了下来，真正开始思考这个问题。历史上的秦是法治天下，最终二世而亡。但是法治天下错了吗？若是曾经的顾楠看这个问题，定然是一头雾水，说不出个所以然，但是这几年看了武安君府中众多的兵简和先人之说，她多少能看明白诸子百家的各家优劣。法治天下，理论上来说并没有错，甚至到了后世，法治天下依旧在实行，错的只是做法而已。儒家迂古，道墨不争，兵名医农杂纵横阴阳不为王权，虽然不尽为好，但法家学说可以说是对于封建王权来说最为适合的学说，或者说是对如今的秦国最合适的学说。

"呵，"最终，顾楠笑了一声，似乎笑得无奈，"先生自己的心里没有一个答案吗？"

李斯一脸期待："斯想请先生说。"

"帝王权术，以法治国，得以安邦而定天下。李先生，是想效仿那商君？"

"啪。"

李斯一把握住顾楠的手，眼中尽是激动。能遇到志同道合之人，在这大秦一展所学抱负，如何能不激动："先生，真乃斯之知己。斯还有几处学说想和先生探讨……"

"喀喀。"还没等李斯继续说下去，顾楠咳嗽两声，打断了他的话，把自己的手从他的手中抽了出来。李斯这才想起来，坐在自己面前的可不是老先生，更不是自己曾经的同学，而是一位姑娘。此番见面已经大为不妥了，自己居然还去拉她的手……想到这儿，他的脸上又是一阵火烤似的发热，也坐不住了，站起来："今日几问，有了先生的答复，斯心中已然明了。斯，还有些事情，只待，只待下次再来叨扰先生，此般先是告退了。"说完，就快步离开了。

出了武安君府的门，李斯还愣愣地看着自己的手心，想起刚才那只轻柔的手掌，又是一阵出神，回过神来，暗骂了自己一句。自己是要在这大秦一展抱负的，而不是想这些的。那位顾先生对这大秦所见和自己不谋而合，想来日后也不会阻碍自己。整了整自己微乱的衣袍，深吸一口气，李斯昂首挺胸地顺着街道离开。大秦，只是他的第一步，他要用他所学，博一个权倾天下才是。

他倒是忘了问那顾先生的年岁，想来日后也是有机会的。

嗯，该怎么问才好呢？

【一百】

公子政的教学日子近了，这几日的李斯才是真正的夜不能寐，一连好几个晚上对着竹简苦思冥想到深夜，想着如何才能教好小公子——写深了，怕小公子看不懂；写浅了呢，又担心没法吸引小公子的注意。既要表现出自己的才学，也要让小公子有所得、有所思……嗯，是该这般……李斯握着笔暗自笃定自己的想法。从小教导日后的秦王孙教习，这是一份千载难逢的时运；这代表他很有可能塑造日后影响秦王的理念和政法，进而影响到整个秦国。他自信，只要能如此，他定能大治秦国。如今秦国相比其余六国的崛起之势已经无所阻挡。到了那时，若是秦国一统天下，他能治的，就是这广袤中原。想到这儿，李斯握着笔的手微微发抖。这是份不世的功绩，能让他名留青史的功绩，也是一个能让他权倾天下的时机，他定然是不会放过的。

笔耕不辍，他似乎又想起了那个寒窗苦读的少年，在一世苟且的父亲临死时的呜咽；又想起了那个在官场上摸爬，最后落得一身尘土零落的小吏，耻无莫过卑贱，哀无莫于窘困。世人皆求财权，我李斯满腔才学，为何求不得？

案台上的烛火摇曳，映射着李斯的眼睛，坚定又堂而皇之带着贪婪的眼神中，有几分怆然。定不会再是那般，我李斯要成那人上之人。

公子府。自从嬴异人改名嬴子楚后，来拜访的人就络绎不绝。学士官员、书生游子，有的是来说自己的学问的，想要用自己的学说在秦国求得一席之地；也有的是纯粹来送礼做客的，不会大摇大摆，看似平淡的拜访，手里、身边都带着财货或者美人。没人会去在意这人到底是嬴异人还是嬴子楚，人们只明白，这人，日后会是秦王子，日后的日后会是秦王。宫里传来消息，秦王的身子撑不住了，拜访的人也就更多了。

嬴子楚接待了每一个人，他在秦国的地位需要支持。人越多，代表他的地位被更多人认可，也更加牢固。吕不韦开始帮嬴子楚收纳门客，他看人的眼光，嬴子楚是相信的，说他是这天下最大胆、最精明的商人也不为过。

　　事态似乎在变好，但是嬴子楚脸上的笑容越来越少，已经有了几分掌权者该有的样子，也不知道是练的，还是已经根本笑不出来了。

　　公子政约莫四岁半，说话流畅，能和人很好地交流，已经开始学习基础的书籍和文字，不像大多数孩子那样喜欢到处乱跑，也不怎么笑，即使别人逗他也一样，一副小大人的样子。他时常看着家中往来的客人，不明白家中的客人为何如此之多。有一日，他问母亲，他母亲给他说道："因为你父亲是秦王公子。"很是复杂，他尚不太明白。父亲说给他请了两个先生，他们会给自己说明白。所以，他很早就期待着先生的到来，他是有很多问题想问的。到了月底，等到他第十几次询问时，父亲才和他说，今天先生就会来。

　　心中带着期待，坐在自己的院里。先生来是要先见过父亲的，父亲待客的时候自己不能进去。这个他明白，是礼数。

　　"拜见公子。"

　　李斯摊开自己的袖子，虚抱一圈，弯下腰。

　　嬴子楚对着已经到了堂前的李斯微微点头："李先生，好久不见，近日可好？"

　　等到李斯一抬头，他就觉着自己问错了话。李斯的眼睛几乎变成了熊猫眼，两眼发黑，衣冠打理得勉强还算整齐，但是那副过劳的憔悴模样，让嬴子楚看着也汗颜："这……李先生昨夜没睡好？"

　　李斯尴尬一笑："回公子，昨夜为小公子备课，确实难眠，以致这般，还望公子勿怪。"其实他哪是一个晚上没睡好，已经是一连多个晚上没有睡过一个好觉了。只能说他实在敬业，要是放到后世，恐怕会是一个五好教师。

　　嬴子楚叹了口气："先生受累了，政儿不敏，麻烦先生费心。"

　　"不敢。"李斯连忙说道。

　　一个女侍走了进来，走到堂上，对着嬴子楚拜下："公子，门外顾楠先生求见。"

　　女侍的脸色古怪。门外来的明明就是一个极俊美的女子，就是她看了都要脸红，怎的非要自己通传是顾楠先生呢？但是既然是客人说的，她就得如实禀报。

　　嬴子楚的脸色放松了一些，露出淡笑："既然是顾先生，快让她进来便是，日后顾先生来也无须通传。"

　　"是。"女侍偷偷看了一眼嬴子楚，这可是她这几日第一次看到公子发笑。

那顾先生到底是何人，她自然不知道。顾楠这个人，朝堂上都没有几个人知晓。若是说到丧军陷阵营的领将，定然是众人都听了无数遍的，但是这领将到底是谁，少有人知，偶尔看到过的，也不过就是一个身穿白袍、脸戴覆面的将军。

【一百零一】

女侍下去没有多久，一个身穿白色袍子的人就走了进来，头上只是束着简单的发髻，没有让人感觉半点不妥；白色的长袍让她有着几分脱尘，不似凡间之人一般。只是简单的打扮，也没有什么粉黛，就叫人觉得好看。李斯看着那人，不自觉地发呆。

嬴子楚笑道：“顾兄弟来了？”

“楠，见过公子。”毕竟身份不同，该行的礼还是要行，顾楠拜下。

“不必拜了，我知晓你不喜欢这个。”嬴子楚无奈自己的改变，如今还能做的就是希望能待自己的故人没有改变，他希望两人还能是一同畅饮的挚友。顾楠看向嬴子楚，他高台端坐，却一脸疲惫，脸上少有的笑意也僵硬无力。她轻叹了一声，笑了笑：“你真的不再考虑别人，让我来做政儿的老师？”

一旁的李斯惊讶地看着顾楠。在他眼里，这是多么难得的时运，她却不甚在意，还要让与旁人。他感觉看不透这人了，她所求的是什么？人总是有所求的，但是李斯看不明白顾楠。

嬴子楚看着顾楠，笑了：“不成，在我看来，只能是你。”

“先说好，我才疏学浅，若是不得，你勿怪。”

“不会怪的。”嬴子楚淡笑着。他也明白，论才学，朝堂上有很多人不会下于顾楠；论帅才，顾楠也并非首先。但是顾楠有一点和他人不同，他相信她明白自己，明白自己想要政儿学什么，他不想政儿变成他这般的人。

“斯，见过先生。”一旁的李斯尽量收起自己的困乏，保持着精神说道。

顾楠看了李斯一眼，这副样子总给人一种精力空虚的感觉，心中好笑，看来他没骗人，还真是辗转反侧，彻夜难眠：“李先生甚是勤勉，楠不及也。”是比不上啊，前一日，她睡到日上三竿才起来。

对于顾楠的称赞，李斯摸了摸自己的鼻子：“先生说笑了，所托之责，心中难平而已。”

嬴子楚疑惑地看着两人：“两位先生认识？”

李斯回答："回公子，前几日斯曾私下拜访顾先生，与先生商谈明细，故而相识。"又说道，"顾先生所视长远，斯很佩服。"

"如此。"嬴子楚点了点头。

"两位先生既然认识，那我就不再多做介绍了。"说着，嬴子楚笑道，"还请两位随我去见政儿吧，听闻先生要来，想来他已经在院中等候多时了。"

跟着嬴子楚走在公子府的长廊中，顾楠说不清自己是什么感觉，将见到的孩子会是日后的千古一帝。曾经在赵国，怀里的孩子不过两岁，也没有什么感觉，而此时自己要成为他的老师……她不明白自己该如何。秦国是会走上日后的老路，还是走出一条崭新的道路？走上老路的大秦真的算太平盛世吗？也许确实是统一的天下，但是盛世，还差上许多。顾楠侧过脸，看向长廊之外。那新的路，又在哪儿呢？她似乎站在一片迷雾前，前路迷惘，看不清方向。那是一种无力的感觉。

从前她终归只是一个普通人，看不明白什么天下之道，也分不明白什么正邪，她想做的，只是替那给了她一顿饭的老头完成他未了的心愿。但那是一番怎样的宏愿？天下盛世，这乱世之中，让人如何看得明白？嬴政……又是一个如何的人呢？

等到三人走进院中，一个坐在那儿一动不动的小小身影吸引了顾楠的视线。那小人背对着他们，瘦小的身子坐得有些不稳，但是坐得笔直，一丝不苟地遵守了见师该有的礼仪，没有半点不慎，没有半点像个孩子。李斯看着那孩子，两眼振奋，顾楠眼中却是默然。

嬴子楚对着那孩子唤道："政儿。"

那孩子回过了头，眉毛笔直，显得锐利，长相端正，还年幼就已经颇有刚毅，看到三人，这才站起身，拍落衣袍上的尘土，走过来躬身拜下："父亲。"

嬴子楚满意地点了点头，指着一旁的顾楠和李斯："政儿，此二位便是你日后的先生，这位是顾先生，这位是李先生。"

嬴政看向顾楠和李斯，对着顾楠拜道："见过先生。"

顾楠突然问道："你为何先拜我，而不拜李先生？"

顾楠这一问却问住了嬴政，他一时之间不知道该如何回答，就连一旁的嬴子楚和李斯也疑惑地看向顾楠。

顾楠笑着拍了拍嬴政的头："且说实话就是。"

嬴政呆愣了半晌，认真地说道："因为先生好看，而李先生看起来像没睡醒。"

嬴子楚僵硬地背着手，眼神飘忽地飞向一边，想笑又不好笑。李斯的熊猫眼郁闷地垂着，额头上仿佛能看到一排排黑线。

"扑哧。"顾楠笑了，笑得明了。无论他未来如何，他如今总归还只是一个孩子，自己不该将那愿景压在这孩子身上。孩子就是孩子，过好自己无忧无虑的日子才是。如若不然，要他们这些大人何用？不论他日后会如何，在此间他就是自己的学生，仅此而已。自己该教他的不该只是那法家学问，更不该只是那帝王权术，而是一个老师该教的东西——为德为人，而后，才该是学问。

【一百零二】

将两边都介绍完了，嬴子楚似乎还有事未做，匆匆拜别了两人，叮嘱一下嬴政就离开了，留下了两个大人和一个孩子面面相觑。按道理说，早课是李斯上的，若非今日要见见这学生，顾楠也不用来得这么早。难得认真片刻，顾楠转眼却又懒了下来，乐得自在地和李斯打了一声招呼，便走到一边的凉亭，悠闲地往上面一靠，眯上了眼睛。

嬴政呆呆地看着顾楠溜开，看向李斯，问道："李先生，顾先生这是偷懒吗？"

李斯被嬴政问得头上滴下一滴汗，这不是偷懒是什么？但是他不能这么说，僵硬地扯出一个微笑回道："早课本就是我来上的，顾先生此时不需要教你，而且我想她是在思考如何教你才是。"

凉亭里的美人打了一个哈欠，毫无形象。

"李先生，那顾先生为什么看着似在打哈欠？"

李斯骗不下去了，骗一个半大的孩子，他只觉得自己的良心在痛："公子莫问了，你我该上课了。"

"这般。"嬴政在意地看了顾楠最后一眼，但还是听话地随着李斯准备开始上课。

小院中种着几棵花树，顾楠不懂这些，也不懂这是什么花，但这时候是开花的时节，淡白色的花朵开在郁葱的树上很是好看，风一吹，会带落几片花瓣。公子正坐在先生面前听课，不远处一个白袍人侧身而坐，小小的院中倒是一片祥和的景象。一开始上课，嬴政就再没有那么多话，认真地端坐在那儿，小脸严肃地看着李斯。稚嫩的模样却硬是摆出了一副老学究的做派，颇有几分古怪。

李斯没有在意这些，一心开始准备起自己的教学。从怀里拿出了一份书简，这是他熬了数个晚上写出来的教案，到了该一展所学的时候了——李斯站在嬴政面前合上眼，深吸了一口气，待到他再睁开眼睛，眼中的目光灼灼生辉，注视着嬴政，一副没睡醒的样子一扫而光："公子可知道，何为国？"

李斯大气恢宏地一问，换来的却是一阵沉默。顾楠听到李斯的问题，一脸诡异地侧过头，看着站在那儿一脸伟然的李斯，一副异样的神情。何为国……这个问题到底有多大，她说不清楚，但是这个问题就连她都说不明白，嬴政那四岁大的孩子，怎么可能答得出来？李斯是故意的吗，难道要为难为难嬴政？

嬴政呆呆地看着李斯，半晌，微微侧头："？"

半晌，嬴政才反应过来李斯问他的问题，脸色缓缓发红："何，何为国……"

那孩子小手抓着自己的衣角，看着他的模样就知道他不会了，怎么能会……这个年纪认得字就该不错了，怎么可能指着他回答这种问题？这就和你去问一个小学生什么是微积分一样，能说出来就有鬼了。

"这……这……"嬴政有些不知所措，他不知道该如何回答。为了见先生，他是做了很多准备的，为的就是不失礼，莫要丢了王家的气度。谁知道，先生一上来问的问题自己就答不出来，这可如何才是……李斯看着嬴政，眼中带着一些期待。他不期盼嬴政答得齐全，只是期盼嬴政给他的答案。听吕先生说过，小公子已经到了能习文说字的地步，这般年纪已经着实不易，先看看他说得如何也好。

"国……国，是聚众而为国。"嬴政几乎硬着头皮说道，这已经是他能所想到的唯一的答案了。顾楠苦笑一声。盖是这么教的，这般做学还不苦死个人？但是她又怎么明白，李斯用的就是正常的教学方式。嬴政是秦王孙嬴子楚的孩子，要不了多久可能就是秦王孙，定是要和所有人都不一样。和常人一般一字一字地学起，他又如何称得上王家？既然是王家的人，更是嫡系，就必然要超过常人，超过常人的才学，超过常人的气度，自然也需要超过常人的辛苦，超过常人的功夫。如果课程不够快，不够紧迫，又如何让一个王家子弟十余岁就经纶满腹，为政为德？

"嗯。"李斯点了点头，似乎对这个答案还算满意，"聚众而为国亦是无误。"

还不等嬴政松口气，李斯又问道："那公子可知多少人可为国？"

嬴政抿着嘴巴，答不出来。

"五人为伍，十人为什，五十为屯，百人为阵，千人为尉，万人为军，百万人便为一国。"李斯补充着。虽然写了教案，但也并非全部要按着教案走。嬴政如何回答，他就要如何引导。说到百万人为一国时，李斯的眼睛落到了嬴政的身上："百万人，若不与管制，乱则国乱，亡则国亡。是为国之最众，亦为国之根本。那公子，这百万人如何教束？"

嬴政努力地去听，但依旧半懂不懂，听得很累，头上冒出细密的汗珠："请先生教我。"

教学中的李斯，像是变了一个人，淡然地对着嬴政点头。

"是为法度，治万民，治国治世。"

法，何为法？四岁的孩子如何能听懂？但是嬴政心中倔强，又不说出来，只能死记硬背，空隙之际，在桌案上的竹简上记录不全的笔记，只是连字都还没有认全，不会的只能跳过，在心中默背下来。李斯的一堂课讲了两个时辰，嬴政只觉得自己的腿都跪麻了，听得昏昏沉沉，这才听李斯说道："今日，便到此处吧，公子且先休息便是。"

"呼。"嬴政松了口气，笔放在一旁，不知不觉手心已经全部是汗。原来做学是如此之事……着实困难，嬴政暗自想着，但是我会做好的。不过四岁，王家的傲气已经在他心中根深蒂固。

下课了，嬴政回去休息，不过一个时辰，待到嬴政回来就是顾楠的课程。顾楠坐在一旁，听完了这堂课，扭头苦笑。李斯收拾好自己的书简，走到了顾楠的身边。

"顾先生？"李斯礼貌地行礼，似乎担心顾楠还没睡醒，轻唤了一声。顾楠背对着他，没有应。李斯看着那人的背影，暗暗发呆，花树下的那人，是很美。

"李先生，觉得政儿如何？"突然的声音让李斯回过神来，李斯连忙收回视线，摸着自己的鼻子。

"公子的基础还是很好的，不过四岁便有如此见识，实在难得。"一边说着，李斯一边又叹了一声，"可惜斯讲课时偶能看到公子沉沉欲倒，或许是斯太急了。"

"确实啊，你说的这些，怎么是说给四岁孩子听的？"顾楠无奈地笑看了一眼李斯。

李斯沉默不语，最后还是说道："但是顾先生，你要明白，公子是王家之人。王家之人，就该是如此的。"

王家之人，就该是如此的。要比任何人都强，比任何人都出色，不然怎么叫作王家？

顾楠不语，李斯坐进了亭中。

"操之过急，总是不好。"

"唉，"李斯叹了口气，"斯且听顾先生的课便是。"

【一百零三】

还未到午间，嬴政就已经正坐在了院中的桌案前，看上去有些紧张，也有些懊恼。很显然，上午李斯教给他的课，他还不能掌握。如今若是那顾先生再来一堂，他今夜恐怕是不用休息了。等到顾楠走上来的时候，嬴政低着头鞠躬："顾先生。"

顾楠在嬴政面前的软榻上随身坐下，不是正坐，而是盘坐。嬴政只觉得顾楠坐下后，带着一股淡淡的香气，不浓不重，却很清新好闻。一片白色的花瓣飘落在嬴政的桌案上，他想伸手拂开，但是顾先生就坐在对面，他不能乱动。

"我年纪比你大上不少，又是你的先生，便叫你政儿如何？"顾楠看着嬴政认真的模样，也没如何说，简单地问道。

"顾先生请便便是。"嬴政没有拒绝。长者请不敢辞，顾楠是他的先生，自然说什么就是什么。

顾楠点了点头："我和你李先生不同，我本是战将，在学问上无多言可说。今日的课，我先教你八句十六字，你且先记着便好，不懂的，我待慢慢与你讲解。"

战将？嬴政疑惑地看着顾楠。女先生已经是少见的了，女子也是可成战将的吗？转念一想，八句十六字，一百二十八个字，嬴政又暗暗松了口气。

"这先一十六字，我念与你听。"顾楠仰着头，开着白花的矮树零散地落着花瓣，空中白云悠悠，她淡淡地念道，"天地玄黄，宇宙洪荒，日月盈昃，辰宿列张。"

嬴政听在耳中，觉得恍有玄玄之念，又有层隔膜，说不清楚。一旁亭中的李斯听到这十六字，惊讶地抬起了头——一十六字虽短，却道尽了天地基理，浅显易懂，似是开篇，是一篇他闻所未闻的奇文的开篇。

"你可听懂了？"顾楠和声问道。

冥冥之感，如有所悟。嬴政思考了许久，皱着小小的眉头："先生……我不懂。"

醒悟过来，嬴政似乎红着脸，恍若不懂是件羞耻之事一般。完了，先生怕是要生气了。他闭上眼睛，可半天没有动静，疑惑地睁了开来，和他想象中的不同，顾楠只是拍了拍他的脑袋，一字一句地讲解着："天是青黑双色，大地为黄，宇宙形成于混沌蒙昧的状态中。太阳正了又斜，月亮圆了又缺，星辰布满在无边的宇宙中。此乃天地形成之态，天地、日月、星辰，皆在其中。"

嬴政听着顾楠的话，思索着往日所见之天地、日月，皆如顾楠所说，真是如此。

"懂了？"

嬴政感觉到按在自己头上的手，点了点头："懂了。"

"好，那便去下十六字，是为：寒来暑往，秋收冬藏，闰余成岁，律吕调阳。"

"嗯，先生，有些不懂。"

"寒暑冬夏循环变换，来又去，去又来；秋天收割庄稼，冬天储藏粮食。积累数年的闰余并成一个月在闰年里；古用六律六吕来调节阴阳。"

花前树下，李斯坐在一旁，认真地听着顾楠为嬴政讲学。恍若他也是学生，不自觉地端坐在那儿，俯首倾听。

"云腾致雨，露结为霜，金生丽水，玉出昆冈。"

"云腾致雨，此是为何？"

"天地之间皆有水汽，日晒地水，使之蒸腾，成为天水。天水看不见，于空中汇聚，聚多而见，称为云。云密而重，凝水而落，是为雨。"

……

"剑号巨阙，珠称月光……"

"海河咸淡，鳞潜羽翔……"

……

"爱育黎首，臣服戎羌，遐迩一体，率兵归王。"字句朗朗上口，寓意浅显，都是最常见的道理，却又是最基本的道理，对他来说不难理解，但是越听，面色就越是复杂——一卷飘香奇文，内藏百家之说，又无百家之说，讲的只是天地人伦的浅显道理，天候轮回、人事所行的规则。百家可学，皆可做蒙学开篇所讲。但是，他从未听过这篇文章，今日是第一次。如此，此文，就只可能是顾先生所作了。

低头看了一眼自己手中的教案，李斯眼中沉然又敬佩。四日，自己日夜攻坚，不过写出如此文书，顾先生写出的却是可以流传于世、致用万民的教本——差之何其大，何其大哉。可笑我当日还想与她试探，呵呵，实在是小人之心……允我旁听，是先生以诚待我，此情难却。李斯将手中自己写的竹简缓缓收回怀中，再看向那花树旁的大小两人，如此才情，斯不如啊。此文才该是法家开篇之说，说的天地之法、人伦之法、万物之法才是。

赢政听得亦沉迷。不过百余字，让他对曾经的多处疑问已有领悟，就连刚才李先生讲的那法，似乎也不再模糊不清，变得清晰了不少——寒暑往来、人耕贮藏、云何成云、雨何成雨、时间闰律、河海之分、何人造字、商周为何，都讲了个明白。

还待再听下去，顾先生却已经停了下来。赢政已然不在那儿端坐，盘坐在榻子上而不自知，扯了扯顾楠的衣衫，说道："顾先生继续讲，下十六字为何？"

"没了，"顾楠摇了摇头，笑着说道，"已经下课。"

"我让父亲加课。"

顾楠的脸黑了下来，变得危险，伸出一根手指轻轻弹在了赢政的头上："你待累死我？下课。"她没好气地说道。

"嗯。"痛呼了一声，赢政捂着自己微微发红的额头。

顾楠又发笑了，这才是个孩子。哪有孩子说法治国的？赢子楚当他是自己的缩影，把自己做到的、做不到的都强加给他；李斯当他是前程，把自己能说的、不能说的都强加给他。一丝不苟，正襟危坐，恍若一件货品，而不是个人。

所以顾楠打算先教他千字文，教他这人伦道理。所幸早些年背的这东西还未忘记，只需去掉些这年代还未有的部分，亦是可教。

顾楠起身准备离开，却见李斯站在那儿躬身一拜："顾先生，斯自知先生待斯已是诚心，奈何斯贪，斗胆请求，日后还可旁听，请作记录。"

李斯心中忐忑。他明白，顾楠只是自己的同事，非是老师，此种学问当是只有师徒可授才是。自己旁听一堂已然是逾越，居然还想请求续听记录，实在贪心，但是他实在是想要将此文记录下来。此文可传世，他亦有传世之功。心里已然准备好了面对顾楠冷脸怒气的样子，但他还是要说。谁知顾楠一愣，没有多想，点了点头："行。"

这般痛快，反而让他难以自处："顾……顾先生不担心斯窃……窃学？"

顾楠奇怪，理所当然："书作出来就是让人学的，没人学和不作出来有什么区别？倒是麻烦你记下了。"

后世的任何东西和学问都是开放的，顾楠也根本没有想到李斯的那方面意思。李斯呆呆地站在那儿，许久，发出一声苦笑。这份气度，斯有愧啊……眼眶有些发红，他忍了忍，摊手躬身："李斯谢顾先生。"

【一百零四】

今晚的夜色不错，明月高悬，凝白的月光照得半空盈盈。院中的花树背着月亮，看去像剪影，立在那儿，随风轻晃。薄薄的窗户，被房中的烛光照得晕开了暖色，在夜里亮着。

嬴子楚穿着黑袍，穿过走廊，脸上带着如同迟暮之人的神色，累了一天，他准备回房了。

月光洒在走廊边的栏杆上，斜照着他的身子，将他的影子拉得很长。

"咳咳。"没由来地咳嗽了几声，目光被灯光吸引看向了一个小院。那是嬴政的小院。

政儿？嬴子楚疑惑地转过身。这个时辰了，怎么还不休息？想着，嬴子楚迈步走了过去。

"砰砰砰。"房门被敲响，嬴政从自己记录的简书中抬起头。他刚挥退了侍人，此次又是谁？嬴政从榻上爬了起来，走到门边："何人？"

房门被打开，嬴子楚站在外面，在嬴政的眼里显得异常高大。嬴政仰起头看到嬴子楚，连忙拜道："父亲。"

"不必了。"嬴子楚疲倦地捏着眉心，让他起身，看着嬴政房中还点着的烛火，"政儿，这么晚了，为何还不休息？"

嬴政扭头看向自己的房中："回父亲，还在研读先生留下来的课程，还是有些不懂。"

"哦？"嬴子楚眼中浮现出一丝笑意，满意地走到嬴政的桌案边，拿起桌案上的竹简看了起来。

嬴子楚亦是王家出身，算得上博览群书，只是看了几眼就认了出来："法家之说，确实有些晦涩难懂，但是先生讲得颇为出色，弄懂了对你有大用，好好学。"

"是，父亲。"嬴政认真地点了点头。

"这，是顾先生教你的？"

"不，这是李先生教我的。"

"嗯？"嬴子楚挑了挑眉头，看来那李斯确实有些才学，又疑惑道，"那你为何单习李先生的功课，顾先生的呢？"

嬴政的嘴角露出了一丝微笑，抓了抓头发："顾先生的课讲得极好，我都听明白了。"

"不可胡说，顾先生大才，她教的，你怎么可能都明白了？"

嬴子楚的眉头皱了起来，语气里带着一些薄怒。在他看来，这是孩子的妄语。嬴政被嬴子楚的话吓得闭上了嘴巴。

"顾先生教的你可记下了？"

"记下了。"

"拿来我看。"

"是。"

嬴政从自己的小桌上拿出了一卷扎得整齐异常的竹简，看起来保管得很用心，小心地交到了嬴子楚的手里："父亲请看。"

嬴子楚将竹简打开，看了起来，只是第一句，就让他移不开眼睛："天地玄黄，宇宙洪荒，日月盈昃，辰宿列张。"嬴子楚忍不住喃喃着这文字，当真是一篇朗朗上口的韵文，忍不住继续看下去，直到看到顾楠今日教的最后一句"率兵归王"。意思浅白，只需要讲解一番，想来政儿也能懂，怪不得政儿说都懂了，这浅白的意思将天地道理、古来今往、天候人事讲了个清楚。最莫不过，这文文采亦是斐然。如此文采，讲得清楚如此道理，又讲得如此简白，只是读到这儿，就觉得意犹未尽，心中暗想，定是未完。

嬴子楚看向嬴政："这文到此绝是未完，后面呢，你没真听？"想到这儿，头上的眉毛已经在跳了。顾兄弟为他教学，作出如此蒙学至文，此子倒好啊，莫不是在出神……嬴政被嬴子楚看得一缩。

"先生没讲完，下课了，不讲了。"说完，嬴政又犹豫了一下，"父亲，我想请顾先生加课。"

如此……嬴子楚微微颔首，将竹简还给了嬴政，胸口的气泄去。听嬴政说想要加课，他心里也苦恼，顾兄弟疲懒的性子他不是不知道，当日要他作一首诗都是千求万求。若不是如此，自己恐怕根本不知道她的才学。别人谁不是学了经纶，显于天下，求个名声。她倒好，学了，懒得拿出来，就这么放着。让她加课，恐怕是不可能了。

转念，嬴子楚心中一动，看向嬴政："顾先生是否加课，要看她的意思，你多多与她讨好，说不得她多教你些。记着了，她教你的好好听、好好学，嗯？"

"政儿记得了。"

"对了，"嬴政突然想起了什么，问道，"父亲，顾先生身为女子，为何做了将军？"在他眼里，将军该是那种披甲持械上阵斩将的壮士，和顾楠的形象是怎么也合不起来的。

"呵呵，你可没见过她上阵的样子。"嬴子楚一愣，笑着晃着脑袋，"其实你也见过，不过年纪太小，恐怕是记不得了。"

"为父还记得。"说到这儿，嬴子楚坐了下来，拍拍身边让嬴政也坐下，待嬴政搬过榻子坐到他的身边，才慢慢地说道，"当年，我从赵国出逃，便是她来护卫，那时我还不知道……"

嬴子楚约莫讲了一炷香的时间。父子二人倒是和谐，嬴子楚讲得兴起，嬴政听得起劲，当然嬴子楚隐瞒了自己曾想要放弃孩子的事情。

"她一个人从那千人的赵军中踏马而回，怀里就抱着你。你可知道，那时候，她那白色衣甲上已经沾满了血浆，白色的披风几乎染成了红色，青铜面甲看着就叫人发寒，你倒好，在她的怀里直笑。千人赵军，没有一个敢上前的，全部远远地看着，连箭都不敢放。而那三百陷阵，让赵军是一步都踏不上前，看着我们离开。"

嬴政听到此处，只觉胸口冒着热气，仿佛就看着那白袍小将一骑当千，那是如何豪迈，只恨自己当时没有看得始末。

"后来，你顾先生和她的陷阵军征战四方，战阵之上叫人闻风丧胆。他们被称为丧军，而你顾先生，被称为丧将军、白袍将，只是因为她那身孝袍，和所过之地杀出的血路……"

等到故事讲完，已经不知是什么时辰了，嬴子楚拍了拍身子，站起身："好了，时辰不早了，你看完李先生的功课，切记早些休息。"

"是，送父亲。"嬴政此时听不清嬴子楚的话了，只想着那顾先生一身白袍在千军万马中横冲直撞的模样，小脸通红。

嬴子楚离开了房间，外面夜色如水，月色如水中波纹。想起那"天地玄黄"，嬴子楚的脸上露出一个缅怀的微笑。顾兄弟的才学还真是一如既往，请她教政儿果然是没错的。唉，若依旧是当年，该多好。嬴子楚望着月色，渐渐迷蒙，嘴中轻轻地念着："伫倚危楼风细细，望极春愁，黯黯生天际。草色烟光残照里，无言谁会凭阑意。拟把疏狂图一醉，对酒当歌，强乐还无味。衣带渐宽终不悔，为伊消得人憔悴。"

念完，半晌，嬴子楚凉薄一笑。当年，如何当年呢？

就着夜色，嬴子楚一人慢慢地离开。

【一百零五】

吕不韦坐在堂前，看着手里的文简，又抬起头，看着站在堂前的李斯，沉吟半响，收起竹简："我倒是真没想到，这顾楠有如此才学……"

武安君白起的弟子吗？竹简在手中一下一下地拍着。本以为只是一骁将，没想到，还是个经世之才。

"顾先生确实令人佩服。"李斯一脸推崇地说道，"胸襟宽广，让人折服。"

想起那日白袍将军卸下面甲的惊鸿一瞥，吕不韦眼中露出几分轻佻："如此奇女子，孤寡至今，实在可惜，你说与我所得如何？"

吕不韦似乎是在询问李斯，但是李斯答与不答皆无关系。

他只是眯着眼睛，斟酌着。

李斯心中一颤，眉头皱在了一起，这吕不韦……不动声色地微微拜下："吕先生，这不合适吧？"

"嗯……"

吕不韦淡淡点头："此事先不谈。"

此时确实不是想这些的时候，咸阳城中还有诸多"事务"要打理，而且顾楠手上有实权，听闻她那陷阵军已经重扩到千人。想起那日杀得两千赵军不敢上前的三百陷阵军，吕不韦也心里发寒。三百已可敌两千人，如今已是千军，恐怕是真的非万军不可破了。在这咸阳城里，想要动她，还真得掂量掂量。李斯微微松了口气，在吕不韦的示意下退了出去。

夜去得快，第二日一早，李斯早早地拜访了公子府。早课依旧按他的教案教，赢政的表现让他很是满意。不过一晚，就已经将昨日教的东西吃透了不少，想来昨夜是用了功的，听得也认真，很难得。不过，上课期间，赢政时不时看向院外的小动作也让李斯无奈。李斯知道赢政往那儿看是为什么，还不是等顾先生？自己也知道，顾先生讲课确实比自己要好上很多，但是……你也不能太不给我面子吧……李斯的脸色有些黑得无奈，声音也重了不少。不过他自己也时不时往门边看，不为什么，那"率兵归王"后面是什么，他还待听呢……

公子府离武安君府还是有些路的，这害得顾楠每日从军营回来都不能回府里休息，只能先去上了课再回去，上完课已经是傍晚。就算平日军营里不练阵，她也不能睡个懒觉，不过中午就要起床来上课，反正对于她来说，睡到中午可不算是懒觉，着实让她难受。要了命的……好不容易等到了暂不征战的时日，自己都不能睡个好觉。

等顾楠拖着还没睡醒的身体哈欠连天地走到公子府的时候，那一大一小已经在那儿等着了，一进门就盯着她，吓了她一跳："你二人，这是何为？"

嬴政满怀怨念地看了一眼顾楠："顾先生，你已经迟到半炷香的时间了。"

"啊……"顾楠无奈地抠了抠耳朵，"没办法，刚从军营里回来，先生我也忙啊……"其实是她半路上溜达到别处吃饭食去了。

嬴政听到"军营"，当即眼神一亮："可是那陷阵营？"

自从昨夜听了嬴子楚给他说的陷阵营，他就万般想要见上一见那铁血强军。

"是倒是，谁告诉你的？"顾楠疑惑地走到桌边盘坐了下来，对着一旁的李斯笑了一下，打了一个招呼："李先生。"

李斯被顾楠笑得脸红，连忙鞠躬："见过顾先生。"

没有看到李斯的异样，顾楠就听到嬴政兴奋地说道："父亲告诉我的。顾先生，我可以去陷阵营看看吗？就看看。"

小孩子总是什么都想看……顾楠有些头疼，她不知道嬴子楚把她和她的陷阵营吹成了什么模样，当然也不算是吹，算得上是旁人对陷阵军的全然印象："小孩子去什么军营，昨日的课业做好了吗？那一百二十八字，背与我听。"

"先生，背好了，就能去那陷阵营？"

顾楠脾气好，在顾楠面前，嬴政的话也多些。见到顾楠伸出了一根手指，又要弹他的额头，嬴政抱着头缩回去，讪讪地背起了昨日的课业："天地玄黄，宇宙洪荒……"这一百二十八字自有韵律，背起来很是容易，昨日学完，嬴政就已经背会了大半，今日自然难不住他，背完了，还说了一遍大意，让顾楠也抓不住错处说他。李斯看着二人在课上胡闹，也不觉得不妥，笑盈盈地坐在一旁听着。等到嬴政说完了，顾楠才翻了白眼："算你过了，今日我们教后面的。"

说着，顾楠念了起来。嬴政和李斯都来了精神，专心地听着，时不时趴在案上记录，若有问题就当即提出。顾楠的声音，有女子的媚气，又似乎有些男子的中气，小院里传着好听的读书声。

> 鸣凤在竹，白驹食场。化被草木，赖及万方。
>
> 盖此身发，四大五常。恭惟鞠养，岂敢毁伤。
>
> 女慕贞洁，男效才良。知过必改，得能莫忘。

罔谈彼短，靡恃己长。信使可覆，器欲难量。

墨悲丝染，诗赞羔羊。景行维贤，克念作圣。

德建名立，形端表正。空谷传声，虚堂习听。

祸因恶积，福缘善庆。尺璧非宝，寸阴是竞。

资父事君，曰严与敬。孝当竭力，忠则尽命。

等到课业上完，已经是午后，斜阳夕照，铺得院中微红。李斯收拾着手中的竹简，意犹未尽，此文还未完，但是越听越觉得韵味十足。嬴政伏在案上撑着脖子，似乎还在想着怎么让顾先生带他去陷阵营。

花树丛中带着一些清香，一只蝴蝶从花丛中飞出，扑闪着翅膀在顾楠的鼻尖上停了下来，弄得顾楠鼻尖痒痒，等她伸手去抓，那蝴蝶却又扑腾着飞走了。顾楠起了玩闹的心思，指着那蝴蝶："政儿，我们去把它抓来如何？"

嬴政一愣，看着那好看的白蝴蝶，既然顾先生说了，倒是不甚在意："好啊。"

顾楠笑着，在嬴政吓呆了的眼神中，把他抱了起来："走，我们去追！"

"嗯。"嬴政感觉脸上发烫，还不等他反应过来，顾楠就已经运起了内气，抱着他在园中腾空而起。

"哇啊啊啊！"

"哈，哈哈哈，顾先生再快些。"

白衣翩翩，顾楠抱着那孩童在花树丛中嬉闹。李斯淡笑着坐在桌案边，看着那绝景，只觉得心中只有眼前，不想再想别的事。自己不敢打扰，更不想叫别人打扰，又想起昨夜吕不韦的话，眉头轻蹙，眼神微冷，捏起了拳头。那老厮，也真是敢想……权势……

【一百零六】

又是秋末的日子，秋去秋来已是三载，顾楠家院前的老树不知道枯黄了几次，苍老的枝干上满是岁月的纹路，几次都以为它是寿命到了，该枯死了，第二年的一场春雨过后却又是一片青葱繁密。第二支陷阵军已经成军，一切恍若从前，除了本来挂在那儿的三百块牌子变成千块，除了不见了的牌子再也找不到了。顾楠已经把千字文全部教给了嬴政，待到全文教完，李斯这才醒悟，文章数百字没有一个字是一样的，数百个不同的文字自成韵律，惊为天人。千字文的抄本被他精心放在自己书房的柜里，时不时取出研读。一日，他的家中来了一个客人，那客人和李斯似乎关系要好，身份又不一般，来的时候很低调，没有什么人知道。客人在李斯去取水的时候，无意间看到李斯横摆在桌案上的竹简，翻开来看，看到李斯回来也不知道。等到他放下书抬起头，已是午后，李斯坐在一旁喝水。客人一把扯住了李斯的手，反复询问李斯这文的作者是何人，让李斯念着同门之情说与他听，说什么也要去见见，胸中有诸多要与那先生相谈；又说他是知道的，李斯不可能写出这般文章。李斯苦笑着回绝了他，说："作这书的先生你是不能去见的，你们的身份，相见必然要出事情。"但是可以说给他听这人是谁。

那客人连连点头，李斯这才说道："这人你该也是认识，魏国与你国相邻，不知你有没有在魏国军中听过这般话。"

千军万马避白袍——那客人愣了一下，转念就明白这人是谁。白袍将，丧军陷阵。随后，客人发出一声叹息："人生难逢如此妙人，却是不能见，实在可惜。"他也明白，以自己的身份去见那秦国的禁军将领，实在不妥，若是被自国听了去，自己的处境恐怕要更加艰难。

若是再被扣上一个通敌叛国的名头，可就不好了。要不是李斯现在还只是一个不入流的小吏，恐怕他连李斯都不敢见。客人突然询问李斯："可否将此文传于天下？"治学万民，可谓不世之功。李斯思考了许久，最后说："待我明日去问。"客人惊奇，连说这不像李斯，但李斯还是没有松口。

第二日，李斯从公子府教学回来，说是问了那人，于是给了客人一个答案，客人满意地走了。约莫半年过后，天下流传出一篇堪称传世韵文的蒙学之说，百家震惊，却纷纷叹赞之，询问是何人写的如此奇说，盖是有一个答案，秦国丧将。不少人摇头叹息，说大好才学，叫那杀才耽误了。那文叫作千字文，可流传于世的不过数百字。无数学子想要求那剩下的数百字，费尽了心思，终是无果，至有人尝试做填，但是又发现难之又难，根本填不上一词一句。有人破口大骂："是何人坏了这般的学问？使之残缺，实在是损德！"

李斯知道了这事后，哑然失笑。他是知道的，这书写出来就不过数百字，没有千字，看起来就是不全的。至于原因……他觉得，估计是那顾先生的懒病犯了，懒得写了……而顾楠最近在教嬴政兵说，毕竟是个将军，这才是她能教的本职。做学问的事，交给李斯就是了。至少在顾楠看来，李斯的才学是绝对过得去的。除了兵说，她也受嬴子楚所托，开始教嬴政内息之说。王家的内息方式似乎和她的不同，但是大体也是如此，略有改动而已。嬴政在这方面学得很快，如今也颇有成效。他学的算不上是顾楠衣钵，剑术和内息都是王家的传承，顾楠只不过是从旁指导。剑路开合，颇有气魄，不过八岁的年纪，已经能和顾楠交上几回手了。当然，顾楠是不敢用内气的。嬴政可以说是她从小带大的孩子，打伤了可怎说？这小子平日总是黏着她，也没办法，嬴子楚和赵姬都很少管着。随着年纪大了，学了内息，更是时常偷跑出公子府，到武安君府上做客。这小子爱听画仙弹琴，也爱吃小绿做的鱼汤，说白了就是来蹭吃蹭喝的，让顾楠的脑门直跳。可画仙和小绿喜欢这孩子，她也不能动手赶他，只能任由他来，再等着嬴子楚快些来接回去。

顾楠如今已经二十五岁了，若是寻常人家的女子，早就该有了夫家。可惜她不一样，白起和魏澜去世后，家中没有长辈，自然就没了人管事。而因为身份的关系，咸阳城中知道丧将军的人不少，但是知道她顾楠的恐怕没有几个。本来她这般的人，王家定会有所安排，但是秦王如今重病缠身，政事都无暇顾及了，这反而让她逃过一劫。要是真让她这个"男子"找个夫家，她恐还不如一头撞死来得痛快。

秦王宫。宫殿之中，形容枯槁的老人躺在床榻上，苍白的头发散成一堆，站在一旁的侍人吓得低着头不敢说话，几个人围在床边，沉默不言。老人正是秦王，到底是再撑不过十年，命数难为，终究无能为力。秦王老态的面孔上，双眼睁开，抬起手，向着床前，和当年与顾楠坐论时一般，虚握向天。他的一生做过无数次这样的动作——五国伐齐时，他是这般，他以为，这天下不过如此；破楚退韩，进军入魏，消灭义渠时，他亦是这般，他以为，天下在握；长平灭赵时，他还是这般，他以为，他能全了这万里河山……

忽地，他的双眼全然睁开，怒视着半空，手颤抖着，殿中的众人不知所措地看着他，最后，他的喉咙动了动，只是留下了一声叹息。那手顺着榻，重重地垂下，如同一生的重量。

秦昭襄王五十六年，在位五十六年的秦昭襄王嬴稷去世，时年七十五岁，子孝文王嬴柱嗣位。

【一百零七】

天气阴暗，半空中飘着小雨，绵密一片，恍若针线穿梭在天地之间。阴云压得有些低，却不显得压抑，空气里带着水汽，沾湿了行人的鼻尖。咸阳城外的渭水河畔，一个穿着蓑衣、戴着斗笠的人站在那里，腰间挎着一把没有剑格的细长黑剑。斗笠的阴影遮住了那人的脸庞，雨水顺着斗笠滑下，滴在地面上。河面上水波阵阵，雨打在上面溅落迭起。那蓑衣被风微微吹开，露出了里面白色的衣衫，那是一件孝服，让人莫名地生出几分怪异。

"阴雨连绵啊。"顾楠压了压斗笠的帽檐，向上看去，半空中无数的雨丝坠落。她为何在此？只能说那秦王嬴稷就算死了都没能让她清闲，王家的秘卫在秦王离世的当天给她送来了一份密诏。秦王之前做好的安排，要她与陷阵营在这代秦王上位之前，行禁军之责，做好保全。秦王离世，秦王子安国君嬴柱会服丧一年，而后继位。如今陷阵千人已经散布在咸阳城的各个角落，而她，负责拦截闻声而来，或者说闻利而来的江湖人。

侠以武犯禁，如今咸阳萧条，各国都免不了会有动作。

根据秘卫的消息，今日的渭水上会来一拨人，而她，要么让他们回去，要么让他们消去。

噼里啪啦，雨声响成一片，有些乱耳。雨水影响了视线，让远处的一切都模糊了些。也不知道顾楠在河畔站了多久，就在她快要怀疑王家秘卫的能力的时候，渭水河面上，一只渡船隐隐约约地出现在水天尽头。

哗……

雨声更重了。

等到那渡船靠岸，从船上下来三个人，一个船夫，一个布衣剑客，一个老汉。三人似乎没有注意到站在河畔的顾楠，将船绑好，布衣剑客淡淡地说道："进了那咸阳城，各凭本事。"

"自然。"船夫没有多言，老汉只是眯着眼睛笑着。

三人正准备离开。

"第三十一，三十二，三十三人……"

一旁传来了一个凉薄的声音，轻轻地念着，像是数着什么。三人一惊，猛然回头，这才发现站在河畔的那个蓑衣人。刚才那人就一直在那儿，而他们竟然都无察觉……

那蓑衣、斗笠，使人看不清那人的样貌与身材，唯一能让人注意到的，恐怕就是那人腰间的那把剑——根本就不像剑，收在剑鞘中，如同一根黑棍。

"呵。"船夫拿着手里的竹竿，笑了笑，脸上毫无异样，"先生是渡河，还是乘船？"

布衣剑客和老汉站在一边，没有出声，而布衣剑客的手已经放在了腰间的剑柄上。斗笠下，似乎有一双眼睛看向了他们，也不知道是不是这雨水的原因，他们浑身一冷。

"你们现在离开，我不杀你们。"

话已经说开了，布衣剑客的表情变得森冷，脸上的刀疤皱起，颇为狰狞："阁下真以为，你一个人能挡我们三人？"

"呵……"

那蓑衣人长出了口气："谈不拢？"

"呼！"回应她的是船夫手中的竹竿。长竿盘旋，使得雨珠四散，两米有余的竹竿上，肉眼可见的劲气翻涌，在雨中扭动，恍若蛇躯，不过一个眨眼就已经蹿到了蓑衣人的面前，劲风将她的斗笠微微吹起，露出了下面波澜不惊的神色。竹竿之后，是一柄长剑。布衣剑客的剑嗡鸣了一声，从剑鞘中飞出。剑穿过雨水，将那雨滴割成两半。竹竿快要抵住那人的喉咙时，剑已经刺到了她的蓑衣。蓑衣人这才算是动了，手搭上腰间的剑，那根"黑棍"被抽出来，让人心中一凉的剑光乍起。等到光影消去，蓑衣人已经站在船夫和布衣剑客的身后，收剑而立。船夫手中的竹竿断成了两段，一段被高高地抛飞而起，在半空中转了几圈，插在一旁的泥土里。他的喉咙被开了个口子，血溅了一地，还在不停地向外流着。他的神情不可思议，口中溢出一口血污，重重地摔在了地上。布衣剑客的脸上布着水珠，分不清是汗还是雨；胸口的衣服裂开，里面的皮肤上翻出一道浅浅的血痕。他的剑要比船夫的竹竿慢上片刻，救了他一命。如果要他形容刚才蓑衣人的剑，那就只有一个字——快。快到船夫看不见，他也看不见。他们都只看见了蓑衣人拔出剑，然后听到收剑的声音。那无格黑剑的剑鞘中一闪而过的剑光，他身在其中不过刹那，就像是天地都暗了下来，只剩下那剑光。

"当啷。"剑客的剑摔落，而他瘫坐在泥水里，喘着粗气。三人之中的老汉一直没有出手，直到看到了蓑衣人的剑，老汉脸上的笑容幽幽退去，背着手，站在那儿。

"先生真要挡我们？"老汉看着那身蓑衣，风卷过，看到了蓑衣下的白袍，眼中慎重。

"老汉或许认得你。"

"哦？"蓑衣人转头看向了他，"为何？"

"戴丧出行，剑术无双，秦国之人里，该是只有一人。"说到这儿，老汉淡淡俯身，"老朽见过陷阵丧将军。"

"嗯，是我。"蓑衣人点头，算是承认，又问道，"那你可离开？"

"不，权且让老朽一试。"那老汉的身影眨眼便消失在原地，一个看不清的人影欺身上前，手中抽出了一把短剑。老汉的速度亦很快。一滴雨水从两人之间落下，透明的水珠映射着两人的身影。时间如同定格，下一刻，蓑衣人消失在雨中。老汉狠厉的眼神闪过一丝茫然，随后身子向后一仰，一道光洞穿了他的身体，血溅起，似是将雨水染成了红烬。

"砰！"布衣剑客看着老汉的死相，眼中惊骇至极，再承受不住，恍若疯魔，大叫着逃开，跳进了渭水。

"第三十一，三十二，三十三人。"

顾楠收剑，整了整头顶的斗笠，再没有回头，挎着腰间的无格长剑，一步一步地离开。

【一百零八】

还算热闹的小摊，客人不少，三三两两地聚在一起，相互谈着近日城中的闹事谣闻。

"老板，弄两碗豆饭，再来个烫菜。"一个带着剑的客人坐下，只听得那小摊中传来"哎"的一声，开锅起火就做起了饭食。客人随手将剑放在桌案上，四下的客人看了看这桌，暗自避开了些。没过多久，一个穿着土黄色粗布麻衣的人走了进来，也不找别人，径直坐在那带剑的客人的身边。两人对坐，开始没人说话，直到确定周围的客人都没什么异常之后，带剑的男人才拱了拱手："多谢兄弟照应，不然如今要进这咸阳城也真是不容易，这次哥哥要是事成，定会报答。"

穿着麻布衣服的人看了他一眼，压低了声音："兄弟，你来这咸阳城到底所为何事，可否和我交代个清楚？我也好给你些消息。"

带剑男子面色顿了顿，犹豫了一下，才低声说道："兄弟，你最近可看过道上的消息？"

"道上的消息？"

"是啊。"

"客人，您的豆饭。"老板拿着一碗豆饭送了上来，两个人顿时闭上了嘴巴。直到那送饭的老板走开，男人才皱着眉继续说道："你可知道现在这秦国动荡？"

"看你说的，我都已经洗手了，现在这小门小户的，哪能知道这些事情？"穿着粗布麻衣的男子讪笑了一下。带剑的客人连连摆手："兄弟说笑了，你就是洗手了，这道上还是有你的一席地位的，谁不知道当年的轻风穿堂？"

"这……唉，莫要再提当年的事了。"

"好，不提了。"

带剑的客人眯着眼睛，声音几乎被压成了一条线，四周的人只能看到他们动嘴巴，几乎听不到他们的声音。

"上代秦王刚死，现在秦国都城咸阳的防范是最松的时候，君卫哀悼，这时候要是不捞一笔，对不起自己不是？而且你可知道，那秦王子，也就是安国君嬴柱的人头，现在值多少财货？"

"兄弟，你疯了？"布衣男子连忙伸手制止了他，微微侧头张望。

带剑男子不在意地压了压布衣男子的手："若是平常，我就是疯了也不可能干这勾当。但是，你知道现在道上的消息如何？大半的宫中侍卫都去守着那秦王陵，现在宫里的侍卫至少少了一半。而那嬴柱，也不如历代秦王，手无缚鸡之力。听说他有二十个儿子，乖乖，恐怕身子早就虚得不行了。兄弟，你说人生在世，是不是该博一把？"

穿粗布衣的男人看着眼前的狂人，叹了口气："兄弟，你既然和我说真的，那我也告诉你个消息。"

"你说。"带剑男子扒拉了一口豆饭，看得出是饿极了。

"你知不知这咸阳城中最近出现的一个剑客？"

"剑客？"带剑男子笑了笑，"不是我吹，我的剑也不是善茬儿。"

"是，你的剑术不错，但是你自认为比那三快如何？"

"三快？"男子愣了一下，皱着眉头，似乎对比了一番，说道，"那人也是一个有名的剑客，我见过，剑很快，我们生死之斗，恐怕是五五之数。"

"那你比渭船夫如何？比那短剑老头如何？"

"渭船夫我没见过，但是他那根竹竿是个古怪的兵器，传得玄乎。短剑老人，道上聚会的时候见过他出剑，我挡不住。"

他奇怪自己的朋友为何突然提这三人，疑惑地看向他："说这些作何？"

"我告诉你，他们三个也来了咸阳城，一起。"

"他们也来了，还一起？"带剑男子的脸色有些难看，"该死的，皆是些亡命的。"

"不过，他们已经被人劈了。"

"呼，劈了还好。"刚想松一口气，带剑男子回过神来，只觉得汗毛都立了起来。

"三个一起被人劈了？"

布衣人给自己倒了杯水，深吸了口气，凝重地看着杯中，抬起两根手指："两剑。"桌边真的安静了下来，和熙攘的周边格格不入。

"咕嘟。"带剑男子咽了一口口水，嘴唇干涩，"兄弟没开玩笑？"

"开什么玩笑，咸阳城已经死了不知道多少批江湖人了。"布衣人叹了口气，将杯中的凉水喝尽，"他们的尸体被发现的时候，全是一剑封喉。唯一活着回来的，就是三快。那家伙半疯半癫，跳进渭河才逃了一命。听他说，船夫和老人都是被一剑毙命。来杀人的那个，穿着一身蓑衣，蓑衣里面是孝袍。老人死前说，那人叫丧将军，用的是一把没有剑格的黑剑。"

布衣人横了剑客一眼，摇了摇头："因为死得干净，要不是那三快，这些消息我也不知道。兄弟不知道正常，道上想来也是刚传出来。那丧将军以快剑著称，三快说他看不见那把剑，而且那剑从来不守，只一击毙命，现在被道上称为黑剑。"

"黑剑……"剑客想着那黑剑，遍体生寒。若真是一剑就斩了渭船夫和短剑老人，那剑该有多快？

"嗯，攻伐不守，黑剑无格，被道上的人拿来与那墨巨子的似剑非攻、墨眉无锋来比较。这单子还要不要做，你自己掂量着吧……"

"呼。"顾楠坐在房中，呼出一口浊气，内息在体内运转了最后一个周天，只觉得越趋圆满，她缓缓睁开了眼睛。如今，内息修到如何地步，她也已经不是很清楚了。当年师父死前将一身的内息都传予她时，就已经是周天圆满的地步，如今已过数年，体内的那团内息愈加凝练，盘成云雾笼在小腹之下，近乎要凝成了液体。顾楠伸出一只手，虚握了握，这肉身的力量也不知如何了。她只知道在这秦国，能让她全力施为的，恐怕已经没有人了。

门外来人了。

"砰砰。"门被敲响，小绿的声音从外面传来："姑娘，该起床了。"

"来了。"顾楠抿嘴一笑，打开了门。小绿一进门就看到顾楠只穿着层松垮的布衣，脸上红了红："都这个时辰了，还待在床上，军中无事你就全天不做事了？小公子那边的课业都不准备。"

一边嘟囔着一边翻个白眼，小绿拿起顾楠挂在一边的孝袍，帮着披在顾楠的身上。看着那孝袍，小绿微微发怔，顾楠没看到，将衣服穿上。

"姑娘，老爷也走了好多年，你也不需再戴孝了吧？"小绿看着姑娘的样子，眼中有些心疼。女儿家谁不爱美，谁不想穿裙装绸缎，自家的姑娘却天天穿着这身丧白的孝服。

"你也不是没看到，走在路上，别人看你穿着这身，都是躲着走的，指指点点的。"

顾楠回过头，看到小绿的样子，淡淡地笑了笑。

"无事，都成习惯了，若突然不穿这身，我还不舒坦了。"说着，顾楠将衣服的领口绑上，"而且，他们两个老人家就我这么一个弟子，若是我都忘了，他们就该没人记得了。"

【一百零九】

一片山林之中，林间的小屋深幽，零零散散的光斑落了一地，一个十几岁的少年提着一袋药草，踩着树杈，翻身跳到地上，手里还拿着一块绢布。少年穿着黑色的衣服，黑色的头发随意扎在身后，身材不小，若不是还算稚嫩的样貌，恐怕都认不出还是个孩子。林中只听着一声轻响，旁边的灌木里，一只小兔跑开。少年横了那小兔一眼，也没在意，迈步走向小屋，他的轻功着实算不上多好。小屋其实也不小，有一个院子和三间木头搭的小房。少年走进了小院，站在院中的是另一个少年，穿着一身灰色的衣裳。两个少年有一个地方倒是相像，腰间都挂着一把刻得简单的木剑。他正在练剑，看到少年走了进来，收剑入鞘。

"小庄，你回来了？"

卫庄点了点头，将手中提着的药草放在了地上："药草我去城里买回来了，该是够用上一段时间。"说罢，也没多说什么，走到墙边，靠站着，摊开手里的绢布，看着上面，若有所思。也许是太过出神，就连另一个少年走到他身边，他都没有发觉。盖聂看向卫庄手中的绢布，那上面是幅画，画的是一个剑客。那剑客穿着一身蓑衣，头上戴着斗笠，看不清脸庞，也不清楚身材，唯一能让人留下印象的就是她腰间的剑，那是一把没有剑格的剑。

"你什么时候学的画？还把师姐画成了这般样子，一点都不好看。"盖聂勾着嘴角，调笑道。

卫庄在发呆，自然不清楚，没仔细听盖聂说话，不自觉地应了一声："嗯，师姐是要好看很多。"随即回过神来，脸色有些不自然，眼角一抽，"这画不是我画的。"

"那是谁？"盖聂又发问。卫庄只好将绢布完全摊开，露出了下面的悬赏。

"城里的黑道。"

"这般。"盖聂的眉头皱了起来，但很快又松开了。

"你担心？"

卫庄看了盖聂一眼，沉默了一下，摇头："没……"

"你说假话的时候都会停一下。"盖聂走回院子中央。

"其实不用。"他摸了摸腰间的木剑，抽出了剑，自顾自地演练了起来，"师姐的剑术你是知道的，这世上能伤她的人没有几个，而那些人都不会因为这点赏钱去和她交手。有这时间，不如好好练剑。等从鬼谷出山，我会去找她请教，以证剑道。"说着，院中剑光连成一片。

"嗯。"卫庄看着手中的绢布，收了起来。

吕不韦独自坐在家中烧水。自从来了咸阳城，他就深居简出，很少在外游走，和当年为了让嬴子楚逃回秦国时在各地游说完全不同。他现在反而像一个无关朝堂的人。而朝堂上的人，恐怕也快将他忘了。现在在外走动的大多是嬴子楚。吕不韦明白，所有的事情都要有个度，要是过了这个度，嬴子楚一上位要做的事情恐怕就是杀他了，他捞不到半点好处。而这个度，就是在目前不能掌握太多东西，要掌握，也要到日后，而不是现在。他现在要做的，是让嬴子楚成功上位，只有那般，他才能得到他的回报。

麻烦啊——吕不韦往炉中添了半根木柴。现在的秦王嬴柱有二十多个孩子，就目前来说，嬴子楚有着足够的优势，但地位总是不稳的。一天没有登上那个王座，就是不稳的。旁人很快就会有动作，而他们这边，嬴子楚终归只是个外归的质子，根基不够，恐怕招架不住。要快点有个了结，就目前来看，嬴子楚还是名正言顺的秦王子。若要尽快了结，终究只有一个办法，能让嬴子楚快些上位。秦王死得越早，秦王子才能越早变成秦王……他可没有那个时间，让嬴子楚也和嬴柱一般，做几十载的秦太子。但是现在还不是时候，不能急，若是急了一步，或是快了一步，他的安排和隐忍就都会功亏一篑。陷阵军封城，丧将军持剑于侧，怎么说，现在都不会是好的时候。

壶上的盖子开始微微起伏，上面冒出白色的水汽，等到火候差不多了的时候，自然会有一个结果。想起来秦王也已经五十余岁了啊……吕不韦盘腿坐在那儿，一手提起炉子，将水从中倒进杯里，看着水在杯中翻转，捧起杯子，慢慢地吹散了热气，抿了一口——嗯，不温不火。看来，是时候和公子商量一番了。想着，杯子被放在桌案上，发出一声闷响。

夜色渐晚，夜里的风有些大。夜色里，房中的灯火都已经灭去，看过去，成排的房间一片漆黑，在夜里沉默不言，只听得呼呼的风声。

顾楠打了一个哈欠，这几日都不能好好休息，早间像个捕快似的巡街，午间要去公子府教课，晚上还得值个夜班。该死的，加班也没个加薪，也不怕老子甩手不干……也差不多了，该回家去了，现在说不得还能热个菜，吃上些暖和的。嗯……想来他们也都睡了，就不打搅了，自己热便是，应该也能吃。顾楠轻身一跃，身影便像只飞鸟，顺着半空轻轻飞落，踏在地上，没有半点声音，抱着无格慢慢地走在街道上。迎面而来的一股凉风，吹起了她额角的头发，一个穿着黑色袍子的人从街角走来，头上戴着帽子，看不清样子，随着他的走动，袍子掀开一角，露出了他腰间的一把剑。是一把很奇怪的剑，白色的剑鞘，黑色的剑柄。两人都看到了对方，却都像没看到一样，自顾自地走着，直到擦身而过。

"喂。"顾楠出声。走过她身边的那人停住了脚步，两个人背对而站。

"有什么事？"穿着黑袍的人侧过头。

"没什么。"顾楠的眼睛轻眯着，看似随意地说道，"夜深了，不要走夜路的好。"

身后的人顿了顿，似乎点了一下头："嗯。"

两人没再说话，各自走开。奇怪的人，顾楠走着，皱起眉头，明明带着剑，身上却没有一点杀意。那穿着黑色袍子的人背对顾楠走着，黑剑无格？还真是杀气凛然……

【一百一十】

"顾先生，我此处有些不懂。"嬴政拿着一份简书站在顾楠的身边，指着简书上的一段。顾楠本来靠坐在桌案上精神恍惚地都快要睡去了，结果被嬴政一叫，又清醒过来，无奈地睁开迷糊的眼睛，看着竹简上的那段——法学，又是李斯教的，都和他说了，莫要教这些看不懂的。顾楠有些头疼，李斯教起东西来就收不住嘴巴，嬴政能听懂的说，不能听懂的也说。早间的课听不懂，嬴政第一个问的肯定就是她这午间的老师。和李斯做了几年的同事，天天被他在耳边唠叨，顾楠对这法学也算有了些了解。给嬴政简单地讲了一番，顾楠就又开始犯迷糊，昏昏欲睡。

嬴政无奈地看了一眼顾楠："先生说过，书山有路勤为径。不知道先生这般懒散，这话是怎么说出来的，但是既然说了就该以身作则才是吧？"

"嗯，"顾楠无力地支着自己的脖子，"就让我再眯一会儿。你知道的，我最近这几日天天巡夜，白日又要早起，实在是困乏。"

她这几日，每日都只能睡上不到两个时辰，铁打的人也吃不消。

嬴政翻了个白眼："顾先生，你该是给我来讲课的，不是来睡觉的。"

顾楠伸出一只手，搭在嬴政的头上，揉了揉："行了，政儿最乖了，我就睡一会儿，你不会告诉你父亲吧？"听着顾楠哄小孩的语气，嬴政抿着嘴巴，很是郁闷。听得出她确实很累，也只能无奈地点头："知道了……"

顾楠没了声响，等嬴政去看，她已经趴在桌子上睡着了。唉，他垂了垂肩膀，怎么会这么累……也不知道自己多注意些。上次听顾先生讲课已经是几天前了。李先生的课实在枯燥，果然，顾先生讲课还是比李先生要好听很多。也不知道李斯知道嬴政这么想，会不会哭出来，但是李斯也不会知道。看着顾楠睡着的样子，嬴政思索一下，回了自己的房间，取出一件披风，轻手轻脚地将披风盖在顾楠的身上，坐下正准备自己做课业。

"政儿。"

"嗯？"听到有人叫他，嬴政抬起头，发现顾楠已经睁开了眼睛，眯着眼看着他——懂得尊师重道了，不错。

嬴政的身子一僵，脸红了红："没什么，秋日，天气凉了。"

顾楠不在意这些，只是看着嬴政，半晌，露出淡笑，说道："做一个好国君。"

嬴政不知道顾楠为何突然这么说，愣了一下，随后，也笑了一下，低头看书："知道了，休息吧。"

嬴子楚穿过走廊，看到院里的嬴政在读书，顾楠却在睡觉，摇了摇头，笑出了声。

"喀喀。"嬴子楚轻咳了两声，背着手。这懒人。想到顾楠在这几日不眠不休地追杀那些江湖人，他没有进院去叫醒顾楠。

"公子？"一个声音在一旁叫道。嬴子楚回过了头，吕不韦正站在他的身边。嬴子楚的眼睛合上了一些，但还是轻拜道："听闻吕先生来了，正准备堂前相迎。"

"公子礼遇，韦惶恐。"说着，吕不韦拜下，脸上却没有半点惶恐的模样，侧头看向院中，失声笑道，"小公子和顾先生相处得确实不错。"

"嗯。"嬴子楚笑了下，却没有多说旁事的心思。吕不韦不会无缘无故地来找他，他知道。

"先生今日前来所为何事？"

"这般，公子今日可曾感到有迫？"吕不韦起身轻声说道，"在这宫闱之中。"

嬴子楚的眉头一跳，伸出手压了压，侧眼看向墙边，淡声说道："你我进屋详谈。"

"也好。"

推开门，重新把门带上，嬴子楚走进屋中，在桌案前坐下，吕不韦跟着也坐了下来。

"先生，之前所谓的受迫是何意思？"嬴子楚皱着眉，看着吕不韦。

吕不韦反而显得气定神闲："子傒公子，这日后的王位，本该是他的；这太子，本也该是他。还有其他公子，似乎都还看着。"

嬴子楚一愣，又点了点头："是，他们都还看着。"目光幽幽地落在了桌案上，"呵，我只要一天是秦王子，不是秦王，他们就不会不看着。"

"公子毕竟根基不稳，早年不受重，如今也是外归之人，和他们不同。"吕不韦也不急，一点点地说着。

嬴子楚长出了一口气："先生想说什么？"

吕不韦想说什么，其实，他心里隐隐已经有了感觉——一个万无一失的，最快登上王位的办法。他如今真不知道能在那些兄弟之间周旋多久，这秦王子的位置也不知道能保住多久。吕不韦看着嬴子楚，摸着自己的胡子："公子，秦王服丧一年便要继位，继位之时，也该是五十岁有余了。这一世，不算短了……"

嬴子楚抬起了手，没有让吕不韦继续说下去："我想想，我想想……"

他只是这样说着，手又颓然地放了下来。

"也好，公子再想想。"吕不韦躬身退下，自行离开了房间。他明白嬴子楚最后会做出什么选择，时间问题而已，而这时候最不缺的，恰好是时间。

嬴子楚坐在房里。

房中一个人也没有，只有孤灯明火，把他的侧脸照得鲜明，另一半张脸却是灰暗的。

"喀喀喀。"咳嗽几声，他做出了决定。

"呵呵。"做出如此之事，嬴异人，你当不为人矣。

也罢，我嬴子楚，早就不为人矣！

第六章

万般山河

【一百一十一】

　　吕不韦没有离开，只是站在堂中等候。等到出来时，嬴子楚给人一种完全不同的感觉。嬴子楚想起那种无权加身、任人摆布的日子，又想起他被当作货品于秦、赵两国之间往来，已经有了自己的决定。如今，他虽然权位在手，表面上门客万千，朝堂上支持者无数，暗中更能调配王家秘卫，但是谁都明白，王家秘卫是秦王用来督查他秦王子所作所为的，门客与支持者只会站在更有可能继承王位的那一方。他出不得半点差池，不然就是万劫不复，而他的兄弟，定然是不会看他安稳地走上这一遭的。吕不韦看到嬴子楚的样子，笑得自信，只要嬴子楚有了这个觉悟，王位是不会落入旁人之手的。晚上，他们谈了很久，等到吕不韦从公子府拜别，已经是清晨，嬴子楚没有去休息，而是径直去了王宫。

　　他要去进言他的父亲，或者说，进言秦王。

　　"今晚，苑囿夜宴？"顾楠皱着眉头，看着手中的文书。她的面前，一个人正站在那里，是王家的秘卫。那人显然不是秦王子嬴子楚手里的那位，做事老练，不该讲的话一句也不会多说，低着头站在那儿，等待顾楠的回应。

　　"如今是先王孝期，不合适吧？"顾楠拿着竹简，抬起头看着那秘卫。服丧期间在王宫举办夜宴，不知道如今的秦王是怎么想的。但是她知道一件事，夜宴一旦开始，王宫就会人流涌杂，不少守卫会聚集到门口做审查，其余的卫队也多会有懈怠。如今该是个什么时候，秦王不清楚吗？

　　"大王的意思，正因为是先王孝期，所以才如此安排。"显然上面有些解释，而顾楠又是负责秦王安全的禁军领将，所以秘卫给了顾楠答复。若是平时，恐怕顾楠的问题他们都不会说什么，"先王逝去，国中动荡，民心惶惶。为安抚民心，所以秦王准备大赦罪人，开放苑囿，展我国中安定，以抚臣民。"

　　按道理说，安国君如今还在服丧期，算不得秦王，还只能算是秦王子，但是这不过是时间问题，所以没人会去纠正其秦王这个称呼。顾楠坐在那儿，支着桌子，思索了一下："不能有变，或是缓期？兄弟也知道，如今咸阳城中不安定，若是今夜开放苑囿，我陷阵军也难以及时召回，我恐秦王安危有失。"

那秘卫沉默了一下，显然也在考虑顾楠的问题，但是最后还是摇了摇头："秦王的意思，你我不得干预。今夜苑囿，将军不需调来陷阵，安危我们秘卫也会参与，和将军会有个照应。"说完，秘卫向后退了几步，走到了门边，随后身形消失在那里。

历史上，嬴柱为秦孝文王，服丧一年期过，得以继位，大赦罪人、厚赐宗亲、开放苑囿，可惜年迈，做太子时身体亏空严重，执政三日便去世。但如今，嬴柱还在服丧期，为何苑囿会开，还提早了这么多，整整一年……不能有差。如今她要保证的是让历史按着原来的路走下去，嬴政统一六国，这一点不能出现差池。至于一统六国之后，政儿目前的样子，希望他不会成那历史上急功的秦王。顾楠叹了口气，提起了一旁的无格向外走去。施以人法治国，能给天下百姓一个安定的日子吧，全了那老头的愿。

"呜……"木门被推开，发出一声有些刺耳的吱呀声，一个平常模样的人走进房间。房间中坐着一个身穿黑袍的人，大大的布帽盖住了他的头，很难看清样貌，打扮怪异，给人的感觉却是云淡风轻，气度颇为随和。此时的他正坐在房中吐纳，两腿上横放着一柄剑，剑柄上是流云样式，白色的剑鞘呈长方形，上面黑云纹罗布，很是精致。

"巨子。"进来的人对着坐在那儿的黑袍人尊敬地说道。

"无须多礼，该是我打搅了才是。"

"呵，巨子来此怎么是打搅。只是不知，巨子来这咸阳城所为何事？"

"嗯，最近咸阳城中传出去的黑剑，你们有消息吗？"

"黑剑？"那人站在原处思索了半晌，忌惮地说道，"有些消息，说是一把杀剑，剑下少有活口。巨子是为了那黑剑而来？"

"嗯，也不算。最近听说杀剑的名声，刚好路过这多事的咸阳城，就来看看。"那被叫作巨子的人回忆着说道，"昨夜算是见过一面。"

"巨子见过黑剑了？"那人的样子显得有些受到了惊吓，黑剑之下已经死了不少有名有姓的江湖客了。

"嗯，算是见过一面，给我一种感觉，很像一个人。"说着，那巨子低了低头。

"早年我有幸见过这秦国的战神白起一面，她给我的感觉很像他，只是还少了分老练和决意。"

"白起。"那人念叨了一下，似乎想到了什么，"巨子，有传闻说过这黑剑丧将军，就是白起的学生。"

"这般……"房间中安静了一下，被叫作巨子的黑袍人站起了身，"听说今晚，这代秦王要在苑囿夜宴群臣？"

"是，是有这么个消息。巨子？"

"我会去看看，看看这代秦王。"说完，黑袍人握剑离开。

等到那人抬起了头，已经不见黑袍人的踪影。

【一百一十二】

夜里的宫闱之中，暖色的光将半边的天空照得明亮，人间灯火和天中星月相映，颇有一番盛况。

"蒙将军。"一个穿着官袍的人在人群中，向着一个老人鞠躬，那老人的脸上带着笑意，点了点头。

那官袍人顺势说道："听闻蒙将军家中小幼小小年纪就极擅兵武，想来又会是我国一大将，先恭喜将军了。"

"哈哈，过誉了。今晚大王设宴以安我等，你我就莫要再谈论旁事，来吃喝便是。"

"是啊，还是老将军看得通透。好，吃喝便是，吃喝便是。"

礼乐在宫墙楼阁之中回荡，清脆婉转又不失端庄，菜肴装在一份份青铜器皿中，被侍人端上桌案。虽说是夜宴群臣，但是能到这儿来的，都是朝中权贵，其余的都被送了些饭食于家中而已。即使如此，人也很多。不说苑囿之中一片人来人往的景象，宫墙之中，一处无人的角落，一个不满十岁的孩子悄悄地走到了墙边，手里端着一份饭食，四下看了看，无人，只得抬头，轻唤了声："顾先生？"

"砰。"一声轻响，一个人落在宫墙的瓦砾上。那是一个脸上戴着面巾的黑衣人，露着几根白发，看得出已入中年，看到嬴政，眼中露出了一些诧异："小公子，你来此作何？"

嬴政看到宫墙上的那人，抿了抿嘴巴："我与先生送些饭食。"

显然，这帮秘卫，嬴政似乎也认识。

宫墙上的人似乎无言了一下，半晌，拱了拱手："我代小公子把顾先生叫来。"

嬴政目前也算是秦王嫡系，对他们也算能够命令。等到黑衣人退下，没过多久，一个戴着青铜覆面的白袍人出现在了嬴政的面前。看到嬴政，那人的眼里露出了几分无奈："你怎么到这儿来了？"

嬴政将饭食放下："宫里那些秘卫进出都从这儿走，我早就知道了。今日偶听父亲说先生是近卫，我就猜在这里。"

"呵，"顾楠摇着头，从墙上跳了下来，"你小子倒是仔细。"

"这叫作不失小节而全大局。嘿嘿，先生，你这一身武袍，帅气。"

"行了，你先回去吧。今夜不定安宁，待在你父亲身边，要安全些。"

"啊，先生你不饿？"

"吃过了。"顾楠轻拍了一下嬴政的额头，"快些回去。"

"哦。"嬴政郁闷地端起饭食，顺着宫墙离开。顾楠目送着嬴政回到宴中，才转身跳入夜色里。这晚上，还是莫要出事才好。

百官饮宴，中间的安国君嬴柱宣布大赦罪人，同时封赏一系宗亲大臣，与群臣同欢，使得气氛更加火热。一时间，算得上歌舞升平。

嬴子楚站在嬴柱后面，深吸一口气，从怀中拿出了一个小盒。有时候，取人性命，不需刀剑，也不需毒药，投其所好即可。安国君嬴柱好近女色，妻妾不计，光是儿子就有二十余个，这还没有算进女儿，如今五十有余，早就将身体亏空了个干净。嬴子楚的眼睛里闪烁着光芒，捏紧手中的盒子，又将盒子收到了怀中。就在众人尽欢之时，一个声音遥遥地传来："秦王宫，好不气派……"声音淡淡，却让每一个人都听了个明白。苑囿中的舞乐被这突如其来的声音打断，停了下来。人群中一阵骚动，开始有人看向宫殿的高处。高阁之上，一个人站在那儿，身上披着一件宽大的黑袍，随着风卷动，怀中抱着一把不长不短的剑。

宴会静了下来，所有人都看着那突来的客人。嬴柱眉头微皱，却没有动怒，而是遥遥地高声问道："还请问阁下是何名讳，为何突然至此？"

"算不上阁下，不过就是一个过路的。"那黑袍人淡薄的声音落进了每个人的耳中。看着那宫闱中的宴会，黑袍人的眼微垂下，似乎有些失望。果然，高堂之上，终不是墨家的归处……他继续说道："听闻秦王夜宴，便来看看，如今看完，某就先请辞了。"说着，身子向后一仰，跃出楼间，就要离开。

"哼！"一声冷哼，随后一把利剑从那黑袍人的背后探出。一切都发生在呼吸之间，让人来不及反应。黑袍人的剑却第一时间出现在了那刺来的剑的必经之路，没有交击之鸣，那暗中的一剑像刺了棉花上一般，落在了黑袍人手中的剑鞘上，被轻轻荡开。悄无声息，数个黑衣人突然出现，又是数把长剑破空而来。

那黑袍独自在数人之间游走，如同漫步一般悠哉，手中的剑没有出鞘，就已经接住所有的攻势，反身一挡，数名上前的黑衣人手中的剑都被挑飞，悉数退开。没有惊天动地的声响，但是这般较量更叫人觉得惊心动魄，在下面看着的人不自觉地屏住了呼吸。那些黑衣人是什么人，王家秘卫，他们都是知道的，每一个都是百炼之士。能在数名秘卫手中轻易走脱，这人的剑术着实厉害。黑袍人扫了一眼群客，背后传来轻踏瓦砾的声音，扭头看去，一个白袍人正戴着青铜鬼面执剑在那儿。

"我不是和阁下说过，莫要走夜路吗？"

黑袍人也不知道何处来的兴致，到了这时候还有心思开玩笑，抬了一下手："侧卧难眠，游行至此而已。"

所有人的目光都落到了那个白衣人的身上。孝白衣、青铜面，除了那咸阳城中闻得其声、不见其人的丧将军，还能有谁？陷阵军的名声谁没有听过？但是陷阵之将，少有人见过。禁军领将……那月下之人，一身青白，手执一把黑剑，脸上的青铜鬼面让人看着就心中生寒。

"黑剑？"黑袍人的眼睛看向了顾楠手中的剑，摇了摇头，"杀意太重，伤人伤己。"回应他的是一束剑光，快若流光飞逝，抿成一线。那黝黑的剑从剑鞘中抽出，却叫周遭光影明灭。剑光照亮那黑袍人的眼睛，黑袍人眼中露出惊骇之色。没叫任何人看清，剑就已经重新收回剑鞘里，四座宾客只觉得眼前一花。王家秘卫正站在一旁，身子如坠冰窟。那剑，只是看着就有种无生的念头。黑袍人闷哼一声，手中的剑已经出鞘。远处的人看不清楚，顾楠却看了个明白——那是一把方形剑，无尖无锋。黑袍人的肩头被划开一个口子，若不是他在最后一刻闪开了半分，这口子会划在他的胸口上。

"好剑术……来日再请教。"他抽身而退，运足了内力，身子腾空而起。秘卫正要去追，那人却已经飞出数丈之远，秘卫无奈，只能退回来。顾楠端着剑，回过身，站在楼阁上对着秦王一拜，秘卫也纷纷一拜。秦王淡淡点头，没有多言，白袍与秘卫片刻之间消失。

四下无声。

秦王这才摆手笑道："出了些小事，已然过去。"说着，拿起了一个酒樽，

"诸位饮尽。"

"哈哈，好。"一声叫好，众人看去，一个老将坐在群宾之中，"今日能一睹丧将军风采，着实叫人尽兴！当饮尽！"说完，举起手中的酒樽饮尽。

众宾这才有了声音，议论纷纷。

"当真是好剑术。"

"禁军之将，诸位可有门路？可否帮我引荐一番？"

"莫要问了，禁军不明白？平日里根本见不到，能见上一眼，就该闭嘴，莫要惹事上身。"

"我大秦有如此禁军，何人敢妄动，嗯？哈哈哈哈。"

【一百一十三】

夜宴共饮许久，直到夜深，才堪堪结束。宾客渐渐离去，夜重新安静了下来，刚才的那番盛景就像从未出现似的。曲终人散，本该是他先行回宫，才能让大臣们走的，但是他让旁人退去，也没人敢继续待着。他半靠在桌案边，长长地出了一口气，脸上挂着淡笑，挑了挑眉头。

人去楼空矣……秦王饮宴？他似乎自嘲一般地笑了笑。若他不是秦王呢？就像如今，先王刚逝，他举宴，大臣还是会来，没人会在这时候提那先王，也没人会记得。他提起一旁的酒壶，往酒樽中给自己斟上一杯，悠悠地抬起手中的酒樽，对月高举："父王，这便算是我给你送行了……您为这天下征战了一辈子，您说您，为了什么呢？"

"人去楼空罢了。"说着，他对着那凉淡的月色摊手一敬，酒樽微倾，清冽的酒液从中倒出，溅在地上。几滴溅上了他的衣袍，打湿了一角。

秦王嬴柱在那苑囿中独坐许久，没人知道他为何独自留在那儿，更不可能有人知道他在里面做了什么。秘卫禁军，统不得入内，就连嬴子楚，都只能被拦在门边等候。秦王夜宴已经过了，顾楠已经离开，后面的宫中守卫，秘卫会接手，用不着她继续在这儿吹冷风。等到嬴柱出来，两旁的侍者赶忙迎上去，将一件披风披在他的身上。"大王，夜寒，还是早些回宫好些。"一个内官在旁小声地说道。嬴柱摸了一把自己斑白的胡子，淡淡点头，声音有点无力，看来也已经累了："也好，回去吧。"

他正准备移驾，一个人走了上来，是嬴子楚。此时的嬴子楚穿着黑色的衣袍，恭敬地走到嬴柱面前："父王。"

嬴柱脸上微笑："子楚，为何还未归去？"

"今夜宴上有恙，父王还未回宫，子楚不敢归去。"嬴子楚低头站在嬴柱的面前，颇有一番忠孝的模样。嬴柱的微笑里露出了几分欣慰，至于有几分是真，只有他自己知道。他伸出手，拍了拍嬴子楚的肩膀："我儿有心了，寡人虽然不如先王勤通武学，但也没那般不堪。何况，秘卫在此，你也不必担忧。呵呵，也罢，既然你未归去，就和寡人一起走走，你我父子倒是很久没有长谈过了。"

嬴子楚连忙点头："听父王的。"

两人结伴顺着苑囿走下，几个侍者被嬴柱挥退了，秘卫早已隐去，但若是秦王有危，恐怕他们还会第一时间出现。宫中的晚上少有声音，路旁的浅草中似乎能听到虫鸣，还有浅浅的风在耳边轻吹。嬴柱似乎感觉到了冷，紧了一下自己的披风。

"子楚，"他像是想起了什么，突然笑着问道，"当年，先王将你做质子送于赵国，吃了不少苦吧……"

嬴子楚的脸色一怔，随后，嘴唇抿得发白，尽力保持镇定："赵国待我为客，何苦可言。"

"如此，苦了我儿。"嬴柱说道。在赵国做质子，身负国罪，该是一番如何模样，他怎么会不知道？

嬴子楚的眉头动了一下："不苦。"

如今的嬴柱待他，可谓做足了父亲该有的样子。但是，当年嬴柱对他的不理不睬，对他母亲的冷遇，他也同样记得清楚。低着头，他没有再犹豫，从怀中拿出了一个盒子："父王，儿臣家中一门客本是商人，行商四方，家藏了不少异品。"

"哦？"嬴柱侧头，看到了嬴子楚手中的盒子，眼中带着几分不明的神色。

"商人？可是你落于赵国之时，来秦国分说的那人？"

"是那人。"

"这样说来，也算是我儿的恩人，虽然为商人，你当敬重。"

"是。"嬴子楚应道。

嬴子楚接着说道："那人手中有服药方，听闻滋补，想到父王常说身体虚弱，特找人制来献与父王。"说着，打开了手中的盒子。盒子里面铺着锦缎，显得十分精致。锦缎之中，几枚药丸静放在那儿。

"哦？"嬴柱似乎有些惊讶，接过了嬴子楚递上的锦盒。药丸摆在其中，每一颗大概只有指尖大小，黝黑滚圆。

"倒是我儿有心。"嬴柱轻笑一声，盖上盒子，收于怀中，"如此，寡人就收下了。"

之后的时间，两人像一对和睦的父子，相谈甚欢。不知不觉已经走到宫门前，嬴子楚不适合再进去，两人这才停了下来。

嬴子楚退了半步："父王，天色已晚，儿臣这就先请归了。"

"嗯。"点了点头，嬴柱摆手，"去吧，早些歇息。"

"是。"

嬴子楚躬身退了几步，随后起身离去，直到背过身子，脸上谦和的模样才退去。他给父王的确实是补药，且是滋补的良药，是吕不韦给他的异方。不过又加了一些他物，除了大补，还有滋身补阳的作用，药性不算烈。普通人吃下去自然无事，甚至算得上是难求的佳品，但是秦王的身子体虚亏空，时常需要太医调理。前几日，嬴子楚特地让人走了一遭，从太医那儿取来了嬴柱的医案，就着那医案，做了这些药品。就算名医来验，一时间也不可能验出什么。但这药若是真以秦王嬴柱的身子吃下去，盖是只有一个结果——三日之内，气血攻心。

背着手，嬴子楚的衣袍随着他的步子摆动。他终是走到了这一步，彻底沦入这权势之下。他仰了仰头，步子似乎顿了一下，咧嘴干笑，不知道在笑什么。

【一百一十四】

嬴柱回到宫中，殿内烛火已被点亮，他一个人走了进去，坐在桌边，将怀中的药盒取出来，放在桌案上，脸上平静，看了那药盒一眼。

"来人。"像是风声，又不是风声，一个人影出现在了宫殿的角落，"将这药拿去验过。"

那人静静鞠躬，上前来取过药盒，离开宫殿。约莫过了半炷香的时间，那人重新走回来："大王，验过了。"

嬴柱闭着眼睛，没有睁开，只是问道："如何？"

"回大王，"那人端着盒子，里面少了一枚药丸，"是一滋补的异方，太医说，药效该是不错。"

"哦？"嬴柱轻笑了一声，"看来当真是子楚孝心？也罢，把药呈上来吧。"嬴柱招了招手。

那人将药丸重新送到了他的面前，起身离去。嬴柱看着那药，沉吟了半晌，看来是我多心了。似乎无奈地摇了摇头，他取出了一枚药丸，送进了嘴里，起身就寝。

秦太子安国君嬴柱薨，苑囿夜宴的第二日，宫中传来了如此消息——于服丧期间，死于寝宫之中。太医检过后，称是伤心太重，而又体虚，气血攻心而致。

伤心太重，气血攻心？多么古怪，却又是如此，安国君死前并无半点异常，就连宫中秘卫都无线索。至于嬴子楚献药，除了宫中秘卫，根本无人知道。宫中秘卫会说什么？他们不会。他们只会效忠秦王或是秦王的继承人。如今本该是秦王的安国君已死，嬴子楚，就该是他们效忠的对象。何况，嬴柱已死，且死无对证，再没人能说明那药性不烈的补药有何问题。

顾楠从嬴政口中得知这个消息的时候，没多说什么，静静地点了点头。她或许知道什么，走的时候看到过嬴子楚一眼。咸阳城中没了安宁，不过月余，死了两代秦王，没人坐得住，议论之中，带着几分动荡，但这动荡没有持续太久。

国不可旷日无君，何况如今国中不安，本该服丧的嬴子楚在大臣的建议下，除丧继位。嬴子楚继位秦王的前一日，听闻有人说，他在生母夏姬的宫中待了一日，回宫之后，吕不韦拜见，没人知道他们二人聊了什么，但是聊了很久，只知道继位当天，他按照先王子的意思，大赦罪人，赏赐宗亲；后封吕不韦为相邦，又封文信侯，夏姬为夏太后，华阳夫人为华阳太后。

一人踩着落叶，发出一声轻响，嬴子楚穿着一身平常的袍子，站在武安君府门前，怔怔地看着那府门，不知道在想些什么。又一片落叶从一旁的树上落下，他若有若无地轻叹了一声，没有上前叩门，而是垂下眼睛，转身准备离开。

"喂。"一个声音叫住了他。他停了下来，回过头，顾楠正靠在门边，看着他。两人对视一阵，顾楠侧了侧头："来都来了，不坐坐？"

嬴子楚愣了半响，笑出声，笑得很累。

"如今，还敢这般和我讲话的，该是只有你了。"嬴子楚一边说着，一边转过身，走向武安君府，"给我来点酒，我想喝些酒。"

"抱歉，我戒了，府里没有酒。"

"那就水……"

顾楠举着壶，将凉水倒进杯中。嬴子楚拿起杯子，就像喝酒一般，一口将凉水喝尽。

顾楠没再给他添，而是给自己添了一杯。嬴子楚拿起了壶，给自己再倒上。顾楠拿着杯子，端在自己的身前，看了嬴子楚一眼："我是真没想到，当年那个逛青楼的公子，会这般成了秦王。"

嬴子楚一时间没说话，喝了一口水。快入冬的日子，凉水入喉，沁得人心中发冷。良久，他才笑着开口："我也没想到。"

顾楠单手撑在桌上，侧头看向半空，悠悠道："我本以为你会杀了吕不韦。"

嬴子楚抿着嘴巴，摇了摇头："吕不韦是我的恩人，若杀了他，只会寒了群臣之心。况且，我继位之日，他曾与我长谈，约法数章，不涉军政，不掌兵权。他终究只是个求财权的商人，在他没有不臣之举前，我不会动他。"

午间的武安君府静谧，只听得树叶的沙响，似是时间都慢了下来。嬴子楚沉默了一下，问道："你知道我父王是怎么死的？"

其实他心里明白，那日，顾楠是看着他留下的。

顾楠没有否认，微微点头："或许知道。"

嬴子楚抬起眼睛，咧开嘴巴，笑道："你不怕我杀人灭口？"

他看着顾楠，顾楠回看着他，最后，他不自然地移开了视线。

顾楠出声说道："我当你是嬴异人。"

当我是嬴异人……嬴子楚低头，看向手中那杯子，水面映着他的面容，早已少年不在。他又看向顾楠，翩翩佳人，伊人如旧："顾兄弟，你觉得，我嬴异人，该是个如何的人？"

他的声音沉沉，不再有力。

地上树影晃动，顾楠轻声说道："可怜人。"

"哈哈哈，可怜人。"嬴子楚像是听了这世间最好笑的笑话，大笑着，笑得疯癫，"我如今贵为秦王，掌天下近半雄兵，怎么是个可怜人？"

笑着笑着，笑声却慢慢停了下来，直到再也笑不动，嬴子楚发出一阵剧烈的咳嗽。脸上笑容渐渐退去，只剩一片萧索，他垂下了头，怔怔地看着桌案："可怜人……"

【一百一十五】

"哼！"一匹黑马停在了宫门前，算不上健壮，但是身上的肌肉棱角分明，眼睛处有一道刀疤，看起来甚是凶煞，停在那儿，踢踏了一下蹄子，鼻尖哼出一股热气。黑马之上坐着一个白袍将军，脸上戴着青铜面甲，不见面容。腰间挎着把黑剑，白色的披风垂在身侧，随着那马的踢踏轻轻晃动。宫门处的守卫看到那将军，眼睛不自觉地低了下来，不敢去看。旁人不知道，但是驻守宫门的他们自然不会不知道这将军是何人。陷阵军营就在宫侧，他们见过几次，就是那几次，让他们难以忘却。那实在是一支凶军，被那些人看上几眼，就像被剑架在身上划拉一样。

"顾将军。"守卫低头行礼。陷阵领将姓顾，他们也是谣听到的，至于具体叫什么，没人知道。

"嗯。"顾楠拉着黑哥的缰绳，这货这段时间恐怕是在家中闷得慌了，老连虽然时常会带它遛遛，但是武安君府怎么也不会有沙场宽敞，如今难得出来一次，有够不安分的。顾楠一边想着，一边轻拍了拍黑哥的脖子。黑哥哼了一声，这才安定了些。顾楠又看向那守卫，从自己的怀中拿出了一份简诏："秦王召见，还望兄弟放行。"

"将军稍等。"

守卫接过了简诏，摊开来仔细地看了一遍，好一会儿，确定秦王的御印后，才重新递还给了顾楠。这也是没办法的事，这几日宫中的守卫加严了起码五成，谁让一连死了两位秦王。他们没有因为失职被革，就已经该谢天谢地了，这种非常时期，不敢马虎。

"无事。"顾楠没有介意，接过简诏，放回了怀中。

守卫的队正回头摆了摆手："放行！"

一队守卫这才给顾楠让开了一条路。到了秦王宫前，顾楠将黑哥交给侍卫，解下腰间的无格，放在站在门边的宦官手里，抬起步子走进了大殿。大殿里有些空。官职不到，又出于身份的原因，她是没参加过什么集会的。被召，也只会是单独召见。不过这次不同，除了她，倒还有一个人。

嬴子楚坐在上座，下面半跪着一个老将军。那老将军穿着一身黑色的甲袍，内里衬垫着件厚麻衣，两手的肩甲上各刻着一个虎首，头盔抱在怀中，披风拖在地上，两鬓早已经发白，面容虽然年迈，但依旧带着一种威势，两眼泛着不明显的锐意。在顾楠走进房中的时候，老将军有意无意地看了她一眼，让她有一种自己被猛兽盯上的感觉。等她严阵以待时，却发现那老人只是笑看着她。那笑也不危险，勉强算得上长经战事的顾楠自然分得清楚对面的人有没有敌意，至少这老人的眼里没有，那眼神像是长辈看后辈的眼神。这个老将她见过，也认识，是来祭拜过她师父白起不多的几个人之一——蒙武的父亲，蒙骜。

"顾将军，你来了。"嬴子楚打破了殿中无声的气氛。

顾楠暗自看了一眼殿中，脸上露出了一些尴尬。如果没有旁人的话，她应该就是最晚一个到的，所幸应该没有迟到，不然就该是过失了。她抱手行礼："下臣不该让大王和老将军久等，还请大王恕罪。"

"呵呵，无事。寡人和蒙将军也未等，你便到了。"

嬴子楚轻笑了两声，将手摊向蒙骜一旁的一个坐榻："坐。"

"谢大王。"顾楠无奈地坐到了蒙骜的旁边。该说当真不愧是沙场老将，光是气度，就让她有些紧张。不知道秦王找她来是何事。嬴子楚刚继位没有几天，本该忙于政务才是，别的不说，就上一代秦王子服丧的那月余拖下来的政务就该够他忙一阵的，怎么会有时间找她和蒙老将军来谈话？

嬴子楚坐在上座，沉吟了一番，才开口说道："先秦王为政勤军，大开天下，退魏破赵，令六国不敢近秦土半分。可惜天不近人时，先王故去，留未尽功业于寡人，寡人才德有缺，思来惶恐。如今咸阳中留将未有几人，盖是领兵四方，斟酌而知，是以想到了蒙将军、顾将军该能为寡人解忧。蒙将军领将久矣，功果累累，于其六国余威之重，让人心往。顾将军领军亦有数载，掌军禁卫，魏周之中，陷阵之名无人不知。"

被嬴子楚这么一番夸下来，顾楠听得晕乎乎的；而蒙骜则尽显老臣风度，坦然自若地坐在那儿，自顾自地眯着眼睛。嬴子楚长篇大论许久，最终，才说出了他的目的："先王功业不敢有失，子楚不得，还请二位将军助我。"

顾楠的眉头微微皱起，蒙骜摸着自己的胡须，沉默了半响，问道："大王，可是要起兵？"

嬴子楚顿了一下，随后毅然点头。

"是！"坐在下座的顾楠无力地挑了一下眉头——又要起兵了，刚才嬴子楚长篇大论之时，她就该猜到一些才是。秦国停戈不过几年，百姓残喘不过片刻。该是说，还真是快啊……也是，战国未去，这仗就不可能停下来。说句直白的，不是你打别人，就是别人打你。

蒙骜看向嬴子楚："大王，可是要攻韩？"

嬴子楚勾起嘴角："蒙将军知寡人，寡人待以蒙将军为将，领军九万，顾将军为从军都尉，率陷阵领一万先军，攻与韩皋、荥两城。"

攻此二城，意不在韩。此二城皆位于魏国边境，若是秦国能取，秦境与魏都大梁就不过是相邻了。

【一百一十六】

等到顾楠跟在蒙骜身后从殿中出来，一旁的侍人将无格递还与她，顾楠接过剑，将它重新绑回了自己的腰间，蒙骜站在前面等了她片刻。等到顾楠将无格挂好，抬起头，才发现蒙骜还站在那儿。两人结伴顺着宫墙向外面走去。

蒙骜走在顾楠前面，突然说道："自白起那老儿故去，好久没见过你这丫头了，倒是常听武子提起你。"

顾楠一顿，不知道该作何回话。蒙骜却没有要她说那些没营养的回答的意思，只是继续说道："你和你老师不一样，但也没落了他的名声。陷阵军，着实不错。老夫见过一次，可还记得？你与那陷阵于魏国杀回来的时候，是虎狼之军，不过数百人，能叫千人亦避。不过真正的战事，终归不是百千之数可为的，而是万万人之举。"说到这儿，蒙骜回过了头，本该衰老松弛的眼睛看着顾楠，让她感到一丝紧张，不自觉地握紧了腰间的无格。

蒙骜不在意地笑了一下："无须如此。白起的学生不该只有这些能耐，此次战事……老夫期待看看，白起教了你什么。"说完，不再停留，转身慢步离开。

顾楠看着蒙骜离开的方向，等她反应过来，嘴角一撇，耸了耸肩膀，远眺了一眼那宫殿，也回身离开。

召集十万人不是一个小数目，自然，动静也不会小，很快就有人知晓刚继位的秦王居然要起兵。没人会想到，他会在如今这个国中政局不稳的情况下起兵扩土。有人笑他自负，也有人感叹他的气魄。不过起兵攻伐这件事，终究是愁的人比喜的人多些。军中扩张，又开始招募男丁，却也没人叫骂，是习惯了，麻木了。

这世道总是这样，不过才歇了几年的战事，突然就又起来了，也不知道打到什么时候才是个尽头。

王宫公子府，嬴子楚继位之后，自然住进了宫里的寝宫，自带的，嬴政这小子也搬进了宫。嬴政搬进王宫那日，一向少事的他少见地出了麻烦，非要人将原本府中院里栽着的那几株白花树移来，折腾许久，总算将那几株树移进了宫。

李斯升了个官，不过依旧是小吏。呃，但若是论及官职，应当是比顾楠这不过军候的军职要高些。他倒是越来越神采焕发，能看到自己未来的仕途前景，当是一片光亮。他要做的，就是让这路，当真成为光明大道。不过，这几日他是有些愁的，在宫中偶然听闻秦王起兵要攻韩，而领军的除了那老将蒙骜，都尉居然是顾先生。李斯坐在亭中，皱着眉头。顾先生本该是禁军领将，手中禁军也不过千人，万万没想到领将这般事会找到顾先生。

"手，再抬起来些。"顾楠站在嬴政的旁边，嬴政的手里拿着一把木剑。他也到了年纪，身骨开始长了，武学的路子也该练得实在些了。从前教嬴政练武，顾楠主要教一些招式和术说，盖是因为身骨还未有形，若是练了，容易落下些隐患，如今也该教些硬实的东西了，嬴政每日练得浑身酸痛。顾楠倒是乐在其中，天道好轮回，这回轮到她当先生，总算把当年她师父给她的怨念出了个痛快。

"知晓了。"嬴政满头大汗地举着手中的木剑，微微往上抬了一些，颤颤巍巍地收剑，随后又一剑刺出。

"软绵绵的，倒是拿出些力气来啊。"顾楠站在一边直摇头。

我也想啊。嬴政心中大苦，奈何手中实在是没力气了。

看着嬴政的样子，顾楠摇了摇头："这般，看好了。"

一边说着，顾楠一边握住了嬴政的手。

感觉到握着自己的手的柔软，鼻尖上带着淡淡的香味，嬴政的脸色有些不自然，低了低头。横握着嬴政的手，顾楠一剑刺出，发出一声凌厉的破风声。

"明白了？"

"明……明白了。"

"练。"

等到顾楠下课，嬴政支着剑气喘吁吁地站了一会儿，就摔在地上，坐着不想再爬起来了。

顾楠无奈地一把提起这不中用的小子，放在一旁地上的席子上，她是完全忘记了自己当年练这些的时候是怎么个样子。

"休息一下吧。"顾楠悠然地走到了李斯坐着的亭子里，拿起桌上的壶，给自己倒了杯水。李斯侧过头，看向顾楠，直到顾楠被他看得不自在，看了他一眼，问道："李先生，是有什么事吗？"

李斯犹豫了一下，皱着眉头："顾先生，可是要领那韩国的战事？"

"嗯。"顾楠应了一声。她也不觉得奇怪，李斯毕竟是嬴政的老师，能听到些消息也很正常。点了点头，算是作答了。

李斯的眉头皱得更深了："顾先生，你是如何想的？"

"如何想的？"顾楠拿起杯子吹了吹，笑了一下，"这是秦王所令，怎么，我还能驳了秦王？"

"这……"李斯张了张嘴巴，最后垂下了手，摇头，"这军中皆是男子，行军打仗，出生入死，顾先生一介女儿，如何会合适？真非要先生打这一仗？"

顾楠沉默了一下。

"书生。"顾楠笑着，看了一眼李斯，"这仗我不打，总有人要去打，不若且去，早些将它打完。"说完，顾楠喝尽了杯中的水。

何况，她该是打。

想着，她看向了那倒在院中喘气的孩子，放下了杯子。

【一百一十七】

军营之中，几支巡逻队从校场走过，模样有老有少，身上穿着破旧的皮甲，上面沾着灰尘，看上去灰暗了一层，几处地方能看到些划痕破口。不知道这些皮甲囤积了多久，也不知道是不是从哪个死人身上扒下来的。他们里面穿着的麻衣在冬天没有半点御寒的能力，嘴唇冻得泛白，抱着铜戈、铜矛，在军营中走过，搓着自己的手掌。

十万人的军队并非朝夕可以调集的，其中有数万人本身不过是民夫，受军中召集才到这里。没有正军该有的装备，更没有经过正规的训练，他们所在的意义通常就是军中的先锋，第一批送死的人而已。巡逻的队伍走了过去，两个士兵坐在土堆边，手里的兵器放在一旁。

"喂，你早间见到那陷阵军了吗？"

士兵把头盔从头上摘了下来，揉着冻得发红的耳朵，看着远处还要继续巡营的士兵，摇了摇头。

坐在他身边的同伴听到他的问题，半躺在土堆上，思考了一下，似乎不太确定，皱着眉头："早上，那支黑甲军？"

"是了，"士兵深吸了一口气，点头，"那支黑甲军。"

今天早上的时候，他可是记忆颇深。密密麻麻的黑面人从军营外面走进来，那一身装备……

不说别的，就说那铠甲和可以罩着全身的大盾，少说有百来斤重，不知道他们是怎么背得动的。若是换了他，恐怕就快走不了路了。那些人，就那么穿着那些铠甲，若无其事地走近的时候，简直就和铁骑一般，地上都要晃三晃。

"开玩笑的，步卒什么时候有了那般气势，走起路来全是一个声音，压得人胸口发闷。"

半躺在土堆上的士兵嘀咕着，眼里却有种说不明的羡慕。真是威风啊……

确实威风，那陷阵军的名头就是精锐中的精锐，百人就可冲阵不散，陷阵披靡的精锐。大秦禁军，里面的人连个名字都是没人知晓的，但在秦国的军里，他们就是最威风的士兵，特别是秦攻周、魏那些年之后，陷阵军在秦军里被传得越来越神。那陷阵领将，不过是千人统帅，本该最多只能算个军候，但是在军里，就算是都尉，都没人敢触他的霉头。没别的，人家直属王室，一人就能叫千人军不敢往前走。对于那支军的具体情况，旁人什么都不得打探，什么都不得知道。这才是禁军，王宫那些看门的守卫和他们差的不是一点半点。

"叫人羡慕。"抱着头盔的士兵笑着说道。

"羡慕个啥？"躺在土堆上的士兵坐了起来，拍着身上的尘土，"陷阵军那地方，是威风，但你也知道去了是要干吗的。莫不过千百个人，哪次不是向着万人冲阵？你我这般人去了，没个几天恐怕就要死在那里。"

"也是，我等还是做普通小兵便是。"

"哼，没志气。"一个少年的声音传来。

"嘿，你说谁没志气？不若你自己去试试？"

士兵黑着脸回过头，就见到一个十一二岁的少年站在那里，穿着身小将的袍子，脸色一慌。这小将他知道，那日蒙将军来的时候，就把这个小将带在身边。

"拜见小将军。"士兵站起身，匆忙行礼。

半躺在地上的士兵也疑惑地回头，看了一眼就连忙爬起来："拜见小将军。"

"哼。"那少年小将叉着腰，看着眼前的两个士兵，像是遇到了什么有趣的事情，"当值时间不做事，你等二人在此偷懒，说说，哪一军的？"

听到这儿，两个士兵的额头上就开始冒汗了。老天，怎么就这么倒霉，休息了一会儿就被人抓着了，而且看样子，来头还不小："将……将军，我二人……"他支支吾吾地说着，一时也不敢说下去。

小将的眉头一挑："其实，我也可以不追究。"

呼，两个士兵长长地松了口气，其中一人擦了一把额头上的冷汗："多谢小将军。"

"不过啊，"小将的脸色神秘了起来，一手压着腰间的剑柄，"你们得先告诉我，那陷阵军的军营在何处，让我去见见。"

"这……"两个士兵面面相觑。这也没什么，只不过不合规矩就是了。虽然不知道这小将为何要问陷阵军的事，但不管是陷阵军，还是这小将，他们都得罪不起啊！

"啊，不说啊。"小将耸了一下肩膀，"那没办法了，我只得抓你们走一趟了。咱们按军法走。"

咕嘟，士兵咽了一口口水，无奈地讪笑了一下："这……小将军，我们自是可以告诉你，不过……"

这小将很是上道，直接点头说道："我不会告诉旁人是你们和我说的。"

"谢将军。"

问得了陷阵军的位置，那小将挎着剑就满脸期待地一路小跑着离开了，他身后的两个士兵如释重负地重新坐在了地上。

"那人是谁？"

"呼，你不知道？那是蒙武将军的孩子。"

"……"

"我们真够倒霉……"

那小将步伐匆匆，一副兴奋的样子。陷阵军，从小他就随父亲在军中听过这支军的不少传言。那丧将一骑当千，三百陷阵能叫千人绕行，不过数百人，在万军之中来去无阻，何等豪情。盖是如此，从小他就各种打听那陷阵的消息，特别是那陷阵将。千军万马避白袍，他实在是想见见杀出如此威名的将军，想知道那人会是个怎样的人物。这次听闻陷阵会和他们随军攻韩，他就开始向父亲问那陷阵的位置了。可惜，陷阵是禁军，哪有叫他随便去的道理，蒙武也就一直没和他说。

总算叫我知道了，小将的步子又加快了几分。

陷阵军……

【一百一十八】

"呼。"小将蹲在营地外，喘了口气，顺着营帐的间隙看向营地里面，营地中的空地上并没有太多的人。如今大军停驻，陷阵军营倒并没有处于警戒的势态，空地上只有三三两两的人相互聊着天。

"哎，今天军中吃什么？"穿着黑甲的士兵披着甲胄，一边说着，一边坐到了自己的同伴身边。

"你没在军中待过？别问这种没意义的话了，军中还能吃什么，干粮。"

同伴翻了个白眼，那士兵也理所当然地点了点头，抱怨道："又是干粮……这大军还未开拔，还不能让我们兄弟自己打些野味？"

"那你自己去和将军说，给我们改善下伙食，兄弟们一定都记着你的好。"

"还是算了。"

提出要打野味的士兵咂摸了一下嘴巴。将军平日看着松散不靠谱，但每到陷阵行阵的时候，比如镇压清剿流军的时候，又比如咸阳封城的那段时间，只要在军阵之中，将军身上的那股戾气，让旁人都不敢靠过去。也没办法，明白的人都知道这种时候开不得玩笑。这时候跑去说要改善伙食，被揍一顿估计都是轻的。

"那边……那边那两个，要做什么？"士兵擦了把额头上的汗，连忙转移话题，指向不远处两个正在吵嚷着走向营地中间的人。同伴翻了个白眼，回头看去，看到那两人："要比画就比画呗，他们两个谁也不服谁，哪天没来上这么几手？"

营地中央的两人活动了一下，在旁边士兵的起哄声中各自摆开了架势。这是要比试吗？窝在营房后面的小将舔了舔嘴唇，身子向前凑了凑。两人各自站开，相互行了个礼。

"呼。"礼刚行完，也不多说，一个人就直接上手了，手中的拳头生风，径直一记突拳向着对手打去。"砰"的一声闷响，对面的人接住了他的拳头，翻身一扭，那有力的拳头被折了开来。两人停了半秒，似在角力，但是没有片刻，其中一人就抬起一脚，夹着劲风踢向另一人的腿弯。另一人也不是吃素的，大腿一屈，用小腿接住了那人的一脚，趁机转身绕到前者的身后，被扭开的右手顺势锁住了他的喉咙，双手一收，被锁住喉的那人面色通红，脖子上青筋涨起。

"服输不？"

"服输，个屁！"

一手肘打在了身后人的肚子上，后面的人猝不及防地松开了手，蜷成一团。前者直接转身，一脚抬起膝盖，撞向对手的太阳穴。"啪。"险之又险的时候，后者还是反应过来，一手挡住那人的膝盖，闪向一边。两人对峙了一阵，又立刻冲打在了一起。蹲在角落里的小将看得目瞪口呆，时不时倒吸上一口冷气。穿着几十斤重的甲胄，也完全没有妨碍到他们的动作，迅捷凌厉，招招直取要害，招招就像是奔着毙命去的，而且屡出奇招，浑身上下似乎没有一处是不能用来进攻的，膝盖、手肘、额头、腰，无所不用，关键是招式狠辣。最吓人的一次是，一人直接盘上另一人的手臂，两脚踩在另一人的身上，两手抓着那人的手掌，几乎要将对手的手扯下来。这哪是军阵里的比较，上阵杀敌也不过这般狠毒。小将张了张嘴巴，与这般比试相比，其他军的比试简直就是小孩过家家。就算他上场，估摸着若是不知道这些招式，说不定就会被对方卸下一只手、一只脚来。陷阵军的招式是顾楠结合了一些她对现代军体拳的理解总结出来的一套近身搏斗的招式。虽然本人并不了解军体拳，但她这些年的武学也不是白练的，武安君府的书房里堆了一房的竹简兵书，也算是看过大半，毕竟在这里闲来无事，也只能读书消遣。算不上理解多深，但是她毕竟懂得一些，也不尽是当年那个一窍不通的少年人了。综此之下，她糅合出了这么一套东西，算是看得过眼，在军中所用还颇有些效果。小将看着那营地中的比试，越加心惊，看得也越加入神。那些招式简单，但很是实用，在军阵中用来搏杀真是再适合不过。

"砰！"一脚停在心窝上，最后一刻停了下来，两人才相互看了一眼，各自退开——胜负已分。

"好！"小将拍了一下大腿，低声叫道，"真是厉害！"

"你是什么人？"一个轻淡的声音从小将的背后传来。小将后背的汗毛一立，只感觉到身后传来一股强烈的戾气，心跳漏了一拍，浑身冰凉，危机感让他按捺不住，一把抽出了腰间的剑，向后砍去。

"当！"长剑架在一把剑鞘之上，那是一根细长的黑色剑鞘，小将却感觉像劈在一块石头上，虎口被震得发麻，剑刃打着战，对方反而纹丝未动。不能被抓住，要是被送到父亲那里，免不了一番教训。小将心中一慌，也不敢去看对方是什么人，知道自己不是对手，虚晃了一剑，抬起腿就想跑。

"还想跑？"

【一百一十九】

没等小将一步迈出去，只听到一声剑出鞘的声音，森冷的剑锋就已经贴在他的脖子上。他的衣领被开了个口子，同时，几缕断开的头发从脸颊上缓缓落下，想要迈出去的腿生生停住，一动不敢动。

身后传来了刚才的声音："你，是谁？"顾楠打量着眼前这个背对着她的人，看身材也不过一米六出头的样子，比她还要矮上小半个头，身上穿的是秦国的衣甲。莫不是他国的内线？在这咸阳城营中，这般大胆？顾楠一边想着，一边皱起了眉头。

小将僵硬地回过头，看向身后的人。那是一个穿着丧白色衣甲的人，脸上戴着文刻着凶兽面纹的青铜面甲，手中的剑有些细长，没有剑格。这种剑很少见，少见到秦国应该只有一人有。小将的脸色变了，变得一脸惊喜，指着顾楠："丧将军！"

顾楠的两眼一眯，挑着眉头，脖子一歪："啊？"

"所以，"顾楠坐在营帐里，双手抱在胸前，看着正坐在自己下面的那个小将，"你是蒙武的孩子，蒙恬？"

"是是。"蒙恬连连点头，一脸兴奋地说道，"我早就想见见您了，听闻这次你们陷阵军要随军，我就一直在和父亲打探。您不知道，我父亲那人甚是无趣，一直不和我说。我找了两个士兵，巡阵时间，你猜他们在干什么？他们在休息。我就抓住了他们……"

顾楠坐在那儿听得头痛，心里暗暗郁闷：这蒙武是怎么教的？历史上堂堂的大将蒙恬，怎么是这么个话痨？但是想起当年在军中缠着白起讲兵的蒙武，那货能把白起烦到躲起来，顾楠深深地看了一眼蒙恬——有其父必有其子吗？

"停。"顾楠伸出了一只手，制止了蒙恬继续说那些无关紧要的话，直接问道，"你在我阵前偷偷摸摸是要干什么？"

"自然是来见见将军和陷阵军。陷阵军何等威风，有如此良机，不见上一面，岂不是人生一大憾事？"蒙恬说着，两只眼睛里闪着光，忽然间，他似乎又想到了什么，"将军，你们陷阵军近身搏击的那武学叫作什么？我观那套武学招式简单，但是出手毙命，若是扩及军伍，绝对有大用……"

"停！"顾楠的脸色已经有些发黑了，"你父亲在哪一军？"

"啊？"蒙恬的脸色一白，这才发现自己是被抓住的情况，抓了抓头发，哭丧着脸，"将军，能不把我交到父亲手里吗？我父亲那人刻薄得不像个样子，要是让他知道我偷跑到禁军，定是要罚我的。将军，我也不是怕罚，但是在全军面前，那得多丢脸……"

"停！"顾楠闭着眼睛，嘴角一抽，额头上似乎能看到一根青筋在跳着，"你还知道这是禁军？那就跟着军法来。蒙武那货该是在蒙老将军帐下吧，那我直接把你交到中军去便是。"

"别啊，将军，将军。"

顾楠也不搭理他，直接推着还被绑着两手的蒙恬向外面走去，走到外面，招呼了两个士兵直接架着他扔到一匹马的背上，自己跨上黑哥。蒙恬趴在马背上，眼神灰暗了一下，但是很快就恢复了过来，重新神采奕奕地抬头看着骑着黑哥走在一旁的顾楠："将军，听说您一骑杀得赵军千军不敢进，这是真的吗？"

"假的。"

"不该啊！我父亲都说那是真的，将军莫要糊弄我。将军，听说陷阵三百人一夜入吴城，这是真的吗？"

"假的！"

"将军又骗我！我亲耳听到过我爷爷和我父亲说这事，我爷爷那时候还和我父亲说他该多和将军学学行军打仗，不该故步自封、循规蹈矩。军法多变，能胜才是王道。"

"……"

"将军，你说陷阵军步卒结成盾阵，弓弩射不得进，骑军冲不得破。结成弩阵，循环往复，连绵不绝，配合我大秦的强弩（秦国的弩箭确实很厉害），寻常军阵根本不能上前。还有尖锋阵、侧翼阵，顾将军你能不能给我讲讲，这些阵法该是个什么模样？"

"……"

"将军……"

蒙恬还待说，却听得"啪"的一声，扭头发现顾楠一只手揪住他的后领，随后在他呆呆的眼神中，单手把他整个人提鸡一般地提了起来，凑到近前。

"咕嘟。"蒙恬看着近在咫尺的面甲，喉咙动了动，面具下黑白分明的眼睛似乎在笑看着他，不过那种笑意让人浑身发冷。

"安静些，不然我现在就叫你知道什么叫作军法处置，明白？嗯？"

"明……明白。"

"哼。"

蒙恬被重新放回了马背上。

"将……"又准备开口。

顾楠的嘴角一抽，准备教训小辈，一剑鞘直接打在了蒙恬的屁股上。

"哎哟，不说了，不说了。"

轻甩一下黑哥的缰绳，黑哥瞥了顾楠一眼，速度加快了一些。顾楠坐在黑哥的背上，看了眼一旁在马上闭着嘴不敢说话的蒙恬。不知不觉，这些小辈倒是都已经长成少年，自己也成了老一辈了。

想到这儿，顾楠轻笑了一声，微微仰头。风扯着营旗在半空中猎猎作响，顾楠摇了摇头。

【一百二十】

"武儿，"蒙骜坐在营帐中，随手将一份兵简递给了坐在下座的蒙武，"你对我军攻韩怎么看？"

蒙武接过了兵简，握在手里看了两眼，了解了大概的内容。秦王对攻韩花费的力度不可谓小，而且给的时间也有些紧迫。韩国在军事实力上和秦国有着不小的差距，虽说在铸造方面颇有建树，单兵精良，奈何地少人稀。这一战本该不需要如何重视，胜之不难，甚至可以说，十万甲兵有些多了。

"我觉得秦王攻伐略有些急迫了。如今我大秦已经坐拥近半天下，带甲数十万，何必如此急于攻取这韩国的二城？"蒙武比当年沉稳了许多，毕竟已经是两个少年的父亲，曾经那年少气盛的模样磨平了不少，有了几分大将的沉稳气度，下巴上也蓄起了不短的胡子，看起来颇有几分领军之将的样子。

蒙骜听到蒙武的这番见解，失望地摇了摇头。

"盖是说你只能做这一军之将，难为总兵。"说着，蒙骜指了指蒙武的胸前，"你胸中的气魄也就只有一城一邦，装不下宏伟之才。"

蒙武被父亲说得尴尬，但是也没法反驳，谁让人家是自己的老子，而且自己是个什么样子，他自己也清楚，父亲说的确实没错。他或许会是一个好的将领，但是说要领天下总军，他自认为是做不到的。

蒙骜看着蒙武略有消沉的样子，抚了一把自己的胡子："不用如此，领一军亦自有可为，领总军亦自有所持，各有所长。但你胸中气量也该大些了，你已不是个孩童，莫要像少时那般了。恬儿你也要好好教导，知道？"

"孩儿知道。"说了一番旁话，两人才重新将目光转到秦攻伐韩的事上。蒙骜皱着眉头，拿过秦王送来的兵简："此番秦王攻韩，老夫所想，该是有两个所求。一是此二城临近魏都，若去此二城，魏国必危。唇亡齿寒，如果魏国明白这个道理，介入援助，我军要攻取就会麻烦许多，所以秦王要加急用兵，只求速取。"

蒙武的心中一怔——攻韩迫魏。

如此看来，这代秦王，所谋非小。

"这其二，"蒙骜的目光看向帐外，"东周未亡，这天下就名来不顺。秦王要彻底灭周，而且，需要一个借口。"

"秦王攻韩，就是在等那周王给他一个借口？"蒙武的脸色有些不好，这就是阳谋。

秦国攻韩，周于韩侧定是自危，到时无论周国是否会与他国共谋抗秦，秦王只需说他有，都可以此为借口攻周。这番作为，未免太过大胆了。

"秦王真不怕纵国联合？"

蒙骜侧看了一眼蒙武，抬了抬眉头，轻声地说道："所以说秦王的气魄可畏，如此作为，不输于当年的秦王。而且，"他的嘴角咧开，"以我秦国如今兵锋，合纵诸国也未必就不可相抗。"

蒙武还想说什么，一个士兵走了进来，拜在蒙骜的面前："将军。"

蒙骜疑惑地问道："有何事？"

"回将军，陷阵领将在外等候。"士兵说到这儿，犹豫了一下，"她……"

士兵的犹豫，蒙骜自然看得出来，他眉头一皱："为何迟疑？说来便是。"

"是。"

士兵点了一下头，脸上挂着古怪的神色："她，还绑着小将军。"

这是蒙家亲兵，他们称呼的小将军，应该只有一个人。蒙骜的脸色一黑，似乎已经猜到了什么。顾丫头他见过，虽然是凶名赫赫的丧军领将，但是性子平缓，若是没有什么事，不至于绑人。至于蒙恬，他这个做爷爷的自然清楚是个什么样的小子。那小子对陷阵军颇为推崇，而且有些跳脱，很像他父亲小时候。那小子，估计又惹是生非去了。

蒙骜眼角抽搐，看向坐在侧边的蒙武："我刚还让你好好教导恬儿，这转眼就给我惹事了？"

蒙武的额头上滴下了一滴冷汗，尴尬地笑了一下："这，不是还没来得及落实嘛……"

"哼，一会儿再和你计较。"蒙骜摇了摇头，扭头对着下面的亲兵说道："让顾将军进来吧，顺便把那不成器的东西也带进来。"

"是。"士兵退下。

没过多久，一个身穿白袍、戴面甲的将领走了进来，身边还带着一个被绑了双手的小将。那小将一进了帐篷，就缩头缩脑的，看到蒙骜坐在上面，立刻不敢作声，抿着嘴巴，认命似的站在了一边。

帐中一阵尴尬。

"见过蒙将军。"顾楠站在蒙骜的面前，脸色无奈地躬身一拜。

蒙骜也郁闷地抬了抬手："无须多礼，倒是麻烦丫头你把这浑小子送回来了。"说罢，瞪了一眼一旁的蒙恬。

"无碍，我军本就在修整，也无大事。见到蒙小将军趴在帐边，以为有他，这才抓了起来。问清了来由，准备送回来，中间小将军想逃跑，就给绑了，还望将军勿怪。"

顾楠简单地说了一下来龙去脉，她还是有些后悔的，没有把这小子的嘴也堵上，这一路走来，她的耳朵到现在还在嗡嗡作响。蒙武趴在案边，单手盖着脸——完了完了，丢脸都丢到外面去了，这下我恐怕也少不了被连累。想到这儿，他看蒙恬的眼神也有些不善。这小子，都说了陷阵是禁军，不能乱跑，你还给我去。少了打不成？

"这小子私闯禁军，就该绑缚惩戒，你做得没错。"

蒙骜只感觉脸上僵硬，他现在已经在想怎么惩治这小子了，实在是丢人啊。

【一百二十一】

顾楠给蒙恬松了绑，蒙骜黑着脸挥挥手，就让蒙恬下去了。蒙恬一副还有话要说的样子，但看见自己老子的老子那锅底还要黑的脸，话都给吞进了肚子里，逃也似的离开了营帐。蒙恬跑出了营帐，长长地松了一口气，这才来得及回想刚才帐中爷爷和陷阵将军讲了什么。爷爷似乎称将军为"丫头"？

蒙恬的眉头一挑，转而摇了摇头。

他该是听错了，丧将军怎么会是个姑娘？

帐内。

"来，顾丫头，你坐。"蒙骜指了指蒙武对面的一个坐榻，说道。

"谢将军。"顾楠客气了一下，坐了下来。她本来是准备回营的，也不知道蒙骜让她坐下所为何事，但是毕竟人家是总将，想来该是有事和她说。

"将军，是有什么事吗？"顾楠皱着眉头。

谁知蒙骜压着声，侧过身子，问道："顾丫头啊，刚才送那浑小子进来的时候，没太多人看到吧？"

看着蒙骜那副不敢声张的样子，本来还以为是有正事的顾楠严肃的表情僵在脸上："这军中修整，路上自然是没有多少人的。"

"啊，那就多谢了。丫头，这家丑不好张扬。恬儿这孩子从小被他爹带得跑歪了，是丢人了些，还请你多多担待啊。"

怎么就扯到我身上来了？那小子带不好怪我吗？蒙武坐在一旁，垂着脑袋。

"啊，哈哈，晚辈晓得的，晓得的。"

顾楠嘴角一抽，干笑了一下——果然，这是一家子。她暗自擦了一把额头上的汗。

"喀喀。"蒙骜咳嗽两声，坐正身子，似乎刚才的话没说过一样，重新摆出了认真的架势，"顾丫头，你的陷阵千人，可是都已经到了军中？"

总算是回到了正事上，顾楠摸了一下鼻尖："陷阵千人，现在已经全在军中停驻，只等开拔。"

"嗯，陷阵千人能有如何作为，老夫很期待。"蒙骜摸着胡子，突然有了些兴致，问道，"你觉得，我们攻韩需要多久能回秦？"

顾楠愣了一下，随即思考了一番，慢慢地说道："攻韩不过三月，但要回秦，短时间里，该是不能。"

"哦？"蒙骜眼前一亮，问道，"为何？"

"秦王要有大动作，不只是攻韩。具体如何不知，但是对周、对魏，该是皆有所图。"

"不错。"蒙骜赞赏地点了一下头，眼睛扫向蒙武："人家一眼就能看出端倪，你呢？平日里让你多通大略，真不知道你学到何处去了。"说着，眼里的嫌弃更深了几分。

得，我怕不是捡的。蒙武苦笑着看顾楠。

顾楠回了蒙武一个"自求多福"的眼神。

在蒙骜的帐中相谈了约莫一炷香的时间，也不算长，顾楠就起身告辞了。陷阵刚在此处扎营，还需要整顿，她作为领将，不好离开太久。蒙骜坐在帐中，本来已经打算处理军务了，蒙武也准备开溜，谁知还没有告辞，蒙骜看到了蒙武，就又想起了蒙恬的事。

"你，去把恬儿叫进来，我有话说。"

"是。"

蒙武舔了舔嘴唇，无妄之灾啊，转身去叫蒙恬。那小子，等这一趟过去，非得让他看看他老子的厉害。蒙恬十分清楚事情的严重性，但没有认怂，一副大丈夫死得其所的样子，被蒙武叫来，走进了帐篷，看到坐在座上的蒙骜，开口就说道："我要拜顾将军为师！"

那天下午，中军营帐里的叫声有些惨，就连站在外面的亲兵都捂着耳朵。

【一百二十二】

渭水河畔，行军数日，秦军在此驻扎算是短暂地休息一番。蒙骜坐在自己的帐篷里，拿着一本兵书正看得入神，突然想到什么，冷哼一声，将兵书合上，摔在了桌案上。前段时间蒙恬说要拜顾楠为师，被他揍了一顿，却仍是不放弃，一副誓不罢休的样子，在跟自己耗着。

当年的蒙武是这般，非要拜师白起，现在，蒙恬又来上一场——尽是些向外的。老夫是教不了你们不成，非要抓着那白家的不放？

蒙骜气得吹了吹胡子，揉了揉额角，莫要与这两个不争气的较劲，还是家中的老小毅儿稳重啊，家里也就他不会给自己折腾出事情了。蒙骜长出一口气，看来还得抽个时间和顾丫头聊聊，让她照看一下恬儿。

"我是要拜顾将军为师的。父亲，你也说顾将军深得白起将军的真传，兵法自成一体，武功更是百里挑一，尤其练兵一道很是厉害。为何不让我去学？若是我学成了，我就练一支天下第一强军，定是不会让我们蒙家丢脸的……"蒙恬骑着马，对走在身边的蒙武叽里呱啦地说个不停。蒙武只觉得天旋地转，这才算是明白了当年父亲的感受，着实烦啊……似乎当年的自己也是这般，和父亲说要以白将军为学。蒙武按着眉心，抬起手，打断了在那儿说个不停的蒙恬。

"你可知道领军之将最忌的是什么？"蒙武横了一眼蒙恬，皱着眉头问道。

蒙恬被蒙武突然严肃的模样怔住了，思索了一下："打败仗？"

"啪。"蒙武伸出手就对着蒙恬的脑袋捶了一下，自己怎么就生出这么个没脑子的东西！蒙恬发出一声惨叫。

"是结党营私！"对着这小子，蒙武就是有气也都气没了，解释道，"领军之将手握兵权，最忌讳的就是此事。你若是拜了顾将军为师，就代表我们蒙家拜了顾将军为师，日后在朝堂上，不管是我们还是她，都会多有限制，你可明白？"

这其实也是当年白起不收蒙武，蒙骜不让蒙武拜师的主要原因。他们都是一方大将，走得太近，让秦王如何自处？

蒙恬似乎听明白了，嘟囔着说道："那我只请教作学，不拜师总行吧？"

"你觉得如何？"

"我觉得还行。"

"我觉得不行！"蒙武气得岔了口气，不再说话。这小子和自己当年就是一个样，嗯，可以确定不是捡的了。蒙恬闭着嘴巴，心中暗自有了一个想法。

夜半时分，军中已经休息了，一个黑影却悄然从中军的营帐里溜了出来。那是个小将模样，甲袍没脱，脸上戴了一张黑色的面巾。说实话，就他那模样，就算戴着面巾，旁人也认得出来，不就是蒙恬？在他翻营墙的时候，守营的士兵看了一眼那人，就认出那是小将军。虽然不知道蒙恬又要有什么奇特行为，但是他也管不了，只当没看见。

蒙恬自认为隐蔽地一路向着陷阵营的驻地溜去。蒙武不让，他就自己去找顾将军，只要自己诚心，他相信顾将军会教他的。

顾楠站在林间的一条小河边，河水不深，算是从渭水分出的小支流，流经山间。行军打仗有很多不方便，其中之一就是没有地方可以洗漱。一连赶了几天的路，头发缠得难受得紧，洗澡是不可能了，不过在这条小河洗个头发，起码能舒服些。

松了松脖子，顾楠解开头盔，也不顾及形象，直接仰躺在河畔，把头发放水里，让黑色的长发浸入水里，顺着水流漂开。蒙恬在陷阵的营帐里找了一圈，却连顾楠的影子都没有找到，还差点被陷阵军的士兵发现，吓得一头钻进林间的草木丛里不敢出声。要是再被抓回去，估计又要挨一顿揍。好不容易等到陷阵守夜的士兵离开，蒙恬才悻悻地从灌木里钻出来，喘了口气，突然听到耳边传来了一阵流水的声音，嘴巴有些干燥，抿了一下嘴巴。先去喝口水，蒙恬想着，就顺着水声走去，扒开了一片灌木。眼前是一条不深的小河，小河旁还站着一个人，穿着一身白色衣甲和披风。那人站在河边，头发湿漉漉的，似乎正拧着头发。月色照得河面波光粼粼，蒙恬看向那人的侧脸，呆在了那里。那是个很英气的俊美女子，水滴从脸颊和头发上滑落——顾，顾将军？

顾楠皱起眉头，似乎听到了什么声音，扭头看去，却发现一个极其眼熟的少年站在灌木前，脸上还戴着一张黑面巾。四目相对，顾楠的嘴角一抽，走了过去，露出一个"和善"的笑容："小蒙啊，你在这里干什么？"

"顾……"蒙恬被顾楠笑得一阵窘迫，抓着头发，"顾将军。"

顾将军是个女子，他是真的没有想到，一时间紧张地不知道该说些什么。

"小小年纪，不学好啊……"

蒙恬觉得领口一紧，随后整个人被顾楠提了起来："顾……顾将军，听我说。"

"嗯，我听着。"可还没等蒙恬说什么，顾楠大喝一声，抬手就把他扔进了河里。

"啊！"

"砰！"

水花四溅。

等到半夜，顾楠把一身湿透的蒙恬送回中军的时候，蒙武被从睡梦里叫了起来。等他睡眼惺忪地走到营帐里，看到坐在里面的蒙恬、顾楠，还有已经气得头疼的蒙骜，他就已经反应过来发生了什么，背后冒出一阵冷汗，睡意也去了大半。

顾楠没坐多久就离开了，蒙恬如何不知道，只知道第二天没下得了床，估摸着，屁股是经历了一番劫难的。

蒙骜单独找顾楠聊了聊，最后决定，允许蒙恬随着陷阵军学些东西。这小子总算消停了一些，但是行军的一路上，还是时常惹得顾楠头疼，也托了这小子，顾楠一路上也不算无聊沉闷。

韩国成皋，守城的士兵抱着长矛靠在城头打着瞌睡，并不精神，突然，只觉得远处有些漆黑，皱起眉头，定眼看去，却见一支浩浩荡荡的大军停驻在那儿，大军上方飘扬着黑旗，那黑旗上只写着一个字——秦。

【一百二十三】

秦军攻城——短短的四个字如同千斤之重，压在城中军民的心头。黑压压的秦军停驻在城前不过几里的地方，只是粗看一眼就知道，秦军不会少于数万人。至于此边城，唤作成皋，用这个称呼或许没有多少人知晓，但是它还有一个别称——虎牢。虎牢关南连嵩岳，北濒黄河，山岭交错，自成天险，大有一夫当关万夫莫开之势，易守难攻。要破此关，非是数倍之军难以攻入，是为用兵要地。不过成皋关如今归属韩国，是与周国疆界接壤的城池。周国势微，根本无力进攻韩国，成皋又为天险关隘，韩王对此处自然也就少了几分警惕。而韩国西临秦土，所以在战略的布防上，着重西境，此处的城防要少上一些。秦军到城前的第一天，所有的士兵才开始仓促地准备布防。而城中，即使算上临时开始征召的民夫，兵力也不过两万，领军之将也不过是一个名不见经传的小将领。

"将军。"韩国的士兵快步跑到领军的将领面前，将手中拿着的一卷麻布递到了将军面前。

"如何？"将军面色苍白地接过麻布，上面画着一张简单的图。军中有许多斥候不会写字，所以绘图就成了常见的手段，"已经驻营了？"

"是。"士兵站在一边，"约十万人，已经驻军在河畔。"

"十万人……"领将的脸色更加难看了——十万人。十万人穿过周、韩两国的边境攻城，为何先前没有半点消息？前面那些守城的都是瞎子不成？！

领将长出一口气："可知道对面的领将是何人？"

"不知。"士兵摇了摇头，"不过先探有报，见着一个白袍将，戴着面甲，或许是一方领将。"

"白袍将？"韩国领将愣了一下，似乎想到了什么，但一时间又记不起来，"到了如此地步，也管不了这么多了，召集所有人守住关口。虎牢天险，也不是这般容易让人攻破的。"

"成皋关。"

顾楠坐在黑哥的背上，站在山上的一处高坡远眺着下面的成皋关隘。大风吹着她的头发，背上白色的披风也被扯紧。山坡上是有些冷，不过她体内的内息周天自行运转，寒气还未进，便已被驱散。

蒙骜拉着马的缰绳，纵马走上前，顺着山坡望去——成皋关一边连着连绵山峦，一边临着滔滔河水。这样的一座城矗立在中间，只有一条窄道可攻城，和寻常的城池不同。若是寻常城池，四面一围，城中不过两万民兵，要破城并不困难。但以成皋的地貌，十万军只能从正面进攻，而且如果长驱直入，道路狭窄，兵戈收缩，能正面与韩国交锋的兵力不会超过数千人。其余的人跨不过险峻山道，也蹚不过汹涌河水，就只能被挤在中间，难有作为。守城的一方则可以逸待劳，要破城就绝不会是一朝一夕的事情了。

"不愧是天险。"顾楠站在蒙骜的身后，"要速破此城，恐怕很难。"

“不会。”站在前面的蒙骜突然说道。

顾楠有些不解，蒙骜不紧不慢地摸了摸胡子。

“韩王虽然怯懦，但也不是无知之辈，他看得明白，我大秦取成皋是为了对魏用兵。同样地，周、魏也自然明白。韩王如今多半是在观望，若周、魏出兵，我大秦势弱，等到两军交锋，他自然就可以横插一脚，坐收渔利。但若是周、魏不出，或我大秦势强，他可能会直接让出成皋，引我等兵戈攻魏。届时两军交战，他再入局，收获一二，也有利可图。算盘打得倒是精巧，只是不知道吃不吃得下了。”蒙骜拉了一把手中的缰绳，掉转了马头，“我等只需给予韩王足够的压力，说不得要不了多久，成皋就会被那韩王自己送上门来。”说完，蒙骜就骑着马，顺着山上的土路准备下山。

如此吗？顾楠皱着眉头，思索了半晌，才理通了条理。她所想的还未像蒙骜这般多，只该说真不愧是老一辈的将领，对于事态的把握远不是她这种学兵才不到十年的人可以比的。

“不过，我等想要对那成皋施以足够的压力，还是免不了一番作为。明日攻城，首阵极为重要，我想请你的陷阵军为主力。”

没有可以围攻的地形，攻城只有一面，能交以兵锋的多不过数千人。军势如何，首阵极为重要，所以这第一轮冲城的千人军，陷阵会是最好的选择。

“固所愿也。”顾楠点了点头，扯了一下黑哥的缰绳。

东周的王宫中，一个人在大殿上踱步，他的面色很难看，背着手，时不时地叹上一口气：“秦国攻韩，是否属实？”周王的神色恨恨，却也无力地带着畏惧。

上书的臣子点了一下头：“秦军已经到了成皋关外，想来，不日就会攻城。”

“啪”的一声，周王一手拍在了一旁的殿柱上，咬牙切齿地说道：“这虎狼秦国。”

奈何，如今的东周不过一城之地，不再是当年的周王室。

“来人，”周王深吸了一口气，“我要拟简。”

咸阳城。

天气渐冷，嬴子楚身上披着一件毛皮披风，咳嗽越加严重，时不时还会咳出一丝血丝。不少太医都已经检过，多是说若秦王不多休养，这病就是难好的。不过嬴子楚没有太当一回事，就是一些咳嗽而已，他如今，停不下来。

"喀喀。"微寒的小院中，吕不韦坐在嬴子楚的面前，两人正在对弈。棋盘之中，黑、白二子杀得难解难分，吕不韦笑着收起了手中的白子，放到一边："大王的棋艺真是越来越高超了。"

"呵，"嬴子楚轻笑了一声，"吕先生言重了。"

"所以，大王此番召我来，该不是只为了下棋吧？"

嬴子楚说要事之前总喜欢下棋，也不知道是不是他的习惯，熟悉他的人多少都知道一些。既然嬴子楚找他下棋，吕不韦就明白，嬴子楚有要事所托。

"喀喀，"嬴子楚拿着一枚黑子落下，对着吕不韦一笑，"吕先生懂我。"

【一百二十四】

"蒙将军和顾将军该是已经到了成皋。"说着，嬴子楚收回手，对着吕不韦做了一个"请"的手势。

吕不韦抬起了眉头，额头上折起皱纹，看着棋盘，思考了一番，才落下白子："如此，大王不担心周、魏有动作？"

"我担心他们没动作。"嬴子楚笑着说道。

吕不韦闭上了嘴巴。如今的嬴子楚越来越像当年的嬴稷，特别是他在送别了他的父亲安国君之后。虽然不像嬴稷那般擅武，但是那攻取的气魄，已经有了八分模样："大王，想作何？"

"喀喀，"嬴子楚咳嗽了两声，眯着眼，看着吕不韦，那种眼神看得吕不韦心中发寒，"我想请吕先生领兵攻周。"

淡淡的话语，却让吕不韦如坠冰窟。吕不韦慌忙起身拜道："大王，当日与大王约法，不近兵权，不韦不敢领兵。"

他吕不韦在秦国经营，在朝中已有不小的权势，但终究嬴子楚才是秦王。当日嬴子楚就已经对吕不韦说过，吕不韦对他有知遇之恩，他可以不动吕不韦，但是吕不韦也需要安分，不得近兵事，不得掌兵权。如今又让他领兵，是什么意思？即使吕不韦老谋深算，在生死之事面前，还是慌了那么一瞬。

"寡人让你领，你就可以领。"嬴子楚没有在意，继续在桌案上下棋。若是当年刚刚回秦之时，他一上位，第一个要除去的就是吕不韦。因为他四处无定，吕不韦几乎掌握了他所有的命脉。如今要做的，却是重用吕不韦，因为他看得明白，吕不韦只是个商人，所求的，不过是一生的荣华富贵。这个，自己可以给吕不韦。两人之间的地位早已经有了转变。从赵国质子，到弑父窃君，他早已经蜕变成一个真正的君主。

"来，吕先生，下棋。"嬴子楚的棋已经落下，笑着招呼着吕不韦落座。吕不韦看着眼前的嬴子楚，这才明白，自己真的造就了一个已经超出了他控制的人。

低头落座，一盘棋下完，吕不韦告辞出宫。在出宫的路上，他走得有些快，有些后悔，也许他根本就不该插手王家之事。

他或许是这天下最成功的商人，成功地投资了一位君主，但也在不知不觉中，陷入了危地。

三日后，秦王因闻周王意欲联合他国讨秦，命文信侯吕不韦领军攻周。周王真的密谋他国联合攻秦？或许有，或许没有，但是秦王只需要说有就行了，这就是他攻周的理由，不需要别的了。

北风呼啸，成皋关的城头，韩国领将出了一口气，在空中凝成一团白雾，随后又被冷风吹开。他一旁的士兵紧握着手里的长矛，握得指节发白。弓箭手一只手搭着背上的弓箭，所有人都盯着不远处缓缓靠近的黑线。随着那黑线走近，沉闷的脚步声和马蹄声连成一片，就像一声又一声的重鼓，捶打着每一个人的心脏。

平原之上，稀疏的几棵树木挡不住人们的视线，密密麻麻的秦军出现在那儿，数架高耸的云梯车随着大军推进。覆盖着牛皮的辒辌，中间架着巨大的尖锥圆木的冲车，被士兵推动着，从土路辗过。

"全军。"秦军中的一架战车上，一个老将抬起手中的长剑。

"弓箭手。"成皋关的城头，领将也怒视着那些秦军，抬起了手中的剑。

"攻城！"

"齐射！"

两柄剑同时落下，在冬日的阳光中闪烁着寒光，拉开了这场厮杀的帷幕。

"啊！"随着一声惊天动地的怒吼，数不清的秦军士兵开始冲城，巨大的云梯滚滚向前，开始被架上城头。同一时间，铺天盖地的箭雨从城头之上齐射而出，密密麻麻的，掩盖了天光。成皋关前本就只有正面能攻，正面的平原极其狭窄，根本不可能容下大军同时进攻。但是对于守军来说，万人的弓箭手齐射几乎就可以将这一片地方全部插上箭，根本不需要瞄准，箭雨落下，便是一片惨叫。推动着云梯和辒辌的士兵有掩体还好些，身子露在外面的，根本逃不开这样几乎没有间隙的箭雨，一个接着一个倒下，冲在前阵的士兵也根本没有逃开的可能——或是一箭毙命，或是一箭被射中手脚，倒在地上，还未来得及惨叫，就被又一轮箭雨淹没。

一眼就能望到头的平原之上落满了乱箭流矢，秦军的攻势却完全没有慢下来。一个人倒在地上，很快就有第二个人接上去推动云梯和轒辒。相比于第一批必死的人来说，第二批就要好上一些，有前面的人作掩护，箭雨的势头小了一些，但也只是小了一些。乱箭之中，根本就不是用运气可以说明白的，这么点大的地方，一轮齐射就要倒下去一片人。

"嗖嗖嗖！"箭雨破空的声音传来，已经是三轮齐射，云梯却还没有靠近城墙。箭雨高高飞起，向着秦军落下。士兵推着云梯，用尽了力气，嘴角溢出鲜血，箭落下的时候，已经认命地闭上了眼睛。

"当！"一声重响，士兵睁开眼。身前站着白袍将领，脸上的面甲文刻着凶兽，很是骇人，手中提着一杆长得吓人的长矛。那长矛只是挥动起来，就是一阵烈风，落向他的那片箭雨全部被扫飞到了一边。白袍将看了推着云梯的士兵一眼，随后转过头，一挥手中的长矛："陷阵军！盾阵护卫！"

白袍将的声音蕴含着内气，在这混乱的战场上，让每个人都听了清楚。秦国的士兵中，数千黑甲军数十人为一阵，没有半点犹豫，快速地护卫在数架云梯前，手中的巨盾直接架开。数十人正前，数十人举盾上方，呼吸间就直接完成了阵形。数架云梯如同战车堡垒一般，被成排的巨盾护在了其中。余下的数百黑甲军冲到了秦军阵前，结盾而成，带着跟在后面的秦军士兵飞速向城墙靠去。箭雨落在那些青铜大盾上，只能发出一声声撞响，无力地落向一边，一瞬间冲在最前方的秦军压力大减。云梯飞速向前，长梯落下，撞在城头之上。

韩国的领将握着剑，脸色苍白，看着阵前的近千黑甲军士，和那正提着矛站在城下万军中，淡淡地看着城头的白袍将——他想起了这支军是何军，也想起了那耳熟的白袍将是何人。

是三年前，那支横穿周、魏的陷阵军，以及首领丧将军。

【一百二十五】

"这军，居然也来了？"韩军领将的手紧紧抓着腰间的佩剑，但很快，脸上的那丝惊慌就被掩去，低头看着那如同海潮一般涌上的秦军。也罢，就算陷阵军来了又如何，已经是最坏的情况，再差还能差到哪儿去？陷阵，且让我看看你们到底有什么能耐，能被叫作送丧之军。领将右手的长剑一转，映射着灰蒙蒙的城墙上列队成阵的韩军；"咔"，左手抵在腰间的另一柄长剑上，剑锋出鞘半寸。"砰砰砰"，一架架云梯被架上成皋关的城头，如同海潮一般的秦军涌了上来。

"列阵。"领将运转内息，沉闷地低喝了一声，"弟兄们，还想活着回城的，就给我认真打！"

弓箭手后撤一步，后军手中的长矛齐齐落下，一步踏出，发出隆隆重响，不过一谷之宽的关口城墙上，列满了锐利的矛锋剑刃。韩军面目狰狞，没人想死，那就只能让来者死了。

"嗡！"领将左手的剑脱鞘而出，握在手中的双剑同一时间发出一阵异响，剑刃泛起一道道肉眼可见的盘旋气流："进关者，杀！"

顾楠站在城下提矛而立，无数的士兵从她的身旁擦肩而过。她感觉到了什么，抬起头，目光直直地看向了城头上的一人。那人手持双剑，也正在看着她。韩国领将？这个领将，有点意思。顾楠举起了长矛，如同举起一杆旗帜，气流盘旋，身后白色披风无风自动。她的身后，近千黑甲抽剑横盾。陷阵军在送达几架云梯之后，就开始重新结阵，等候顾楠的命令。秦军并没有出动全部的兵力，搭上城头的云梯不过五架，巨大的云梯不是韩军一时半会儿就可以拆掉的。片刻之间，打头阵的秦军已经冲上云梯，开始向那成皋关的城头冲去。韩军的士兵也迅速集结了队伍，将五个云梯的入口死死守住，秦军士兵只要冲进，就会被无数剑矛刺成刺猬。冲在前面的秦军士兵不会犹豫，也不能犹豫，云梯路窄，只要一犹豫，就会被后军推挤得掉下这十余米高的独木桥。横竖都是死，他们只有往前杀，才约莫能够有一线生机。双方大吼，最后撞在了一起。

"咕嘟。"蒙恬坐在自己的小马上，站在中军的秦军中，看着前面惨烈的沙场，即使不是第一次，依旧心悸。黑哥站在一旁看着军阵之中的顾楠，晃动着脑袋，不安地踢踏着马蹄，要不是蒙恬拉着，估计要一头冲进去。没办法，攻城用不到它。蒙恬有些焦急地看了一眼身边的父亲："父亲，我们真的不去帮顾将军一把，就在这儿看着？"

蒙武横了儿子一眼，他也不想如此，但这是蒙骜的安排，这第一阵，中军不能参与："你爷爷怎么说的？沙场为军，大将之命不可违，你不明白？"

"可是……"蒙恬扭头看了一眼万军奔腾之中的那白袍人影。

"成皋虎牢之险，大路狭隘，前军已经冲出，堵死前面。就算此时我们中军进攻，也只会乱了前军的阵脚，徒增伤亡罢了。"蒙武没让蒙恬说话。

"你只在此处看着便是，陷阵之军，不会是你想的这般简单。"

两军相撞的一瞬，顾楠的长矛也重重落下，劲风四起，千人黑甲的眼中一闪。

"五百人钩锁冲城，五百人护辌辒破城门。"

"冲！"

"砰！"每个人身上沉重的铠甲在战阵之中就如同一座座人形碉堡，千人同时冲出，就算在这万人战场上，所有人也都听到了一声重响。两军短兵相接之际，是战阵上最混乱的一瞬间，在这个时间，城头的弓箭手短时间内无暇开弓拉箭，同时城头的兵防也多聚集在五架云梯前，正是陷阵军冲城最好的时间。陷阵之众周身巨盾被收回背上，同时，一同取下腰间的钩锁。站在城头的韩军将领看着那陷阵军冲来，眉头一皱——那陷阵军不是朝着云梯冲城的，是要做什么？显然这个疑问并没有持续多久，对方很快就给了他答复——那片黑甲军瞬息之间分成两队，一队护卫在辌辒旁边，一队径直冲到城边。很难相信背着那般重的铠甲还能有如此速度。他们将手中那怪异的绳索转了几圈，随后高高抛起，把一条条绳索扣在城墙之上。

韩国领将这才看清，那绳索上居然挂着一个个铜钩。十余米高的城墙，真不知道他们是如何将这铜钩抛掷到如此高度的，寻常士兵哪儿来的这般气力？没等那领将有所反应，陷阵军也不可能等他反应，一个个抓住钩锁，用力一扯，挂在城头上的铜钩直接陷进城墙的缝隙之中。到了这时，就算用力去掰，也不可能轻易地将这些钩爪取下了。下一刻，不只是韩国领将愣在原地，就连站在不远处高坡上的蒙恬与蒙武都瞪大了眼睛。穿着甲胄的身影在所有人不可思议的目光中，牵扯着那钩锁纵身跃起。

数百人在十余米高的城墙上飞速攀升，不过三四个呼吸间，就已经有数人飞上城头。

【一百二十六】

城头上韩国的士卒只觉得眼前一黑，就见一个又一个身穿黑甲、手持重盾利剑的身影冲到了面前，还没来得及反应，就已经被开膛破肚。那些身影如同一把把绞肉刀，所过之处血肉横飞，眨眼间，城头的防线就被这数百人撕开了一道破口。

陷阵千人，皆有修习内息，轻功自然不会不学，虽然做不到一下子飞上城墙那般骇人的地步，但是配合钩锁，想要上那城墙，也用不了多少力气。同一时间，地面的五百陷阵军围绕在辒辌的旁边，载圆锥巨木的战车被众人推着撞在城门上，发出一阵又一阵叫城墙都颤抖的巨响。

"这……这……"蒙恬一脸震惊。这哪是士卒？就算王宫秘卫，恐怕也就只有这个水准。但是王宫秘卫才多少人？而这陷阵足千人铁血。怪不得咸阳城中的那些官员谈及陷阵军，都谈之色变。陷阵只能由秦王直属，无有秦王之令不得调集。这样一支军团在咸阳城王宫中，恐怕真的是无人可挡的，就算是城防军，都来不及抽调。其实蒙恬也算是高看了陷阵军，单论及个人，陷阵军士还是远远不如王宫秘卫的。

长剑沾着血从一个韩国士卒的胸膛穿过，一个陷阵士卒冷着眼，继续举剑，向前冲杀。战场上没有残忍的，只有活着的。黑甲军步步向前，韩国领将再也站不住，手中的双剑横立，斩开身前的一个秦军士兵，抽身向着那个陷阵士兵冲去。陷阵士卒正抽剑砍倒一个士卒，忽然背后一冷，回头看去，两把森冷的剑已经送到了他的咽喉处，没有等他多做反应，双剑已经穿过了他的脖子。剑很快，直到剑锋划过，那陷阵军士兵的眼中都还是一阵恍惚。鲜血四溅，韩国领将一声冷哼，一脚端在那陷阵军士兵的身上，把那士兵高高地抛飞出去。士兵的尸体落下城墙，重重地摔在城墙之下。四周的陷阵军没有人去看那飞出去的人，每个人都戴着面甲，死的是谁，没人知道，也没人能知道。他们能做的唯一回应，就是直接砍向那韩国将领。众剑加身，那将领的眼中露出了惊讶。这陷阵军的剑术居然隐隐之间透着合击之道，数人配合，甚至让他心生退意，短时间也攻不破。

"当当当！"数声剑锋交击的声音传来，领将抽身飞退。数个陷阵士卒还待继续冲杀了结此将，却听到一个淡淡的声音在身后响起："百人一组，成盾剑阵，引军入城。"韩国将领咬着牙向陷阵士兵的身后看去，只见那个身穿丧袍的将领不知何时已经站在了那数百黑甲军之后。

"将军……"其中一人恨恨地握着手中的剑。

"照做。"

"是！"

没有半点犹豫，黑甲军飞速散开，百人一阵，杀入各个云梯入口的韩军之中。如此强军，行令禁止，进退神速。怪不得，陷阵所过，千人亦避。韩将复杂地看着眼前一片混乱的城墙，守得住吗？

"喊！"嗤笑了一声，他拿起双剑，对着人群中走来的白袍将，紧握着剑柄。不守也得守，无路可退。丧将吗？眼前的人看不明模样，白色的斗篷上沾着血，长矛提在手中，浑身上下，凶煞之气几乎毫无掩盖地冲天而起，如此武势，相传之中的一骑当千……那种杀伐之气压得他喘了一口气，眼神落在他的身上，就像看着一个死人一样，果真杀意凌然。他握紧了自己的双剑，莫要小看了人啊！

"啊！"将领怒喝了一声，双剑之上好似飓风涌动，一层又一层的气劲卷入其中，远远看去，就像剑刃扭曲了一般。"砰"，双腿在地上蹬出，脚下的石板裂成了两半，侧身一转，欺身到了顾楠身前，手中的剑在同一刻向着她的眉心刺去。剑还未到，劲风卷起顾楠额前的头发，覆在脸上的铜面裂开一道缝。就在千钧一发间，长矛如龙，盘云直探，剑矛交锋，发出一声嗡鸣，一个人倒飞了出去，是那韩将。那人在半空中翻身落地，手中的长剑刺进石缝中，才勉强稳住身子。刺进石缝的长剑颤抖不止，韩将感觉自己的手腕像要裂开了一般，痛得额头皱在一起——好重的一矛。

他收住震颤的长剑，抬头看去，没有时间让他多想，恍惚间，那白袍将的一矛已经逼到了他的身前。他咬破舌尖，强提起精神，侧身闪过，险之又险地避开，长矛擦着他的胸前钻出，还没有等他反击，矛影已经接踵而至。一时间，险象环生。

四周的韩军无人敢近半步，不远处的城头上喊杀声无数，陷阵军已经和固守云梯的韩军杀在了一起。虽然陷阵骁勇，但是毕竟只百人一阵，在数倍之敌中突入也异常胶着，只能尽力将云梯上的秦军引进来。

【一百二十七】

"当！"一声铮鸣，韩将重重地摔落在地上，狼狈地翻滚了几圈，身上的衣甲沾满灰尘，头发散乱，双手甚至已经握不稳自己的剑。不过三招，他远远不是那丧将的对手，虽然勉强能招架住对方的攻势，但是那种巨力，他根本无法抵挡。那家伙，到底是何等的武力，早已经超越一流的武将了吧！

秦军和韩军在城墙之上厮杀不休，石板的缝隙间淌满鲜血，尸体倒了一地，堆满了城墙上下，数不清楚。那五支百人陷阵军杀开一条条血路，攻破了韩军的防线，将秦军引了进来。要不是在城墙上韩军以多敌寡，恐怕这城就真的要守不住了。即使是现在这般情况，秦军只需要付出一些代价就可以强行破城。

丧军，算是明白为何叫这么个名字了。韩将压着疼痛的胸口，从地上爬了起来，嘴上挂着苦涩的笑容，看来，今天是要埋骨于此了啊。但是就这么简单的话，他太不甘心了些，还是想困兽犹斗一番。

顾楠抬起长矛，矛锋侧过，没有多话。这韩将的剑路确实诡异，但是也只是有些棘手而已——长矛一探，到此为止了。

"当。"长剑架住那矛头，但是根本阻挡不住，只是一个接触就被击溃，长剑飞出。长矛刺向他的胸口，那韩将却看都没看一眼，将手中的另一把长剑向着顾楠的喉咙刺去。以命换命吗？顾楠一叹。这沙场上，怎么尽是些不要命的家伙？人影交错，顾楠避开那剑，同样地，她的长矛也只是捅穿了对方的肩膀，没能将其毙命。

"砰！"轒辒再一次撞在城门上，城墙似乎晃了晃，木质的城门已经被撞出一个半人大的洞。

"滚木，落滚木！"韩国的一个军候摸了一把脸上的血，大叫道。很快，数根圆木被推到了城边。轒辒退后，又缓缓推进，在再一次快要撞到城门之前，城头上的圆木落了下来。沉重的滚木砸在了轒辒上，直接将其砸得散架，而下面的秦军包括陷阵军，都被砸得人仰马翻，死的死、伤的伤。

轒辒边的人开始飞速后撤，城头上，韩国军候取过身边的火把，向着下面的滚木抛去，待扔完之后，还觉得不够，又取了几个，丢了下去。

"轰！"堆在城门口的滚木和破烂的轒辒燃烧起来，熊熊的火光照亮半边城墙，火光之中，厮杀显得更加惨烈。

"可以收兵了。"蒙武牵着自己的马，看着战火连天的成皋关，抬起手准备下令。

"父亲，为何不再等等，一举拿下成皋岂不更好？"蒙恬疑惑地问道。

"你看清楚些，如今韩军占据天险，要不是陷阵开路，我军此时恐怕连那城墙都杀不上去。就算是现在，我们想要攻破成皋也不会容易，只能依靠人数强攻，这不是我们要的结果，也不是大王要的。"蒙武说道，认真地看着蒙恬，"你要记着，战场上不能只顾眼前，为将者要把握事态，就必须看清事态。什么时候保全实力，什么时候倾力攻取，心里要明白。"

蒙恬似懂非懂地点了点头，蒙武看着这不成器的小子，气不打一处来，抬起手："收兵！"

一旁的战车上，士兵举起鼓棒，在一面大鼓上敲响，沉闷的鼓声压着战阵中人们的呼吸，传进了每个人的耳中。韩将站在原地喘着粗气，口中溢出一些鲜血，突如其来的鼓声让他愣了愣。

顾楠扭过头，向着鼓声传来的方向看去，那边一面黑旗在摇动。收兵吗？也确实是时候了。再打下去，前军恐怕真要伤筋动骨了。

顾楠回头，最后看了一眼那韩将。韩将不明所以，但依旧警戒地、无力地举起了剑。谁知，眼前的白袍将居然抬起了手，就着鼓声高喝了一声："退军！"

本该略占优势的秦军居然飞速退了出去，城上的陷阵军冷眼扫视四周的韩军，拖着受伤的同袍或是已经死去的同袍的身子，退到城边，抓着那上城的钩锁飞身跃了下去。

韩军士兵连忙上前，想要砍断钩锁的绳子，不过连接钩锁的那段绳子是由兽筋浸水盘成的，干了之后异常牢固，寻常的刀剑都不能割断，等到割断的时候，陷阵军大多已经安然地落到了城墙下，安全退去。顾楠扫开一众士卒，踩上云梯，云梯在士兵的推动下，慢慢退出城头。

秦军退去，只留下城头的韩军。韩军士兵站在原地喘息一阵，随后纷纷摔坐在地上的血泊里，没人再想站着。一个时辰的厮杀，他们早已经精疲力竭。韩将复杂地看了一眼退去的秦兵，拄着剑，就地坐下来，调息几口，脸上恢复了一些血色。秦军的意图他看不明白，但是明白以现在成皋的兵力，万万不可能守住秦军："来人！"

一个亲兵应声，疲惫地走了上来："大人。"

"我速写一份兵简，你立刻送去都城，求援！"

"是。"

【一百二十八】

这一战的目的是向韩王施压，半夜，一个探子去中军回报，具体回报什么不清楚，只是听说，有一骑军连夜离开成皋关向着西北面去了。如果不出意外，该就是成皋向韩王的求援书。如是那般，此战的目的就已经达到了。蒙老将军收到消息，文信侯吕不韦已经开始挥兵攻周。一旦周被攻破，韩王的筹码就只剩下一个魏国，到时候为了引开秦军的攻伐，韩王必定将成皋拱手送来。顾楠坐在篝火前，火焰烧着木柴，噼里啪啦的，时不时溅出几个火星。

这些军机的具体消息，她难以知道得清楚，只是知道大概。如果不出意外，日后的一段时间，他们只需要围住成皋静待就行了。战争不总是兵戈，有的时候也取决于那些掌权人的博弈。这成皋之战，只是秦王和韩王之间的博弈罢了。

不远处的陷阵兵营里传来一阵阵低语，听不清在说些什么，一群人围在几个人身边。这一战，陷阵军死了六个人，伤了十八人，其中一个重伤。重伤那人撤离的时候，一支箭直接从他的胸口穿过，虽没有刺穿心口，没有当场死掉，但是也贯穿了肺部，血流不止，军医看过之后也只能摇头。重伤的那人躺在地上，气息越来越弱，咳嗽都咳不出声，看着身边围着的同袍，苦笑了一声，声音沙哑："给个痛快吧……"

众人默然。最后一个人走了出来，一手捂住他的眼睛，一手拿着匕首，一刀刺进他的心脏。那人的身子一软，随后没有了声息。

校场上横摆着四具尸体，都脱掉了铠甲，穿着一身布衣，躺在一堆干柴中。死掉的人，没能全部找回来。陷阵军提着火把，围着那中间的四人。一人上前，用手中的火把点燃了柴火，火焰在夜空中晃动不止，照亮了每个人的脸庞，还有他们身下拖得很长的影子——整个陷阵营在火光中如同白昼。

顾楠坐在一旁，拿着一根小柴火扔进了身前的篝火中："走好。"

火焰中，小柴火很快被烧成了焦黑的干炭。

每个人都只是一根小柴火，在这烈烈乱世之中，只能被烧成焦炭，化作飞灰。

之后的一个月，在韩军的忐忑中，秦军却再也没有攻城，像在等着什么。同样地，韩王的援兵也迟迟没有消息，送去的求援兵简如石沉大海，再无回应。直到一月之后，传来了一条消息——秦国文信侯引兵数万，东周覆灭，接踵而至送到韩军手中的，是韩王的令书。

成皋、荥阳守阵韩军退兵三十里。韩王终是顶不住压力，选择了割地求和。成皋关中的守城将士在收到如此令简时，都是一片恍惚，有的人甚至笑出了声。早知如此，当时那般拼命，又是为了什么呢？不是很可笑吗？终究，韩军还是退兵了，随即驻扎在河畔一个月的秦军入城。本该是天险之关的成皋关，此时城门大开，再没有半点防备。十万军顺着关门进城，城中街道两旁毫无人影，百姓全部躲进屋里。就算偶尔走在街上的一两个人，见到走进来的大军，也缩在一旁，什么话都不敢讲。作为前军，顾楠骑在黑哥的背上，领着陷阵军，走在军前先行入城。穿过青石板铺成的街道，两旁的房屋门户紧闭，她突然看到路中间站着一个衣衫破烂的小孩看着缓缓走来的军队不知所措。

顾楠愣了一下，抬起手，军队停了下来。她跳下马，走到那小孩面前，露在面甲外的半张脸尽力扯出了一个还算和善的微笑，奈何脸绷了一个月，笑得有些僵硬："小孩，你在这儿做什么？"

小孩看着顾楠，她身上遮掩不住的煞气根本没有半点亲和力，那小孩被吓得呆站在原地，半晌——"哇啊啊啊"。小孩一抿嘴巴，吓得坐在地上，大声地哭了出来。顾楠有些不知如何是好。这时，路旁的角落里，一个稍大的孩子跑了出来，将路中间的孩子挡在身后，眼神恶狠又畏惧地看着顾楠，最后，捡起了一颗石子，砸了过来。石子在顾楠的面甲上发出一声轻响，随后摔落在一边。大一点的孩子已经拉着那小孩跑开了，顾楠还站在原地，一个陷阵军士卒向前踏一步，准备去追，却被回过神来的顾楠伸手拦了下来。

"应该的。"她摸了一下面甲，挑了挑眉毛，走回黑哥的身边，翻身上马，"走吧。"

大军进城，成皋攻下。不过不少人明白，这一仗远没有结束，也不知道打到什么时候才能结束。蒙骜收到了秦王的军令：驻兵二城，静待时机攻魏。顾楠骑着黑哥，孤单地走在大军前面。

"真累啊……"

【一百二十九】

"李先生，你看，这般如何，是不是更英武一些？"嬴政站在李斯面前，张开手，穿着一身黑袍，腰间挂着长剑，时不时拉拉领口，腰带整了又整，是一个翩翩少年。不过他还是皱着眉头，总觉得自己哪里还不得体。

李斯坐在榻上，无言地看着嬴政的样子，苦笑了一下："公子，不必如此正式吧？"

韩国传来战报，荥阳、成皋已经被攻下，蒙骜驻守，陷阵军回咸阳复命。按照秦王的意思，该是有另一件要事要顾楠去办，但这也不妨碍她回一趟咸阳城。如果不出意外，该就是今日抵达。早早地就知道消息的公子政根本没有心思上课，这让李斯也没有办法。他只是一个书教，并不是真正的老师，可管不住秦王储。呃，虽然就算他是大先生，也不一定管得住就对了。

"如何不必？"嬴政没有发现任何问题，满意地拍了拍衣衫，说道，"顾先生大胜归来，我作为学生，自然不能落了风范。"说着，扬起了头，似乎大胜而归的是他自己一般。

少年心性，李斯无奈地笑着摇了摇头。低头看着自己手中的竹简，李斯提笔改了几画，笔尖落在一处停了下来，皱着眉头，随即眉头一松，圈了起来——嗯，这几处到时候可以和顾先生讨论一番。

李斯在咸阳城的熟人极少，就更不要说什么朋友、知己了。从前做学的时候大多是一人，但自从和顾楠同事以来，就开始时常和顾楠论学，是比自己一人做学少了不少枯燥的。

陷阵军是午时之后到的城外，嬴政接到消息后，就兴冲冲地和李斯骑着马向城门走去，等他们走上城墙，正好看到那支陷阵军。咸阳城的城门缓缓打开，陷阵军在一骑白袍领将的带领下，走进城中。没有预想中军队大胜归来的样子，街道两边没有欢呼艳羡的百姓，更没有夹道相迎，有的只是纷纷躲开的人群，还有低沉压抑的气氛。路上的行人看到那军队，立刻埋头离开；偶尔有几个驻足观看的，眼中也只不过是不安和畏惧。那支千人队，恍若一支鬼军，带着沉沉的煞气，还有远远就能闻到的血腥味。手中的长矛、长戈，还有甲胄衣衫上都沾着干涸的褐色血迹，脸上的雕刻着凶兽样式纹路的面甲让他们看起来更加凶戾，领在头阵的白袍将亦是如此，白袍上的血迹很刺眼。陷阵之众似乎注意到了周围人的畏惧，微微低下头，尽力收敛起在外拼杀时的凶戾，沉默地走着，但是所过之处，人们对他们依旧避之如虎。

站在城头的嬴政脸上本来喜悦的笑意渐渐收了起来，两手轻轻地搭在城墙边，看着那行人躲避瘟神一般的样子；看着那些不敢抬头走路，怕吓着旁人的陷阵军士；看着那领在最前面，显得有些单薄的白袍身影。军士大胜而归，却没有任何人称颂他们的功绩，也没有任何人仰慕他们的雄武，他们得到的只是所有人畏惧的眼神，甚至是厌恶的对待。

寻常的军队归来，尚且能看到有亲人来观望。但是陷阵军不同，他们的家人在他们效命年满、领功卸甲之前，只以为他们还在死囚牢已经死了。

李斯看到嬴政的样子，只是在他身边站着。这样的事情李斯已经见过了太多，胸中多是无奈。

"这不公平。"嬴政说着，搭在城墙上的手缓缓握紧。

"是不公平。"李斯点了点头，"但这就是你顾先生的选择，也是那陷阵军的选择。"

"大王，陷阵归来，领将已在外等候。"

嬴子楚站在宫中的池塘畔，看着水中游得迟缓的鱼儿，手中拿着些鱼饵。一个宦官走了进来，弯着腰站在他的身旁。

"嗯？"嬴子楚听到是顾楠来了，随意地一笑："让她进来吧。"

嬴子楚抓了一些鱼饵，扔进池塘中，本来行动迟缓的鱼儿一下子涌了过来，争吃饵食。

宦官退下。

有些沉闷的脚步声在走廊上响起，顾楠穿着盔铠，走了上来："见过大王。"

嬴子楚看了一眼全身包裹在铠甲、头盔之中的顾楠，耸了耸肩膀，笑道："我的顾将军，在宫中就没必要穿戴得如此齐全了吧？"

顾楠被说得摇了摇头，解开头盔，摘下来，抱在一边："大王见笑了。"

"别了。"嬴子楚将鱼饵放在一边，靠在栏杆上，捂着嘴巴，咳嗽了一下，"指不定你在心里骂我呢。这儿也没有旁人，我们说话简单些就是了，端着大王的架势，很是累人的。"

顾楠抿着嘴巴，松了一下发僵的肩膀，也靠坐在栏杆上，低头看着池塘中争食的鱼儿，听到嬴子楚咳嗽得用力："你的咳嗽还没好？"

"别说了，劳碌病。"嬴子楚笑了一下，重新去拿放着鱼饵的盒子，又往池塘里撒了一些。

"若是可以，我真不想当秦王。"说完，嬴子楚上下打量了一眼顾楠，"我说，你来宫里也不换身衣服？"

顾楠低头看了看自己，身上丧白的袍子夹杂着红褐色的血迹。她也是没有办法，军中根本没有一个可以洗衣服的地方，没有发臭就已经是顾楠注重保洁，时常用清水擦拭的结果了，她摊开手："这不是你急着召我入宫的吗？而且穿成这般，我觉着更有将军的威势一些。"

嬴子楚勾嘴一笑："确实，你本身的模样，到了战场上该是连敌军都吓不住。"

"喂……"被当面揭短，顾楠的脸色有些发黑，嘀咕了一句，"这样可没法聊天啊。"

嬴子楚笑出了声，回头看向顾楠："知道函谷关吗？"

【一百三十】

"函谷关？"

顾楠愣了一瞬，随后笑着说道："你是在问，哪次出军不用路过函谷关？"

顾楠一边说着，一边蹲在池塘边，伸出手点了一下水面，惊得下面的一条小鱼乱窜："就那么个地方，走都走腻了。"

"呵，熟悉就好。"嬴子楚没有在意顾楠的不敬，反而颇为享受这轻松的一刻似的，仰着脖子，"我想让你去那儿镇守一年。"

顾楠的手指浸在水中，微微发凉："怎么，咸阳城要有风雨，特地要把我支开？"

"喀喀，你都把我想成了什么？"嬴子楚轻笑着否认，又想着什么，点了点头，"虽然我是这么个模样，不过，这次没有。"

嬴子楚半合着眼睛，像是在闭目养神："不久，我就会命蒙将军挥军攻魏，想要有人固守后防。我想，这人是你。"

顾楠似在专注地看着池水中的鱼儿："大秦还有很多大将。"

身后传来一声萧索的微叹："但寡人只信你。"嬴子楚盯着顾楠的后背，"信你能守住。"

秦军灭周攻魏，此番大动作定然会遭到众国反抗。到他们联众攻来之时，才会是真正的决战时刻——若是胜了，天下将定；若是败了，大秦倾灭。函谷关会是咸阳城前最后一道防线。如今吕不韦位于东周驻地驻兵，蒙骜位于韩侧成皋。蒙骜攻魏，众国联军，蒙骜不敌可退，退至函谷关。只需函谷关守住攻势，吕不韦就可从东周引兵，如同一个兜袋，于后方夹击，逆转大局，一举攻破纵国之军。而函谷关作为咸阳前最后一道雄关，在嬴子楚的布局中破不得。若被攻破，纵国之军就可长驱直入，直取咸阳。被众国合军围住咸阳，到了那时，就算吕不韦引兵来援也没有用了。

蒙骜猜到他想攻魏，却没有想到，他将这众国都已经算计在了其中。

他在下一盘很大的棋，一盘谋定天下的棋。

信我能守住？为什么？函谷关一定会有人来攻吗？顾楠疑惑了一阵，突然，瞳孔微缩，想通了什么：为何嬴子楚要他们尽快攻取成皋；为何嬴子楚敢直接灭周；为何嬴子楚要让吕不韦带军，将一切声势做得如此浩大，恐天下不知一般。她直到这时候，才算是真的明白了。

"顾兄弟，这次还是只能拜托你，勿让函谷关被破了。"嬴子楚和声说道，轻咳几声，"喀喀喀。"

"你是疯了，要与这天下为敌。"顾楠说道。

他笑了一下，就像一个顽皮的孩童："成大事者，不就该有如此气魄吗？寡人学的可还有几分相像？"

两人对视。

"呵。"顾楠被嬴子楚逗笑了。

"像个鬼。"沉默一会儿，顾楠点了一下头，"我会守住的。"

"如此，"嬴子楚静静站在顾楠身后，看着她，微微笑着，"多谢了。"

说起来，他这辈子还真是一直在求她呢……当年年少时，在东簪楼求她写诗；从赵国逃回，是托她才得保一命；回了咸阳城，求她做政儿的老师，借陷阵让咸阳中的宵小不敢妄动——不知不觉，已经欠下了她很多。

"顾兄弟，"嬴子楚突然出声问道，"你想做什么官？"

顾楠挑着眉，回过头，没有响应，良久，才摇了摇头："我不想做官。"说完，站起了身，整了整那沾血的白甲，戴上头盔，深深地看了一眼嬴子楚——这个显得有些弱不禁风的家伙，此时身上却有着一股令人生畏的魄力。是有点像了，像那一国之君。

家里的一切都没有变，老连依旧如同平常，站在门前扫地，这些年样子苍老了几分。顾楠回了家里，家里难得地热闹许多，吃了一顿终于不是干粮的晚饭，她浑身舒坦地躺在木桶里，任由温热的水浸泡着她的身子，只觉得全身瘫软了下来，一动都不想动。行军数月，好久没有这么清闲地泡上一次澡了，很多时候就是擦洗一下，浑身难受得很，顾楠还不能说什么。

小绿和画仙坐在院子里嬉闹，顾楠回来，她们都很开心，打开话匣子就收不住，从晚饭一直和顾楠说到了现在，都是些小事，比如哪里的热闹，哪里的趣闻。顾楠都认真地听，就像她们讲的是天底下最好听的事情。顾楠轻靠在木桶的旁边，仰着头，热气蒸腾，使得她的视线有一些模糊——镇守函谷关……纵国联军，还真是看得起我啊。

"哗啦。"一只手从水中伸了出来，向高处抬着。每一次上阵，她都不知道自己能不能活着回来。也许她要比旁人多知道一种叫历史的东西，但是真正身处于这场洪流中时，人力真的显得无比渺小。被砍中要害也会死，这种真实的感觉，没有人知道自己能不能活下来。本来她要做的事应该只是努力地活着，现在她做的事，曾经的她连想都不敢想。那又如何，她还不是已经做了？无路可退，不是吗？想什么呢……顾楠放下手，闭着眼，缩进温热的水中。在家里，想这些做什么！

【一百三十一】

顾楠可以在咸阳城中停留一段时间，事实上也不需要这么着急，毕竟蒙骜那边都还没有对魏国采取什么措施。秉承着还有的清闲就先休息的念头，顾楠在家中依旧改不了她的性子，不是在睡觉，就是卧在榻上看书。直到小绿和画仙都看不下去了，把顾楠从床榻上赶了下来，让她出门逛逛。按照她们的说法，顾楠再这样懒下去，就没有用了。嗯，字面意思，再这样下去就是咸鱼了。除了躺着，顾楠就只会翻个身子继续躺着。

"所以说啊，这也没什么不好的。出来走走，我也没有什么事情做，不是吗？"

顾楠从武安君府走出来，摸着鼻子，无力地四处看了看，却突然看到一个熟悉的人影。那人穿着一身深蓝色的长袍，头上扎着整齐的发冠，手里捧着一卷竹简，对着她微微一拜。

"李先生？"他来这里做什么？顾楠疑惑地走上前，回了一个礼，"先生是找我有事？"

"哦，没有。"李斯笑了笑，"听闻顾先生大胜归来，特来看看。"

"大胜归来？"军队回城是个什么样子，她自然再清楚不过，大胜归来，只是说得好听吧，"那你恐怕有些失望，这没什么好看的。"

"顾先生说笑了，斯也有几个问题想要与先生论及，不知道先生现在可有时间？"

李斯拿着手里的竹简。这几个问题他自己难有明确的见解，所以想要找顾楠讨论一下，这也是常事。一般坐着说话就能解决的事情，顾楠也不会把他拒之门外。

"喏，"顾楠用下巴向着大门的方向努了一下，"我刚被赶出来。"

"啊？"李斯一愣，有些不解，"这是为何啊？"

"也没什么。"顾楠伸手揉了一下脖子，郁闷地开口说道，"家里人嫌我一直躺着，让我出来走动走动。"

能躺到被人嫌弃地赶出来的地步，您到底是多久没从床上爬下来了——李斯的眼睛无力地瞟向一边，当然，这话他也不可能讲出来。

"不若，"他突然说道，"顾先生，我们去找个店家？"

"也行。"顾楠点了点头。她确实没有漫无目的地在大街上逛的准备，还是要找个休息的地方啊。

思索了一下，顾楠说道："我们去东簪楼如何？"

那地方的小菜还是不错的。

"啊。"李斯下意识地点了一下头，随后一脸惊愕地看着顾楠，"啊？"

李斯面色僵硬地咳嗽了一声："顾……顾先生，这不合适吧？"

嗯？顾楠看着李斯的反应，疑惑了一下，随即反应过来，嘴角抽了一下。她下意识地把自己当成男人，在和男人说话时，开口也就带上了点荤味。

"喀。"顾楠咳嗽一声，缓解一下尴尬的气氛，说，"说错了，这样，找一家吃食店坐坐就是了。"

"好，好。如此，斯倒是知道一个地方还不错。"李斯暗自擦了一把额头上的汗，心里想：顾先生还真是一如既往地彪悍。

河畔的一座小楼上，顾楠和李斯正坐在窗边，顺着窗外就能看到外面流淌的渭河，还有沿岸两旁的房屋和山峦，这地方的景色倒是不错。顾楠单手支着桌子，撑着脑袋，侧目看着窗外的河流。以前倒是没有太去注意，这渭水倒是也有一番特别的感觉。桌上摆着几盘小煮菜，没有点酒，李斯也知道顾楠不喝酒。

两人坐着谈了许久，但大多数时候是李斯在说，顾楠在听，偶尔顾楠才会说上一两句自己的看法。也是没办法，他说的那些，顾楠也没办法完全听明白。

一直聊到了午时，李斯似乎问完了问题，两人闲聊了起来。李斯夹了一口煮菜，放进嘴里，吃了几口，忽然没来由地问道："说来，顾先生这次准备在咸阳待多久？"

顾楠看向李斯。自己镇守函谷的军令还没有下来，李斯居然就能凭赢子楚的作为猜到几分他的用意，只能说，不愧是李斯吗？日后一人之下的大秦相国："大概还有几日就会出发。"

"函谷关？"

"函谷关。"

"嗯。"李斯点着头，夹着菜，抬头看了一下顾楠，笑了笑，"顾先生从来不怕吗？在那种地方。"

"怕？"顾楠看着窗外，一只不知道种类的飞鸟正从河边的树上飞起，顺着水天之际远去，"习惯了就好了。"

"哈，顾先生的气度果然远超常人，就是男子，恐怕也比不上你。"

李斯拿起饭，扒拉了几口，摇了摇头："有时候，真不知道顾先生你求什么。从未见你去领功请赏，身为禁军，就是陷阵名扬天下，世人都不会知道你的名字。财帛之事，在你家中也少有见到。这人人追求的功名利禄，先生一个都不求，斯不明白。"

在李斯看来，人就该是有所求的。他求的是那大权功名，大多数人都是如此。但是每当看到顾楠的时候，他都会疑惑，她求的是什么？他看不明白。

顾楠回头看着李斯，把玩着手里的杯子，勾起嘴角，开玩笑似的说道："如果我说，我所求的是那世无战事，你可信？"

李斯怔然地看着顾楠，半晌，低下头给自己添了杯水，没有作答："呵，开玩笑的。"

桌案间的饭菜吃完，顾楠起身告辞，便离去了。李斯独坐在窗边，手里拿着一杯温水，窗外渭水波涛流向目力所不及的尽头。

世无战事，李斯笑了出来。

如此心胸，何止常人不如，斯亦是远不及也。

他眯着眼，穷尽目力看着那万般河山。

不过，这天下一统，叫斯也想着博一把了。

番外　登州来客

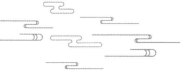

登州三月雨，披蓑赶晚集。

去时满天青，归时风未新。

薄雾遮浓云，朦朦是春情。

炊烟有几许，过路车马急。

莫急莫急，鸡鸭手中提。

再买三勺酒，不负老天赏光阴。

登州城里，石板路上，一个身穿灰白色衣裳、披着棕褐色蓑衣的人影缓缓走来。她的手里提着一只被捆得扎实的母鸡，外加半捆大葱，还有一壶小酒。作为城里的穷书生，昨日成了一笔大买卖，主人家客气，多赏了她二两银子，所以她今早打算奢侈一把，给自己炖锅鸡汤，再温壶小酒，好暖烘烘地度过这个略显清寒的阴雨天。

1543年，顾楠又收集添写了几本新书，寄去百家书院。自曹魏往后，那地方就不曾落寞，历朝历代都喜欢在那儿大兴土木，以示慕贤之心。顾楠也乐得把自己总结回想出来的新东西，以百家先生的名义往那头寄，一连寄了千百年，以至于书院现今都有了好几个版本的怪奇传说。有人说，书院的创办者百家先生，其实是秦代先人，因为吃了始皇帝的长生不老药，所以才变成一个不老不死、徘徊于世的半仙儿；还有人说，百家先生本身，应当是曹魏时期的一名女子，样貌美艳得不可方物，可能就是那皇子曹子建过往所说的洛神，等等。对于这些传闻，顾楠也只能一笑而过——说的也是，不然她还能有什么办法呢，把那些讲话的都揪出来打一顿？呵呵，人太多了，她顾半仙儿可没这闲工夫。

如今的顾楠，已经很少再参与什么战乱或朝堂的事了。毕竟过了这么多年，她也算是想清楚了。分分合合乃是天下大势，不可逆转，推动社会本身的发展，才是太平安乐的根本。至于要如何推动社会本身的发展，那无疑就是推动教育和学识的进步了。

她作为一个后世之人，汗颜才疏学浅，不能把诸多科技置于当下实现。所幸作为一个长生者，她有足够多的时间去学习，去总结，去思考，去回想，再把所知所得一一记录，传于世人。不令名家学说颠沛消弭，不使恢宏文章无人赏析。如此，想来便是她为这太平盛世所能做的最有力的贡献了。

　　"天青色等烟雨，而我在等你。"顾楠一边哼着古怪的曲调，一边推门走进自己的小屋，将蓑衣从肩上脱下来，跟着又抖了抖其上的雨水，并将之挂在门边。

　　她今儿个的心情不错，不只是因为手头又宽裕了，同时还因为她的某个学生学有所成，给她寄了一些对她亦有帮助的文章，这令她很是欢喜。为人师长最大的愿望，大抵如是。

　　"你在等谁？"

　　这时，一个陌生的声音突然自顾楠的身后传来，着实把她吓了一跳。

　　"哑。"差点没忍住回身砍上一剑的顾楠幽怨地转过头，随即就瞥见一个端坐在她房间里的俊朗男子。顾楠不认识他，但是其眼角下的那颗泪痣，顾楠是印象深刻的。这是她千百年来，除了自己以外，所见过的唯一不能用常理来解释的存在，用某种理论来描述，他就像是天道的化身。魏朝时，顾楠第一次知晓对方，后来每过几十年，几乎都能与之见上一次，而每次见面时，他的外形也基本都不一样——有时是个男人，有时是个女人，有时是个孩童，有时是个老叟，有时也可能是飞禽走兽。唯一不变的，就是那颗眼角下的痣，这也算是顾楠能认出他来的唯一途径。

　　"我说，你要来就不能提前打个招呼吗？"愣了半晌之后，顾楠无奈地摇了摇头，继而叹息着，把老母鸡和半捆大葱都放在地上，同时自顾自地卷着衣袖说道，"我这要是在沐浴，你怎么办？"

　　听着顾楠的话，始终正襟危坐的男子沉吟片刻，思量着回答道："变成女人？合情合理。"也不知是夸是讽地点了点头，顾楠直接提起鸡去了后院。她可不想因为这家伙败坏自己一天的好心情，还是先把鸡汤炖起来再说吧。

　　小小的木屋里，随着一阵惊慌的鸡叫，炊烟袅袅升起。城楼远方，日头也逐渐拨开了云雾，自东边吐露了一抹白光。顾楠不是一个擅长做饭的人，但是奈何活得久，所以如今，厨艺也算是能够登堂入室了——一只土鸡，几片生姜，葱油黄草，添些酒浆。未至晌午，一股浓郁的香味就已经在房间里弥漫开来。

　　顾楠的屋里不摆刀具，因为她腰间的无格，无论用来切菜，还是拿着劈柴，显然都已经足够了。最重要的是顾楠用着顺手，所以细长一点倒也无妨。俊朗的男子一直干坐在桌边，既不说话，也不动弹。顾楠看着嫌烦，于是就把自己提回来的酒随手丢给了他："去，帮我把酒热了。"

男子石头一样的脸庞，终是像有了一点波动。只见他低头看了一眼手里的酒葫芦，接着便把它摆在了桌案上。下一刻，原本还发黄的葫芦突然变成了精美的玉瓶，而里头的酒水，也开始冒起热气。尚蹲在灶台底下吹火烧柴的顾楠，看着这幅不讲道理的光景，也难免愣了一下："你还有这本事？"

听着这话，男子回头看了她一眼："你不知道？"

"我不知道。"顾楠老实巴交地眨了眨眼睛。

于是，男子突然浅浅地笑了一下，带着一点说不明白的情绪："厉害吧？"

"你是小孩子吗？"顾楠无力地翻了一个白眼，不想搭理他，又准备起自己的午饭。

正午左右，一切才准备妥当。顾楠坐在桌边，一口小酒一口鸡腿地吃着，她都快忘了，自己有多久没有像这样享受过了，害得她整个人都仿佛被抽了骨头似的，斜靠在背后的窗沿上，半眯着眼睛。直到她蓦地想起男子的存在，才不情不愿地挑了挑眉头："说起来，你找我有什么事吗？"

"没事，"男子安静地注视着顾楠，薄得如同两片柳叶一般的嘴唇微微地张合了一下，"就是来看看。"

"我有什么好看的？几百年都是一个模样。"顾楠不解地耸了耸肩膀，稍显暮气地回答道，男子却接着说了一句："因为你是除了我以外，唯一还能活过几百年的人了。"

这句话，让两人都沉默下来。外头的雨声密集又宁静，登州的山水不似江南，却也别有一番风情。虽然不大待见对方，但是顾楠亦不得不承认，男子说的话的确没错。然而遗憾的是，就算这世上只有他们两个可以一直活下去，他们也不会成为朋友。

"待够了就早点走吧。"雨天里，有人下了逐客令。

"嗯。"远道而来的客人点了点头，"我再待一会儿就走，你不必搭理我。"

（完）

图书在版编目（ＣＩＰ）数据

顾楠的上下两千年 / 非玩家角色著 . -- 北京 : 中
国友谊出版公司 , 2023.9（2024.2 重印）
ISBN 978-7-5057-5655-7

Ⅰ . ①顾… Ⅱ . ①非… Ⅲ . ①幻想小说—中国—当代
Ⅳ . ① I247.5

中国国家版本馆 CIP 数据核字 (2023) 第 106970 号

书名	顾楠的上下两千年
作者	非玩家角色
出版	中国友谊出版公司
发行	中国友谊出版公司
经销	新华书店
印刷	三河市中晟雅豪印务有限公司
规格	700 毫米 ×980 毫米　16 开
	21.5 印张　374 千字
版次	2023 年 9 月第 1 版
印次	2024 年 2 月第 3 次印刷
书号	ISBN 978-7-5057-5655-7
定价	49.80 元
地址	北京市朝阳区西坝河南里 17 号楼
邮编	100028
电话	（010）64678009

如发现图书质量问题，可联系调换。质量投诉电话：010-82069336